KODANSHA NOVELS

クビキリサイクル

青色サヴァンと戯言遣い

西尾維新

KODANSHA NOVELS

講談社ノベルス

目次

Book Design Hiroto Kumagai

Cover Design Veia

Illustration take

登場人物紹介

赤神イリア（あかがみ・いりあ）――――――鴉の濡れ羽島の主人。

班田玲（はんだ・れい）――――――屋敷のメイド長。

千賀あかり（ちが・あかり）――――――三つ子メイド・長女。

千賀ひかり（ちが・ひかり）――――――三つ子メイド・次女。

千賀てる子（ちが・てるこ）――――――三つ子メイド・三女。

伊吹かなみ（いぶき・かなみ）――――――天才・画家。

佐代野弥生（さしろの・やよい）――――――天才・料理人。

園山赤音（そのやま・あかね）――――――天才・七愚人。

姫菜真姫（ひめな・まき）――――――天才・占術師。

玖渚友（くなぎさ・とも）――――――天才・技術屋。

逆木深夜（さかき・しんや）――――――伊吹かなみの介添人。

ぼく（語り部）――――――玖渚友の付添人。

哀川潤（あいかわ・じゅん）――――――人類最強の請負人。

ぼく(語り部)
玖渚友の付添人。

「他人を自覚的に意識的に踏み台にできる人間ってのは、なかなかどうして怖いものがあるよな」

そうだろうか。

ぼくには、無自覚で無意識で他人を踏みつけていく人間の方が、善意で正義で他人を踏み砕いていく人間の方が、ずっと怖いように思えるけれど。

「へえ。はは、さてはお前、いい奴だな?」

軽く笑われてしまった。

ぼくがいい奴なのかどうかは、しかし幸いなことにこの場合あまり関係ない。多分これは、考え方の違いではなくて、生き方そのものの違いだろう。他人を踏みつける必要もなく存在している人間と、踏み台としてすら存在していない人間との、絶対的で絶大的な差異。結局、そういうことだろうと思う。

たとえばスタイルを持たない画家。

たとえば辿《たど》り着き切った学者。

たとえば味をしめた料理人。

たとえば超越し過ぎた占い師。

あの島にいた彼女達はあまりにも違い過ぎた。招かれる側も、そして招く側も、どちらもどちらにどうしようもなく異端で、どうにもならないくらいに異端で、どうする気にもなれないほどに異端で、そして異端だった彼女達。手を伸ばしたその遥か先に存在し、脚を踏み出す気にすらならない距離を置いて、そこにいた彼女達。

そして。

「つまりだな。これは天才ってのは何であり、そして何でないのかって問題なんだよ。無能だったらそれはそっちの方がいいんだ。とんでもなく鈍感だったなら。生きている理由をそもそも考えないほどに、生きている意味をそもそも考えないほどに、生きている価値をそもそも考えないほどに鈍感だったなら、この世は楽園でしかない。平穏で、平和で、平静で。些細《ささい》なことが大事件で、大事件は些細なことで、最高の一生を終えることができるんだろうよ」

それはきっと、その通りなのだろう。

世界は優秀に厳しい。世界は有能に厳しい。
世界は綺麗に厳しい。世界は機敏に厳しい。
世界は劣悪に優しい。世界は無能に優しい。
世界は汚濁に優しい。世界は愚鈍に優しい。

けれどそれは、それはそうと理解してしまえば、そうと知ってしまえば、その時点で既に終わってしまっている、解決も解釈もない種類の問題だ。始まる前に終っていて、終わる頃には完成してる、そんな種類の物語なのだろうと思う。

たとえば。

「人の生き方ってのは、要するに二種類しかない。自分の価値の低さを認識しながら生きていくか、世界の価値の低さを認識しながら生きていくのか。その二種類だ。自分の価値を世界に吸収されるか、世界の価値を殺《そ》ぎとって自分のものへと変えるのか」

自分の価値と世界の価値は、
どちらを優先させるべきなのか。
世の中がつまらないのと自身がつまらないのと。
果たしてどちらの方がマシなのか。
その間に曖昧や有耶無耶《うやむや》はないのだろうか。
そこに明確な基準はあるのだろうか。
二者択一の取捨選択だけなのだろうか。
選ばなくてはならないのだろうか。
「どこからが天才でどこからが天才でないのか」
どこからが本当で誰からが嘘なのか。
誰からが本当でどこからが嘘なのか。
質問しては、いけない。
にやり、とシニカルに笑われて。
「——で、お前はどうなんだ？」
それは。

「お前には、世界がどう見える?」

既にあの島を経験しているぼくには。あの青色の隣にいるぼくには。そして今、この人を目前にしているぼくには——それは本当に答を考えるまでもない、他愛もない戯言《ざれごと》だった。

だからぼくは何も言わなかった。

かわりに、目を逸《そ》らして、別のことを考える。

果たして、この人の瞳《ひとみ》には、世界はどう映っているのだろうか。果たして、あいつの目に、このぼくは一体どういう風に見えているのだろうか、と。

三日目（1）——サヴァンの群青

0

そうあわてるなよ。

まあ、のんびりやろうや。

1

鴉《からす》の濡《ぬ》れ羽島《ばじま》での生活もようやく三日目の朝を迎えようとしていた。今まで見ていた夢とこれからの現実、そんな曖々味《あいあいまい》なことに何となくの区別をつけながらぼくはぼんやりと目を覚ました。

高い位置にある長方形の窓からかすかな光が差し込んでいるだけで、部屋の中は随分と薄暗い。この部屋には電球がないので、これ以上の明かりを求めるにはもう少し時間の経過を待たなければならないだろう。つまり今はまだ日が出たばかりで久しくない時間——大体早朝の六時くらいか。体内時計と日の出の時間から推測するとそんなところだろう。この推測に十五分以上の誤差はないと思うが、たとえ一時間の誤差があったところでぼくは全然困らない。

「……起きます」

呟《つぶや》いて、ぼくはゆっくりと身体を起こした。

がらんとして、椅子以外に調度が何もない部屋。完膚《かんぷ》なきまでにからっぽで、布団だけが敷かれている状態。天井がかなり高く、それも手伝って部屋の中はかなり広く感じる。この《あっけなさ》加減は牢獄か何かを如実に連想させ、こうしているとちょっとだけ死刑囚みたいな気持ちになってしまう。そんな感じの目覚めも、今日で二度目だった。

しかし確かに、ここは牢獄ではないにせよ、元々は部屋でもないのだった。基本的には倉庫として使うことになっているスペースらしい。この屋敷にある部屋の中で一番狭い部屋を教えて欲しいとあかりさんに頼んだら、ここを紹介されたのである。一番狭い部屋。それでもぼくの下宿よりはずっと広いのだから、いやはや、気の滅入る話だ。

「いや……、滅入る気にもならない話なのか」

さて、と。

ぼくは思考のチャンネルを死刑囚から通常モードに切り替える。

とりあえず今は正確には何時なのだろうと思ってぼくは腕時計を見たが、液晶画面には何も表示されていなかった。どうやら寝ている間に電池が切れたらしかった。いや、電池はこの前換えたところだし、ならば他の原因による故障なのかもしれない。だったら玖渚《くなぎさ》に修理を頼んだ方がよさそうだ。

ぼくは寝起きの頭をかき回して、簡単な柔軟体操をすましてから、部屋を出た。高級そうな、そして実際に高級であろう、毛足の長い真っ赤な絨毯《じゅうたん》の上をしばらく歩く。そのまま螺旋《らせん》階段あたりまできたところで、玲《れい》さんとあかりさん、その二人にばったりと出会った。

「どうも、おはようございます。お二人とも、朝が早いんですね」

とりあえず人間の礼儀として挨拶《あいさつ》をしてみたけれど、玲さんもあかりさんもぺこりと軽く頭を下げただけで、何も言わずに通り過ぎていった。

「…………そっけないよな。どうも」

勿論彼女達はきっと仕事中なのだろうし、そしてぼくは正確には《お客様》ではないのだから、あの程度の反応で満足するしかない。もしもあれ以上の反応が欲しかったのなら両手を広げて《ふぁーすとやっぴー!》とでも言うしかないのだろうが、そこまで身体を張る気はぼくにはない。

班田《はんだ》玲さん、そして千賀《ちが》あかりさん。

二人はこの屋敷に勤めるメイドさんだ。玲さんはメイド長と呼ばれる立場であり、あかりさんは平メイドとしてその下で働いている。屋敷内には彼女達二人の他にあと二人、あかりさんと同じ立場の平メイドがいるので、つまり、合計で四人のメイドさんがこの屋敷にはいるわけだ。屋敷の主人のこと、そして屋敷の性格のことを考えたら、四人でも少ないくらいなのかもしれないが、彼女達は彼女達でスペシャリストらしく、屋敷内の仕事をてきぱきとこなしている。

屋敷の主人——玲さんやあかりさん達が仕える主人の名は赤神《あかがみ》イリアという。この島と屋敷の所有者であり、玖渚とぼくをここに招いた張本人でもある。

「ああ……、ぼくは別に招かれたわけじゃなかったっけ……」

しかしあかりさんは一体何歳《いくつ》なのだろう。

玲さんは見た感じ、多分二十代の後半くらいだろう。その年代のジョセイの年齢はぼくのような子供には判別しにくいところだけれど、多分それくらいに見て間違いないと思う。しかし問題はあかりさんの方だ。いくらなんでもぼくよりも年下ということはないだろうが、しかしそれにしたって随分《ずいぶん》と、滅《め》茶苦茶《ちゃくちゃ》に若く見える。繁華街でたまに見かけるような、成人でありながらも公共機関を半額で利用できそうなタイプ。果たして彼女は年下のオトコに興味はあるのだろうかなどと戯言めいたことを考えながら（いや、間違いなく戯言だ）螺旋階段を昇り、続いて二階の廊下を歩く。

目指すは玖渚の部屋。

二日前にこの島を訪れたとき勿論玖渚には部屋が用意されていたが、ぼくには用意されていなかった。当たり前な話で、本人であるぼくですら当日の朝に玖渚から電話がかかってくるまで、こんなヘンテコな島に来ることになろうとは思ってもいなかったのだ、相手方が予想しているはずもない。

そういうわけであかりさんは急遽《きゅうきょ》ぼくに部屋を用意してくれたのだけれど、ぼくは丁重にそれを辞した。何故か。その理由は目の前にある扉を開ければ分かる程度のことである。

　一応ノックしてから、ドアを引く。

　中には広大な空間が存在していた。真っ白い絨毯に真っ白い壁紙、真っ白い調度類がそれを引き立たせているのだろう。白色が光の拡散力を持っていることはぼくでも知っている。玖渚は特に白色を好んでいるので、あちらさんがそれに合わせて部屋の調度を用意してくれたらしい。部屋の中央に豪奢《ごうしゃ》なソファと木製のテーブル。妙に高い天井にはシャンデリア。ベッドは天蓋《てんがい》つきの、中世の王族映画から引っ張り出してきたようなシロモノ。

「……眠れるわけがないよな……」

　そういうわけでぼくはあかりさんに一階の倉庫を紹介してもらったのだけれど、もっともそんな繊細な神経とは何の縁もどんなゆかりも持たない玖渚友《とも》、純白のシーツの上でうとうととしていた。

　壁にかかっている大仰な時代物の仕掛け時計を見ると（ご丁寧《ていねい》なことにこいつも白い）予測通りにやっぱり六時過ぎだった。

　さて、これからどうしたものだろうかと考えながら、ぼくはベッドの脇にそっと座って、ふかふかの絨毯の手触りを堪能する。

　と、玖渚が寝返りを打った。

　そしてうっすらとまぶたを開く。

「……ん……？　あれ……いーちゃん？」

　ぼくの気配を敏感に感じ取ったのかどうなのか、玖渚は目を覚ましたようだった。ハワイアンブルーの髪をくしゃくしゃと掻き分けながら、まどろんだ目でぼくの方を確認する。「ああ……。うーん……、いーちゃん……えっと……。起こしにきてくれたんだね……さんくー」

「いや、寝かしに来たんだけどね……。なんだよなんだよ、お前が夜に寝てるなんて珍しいな、友。それとも、ひょっとして今寝たところなのか？」

　だったら悪いことをした。

　ううん、と玖渚は小さく首を振る。

「三時間くらい寝たはずだよ。昨日はね、ちょっとね……色々あったんだよ、いーちゃん。あと五秒待ってね……、……、……、おはよん！　爽やかな朝だね！」

玖渚は勢いよく、ベッドからその小柄な半身を起こし、エッグポーズで満面の笑顔をぼくに向ける。

「……って、あれ、まだ全然暗いじゃん。じゃあ別に爽やかじゃないね。やだよねー。朝起きたときにはやっぱり太陽が高く昇っていて欲しいもんだよ」

「それは昼だ」

「それにしてもよく寝たよ」

玖渚はぼくの台詞《せりふ》を無視して続ける。「三時には寝たんじゃないかと思うね。昨日はちょっとやなことがあってさ、僕様ちゃん、ふて寝しちゃったんだ。不愉快な気分のときには寝るのが一番だからね。睡眠、それは神が人間に与えた唯一の救いである、みたいな。さてと、いーちゃん」

「何だ？　友」

「ちょっとじっとしててね」

ぼくに戸惑う暇すら与えずに玖渚はがばと、ぼくに抱きついてきた。それはしなだれかかってきたと表現した方が正確なくらい、完全にぼくに体重を任せていた。玖渚の小さな頭が、ぼくの右肩に載る。身体が密着して、玖渚の細い腕がぼくの首に回る。

ぎゅ。

別に重さは感じないけれど。

「……あの、玖渚さん？」

「じゅーでーんちゅう」

充電中らしかった。そう言われてはぼくは動くわけには行かない。抵抗を諦めて、ぼくは玖渚に身を任せた。

て言うか、ぼくはコンセントか何かなのか？

見ると、玖渚はコートを着たまま寝ていたようだ。聞いた話だと、部屋の中だろうと外だろうと、夏だろうと冬だろうと、玖渚は関係なくコートを着用しているらしい。男物の、真っ黒なコート。背の高くない玖渚が着用すると裾《すそ》が床につきかねないＬサイズのものだが、玖渚は桁違いにそいつを気に入っているらしい。せめて寝ている間くらいは脱げと何度も教えているのだが、それが効果を現す様子はない。玖渚友は驚くほどにマイペースなのだ。

その辺、少しぼくと似ている。

「……、……。……。うん、ありがと」

言って玖渚は、ようやくぼくから身体を離した。

「充電完了なんだよ。今日も一日頑張ろうね」

よいしょ、と言いながらベッドを降りる玖渚。青い髪がかすかに揺れる。そしてそのままベッドと反対側の壁にある、窓の付近に設置されたコンピュータの方へ歩いて行った。それは玖渚が城咲《しろさき》の自宅から持参した、三台のパソコンである。三台が三台ともタワー型。左右に置かれているのが一般的なサイズのもので、真ん中のものが一際大きいサイズ。色はやっぱり白だった。白みたいな汚れやすい色をどうして玖渚がそこまで好むのか、ぼくは知らない。

パソコンラックはＵ字形に三つ配置され、その中心にクッションのよさそうな回転椅子がおかれている。玖渚はそれにふかぶかと座った。あれで三台同時にキー操作ができるって寸法らしい。腕はどう数えても二本しかないのに、なにゆえに三台ものキーボードを同時に操作しようって気になるのかは、ぼくの理解の外だ。

後ろから覗いて見れば、その三台のキーボードはアスキー配列でもＪＩＳ配列でもオアシスでもない、不可思議な鍵盤並び。その不自然については質問するにも及ばない。究極のエンジニアである玖渚友にとっては、キーボードの自作程度はそれこそ朝飯前なのだろう。

ちなみに玖渚はマウスを使わない。「あれは時間がかかってしょーがないから」だとか。ただ、素人のぼくから見ると、マウスが付属していないパソコンというのはどうにも不安定で不自然な感じがして落ち着かなかった。まあ、別に落ち着かないという感覚は嫌いじゃないけれど。

「いーちゃん」

「何だ？」

「髪くくって」

分かった、とぼくは玖渚の座っている椅子に近付いていく。腕に嵌めていたゴムを外して、左右に二つ、編みこみに結んでやった。

「……そろそろ髪洗えよ。脂でベタベタだぞ」

「お風呂は嫌いなんだよ。だってだって、ほら、髪が濡れちゃうでしょ？」

「それは当然なんだ。見ろよ、大分青色が濃くなってるぜ？」

「自分の頭なんて見えないよ。うふふ、そのままほっておくと群青色《ぐんじょう》になっていくんだけどねー。さんくー、いーちゃん」

そう言って、下唇を隠してにっこりと笑う玖渚。向けられた方が戸惑ってしまうような、無邪気で無防備な微笑。

「……まあ、いいけどな」

そんな会話をしている間も玖渚の指の動きが停止することはなかった。まるで機械さながらの正確さで、一定のリズムを刻みながらキータッチを続けている。まるで決められた仕事を決められたままに、無意識下の内にこなしているようにすら見える、流れるような動き。三つのディスプレイには意味の分からない英文や数字が、ものすごい速度で表示されては消えていく。

「起きるなり何やってるんだ？ 友」

「うん、ちょっとねー。これは言っても分からないと思うよー」

「ふうん。パソコン三台も使わなくちゃできないようなことなのか？」

そう言うと、玖渚はちょっと複雑そうな顔をして、「いーちゃん、この真ん中の奴はパソコンじゃなくてワークステーションだよ」と言った。

「……？ ワークステーションって何だ？ それは

パソコンとは違うのか？」

「うにー、違うよ。パソコンもワークステーションも個人の使用を前提としてるって意味じゃ、まあ似たようなもんだけどね。でもね、いーちゃん、ワークステーションの方が上位機なんだよ」

「あ——……、つまりワークステーションはパソコンのすごい奴ってことなのか？」

我ながら素人《しろうと》丸出しの、いい具合に頭の悪そうな物言いである。

うーん、と玖渚は唸《うな》る。

「だからいーちゃん、パソコンはパソコンだよ。ワークステーションはワークステーション。同じ汎用《はんよう》コンピュータではあるけどね、いっそ全く別のものだと考えてくれたらいいよ」

「汎用コンピュータって何だ？」

ぼくの質問に、玖渚は原始人でも見るような表情を浮かべて「いーちゃん、いーちゃんって何も知らないんだね……」と曖昧《あいまい》そうに言った。

「いーちゃん、ヒューストンで五年もの間、一体何してきたの？」

「お前と違うことさ、友」

「ふいーん。まあいいや……」

小首を傾げてそう言って、それから玖渚はすぐにスイッチを切り替えたらしく、作業を再開した。相変わらず、ディスプレイに流れる文字列の意味はぼくには呪文のように分からない。

ぼくとしてはワークステーションだの何だの、その辺の分類についてもう少し詳しく教えてもらいたい気分だったけれど、ぼくはそれほど知的好奇心の強い方じゃないし、玖渚が何か作業をしているのだったらその邪魔をするのも無闇だろう。それにこの範疇《はんちゅう》外にナードな小娘の話にこれ以上ついていくのも難解そうだと、ぼくは会話をそこでとりやめた。適当に玖渚の肩をもんでやってから、ぼくは洗面台を借りることにする。そこで顔を洗って、ついでに着替えも済ませた。

「おい、友、ぼくは散歩に行ってくるぞ」

ひらひらと、こっちを見ないまま、適当に手を振る玖渚。もう片方の手は、変わらず鍵盤を歌っている。

ぼくは肩をすくめて、玖渚の部屋を出た。

2

赤神財団についてぼくは詳しく知っていると言うと嘘《うそ》になる。それほど表に出てきている団体でもないらしいし、その拠点は主に関東地方であるということで、神戸出身ヒューストン育ち、京都在住のぼくとはかかわりのできようもないというわけだ。乱暴に言ってしまえば、赤神家は古くから続く名門の財閥ってところらしい。何か商売に手を出しているのかもしれないし、それとも何もしなくとも勝手にお金の方から入ってくるようなシステムの中にいるのかもしれない。その辺りは定《さだ》かではないけれど、特に定かにする必要はないと思う。要するに、赤神財団はお金持ちだってことだ。

日本のみならず世界中のいたるところに土地を所有しているということで、ここ、鴉の濡れ羽島も、やはり赤神家の不動産であるらしい。

そして島の中央に陣取る洋風屋敷の主人が、余人ならぬ赤神イリアその人である。

名字から推測がつく通りに、彼女は赤神財団の現当主が孫娘。筋金入りにして血統書つき、様に様をつけて尚足りぬ、生粋のお嬢様。やがては巨万の富と圧倒的権力を受け継ぎ、大勢の人間を下にする舞台へと降り立つ。

もっとも、既に当主じきじきに勘当されているので、それらは全て過去形で表されるべきなのだが。

勘当。

何をやったのかは知らないけれど、とにかく何かをやったらしい。五年前、十六歳のときに、イリアさんは本家から永久追放を食らったのだという。その際に赤神家当主は少しばかりの手切れ金（と表現したところで、それがぼくのような木っ端《こぱ》一市民には想像もつかないような額面であることは確実だろう）と、日本海にぽつねんと浮かぶこの小島をイリアさんに与えたということだ。

つまりは、島流し。

今時それは時代錯誤に過ぎる発想だと思うが、しかし他人のやり方に口を出すのは賢いとはいえない。相手が住む世界の違うような財団だというならば尚更だ。

とにかくイリアさんはここで五年もの間、四人のメイドさんと一緒に島から一歩も外へ出ることなく、生活を送っているらしい。こんな娯楽も何も、へったくれもありゃしない辺鄙《へんぴ》な小島で、五年間。それはある意味地獄のようでもあり、そして少しだけ天国のようでもある生活だっただろうとぼくは推測する。だけれどイリアさんが孤独で退屈だったかというと、そういうわけでもないらしかった。

そもそも、イリアさんを退屈させないために玖渚がこの島に招かれている、と言うべきなのだろう。勿論玖渚だけじゃない、同じ意味で赤音《あかね》さんも、真姫《まき》さんも弥生《やよい》さんもかなみさんも、全てがイリアさんが退屈しないがためだけにこの島にいると言っても過言ではない。

「……いや、それは少し過言か」

とにかく。

島からの外出を禁じられたイリアさんは、《それならば》と世界の著名人を島に招くことにしたのである。著名人という表現が少しばかりずれているのならばこう言い換えてもいいだろう——イリアさんは屋敷にいわゆる《天才》を招くことにした、と。こっちが出られないのだったら向こうから来てもらえという、非常に分かりやすい公式である。

有名無名を一切問わずに、確かな才能と技術を持つ人物を次々と島へと招聘《しょうへい》する。滞在費は当然無料、滞在費に限らず全ての費用はイリアさんの側が持つ。それどころか島に来れば逆にお金をもらえるというのだからとんでもなく豪気な話だ。

ぼくが思うに、イリアさんがイメージしているのは古代ギリシャのサロンのようなものなのだろう。ありとあらゆる種類の芸術家、天才を取り集めて交流し、実りのある生活を送る。それは確かに常人の発想でこそないが、うん、素晴らしい発想ではあろうと思う。

屋敷と山林以外には何もない小さな孤島ではあるけれど、才人達が世俗に疲れた身体と心を癒《いや》すには丁度いいのかもしれない、それなりにこの企画は成功しているらしい。

さて。

その何もない島を適当に散歩、森林浴と洒落《しゃれ》込んでいたら、屋敷から随分離れた桜の樹のそばで、唐突に、深夜《しんや》さんと出会った。

「ああ——、……やあ、と言うのかな」と、片手をあげて挨拶《あいさつ》してくれる深夜さん。「随分と早起きさんなんだね、きみは。えっと……名前、何だっけ？悪い、俺、記憶力弱くてさ」

ぼくよりも十センチくらい高そうな身長と、ぼくのものよりもずっと高級そうなブランド物の洋服。

柔和《にゅうわ》そうな顔立ちと、柔和そうな口ぶり。もっとも、身長と服装に関しては実際にそうなのだろうけれど、深夜さんが本当に柔和な人物なのかどうかは、ぼくは知らない。外見で人を判断できるほどの技術は持っていないし、数日程度の付き合いでそんなことが分かると考えるほどにぼくは無能ではないつもりだ。

「まだ名乗ってないんじゃないですかね？」ぼくは肩をすくめて、深夜さんの質問に答える。「ぼくはあくまで玖渚友の付属品ですから。オマケに名前なんかいらないでしょう？」

「そいつはなかなか自虐《じぎゃく》的だね。こんな島にいりゃあ無理もないけどさ。しかしオマケって言うんならこの俺にしたって同じだな」

深夜さんは苦笑した。

そう、深夜さんもぼくも、あくまでオマケなのだった。当たり前の話だから言うまでもないことなのかもしれないが、ぼくは別に天才であるからこの島の土を踏んでいるわけではない。《天才》と呼ばれているのはあくまでも玖渚友であって、ぼくはその付き添いに過ぎないのである。玖渚が「何かどっかの島に行くことになったからついてきてちょうだいね、いーちゃん」と言いさえしなければ、ぼくはこの時間、京都の四畳間で大学に行く準備をしているはずだ。

主役はあくまで玖渚友。

そこのところははっきりさせておこう。

さて、深夜さん、逆木《さかき》深夜が一体誰の付き添いなのかと言うと……、彼女は今、桜の樹の下にいた。何か物思うような、そいでいて何も考えていないような目で、散って行く桜の花びらを、ただ、見つめていた。

金色の髪に、蒼い瞳。セルロイドのフランス人形でも連想してしまいそうな淡い色のドレスと、きらびやかな装飾品。首飾り一つ、ブレスレット一つとったところでぼくの肝臓の代金を超えるだろう。全身の部品を全て売り払ったところで間に合わないかもしれない。

伊吹《いぶき》かなみ。

天才、と称される一人だった。

生まれつき脚が悪いらしく、今も車椅子に乗っている。それが故に介護人として深夜さんがついてきたというわけだ。聞いた話ではかなみさんは数年前くらい前までは盲目でもあったらしい。碧眼《へきがん》なのはかなみさんに外国の血が入っていることを表すものではないのだった。

かなみさんは絵描きだ。

そういう世界とは縁遠い生活を送ってきたぼくだって、それは聞いたことのある存在だった。スタイルというものを一切持たない若き女流画家として名前を馳せている。今のところぼくはかなみさんの絵を直接には見たことがないけれど、ああして桜を見ているのも、ひょっとしたらそれをカンバスへと写すためなのかもしれない。

「かなみさん、何やってるんですか？」

「見ての通りさ。あいつは今、桜を見てるんだよ。もうじき散っちゃうからね。あいつはああいう《死の直前》つーか、果敢《はか》ないもんが好きなんだよな、何か」

島にある樹はほとんどが常緑樹だけれど、どうしてだか一本だけ、桜の樹がある。樹齢は随分と古そうだけれど、島の中に一本だけ桜があるなんて異様でしかない。多分イリアさんがどこかから移植してきたものなのだろう。

「……桜の樹の下には人間の死体が埋まってるって言いますよね」

「ベタベタだね」

あう。

適当なお喋りをしようと切り出した話題だったけれど、一刀両断されてしまった。いや、確かにベタベタなんだけれど。

深夜さんは「冗談だよ」と笑った。

「俺個人としちゃあそういう伝説には梅の方が相応しいと思うけどね……。ま、その場合は伝説と言うよりは神話になるのかな……、くはは。ところで未成年、この島にはもう慣れたかい？　今日で三日目だよね。えっと……、きみ達はいつまでこの島に滞在する予定なんだっけ？」

「一週間です。だからあと四日ですね」

「ふうん……、そりゃ惜しいな」

意味ありげに言う深夜さん。

「……惜しいって何がですか？」

「いやね、今から一週間後にね、イリアさんのお気に入りがこの島に来るんだってさ。けど四日後に帰っちゃうんじゃ、きみ達はすれ違うことになるだろう？　だから《惜しいな》って言ったのさ」

「ああ、そういうことですか」

頷きながら、ぼくは思考する。

《お気に入り》。

それはつまり、いわゆる天才の類《たぐい》か。

「料理人、占い師、学者に絵描き、技術屋と来て、次は何でしょうね……」

「さあね。俺も詳しく聞いたわけじゃないけれど、とにかく何でもできる人らしいよ？　専門家《スペシャリスト》じゃなくて万能家《ジェネラリスト》ってわけ……、頭が切れて知識もあって、運動神経も半端じゃない人なんだって、ひかりさんが言ってたよ」

ふうん。それはまた、とんでもない人がいたものだ。それが大袈裟な噂だとしても、そういう噂が流れるという時点で、その人が只者でないことは分かる。興味が湧《わ》かないと言えば、嘘になるかもしれない。

「会って損になるって人じゃないと思うよ？　ここは一つ滞在期間を延ばしてみたらどうだい？　イリアさんも大歓迎だろうし」

「悪くない話ですけどね……」ぼくは多分、苦そうな表情を浮かべたことだろうと思う。「正直に言ってこの島はちょっと息苦しいですよ。ぼくみたいな凡人の観点から見ると、ですけど」

そう言うと深夜さんは、くはははと、大袈裟に声を立てて笑った。

「おいおい。おいおいおいおいおいおいおい未成年。きみはひょっとしてアレか？　かなみとか赤音さんとかに対してコンプレックスを感じてたりしちゃってるのか？」

劣等感《コンプレックス》。それはそこまで露骨に表現されるものでなくとも、ぼくの感じている感情はそれに近いだろう。しかし深夜さんはそんなぼくの肩をばしばしと叩く。

「あんな奴らに劣等意識感じることなんざないのさ。なぁ？　しっかりしようぜ、兄弟。かなみにしたって――」

と、桜の樹の下にいるかなみさんを一瞥《いちべつ》する。

「――赤音さんにしたって弥生さんにしたって玖渚ちゃんにしたってさぁ、俺達とジャンケンしても三回に一回しか勝てないんだぜ？　真姫さんは、そりゃ例外としてもさ」

「そういう言い方をすると身も蓋もあったもんじゃないですね……」

しかも深夜さん、自分の雇い主のことまで《あんな奴》呼ばわりだった。かなみさんと深夜さん、険悪とは言わないまでも、仲良しこよしというわけではないのかもしれない。

「関係ないんだよ、才能なんて。俺はむしろそんなもの持ってなくてよかったと思ってるね。才能なんて、くだらない」

「どうしてですか？」

「そんなしち面倒なもん持ってたら、努力しなくちゃならないだろ？　凡人ってのは気楽なもんだよ。《極《きわ》めなくていい》ってのは、絶対に利点だと思うぜ、俺は」深夜さんはシニカルっぽくそう言って肩をすくめた。「ちょっと話が逸《そ》れたかな……、とにかく滞在を延ばせるようならそうしても悪くはないとは思うってこと。俺はね。ひょっとしたらその万能家さんは、俺達にジャンケンで全勝できる奴かも知れないしさ」

「ま……、玖渚に相談してみますよ、一応……」

その辺はオマケが勝手に決めていいことではあるまい。

深夜さんは「だろうね」と言って、

「……きみはどうやら俺と似ているようだな」

と、ぼくの目を覗き込むようにした。

それはひどく居心地の悪い視線だった。

自分を裏側から観察されているような、そんな種類の気分の悪さ。

「……似ている？　ぼくと深夜さんが？　どこがですか？　どこがどういう風に似てるっていうんです？」

「そんな嫌そうに言うなよ。……そうだなぁ、自分を世界の部品だと考えているところなんかが、特にそっくりだと思うな」

それ以上の説明をするつもりはないらしく、深夜さんはぼくから視線を外して、再びかなみさんの方を見る。かなみさんは相変わらず、一心に桜を見上げていた。そこだけ世界から隔絶されているかのような超越感が、かなみさんの周りにはあった。

近寄りがたい、神聖とでも表現すべき雰囲気。

「……かなみさんってここに来てからも絵を描いているわけですよね」

「と言うより絵を描くためにこの島に来たんだけどね……、あいつは絵を描くことしかないからさ。描くために生きているって感じかな。ったく……」

深夜さんは少し困ったようにそう言ったが、もしもその言葉を額面どおりに受け取っていいのだとすれば、それはすごく羨《うらや》ましい生き方だと思う。やりたいことがそのままやらなければならないことに直結している人生。それはぼくには望むべくもない生き方だった。やりたいことも、またやるべきことも、一つとして発見していないこのぼくには。

「…………」

ふと気付くと、深夜さんはそこで何か悪戯《いたずら》でも思いついたような意地の悪い微笑を浮かべて、ぼくを見ていた。ちょっとたじろいでしまうぼく。嫌な予感がした。そして深夜さんはさも《今神の啓示によって何かを思いついた》と言わんばかりに「そうだ」とわざとらしく手を打った。

「折角の機会だし、きみ、ちょっとモデルになってみるかい？」

言われたその言葉の意味も分からずに言葉に詰まったぼくをさておいたまま、深夜さんはかなみさんの方を向いて、「おーい！」と声をかけた。

「かなみ！　ここにいる彼氏がお前の絵のモデルになりたいって言ってるんだけどー！」

「……！　ちょっと深夜さん……」ぼくはようやく事態を嚥下し、深夜さんの前に回る。「まずいでしょう、それは……て言うか、勘弁して下さいよ」

「おいおい、何照れてるんだ？　そんなキャラじゃないだろ」

「キャラとかの問題じゃなくてですね……」

はっきり言ってそういうことは破壊的に苦手だ。それにかなみさんに描いてもらうだって？　そんなことはいくらなんでも恐れ多過ぎる。しかし深夜さんはぼくの反論を適当に「まあまあ、そう照れるなって」と受け流して、かなみさんの返事を待つ。

果たして、かなみさんは車椅子の方向を変えて、蒼い瞳でぼくを見た。凝視するように、あるいは値踏みするように、ぼくの頭の先から足の先までをじっくりと見てから、

「あなたさぁ、わたしに描いて欲しいわけ？」

実に面倒そうな口調でそう言った。

これは答えづらい質問である。相手がかなみさんほどの才能になると遠慮《えんりょ》することすらも失礼にあたるだろう。こういう展開になってしまうとぼくは弱い。半端でなく脆《もろ》い。流れるような人生を流されるままに生きてきた十九歳には、物語の流れを変えるだけの力はないのである。

「ええ、是非にお願いしたいと」

ぼくはそう言った。

かなみさんは「ふうん」と興味無さそうに頷いて、「じゃ、別にいいわよ。午後にアトリエに来て」と、車椅子の方向を桜に戻した。なんだか心の底からどうでもよさそうな物言いだったが、一応かなみさんは請け負ってくれたみたいだった。

「じゃあよろしくね。午後は暇かな？」

深夜さんが何故か嬉しそうに言う。

暇ですよ、と答えて、ぼくはその場を離れることにした。これ以上の厄介は御免だった。

屋敷に戻って、再び玖渚の部屋を訪れる。玖渚はさっきと変わらず、回転椅子に座って三台のパソコン（いや、二台のパソコンと一台のワークステーションだ）に向かっていた。今はワークステーション一台に集中しているようで、パソコン二台の電源は落ちていた。

「何やってんだ？　友」

返事はない。

後ろからそっと近付いて、結んだ髪を両方一気に引っ張ってみる。玖渚は「あうー」と変な声を出して、ぼくの存在に気付いたようだった。そのままの体勢で、玖渚はぼくを「おっと」と、見る。きっと玖渚の視界の中で、ぼくは逆立ちをしていることだろう。

「ちゃっおー。いーちゃん。散歩から戻ったんだね」

「まあね。……あれ？　それ、マックか？」

玖渚の頭の向こうに見えるワークステーションのディスプレイには、何故かマックOSの画面が表示されている。しかし確かマックOSはマック上でしか動かないと聞いていたのだけれど。

「うん、マックOSだね。マックOS上でしか走らないアプリケーションもあるからさ、仮想マシンで動かしてるわけ」

「仮想マシン？」

「要するにこのワークステーションの中にもう一台、マックがあると勘違いさせてるんだよ。つまりソフトを騙《だま》しているんだね。勿論《もちろん》ウインドウズも入ってるよ？　大抵のＯＳはこいつの中にインストールしてあるんだ。だからこいつは何でもできるよ」

「はあん」

よく分からん。

「……初歩的な質問でなんだけど、ウインドウズとマックって、結局何が違うんだ？」

この、本当に初歩的な質問に、玖渚は少しの間、考えて、「使う人が違うんだよ」と、実に的確な答を返してくれた。

「……まあ、そりゃそうだろうけれど。ま、それはいいや。ＯＳってのは基本ソフトのことだろ？　確か。じゃあこのコンピュータは多重人格みたいなものなのか？」

「それは言いえて妙な比喩だね」

「じゃあそのパソコン……ワークステーションか？その基本の基本のＯＳには何使ってるんだ？　多重人格って言うなら主人格があるはずだろ」

「ジオサイドだね」

「そりゃ聞いたことがないな。ウニックスか？」

「それを言うならユニックスだよ。留学してきたくせにアルファベットをローマ字読みしないでよ、いーちゃん。すっごく頭悪そうだし。うーん、ジオサイドはユニックス互換には違いないけどね。僕様ちゃんの友達が開発したオリジナルのＯＳだよ」

「友達……」

玖渚の、友達。しかもオリジナルのＯＳを開発できるような玖渚の友達とくれば、例の《チーム》の一員しかいないだろう。例の悪名高い、《チーム》の一員しか。

「…………」

数年前の前世紀。日本においてネットワーク事情がそれほど発展していなかった時期にその集団は現れた。いや……、現れたという表現は正しくない。

彼らはほんの一瞬だって、その姿も、影も、匂いすらも、衆目に晒《さら》すことはなかったからだ。彼らは自分から名を名乗ることをしなかったし、だから彼らが呼ばれている名前のほとんどは誰かが勝手につけたものだ。ヴァーチャルクラブと呼ばれようがサイバーテロと呼ばれようがクラックユニットと呼ばれようが手斧一本で摩天楼を作る連中と呼ばれようが、彼らは決して気にしないだろうし、反応すらもしないだろう。

完全に無比なる正体不明。一体何人の集団だったのか、どのような人物によって構成されていたのか、その一切が謎に包まれていた《チーム》。

そして彼らは何をしたか？

何でもした。

とにかく、何でもした、という他ない。しなかったことがないくらいに、彼らは何でもした。暴れて、暴れて、とにかく暴れた。ぼくはその当時日本にいなかったわけだから、リアルに現場に立ち会ったわけではないけれども、それは目的も狙いも何も感じさせないくらいのすさまじい、すがすがしいまでの暴れっぷりだったらしい。単純なハックやクラックに始まり、果ては企業のアドバイザーからフィクサーまがいの行為まで。あの時代、いくつもの大企業が彼らに操作されていたと、まことしやかに囁《ささや》かれている。

しかし彼らが迷惑なだけの存在であったかと言うとそうとばかりも言い切れない。よくも悪くも彼らがいたお陰でネットワーク技術全体のレヴェルは格段に成長した。無理矢理に叩き伸ばしたと言ってもいい。ミクロ的視点に立てば損害はあったが、大きな目で見ればその十倍分の利益もあった。

だけれど勿論、《お偉方》にとって彼らは法を破る鬱陶《うっとう》しいだけの犯罪者でしかないわけだし、ハッカー連中クラッカー連中にしてみれば目の上のたんこぶだ。ゆえに彼らは常に疎まれ、追われ続けた。しかし結局《チーム》はその尻尾をつかまれることもなく、《一体何がしたかったのか》を明らかにすることもなく、一年前のある日に突然、特に何かがあったというわけでもないのに、《チーム》丸ごと消息を絶った。ただ燃え尽きたかのように、消えたのである。

「………」

「あうー。どしたの？　いーちゃん。突然静かになっちゃって」

「いや……別に」

青い髪を揺らしてへらへらと笑う玖渚。

「…………何でもないんだけどね……」

そんな風な、ある意味拍子抜けする終わりを迎えた《チーム》。その究極絶無なチームのリーダーが、この気楽そうな、いまだ十代の娘だったと言って、果たして誰が信じるだろうか？　悪質な冗談とも思えないそんな戯言を、どこの誰が信じると言うのだろうか？

しかしそうでなかったら、玖渚がこの島に、天才だらけのこの島に招聘されることはない。情報工学と機械工学のスペシャリストとして、玖渚がこの島に招かれることは、ないのだった。

「……劣等感感じるなって方が無闇な話ですよ、深夜さん……」

「うん？　何か言った？」

玖渚が一瞬、振り向く。

戯言だよ、とぼくは答えた。

「ジオサイドってのは確か、地球虐殺って意味だったな……」

「うん。多分既存のOSの中じゃ一番いけてると思うよ。ジオサイド・アズ・ナンバーワン。RASISだって完璧だね」

「ぼくはたまにお前がわざと難しい言葉を使って嫌がらせをしているんじゃないかと思うよ。RASISって何だ？」

「信頼性、可用性、保守性、保全性、機密性。その頭文字を繋げたものだよ。勿論これも英語なんだけど……」いい加減呆《あき》れたように玖渚は言った。「要するに安定性のことだね。勿論元々のマシンシステムが高性能である必要があるんだけど、まずエラーなんてでないしねー。やっぱあっちゃんは天才だねー。うふふー」

「《あっちゃん》ね……。随分と親しげだな」

「ん？　嫉妬かい？　ん？　ん？」妙に嬉しそうに、いやらしげに笑う玖渚だった。「大丈夫だよん。僕様ちゃんはいーちゃんがいっとう好きだから」

「はいはい。そいつはどうも」

肩をすくめるぼく。そしてすぐに話を逸らす。

「しかし、そんないけてるOSなら商品化したらいいんじゃないか？　ウインドウズくらい売れたら一財産だろ」

「それは無理だよ。収穫逓増《ていぞう》って知ってるよね？　あそこまで差がついちゃったらもうどうあがいても挽回なんてできないね。商売は才能や性能ではできないんだよ」

収穫逓増。持つものはより多く持つ、という、持たざるものには何の救いにもならない経済学上の法則のことである。随分前に習った概念なのでよく憶えていないけれど、簡単に言えば《現実的な問題として一旦ついてしまった差を埋めることはまず不可能だ》という意味だ。お金であろうと才能であろうと、それは同じらしい。

「……それにあっちゃんはジオサイドを作っただけで満足しちゃってるからね。自己満足だけで満足できる人なんだよ」

「そりゃ随分とまあ、幸せなことだな……」

「それでなくともどうせ商品化は無理だろうけどね。基本ソフトのくせに要求するスペックが洒落だもん。本気で天文学的数字だね。僕様ちゃんのマシン容量でも結構きついよ」

「ふうん。お前のハードディスクって何ギガだ？　100ギガくらい？」

「100テラ」

単位が違った。

「テラって……ピコの逆だから……ギガの千倍か？」

「違うよ。1024倍だよ」

細かい奴だった。

「そんなハードディスク、ぼく、見たことないけどな……」

「正しく言うとハードディスクじゃなくてホログラフィックメモリって言うんだよ。ハードディスクみたいに線で記録するんじゃなくて面で記録する媒体なんだね。一秒間にテラビット単位の高速転送。市販されるのはもうちょっと……かなり時間かかるんじゃないかな。宇宙開発事業なんかに使われている記録メディアなんだ」

お前はそんなところとも繋がりがあるのか。

嫌過ぎるコミュニティだった。

「マシン容量だけの話をしてもそうだし、マザーボードのスペックも自作しなくちゃとてもとても追っつかないくらいだね。あっちゃんは周りのことなんか全然考えずにモノを作る人だからね、自然そういう風になっちゃうんだ。他人に合わせるってことをしないんだよ」

「マザーボードの自作……？　そんなもん自作する奴がいるのか？」

「僕様ちゃん」

親指で自分を示す玖渚。

そうだった。こいつはそもそもにおいてエンジニアだった。《チーム》の仲間にハード面においてもソフト面においても《武器》を与えた張本人。冷静に考えてみれば相当に性質は悪い。そんな一般受けしそうもないOSを開発する奴も開発する奴だが、そんなものに合わせてマザーボードを自作する奴も異常だ。

「地球虐殺さんのことはともかくさ、お前は売るつもりとかないのか？　その自慢の自作マザーボードとか」

「僕様ちゃんも作ったらそれで満足するタイプだよ。いーちゃんは、違うのかな？」

「さあ……どうだったかな」

才能があるものにせよないものにせよ、結局のところ人間は二種類に分類される。それは追究する者と、創造する者。ぼくがどちらなのかはともかく、玖渚は圧倒的に後者に偏《かたよ》っているのだった。

「それにお金だったら掃《は》いて捨てるほどあるんだしね。今更稼ごうなんて思わないよ、僕様ちゃんは」

「……なるほど」

それも、そうだった。玖渚は今更商売をしなければならないような低い身分の持ち主ではないのだった。全くの比喩《ひゆ》でなく、湯水以上に金を使う玖渚友。城咲の高級マンションをツーフロアまるまる占領し、無職のくせに死力をつくして買い物をする十九歳。玖渚よりもお金を持っている人間がどれだけいるかは知らないけれど、個人で玖渚よりも支出が多い人間はそうそう存在しないだろう。

赤神財閥と玖渚本家、どちらの方が絶大な力を持っているのかはぼくの考え得る範疇外のことではあるが、どちらにしたところで、九の九乗を九乗した分だけの人生を遊んで暮らしてそれでもお釣りがくるくらいの財産を持っていることだけは確実だ。

そう言えば、本家から半ば勘当されているという意味でも、この島の主人であるイリアさんと玖渚は共通している。ひょっとして二人は似ているのだろうか？　この三日間の経験で言わせてもらえれば、とてもそうは思えないけれど……、まあ、確かに二人ともエキセントリックであることは確かだ。集団に埋没すること、組織の一員であることが不可能なくらいに。

「…………」

きっと、そういうものなのだろう。

だとしたらこの島は……、
鴉の濡れ羽という名を持つこの島に与えられた、その意味は。

玖渚はキータッチを再開し始めた。

「……ぼくはこれから朝食を食べてくるけど、お前はどうする?」

「いらないー。食欲とかねーの、そろそろ発情期だからだね。いーちゃん、一人で食べてきていいよ。僕様ちゃんの分まで食べてきて」

分かったよ、と返事をして、ぼくはダイニングに向かった。

3

ダイニングには赤音さんがいた。

ので、ぼくは一気に緊張してしまう。

赤音さんは日本人らしからぬ優雅なポーズで脚を組んで、ダイニングの円卓で一人、食事中のようだった。いや、食事は既に終えていて、今は食後のコーヒータイムらしい。

「あ! おはようございます!」

明るい、溌剌《はつらつ》とした声でぼくに笑顔を向けたのは、ダイニングの掃除をしていたあかりさんだった。いや、違う、あかりさんじゃない。あかりさんはぼくに溌剌と挨拶をしたりしない。そんなあかりさんはぼくのあかりさんじゃない。ということは、

「どうもです。ひかりさん」

これはどうやらひかりさんのようだと判断し、ぼくはそう言った。当たっていたらしく、ひかりさん

はにっこりと、ぼくに向けてお辞儀をした。

千賀あかりさん、千賀ひかりさん。

二人は姉妹であり、双子だった。正確に言うと三つ子であって、彼女達の下にもう一人、てる子さんという無口な妹がいる。てる子さんは視力が悪いらしく、一人だけ黒ぶちの眼鏡をかけているので区別は可能だ。だけれどあかりさんとひかりさんは髪の長さから服装まで全く同一であり、似ているというよりそのものと言った方がよいくらいだった。

ただし、あかりさんと違って、ひかりさんは気さくで優しいいい人だ。本来《お客様》でないはずのオマケのぼくにまで、他の人達と同じように接してくれる。

「朝ご飯ですね？　少々お待ちください」

言ってひかりさんはくるりと背を向けて、厨房の方へ駆けていった。小柄なので小回りが利くようだ、とぼくはつまらないことを考えた。

ひかりさんがいなくなってしまったので、必然、赤音さんと二人きりになる。

ぼくは$\sqrt{2}$秒ほど迷った後、結局赤音さんの近くの椅子に座った。挨拶をしようと思ったけれど、赤音さんは考えごとの最中らしく、聞こえるか聞こえないかの小声でぶつぶつと何やら呟いているばかりで、こっちを見ようともしない。どうやらぼくの存在に気付いてもいないようだった。一体何について思考しているのだろうかと、ぼくはそっと耳を傾けてみる。

「先手9六歩……後手8四歩……先手、同じく歩……後手8七歩……先手8四飛車……後手2六歩……先手3二銀……後手9五歩……先手4四角……後手5九金、引く……先手2七桂馬……」

意味不明だった。

さすが七愚人に数えられるような人間、呟く言葉まで違うのだなとぼくは一人で勝手に感心していたが、よく聞けばどうやらそれは将棋の棋譜のようだった。なるほど……、目隠し将棋か。

しかも一人で。

朝っぱらからこの人、一体何をやってるんだ。

「後手2三歩、成で、先手、投了」言って、赤音さんはこちらを横目で見た。「ああ……、誰かと思えばきみだったか。おはよう」

「……おはよう、ございます」

「ふふふ。将棋は難しいと思わないかい？　チェスよりずっと駒の動きが広がるからね……今のは私が後手だったのだよ。辛勝といったところだな」

「はあ」

一人でやっていたのに先手や後手があるのか。赤音さんはイルカみたいに脳の中を区切ることができるのかもしれない。うん、確かに赤音さんならば、それは可能かもしれなかった。

「きみは将棋は得意かね？　別にチェスでもいいのだけれど」

「あまり得意とは言えませんね……」

「そうかね」

「他人の心を読むのは苦手課目なんですよ」

「そうか。そうだろうな。そういう顔をしている」

頷く赤音さん。「さっきそこの窓から歩くきみの姿を見たが、朝の散歩をしていたのかね？」

「ええ。森林浴です」

「うん、森林浴はいいよ。森林浴はいい。樹木の発するフィトンチッドには殺菌効果があるからね」

知らねえよ。

アメリカはテキサス州のヒューストンに、ＥＲ３システムという研究施設がある。そこにはアメリカ中、否、世界中の頭脳という頭脳が集結して、経済学から歴史学、政治学に文化学、物理学、高等数学から生物化学、電子科学に機械工学、超心理学にいたるまで、およそ研究、およそ学問と名のつくもの全てに手を出している学術のさい果てと呼ばれる場所である。

ついた二つ名が大統合全一学研究所。

何よりも学習することが、どれよりも研究することが大好きという二つの意味で頭の切れた連中の集合体。三大欲より知識欲の方が強いという非人間達の巣窟。完全な非営利組織であり、知識や研究結果を売るような真似はしない、ある意味では内向的で閉鎖的な、一種の機密組織と言っていい。

基本的なルールは四つだけ。

プライドを持たない。

節操を持たない。

愛着を持たない。

弱音を吐かない。

互いにありとあらゆる協力を惜しまず、森羅万象有象無象と何でもやり、無駄なことは世界が滅びようとも絶対にしないし、宇宙が破綻しても途中で手を引くような不細工はしない。

研究がしたい、とにかく何でも知りたい、知らずにはいられない、という、目的と手段が完全に一致した連中の吹き溜まり、ER3システム。集まっているのは高名な大学の教授から第一線の研究者、素人学者まで、それこそ節操なくあらゆる種類の人間が揃っている。一部マスコミでは勉強のし過ぎで頭のおかしくなった連中の宗教団体だと揶揄《やゆ》されているくらいに、それは異様なメンツであるらしい。

しかしそれゆえに絶大な研究成果をあげている組織でもある。ダレヴィオの非線形光学を解明したのも、体積ホログラムの技術を圧倒的に発展させたのも、近いところではオカルトとしか思われていなかったDOPを感覚技術として立証したのも、全てが全てER3の成果である。個人ではなく団体での研究成果であり、非営利組織であるからとあらゆる賞や名誉を断っているからだろう、いまいち派手になりきれないものの、その評判は学界では決して低くない。設立から一世紀に満たない歴史の浅い研究所ではあるけれど、そのネットワークはいまや世界中に広がっている。

そして、その研究所に七愚人と呼ばれる超越的存在がいる。《世界の解答にもっとも近い七人》と評される、選ばれた者達が選んだ七人の、正に《天才の中の天才》。

その一人がこの人、園山《そのやま》赤音さんなのだ。

綺麗な黒髪に、定規で区切ったように理知的な印象を与える佇まい。身長は女性にしては高く、身体はスタイリッシュな細身。その全身のどこをとっても女性的な格好よさに満ち溢れているこの人は、日本人女性学者として最も高い地位にいるのである。

ER3システムは日本国での知名度は割と低い。ER3自体が閉鎖的であることにもその因はあるのだけれど、その有象無象区別なしのやり方が日本国古来からの流儀にそぐわないというのが、その理由だと思う。しかしそれにしたって、赤音さんは純粋な日本人として初めて、しかも二十代の若さで、ER3の七愚人にまで上りつめた偉人である。本来なら日本人の誰もが知っていてもおかしくない名前なのだ。

などと言うと、どうして純粋な日本人であるにもかかわらず、ぼくはそこまで詳しく知っているのかという問題になってくるけれど、そこには大した理由はない。特にぼくが情報通というわけではなく、そのER3システムに対してわずかばかりの因縁があるというだけだ。

ER3システムは相当以上に長いスパンで物事を考えているらしく、若手育成、次世代育成にも力を入れていて、ERプログラムという留学制度を設けている。ぼくは中学二年生からの五年間、そのプログラムに参加していたので、当然のことながら《雲の上の存在》として、七愚人の存在、園山赤音の存在も知っていたというわけだ。

だからこの島にきてそこに赤音さんがいたとき、ぼくは柄にもなく驚いてしまった。ぼくは別に地位や身分、権威や才能に無条件で降伏してしまうような素直な人間では全然ないけれど、やはり緊張はしてしまう。今だって何を話していいのか分からないくらいだった。一体、七愚人を相手にどんな話をすればいいのだろうか……。

　黙っていると、赤音さんの方から「そういえば」と話を振ってきてくれた。

「例の青い子。玖渚ちゃんだけどさ」

「あ、はい」

「見事なものだね。昨日の夜、私のパソコンをメンテナンスしてもらった。素晴らしい腕だったな。ER3にも技術屋はいるけれど、あれほどの——それこそ機械のような正確さを見るのは初めてだったね。ルーチンワークをこなしているだけのような動き。失礼な話かもしれないけれど、私は彼女が本当に人間なのかどうか一瞬疑ってしまったほどだ。イリアさんが執心するだけのことはあると思った」

「ああ……、あいつ、そんなことしてたんですか。迷惑かけませんでした？」

　ぼくの台詞を聞いて、ふふふ、とおかしそうに笑う赤音さん。

「きみはまるで護送車みたいなことを言うのだね」

　護送車となる。

　これはまた過分な評価を頂いてしまったものだ。

「……て言うか、保護者でしょう？」

「うん？　しかし、護って送るんだから、意味は同じだろう」

「護送車は車です」

「ああ、そうかい」頷く赤音さん。その才能は主に理数系方面に発揮されていた赤音さん、国語はそれほど得意分野ではないらしい。「まあいい。いや、別に誘惑はかけられていないよ」

　当たり前だ。

「とは言え彼女は少々会話が成立しにくいタイプのようだったがね。人の話を聞かないというのか……お陰で私のパソコンは二世代くらい進化してしまったよ」

「あれでもマシになった方です。昔は会話なんて成立しませんでしたからね……好き勝手喋《しゃべ》って、黙って、それだけでした。結構苦労しましたよ」

「ふむ。私の個人的な感想を言えば、あのあけすけな感情表現には好意が持てるけどね」

「うーん。それについてはいまいち同意しかねますけどね……」

「さてね」赤音さんは肩をすくめた。

「ところで、その際に聞いたのだけれど、きみ、きみはERプログラムに参加していたんだって?」

「あう」

　あのお喋り娘、あっさりとバラしやがった。ちゃんと黙ってろって言っておいたはずなのに。……まあ、あいつに口止めなんて意味がないことは、十分に分かっていたけれど。

「言ってくれればよかったのに。弾む話もあったろう。時間を二日間無駄にした気分だよ。ひょっとして遠慮していたのかい? 誤解しているのかもしれないけれど、私はそれほど大した人間ではないよ」

「いえ、そんなんじゃなくて……。言い出しにくかったっていうか。それにぼくはプログラムに参加していたと言っても、その、途中でやめちゃいましたからね……」

　プログラム課程は十年で構成されている。ぼくはその六年目、今年の一月に中退した。それで日本に戻ってきて玖渚と再会し、幸いなことに高校卒業の資格はプログラムの二年目で既にもらっていたので、そのまま京都は鹿鳴館《ろくめいかん》大学に留学生入学を果たしたというわけだ。

「それでも大したものだよ。いくら途中で捻挫《ねんざ》したからと言って……」

「頓挫《とんざ》です」

「頓挫したからと言って、ERプログラムの受け入れ試験はそれなりに難関だよ。大したものだ。その経歴はもう少し誇ってもいいと思うけれど」

　確かにERプログラムの選考試験は異様に厳しい。その上募集要項には《一切の特典なし。将来の保証もしない。死して屍《しかばね》拾う者なし。得られるのは確かに知的好奇心を満足させうる環境のみ》と、こうあるにもかかわらず、全世界中からエリート候補生達が集まるだけ集まっての試験だ。確かにそれに合格したというだけで、誇るくらいのことはしてもいいのかもしれない。

だけれど。

それでもぼくは、その課程を全て終えたわけじゃあない。

「途中でやめたら意味なんかありませんよ。結果が全ての世の中です」

「全てが結果なのだと、私は思うけれどね。きみはまさか《天才は天才であり天才であり天才である》なんて、おばかなことを考えているんじゃないだろうね?」

少しばかり皮肉っぽい口調で言う、赤音さん。

「天才は薔薇《ばら》じゃないよ。日本にはよくいるじゃないか、努力したことそれ自体を誇りに思う人間が。これだけ苦労したんだから結果なんて関係ない、とね。努力はそれだけで価値がある、とか。私はああいうの認めてもよいと思う。《努力をした》というのはそれで立派な結果だからね。私が気に食わないと思うのはやればできただとかやらなかったからできなかっただけだとかそういう妄言を吐かす輩《やから》の方だ。《できるとは言ったがやるとは言ってない》。全く……色々な人間がいるよな、世の中には」

「ぼくはできないからやらないんですよ」

「……ふむ。ふふふ、きみは中々隠居な性格のようだな」

「多分、謙虚です」

「そう、それだ」

右唇だけ歪《ゆが》めて笑って、赤音さんはポケットから煙草の箱を取り出した。流れるような動作でそれを口にくわえて、火をつける。

「へえ…… 煙草なんか吸うんですか? 意外ですね」

「女性の喫煙は嫌いってタイプかね? きみは」

「いや、別に女性に限りませんけど。煙草は健康に悪いですよ」

「健康が煙草に悪いのだよ」

さらっとそんなことを言って、ゆっくり煙を吐き出す赤音さん。

さすが七愚人、言うことが違うと感心していたら、赤音さんは照れたように苦笑して、「……へ理屈だよ。気にしないでくれ。その程度の人間だと思われると困る」と言った。

「話を変えることにしようかな。私は高校までは日本にいたんだがね」

「そうなんですか？」

何だか意外だった。しかし考えてみればそこまで不可思議という話でもない。

「どちらの高校に？」

「普通の県立高校だよ。特に有名校じゃない。女子空手部に入っていてね、それなりに楽しくやっていた。当時は全然楽しくなかったけれど、今思えば、やっぱりあれは楽しかったんだろう。懐かしいな……、もう十年以上前の話だけれど……、これくらいの長さのスカートが流行っていた。成績はあまりよくなかったんだけれどね、数学と英語だけが得意だった。それで向こうの大学に入学したというわけさ。家族は随分と反対したけれどね、しかし可愛い子供は茶毘にふせろ、若い内の苦労は勝手にしろというではないかと私は真っ向から父母と対立した」

「いいませんよ」

「とにかくそんなこんなでね、家族とは結局絶縁して、単身アメリカに渡った。当時の私にしてみればなかなかの一大決心だったね」

そして至った果てが七愚人か。

とんだシンデレラもいたものだ。

「やっぱり、数学が好きなんですね。何となくそう思ってました」

「うーん。まあね、嫌いじゃない。高校生の頃はね、答が一つになるという、その不確定要素がないところが気に入って、数学ばかりやっていた。はっきりしていることが好きだったんだね。しかし大学に行き、ER3システムに参加して、そうではないことを思い知らされたよ。将棋やチェスと同じだね。最終的に詰めばそれでいいけれど、そこに至るまでの過程は無限だからな。何だか詐欺《さぎ》にあったような気分だったよ」

「恋人の意外な一面を知ったたって感じですかね？」

それは胸のときめくいい比喩だが正確ではないな、と笑う赤音さん。

「しかしそれゆえに感動もしたよ。女子高生やっていた頃には社会に出ても絶対役に立たないだろうと思っていた微分積分や三次方程式が、きみ、実際に使わなくては立ち行かなくなる場合があるのだよ？　階乗を日常生活で使うのだ。そういった事実に、私は確かに感動したものだ」

「分かります」

ぼくは頷いた。

これは本音。

赤音さんはうんうんと、満足げに微笑む。

「きみも数学が得意かい？　一般的に女性よりも男性の方が理数系には強いはずなのだが。脳がそういう風にできているとかで」

「そうなんですか？」

「統計的な結果だけれどね」

「男女差別に繋がりそうな結果ですね……」

それに統計による結論なんて、割といい加減なもののはずだ。サイコロを振って六が百回連続出たところで次に六が出るとは限らない。そう言うと、赤音さんはそうでもないさと応じる。

「六が百回出るサイコロは六しか出ないサイコロさ。それはもう偶然や単なる偏りでは片付けられない有意差というものだ。男女の統計もそうなのだけれど……、ふふふ、きみはフェミニストなんだね。いや、それとも私に遠慮しているのかな？　しかし残念ながら私はフェミニストじゃない。女権拡張とかウーマンリブとか話を聞くと胸の辺りがむかむかするくらいだよ。だってそうだろう？　彼女達は明らかな無茶を言っている。確かに今の世の中は男中心に回っている。しかし与えられるべきは性に対する平等ではなく能力に対する機会の平等だ。男と女は遺伝子的には違う生物と断じてしまってもいいくらいに差異があるんだよ。だからそれぞれに役割というものがあると園山赤音は考えるね。勿論役割とやりたいことは別だというのが大前提、そしてどちらかと言うならやりたいことを優先するべきというのが小前提。おっとその前にやりたいことができるならばという、中前提もあるか。自分が何もできないことに対して、なるだけ安易な理由を求めているように私には思えるけれどどね」

「環境の問題もあると思いますけどね……」

「環境かね。しかし女性が小説を書くのを、像を彫るのを、禁じられた時代が果たしてあっただろうか。最近の傾向に関して言うなら、私は男性の方に同情的だよ。それは私の立場がそちらに近いからなのだろうけれど、今まで仕事は男の領域だったわけだろう？　そこに割り込まれてきたら誰だって腹が立つよ」

「間違ったものを正そうとしているんでしょう。産みの苦しみですよ」

どうしてぼくが女性側に回らなくちゃいけないんだろうと思いつつ、赤音さんに反論を試みた。ぼくの台詞に赤音さんは「そうなのかもしれないな」と頷いた。

「私にはよく分からないけれど。しかし男に対して腹が立つという感覚も分からないじゃない。自分の役割を果たしているだけなのに、威張られたら、誰だって気分はよくない。怒って当然だ。しかしその巻き添えを食うのだけは勘弁願いたいよ。私に関係のないところでやって欲しいというのが正直な本音かな。何にせよ女など基本的につまらない生き物だよ。君たち男同様にね。そうだな——、実際、ＥＲ３でも女性よりも男性の方が多いのかな。七愚人にしたところで、五人までが男だしな」

「収穫逓増ですね」

「お？」ちょっと驚いた風な赤音さん。「その日本語は知らないな……収穫逓増？　それは食べ物か何かかな？」

「ベータはVHSに勝てなかったって意味です」

「ああ、なるほどね。経済学上生じる偏りのことだな。そうだな、一旦男性優位に偏ったものを元に戻すのにはそれなりの苦労が必要か……本当は、お互いがお互いに嫉妬《しっと》するような真似をしなければ問題は起きないんだけれどな——分かっていないよな、みな。区別と差別の間には、本来何の違いもないというのに……」

「……赤音さんがいうと、何だか説得力がありますね、そういうの。やっぱり赤音さんは《それなり》に苦労をしてるからですかね」

「苦労をしたことは一度もない」

きっぱりと赤音さんは言った。

「ただ、努力はしたがね」

含蓄のある台詞だった。

と、そこで思いついたので訊いてみる。これはERプログラムに参加して、七愚人やらなにやらの存在を知ったときから、誰か答えられる人に訊いてみたかったことだ。

「あの、ER3システムの中で一番頭のいい人って誰でしょうね？」

この質問は、つまり地球上で一番知能のある人間は誰かという意味に等しい。赤音さんはほとんど迷いもせずに答えた。

「二番目はフロイライン・ラヴだ」

「一番目は？」

「おいおい若人《わこうど》。みなまで言わす気かね？」

あう。

沈黙してしまったぼくに、苦笑する赤音さん。

「……冗談だよ、冗談。そうだね、真面目にその質問に答えようとすると……、私が一番尊敬している、つまり一目置いていて尚且つ最上位の存在として認めているのは、ヒューレット助教授だな。彼は確かに至高だ」

「七愚人のトップですね……」

言語を絶するくらいの成果をあげている前世紀最大の、そして恐らくは今世紀においても最大最後の才能。一桁の年齢で全ての学問を極め終わった空前絶後の男。彼には大統領並の免罪特権が与えられていて、その頭脳は国力をあげて保護されているという——

赤音さんをぼくから見て神様とするならば、ヒューレット助教授は宇宙の仕組みそのものと言ったところだ。

「彼が女性だったなら大袈裟《おおげさ》でなく歴史は変わったんだろうな——」

赤音さんは、何故か遠くを見るような目でそう言った。

まるで憧憬《どうけい》するような眼差しだった。


「お待たせいたしましたー」

と、絶妙のタイミングでひかりさんがワゴンを押して現れる。ワゴンの上にはぼくの朝食があった。慣れた手際でそれをぼくの前に並べていき、最後にナイフとフォークをその脇に置く。「では、ごゆっくり」と、にっこりと微笑んで優雅におじぎをし、ひかりさんはまたどこかに行った。ひかりさんにはまだまだ仕事がたっぷりと残っているのだろう。

スープリ九個とレタス。魚のスープとサラダとフィセルサンドイッチ。そしてコーヒー。赤音さんがそれを眺めて、「佐代野《きしろの》さんは大したものだねえ」と呟くように言った。

佐代野弥生さん。

この屋敷の厨房《ちゅうぼう》を管理している料理人だけれど、別に使用人というわけではない。そう、彼女もこの島に招かれた、才人の一人なのである。既に一年以上この屋敷に滞在していて、今のところ島で一番の古株であるらしい。彼女の料理を目当てにこの島を訪れる才人も決して少なくはないということだ。

　登録してある専門は一応西洋料理だけれど、それ以外、中華だろうと和食だろうと何でも作る腕前の持ち主。料理界において知らない人はいない究極にして至高の料理人——であるらしい。芸術だとか学界だとかならまだしも、さすがにぼくは料理世界のことは絶望的なまでに疎《うと》いので、この島を訪れるまで弥生さんのことは寡聞《かぶん》にして知らなかったけれど、それでもこうして一日三食、その上間食まで食べさせてもらえば、その腕が抜群なものであることは理解できた。

　下の名前が弥生とくれば、大抵高飛車なお姉さんか、そうでなければ背の低い活発な女の子だと相場は決まっているものだが、弥生さんはそのどちらでもない、凛《りん》とした、髪の短い爽やかな女性だ。物腰丁寧《ていねい》で、天才と呼ばれても決しておごることのない性格。ぼくを除けばこの島で唯一の常識人かもしれない。好感が持てるという意味ではこの島で二番目である。ちなみに一番はひかりさんだ。いや、それは戯言だが。

　話によれば弥生さんは何でも、どんな料理であろうと他人よりもうまく作ることができる技術の持ち主だというのだけれど、さて、それはどういうものなのだろう？　興味があるけれど、まだ訊いていない。ほとんど一日中厨房にこもっているので（こういうのも引きこもりと言うのだろうか）、会話する機会がそれほど多くないのだ。

　見ると、赤音さんはもの欲しそうな目でスープリを見詰めている。それでもぼくが黙っていると、視線をこちらに移した。さっきまでとは一味違う、まるで獲物を狙う肉食獣のような瞳だった。

「元来人間は七までの数字しか認識できないという話を、きみは知っているかね？」

「……一応は」

　八以上の数は、本来《たくさん》としか認識できない極大数なのだそうだ。ＥＲ３の愚人が七人に制限されているのも、そういうところに根本の理由があるとプログラム研修中に聞いたことがある。

「うん。だから単純にして冷静な考察として、九つあるスープリが八つになったところで、きみは大して困らないと思うのだけれど」

「だから？」

「鈍い男だね……、それでよく玖渚ちゃんとやっていけるものだね」

「別にぼくら、そういう種類の仲じゃないんですけれどね」

「話を逸らさないでくれ。きみはどうやら七愚人たるこの私に頭を下げさせたいようだな。いいだろう。佐代野さんのスープリはとてもおいしいから一つ私にくれ。うん？　これで満足なのか？」

「…………」

ぼくは黙って皿を寄せた。

赤音さんは嬉しそうにそれを一つ、二つと次々と食べていく。あっという間にスープリはなくなってしまった。どうやら《一つ》というのは《一皿》という意味だったらしい。

「…………」

いや、まあ、どうせ朝はあまり食べる方じゃないし、いいだろう。玖渚の分まで食べなくちゃいけないのだけれど、しかし、それはそんなことを人任せにする方が悪い。

頭脳《チャンネル》を切り替えて、ぼくはサンドイッチに手を伸ばし、サラダも食べる。単純な感想だが、実に美味だった。出てくるのがこんな食事ばかりだというのなら（しかも無料と来ている）この島に滞在したがる才人が跡を絶たないというのも、確かに頷けなくもない。目の前の赤音さんも案外その口なのかもしれなかった。

「さて。さっきは巧妙に話を逸らされたけれど」

と、ナプキンで口元を拭きながら無茶なことを言う赤音さん。「《そんな仲》でないというならきみと玖渚ちゃんはどういう関係なのかね？　ただの友人ならこんな島まで一緒に来たりはしないだろう。学校もあるだろうし」

確かに、この島に来たせいで大学には入学式以外出ていない。ちなみに入学式は欠席した。つまり、まあ、そんな感じだ。

「あいつとはプログラムに参加する前に会ったんです。だからざっと五年前ですね」

「ふうん。そして帰ってきたら彼女はサイバーテロリストになってたわけかい？　えげつない話だね」

確かに。

その兆候は十三歳のときからあったけれど。

しかし、そういう話はともかくとして、五年間の留学から戻って再会した玖渚友は、あまりにもあの頃と変わっていなかったので、正直ぼくは驚いた。ローティーンの頃のままなのだ、ぼくでなくとも驚く。もっとも、それは外観のみに限った話であって、性格の方は大分人間らしくなっていたが。

玖渚との関係。

それを正面から訊かれると確かに答えにくい問題ではある。

あいつにはぼくが必要だ。それは分かっている。だけれどそれは、別にぼくである必要はないのだった。その辺りの事情をうまく説明するのは、随分と難しい。玖渚の内情を話さなければならないし、それはぼくの望むところではない。

ふむ、と赤音さんは頷く。

「玖渚ちゃんとはそれほど話したわけではないけれど……彼女は日常生活を送るには欠陥が多過ぎるんだろうね。ん……欠陥という言い方はまずいか。彼女は別に劣っているわけじゃあないからな。しかしそれにしたって集中力があまりに偏りすぎているようだ。知り合いのサヴァン症候群の子供を思い出したよ、私は」

サヴァン——フランス語で、知恵のある人。玖渚が昔そのものその名詞で呼ばれていたことを、ぼくは知っている。それこそ、知り過ぎるくらいに、ぼくはそれを知っているのだった。

「だから確かに、彼女には介護人が、きみのような友人が必要だろう。彼女のそばにきみがいる理由には頷けなくもない。しかしそれならば、きみにとってはどうなんだろうね？」

答に詰まる。

赤音さんは「きみたちの関係は、どうも共依存に近いな」と、続けた。

「共依存……ですか？」

知らないのかい？　と小首を傾げる赤音さん。

「人間関係内での中毒症状の一種だよ。たとえばアルコール依存症の患者がいたとする。彼にはそばにいてくれる介護人が必要だ。そしてその介護人が彼に対して献身的に世話をすることになるわけだが、それが度を超した献身である場合、それは共依存の症状だと判断するのさ。奉仕することに酔っている状態だね。男女の恋仲でも軽度の症状はよく見られるな。言うまでもないことだけれどこういう状態はあまりよくない。お互いがお互いを駄目にしてしまうからだ。きみたちがそうだとは言わないけれど、何らかの用心はしておいた方がいいかもね」

「はあ」

「失敗した人間関係を持続させるほどに無意義なことは、そうそうないよ。しかし……そういうことを含めて考えても、玖渚ちゃんの才能には感心するばかりだ。ER3でも彼女——彼女《達》か。彼女達の作成したプログラムを有用活用させてもらっていたがね……、まさかこんなところで会うことになろうとは思っていなかったよ」

「……赤音さんはどうしてこの島に？」

七愚人ともなればそんなに暇でもないはずだ。この質問に赤音さんは数秒沈黙してから、「特に理由はないよ」と答えた。妙に素っ気のない言い方だったので少し気になった。

「それよりも、だ。得意ではないと言っても、きみ、将棋もチェスもルールくらいは知っているのだろう？　それならＥＲ３の思い出話にでも花を咲かせながら一局どうだい？」

「ああ……」

七愚人と将棋勝負。

ちょっとやってみたい。

「でも、目隠しはだめですよ。ぼくの記憶力の悪さには、定評があるんです」我ながら嫌な定評だった。「場所をかえて、ということなら、是非」

「私の部屋には盤があるよ。日本に戻って一番最初に買ったものだ。そうだな、午前はちょっと仕事が残っているから、午後からどうだい？」

「いいですね——って……ああ、無理です。ちょっと先約が……」

「先約？　玖渚ちゃんとかね？　だったら仕方がないな……」

「いえ、かなみさんと」

途端。

赤音さんの表情が非常に険しいものにと変わる。


しまった。忘れていた。島に来た最初、赤音さんとかなみさんは壊滅的なまでに仲が悪いとひかりさんが教えてくれていたことを、ぼくの定評ある記憶力はすっかりと忘却していた。

「ふん。きみとは浅くない縁のある仲だから忠告しておくことにしよう。あんな低俗な職種の人間とは付き合うべきでないよ。己の価値をいたずらに下げて喜ぶのはばかのすることだからね」

「……赤音さん、よっぽどかなみさんのこと嫌いなんですね……」

「いや、違うよ。彼女本人には好悪の情を抱く理由はない。だけれど画家なんていうのは最低の人種だ。ふん、全く！」そう言っていきなりテーブルを強く叩く赤音さん。「私は何が嫌いと言って絵描きほどに嫌いなものはないよ。絵描きはこの世界で一番劣悪な人種だ。あれに比べればこそ泥や強姦魔《ごうかん》がキリストに見えるくらいだね。ちょっと筆を持ってちょちょちょちょっと色塗ったらそれで偉大だと思ってやがる。赤塗って青塗って、それで立派なお仕事だよ。はん！　そんなの誰にだってできるね！」

人が変わったように罵言を呈する赤音さんだった。この人はひょっとして画家に研究材料を奪われたことでもあるんだろうかとまで思わせるような豹《ひょう》変《へん》振りだった。

呆然となったぼくに気付いたようで、「ああ、ごめん」と、赤音さんはようやく我に返ったようだ。

「失言だった。取り消すつもりはないけれど、うん、人の悪口を聞くのは気分のいいものじゃなかっただろうね。私は頭を冷やしてくることにしよう」

早口でそう言って、赤音さんはぼくのコーヒーを勝手に飲んでしまい、逃げるようにダイニングを去っていった。理性を失ってあそこまで激昂《げきこう》してしまったことを、一応失態と思ってはいるらしかった。それでも前言撤回する気はないってのが、さすがなのだろうけれど……。

「……ふう」

一人になって、ぼくは嘆息《たんそく》する。

全く、緊張した。そもそもぼくは他人と会話すること自体に、それほど慣れてはいないのだ。そこにきて、ER3が七愚人の一人、園山赤音である。気張るなと言う方が無体ってもんだ。

まあ、最後は失敗だったけれど、あれでも思ったよりも自然に喋れた方だろう。とりあえずよしとしておこう。滞在期間あと四日、ひょっとしたら赤音さんと将棋くらいはすることもあるかもしれない。そのときは飛車角銀金抜いての勝負にしてもらうことにしよう。

ぼくはもう一度嘆息したが、しかし、気を抜くのはまだ少し早かったようだ。朝食も食べたことだしそろそろ玖渚の部屋に戻ろうかと思っていたところに、あくびをしつつ真姫さんが現れたのである。この島にバカンスで来たのだといっても通じそうなアウトドア系のファッションに、逆毛ポニーテイル。

「パッパパヤパヤパヤパヤパヤ♪　パッパパヤパヤ

パー♪」と、陽気なメロディを口ずさみながら歩いてきて、ぼくの隣りの椅子に座った。

「おはようだね」

「……どうも」

「駄目だねえ……朝の挨拶はおはようだよ。あっと、あたしは別に早くないか。きみは六時過ぎにおきてたんだからね……。すごいよ。あたしは超凡に低血圧だからね、とてもとても真似できないや」

言いながらもう一つ大きなあくびをする真姫さんだった。ぼくは適当に《はあ》などと頷いておく。どうしてぼくの起きた時間を知っているのかなんて質問は、この人に対しては意味を持たない。

赤音さんのときとは別の意味で、再びぼくは緊張していた。

姫菜《ひめな》真姫さん。

勿論彼女だって別にサーフィンをするためにこの島に来たわけではない。ここにいるからには、ここにいるなりの理由がある。

真姫さんの職業は占い師。かなみさんが絵の天才であり、赤音さんが学問における天才であるように、真姫さんは天才占術師と呼ばれている。

「…………天才ねえ……」

さておき、ぼくは真姫さんが苦手である。

初対面での第一印象がまずかったのだ。

「占い師なんですか。初めて会いましたよ。どうです、ぼくの運勢ってどんな感じですかね？」

それほど自分の運勢に興味があったわけではない。だけれど社交辞令として、占い師に対してはそういうことを言うべきだろうと判断しただけだ。誰だって自分の得意分野に話が行くと嬉しいものだろう。チャーチルだって言っている、《私は自分の知っていることを披露したいのに、他人は私の知らないことばかり訊いてくる》。そんな他人にはなりたくないと思っての発言だったのだ。

言い訳だけれど。

真姫さんはそれを聞いてにやりと笑って、「じゃあ生年月日と血液型と好きな映画俳優の名前を教えてよ」と言った。生年月日と血液型はともかくとして、映画俳優が運勢に関係あるんだろうか、と思いつつ、ぼくはその質問に答えた。もっともぼくは自分の血液型を忘れていたし、映画俳優なんてほとんど知らなかったので、その二つはでたらめを言ったのだけれど。

目を閉じてそれを聞いていたかと思うと、真姫さんは「分かったよ。じゃ、これね」と、ポケットから紙切れを取り出してぼくに手渡した。そして真姫さんは去っていきぼくは取り残された。

おみくじみたいなものだろうかと紙切れを開けると、そこにはぼくの生年月日と、——さっき言った血液型と俳優の名前が、明朝体の文字で記されていた。

「……トリックだよな?」

ぼくはその後、すぐに玖渚に確認してみた。「ランダムに色んな数値を書いた紙をポケットのあちこちに忍ばせておくっていう、使い古された手品だろうとぼくは思うんだけれど」

しかし玖渚は「んーん」と首を振って、それを否定した。

「無理だよ。トランプのカードとかくらいならまだしも、ちょっと数が多過ぎるからね。それに事前に調べておくってのもバツ。血液型と俳優についてはいーちゃん、言ったら嘘ついたわけじゃない。どんな嘘をつくかまでは予想できないと思うよ」

そして玖渚は姫菜真姫についてのレクチャーをしてくれた。ぼくが浅学非才にして知らなかっただけで、真姫さんはそれなりに名の通っている占術師であるらしい。雑誌の星占いみたいなコールドリーディングを利用した気休め的占術ではなく、大物の政治家や企業を相手にした、それは占い師というよりも宗教家に近いような真似を本流に、目立つことなく飄々《ひょうひょう》と、その才能を発揮しているとか。

天才占術師、姫菜真姫。

「宣託師、とも呼ばれてるね」

玖渚は含みを持たせてそう言った。

そのキャッチフレーズはこうである——過去を知り、未来を知り、人を知り、世界を知り、全てを知る能力者。

「……能力者って、何だよ」

「超能力者だよ」あっさりと玖渚。「extrasensory perception の能力者だね」

「……えっと？」

「ESP。超能力にはESPとPKの二種類があるんだよ。えーと、真姫ちゃんが持ってる能力は、だからESPに分類されるんだ。レトロコグニションにプレコグニション、それにテレパシーだったかな。一応和訳するとレトロコグニションは過去視。プレコグニションは予知。テレパシーは精神感応ね」

「ちょっと待ってくれ、追いつけない。回転数落として……。友、真姫さんは確か占い師のはずじゃないのか？」

「占い師は職業でしょ？ 自分の能力を利用した職業。あくまでね。足が速いってのは職業じゃないでしょ？ でも陸上選手は職業だね。手先が器用だとかも職業じゃないよね、けど、技術者っていうのは職業だよ。超能力は能力だけど、占いは行動だけれど、占い師は職業」

「ああ……」なるほど、とぼくは頷いた。「つまり真姫さんは——」

「そ。いーちゃんの心をあらかじめ読んでいたんだね。そういう質問をするってことを含めてさ」

玖渚は明るく笑ってそう言った。

「——超能力ね」

ぼくは真姫さんを横目で見つつ、真姫さんに聞こえないように呟く。そのときの玖渚の説明は、確かにある程度まで納得のいくものではあったけれど、しかし——

今、ぼぉっとした表情でまだ眠そうな真姫さんを見ていると、とてもそんな風には思えない。こうしてまどろんでいる姿は、ただの低血圧の変なお姉さんにしか見えなかった。

「あたしが占い師だっていうのに、きみは不満があるみたいだね……」

いきなり真姫さんは視線を移し、ぼくに話し掛けてきた。不思議なことに初対面以後、なぜかこの人はぼくに対して突っかかってくるのだった。

「あたしが水晶でも持ち歩いて、黒いフードでもかぶってればよかったのかな？　まがまがしい言葉遣いできみが破滅する運勢でも、意味不明な曖々然とした言葉で伝えればそれで納得したのかな？　きみは形から入るタイプなんだね……」

「そんなことは——ありませんよ」

「だろうね。知ってるよ……」答えて、ふるふると頭を揺らす真姫さん。「まあ、いいけどね……、きみのことなんかどうでもいいよ」

「どうでもいいんですか」

「うん。どうでもいいこと日本代表だよ」

つまりぼくは日本一どうでもいい男なのか。

ひどい言われようだった。

「けどさ、きみ、一つだけ親切心から忠告しておいてあげるよ。きみのあたしに対する印象はかなり間違ってる。それだけじゃないね。きみがこの島の住人に対して抱いている印象もとんでもなく間違ってるね。それは玖渚ちゃんを含めての話だよ？」と言うよりきみは他人に対するときの自分の価値観をわざと意図的にずらしているようだね……。そういうのが生きる上で楽なのは認めるけれど、あまり賢明な生き方とはいえない。いつか大損するから気をつけた方がいいよ」

すらすらそんなことを言って、またも猫のようにあくびをする真姫さんだった。ぼくはこの二日というもの、会うたびにこのような耳に痛い小言を呈されている。それもまるっきり的外れということもなく、本当にテレパシーでも使っているんじゃないかと思うほどに、真姫さんの言うことは真相をついているのだった。

正直に言おう。

ぼくは、この人を不気味だと思っている。

「不気味で悪かったよね……」

ぼそりとそう言って真姫さんは、朝食を取りにだろう、厨房の方へと歩いて行った。

4

このタイミングを逃すわけにはいかないとばかりに、ぼくはダイニングを出て、玖渚の部屋にと戻った。予想通りだけれど、玖渚はまだワークステーションに向かいっぱなしだった。人の家にまできて引きこもることはないと思うのだけれど、そこはそれ、個人それぞれの価値観って奴だろう。

玖渚がこっちを振り向いた。

「おー、いーちゃん。お帰りなんだよ。どうだった？　誰かに会った？」

「ほとんど全員に会ったよ。今日まだ会ってないのは、そうだな……てる子さんとイリアさんか。ああそうだ、弥生さんにも会ってないな」

料理を食べたので、何となく会った気になっていたけれど。

「ふぃーん。じゃあほとんどパーフェクトだね」

「何がだよ」

「鴉の濡れ羽島にいる人間朝の内に全員会おうコンテスト、パーフェクト」

極まった語呂の悪さだった。

しかしまあ、とにかく。

この島には、今現在、十二人の人間がいる。《画家》伊吹かなみさん、《七愚人》園山赤音さん、《料理人》佐代野弥生さん、《占術師》姫菜真姫さん、それに《技術屋》玖渚友。そしてオマケとしての存在、逆木深夜さんと、ぼく。元々の島の住人として、まず島の持ち主にして屋敷の主人、赤神イリアさん。メイド長の班田玲さんに、何でもこなす三つ子のメイドさん、千賀あかりさん、千賀ひかりさん、千賀てる子さん。合計十二人。

普通の家ならこれだけの人数、既に飽和状態だろうけれど、この広すぎる屋敷にはまだまだまだまだスペースがある。

そこまで考えたところで、ぼくは思い出した。

「そうだ。友、お前、いつまでこの島にいる予定だっけ？」

「あと四日だよ。一週間だからね」

「深夜さんから聞いたんだけれどな」

ぼくは今朝深夜さんが言っていた話を、そのまま玖渚に伝えた。イリアさんお気に入りの万能家さんがこの島を訪れるという噂。しかし玖渚は特に興味が湧いてくることもなかったようで、「ふぃーん」と、ほとんど聞き流していたようだった。

「別にいいんじゃない？　情報が曖昧過ぎて判断できないけどさ、特に会う必要があるとも思えないよ。僕様ちゃんは別に天才に会うためにここまで来たわけじゃないし、そんなことに興味はないからね」

「そうだろうけどね……ところで、前から聞こうと思ってたんだけれど、じゃあ全体、お前は何でここに来たんだ？　そんなことに興味はないって、じゃあ他に何に興味があってこの島に来たっていうんだ？」

　外出することを何より嫌う玖渚友がこんな旅行の招聘に応じる理由が、ぼくには分からなかった。玖渚は少し首を傾げて間をあけてから、「まあ、何となくだね」と、答になっていない答を返した。

「この程度の行動に理由なんかないよ。それともいーちゃんは何にでも理由がなくちゃ気に入らないってタイプなのかな？」

　ぼくは肩をすくめた。

　まさかだね。

「ネットワークさえつながってればどうせどこにいようと同じだけど、やっぱり家が一番だからねー」

　まだ旅行中なのにそんな台詞を言う玖渚だった。

　まあいい。どうせ相変わらずに相変わらずの気まぐれなんだろう。ぼくが気にするようなことじゃないし、気にしなければならないことでもあるまい。

　ぼくは真っ白い絨毯の上に寝転がって、天井のシャンデリアを見上げた。全く……、実に非現実的な光景だ、と思う。もっとも、反対に現実的な光景ってのは何だと訊かれると、それはそれで答えにくいものでもあるけれど。

　そんな様子のぼくを見て玖渚は言う。

「いーちゃん、ひょっとして退屈してる？」

「ぼくは人生に退屈してるんだよ」

「それ、格好悪いよ」

　あう。

　さらっと言われてしまった。

「暇なら読書でもする？　いーちゃん。何冊か本も、持ってきてるんだけれどもさ」

「本ね……何がある？」

「えーとね。英和辞典と六法全書とイミダス」

「そんなもんデジタルで持って来いよ……」

　大体そんなの読んで楽しい奴がいるのか。

　ああ、目の前にいるのか……。

　呆れ半分諦め半分、ぼくは寝返りを打つ。

「ん？　いーちゃん。その時計、壊れてるね」

「え?」

玖渚に言われて、ぼくは腕時計を見る。そうだ。そう言えば、玖渚に直してもらおうと思っていたのだ。朝から色んな人に会ったせいで、すっかり忘れていた。

「貸してよ。直したげるから」

「ああ。電池が切れただけなのかもしれないいんだけれど」

「うーん。えーと」時計を光にかざすようにする玖渚。「いや、どうも違うみたいだね。どっかに強くぶつけなかった? でも多分すぐ直るよ。でも今時腕時計っていうのもアナクロだね。携帯電話持ってればすむ話なんだからさ。あれ?　そう言えばいーちゃん、携帯電話は?」

「家に置いてきたよ」

「携帯しようよ。携帯電話なんだからさ」

「落としたらどうするんだ?」

「まあ、そうだけどさ……」


「それに、こんな島に持ってきても圏外じゃないか。お前の電話くらいだよ、通じるのは」

ちなみに玖渚が現在使用している携帯電話は、通信衛星を利用した全世界と交信が可能なシロモノである。絶海の孤島であろうが何であろうが、圏外なんて言葉は、その電話の前では存在しないに等しい。勿論それなりに値は張る。引きこもりが持つには恐ろしい無駄遣いであるが、今更玖渚の無駄遣いについて注意する気にはなれない。

「まあ、そうかもしれないね。アナクロなのって、別に悪いことじゃないし」

玖渚は大きな瞳を細めるようにしてから、ぼくの時計をラックの横に置いた。

そのとき、扉がノックされた。玖渚が何の反応もしなかったので、仕方なくぼくが返事をして扉を開ける。来訪者は掃除用具を持ったひかりさんだった。

「ちょっと失礼いたします。部屋のお掃除に上がりました」

「どうも。ご苦労様です」

ぼくはひかりさんを中に招く。

「やっほ、ひかりちゃん、ちゃっおー！」

満面の笑みでひかりさんを歓迎する玖渚。ひかりさんも笑顔でそれに応えた。この二人は、何故か妙に馬が合うらしく、なんとなく仲がよい。玖渚とこれほどの短期間で仲良くなれる人間など珍しいので、ぼくはそのことに少しばかり驚いている。

「何やってるんですか？　友さん」

「今はね、ゲームソフトを作っているんだよ。テキスト文章を音楽に変換するアプリケーションの作成。この島にきた記念にイリアちゃんにプレゼントしようと思ってねー」

「よく分からないゲームだな。何だそりゃ？」

「えーとね、説明しようか？　じゃあ、えーと。ねえ、いーちゃん。いーちゃんが今まで読んだ中で、一番長い小説って何かな？」

「《源氏物語》と《ドン・キホーテ》は途中でやめたから……、トルストイの《戦争と平和》だな。あれは長かった」

「うん。たとえばそれをね、全部テキスト文書化するじゃない。スキャナで読んでもいいし、自分で打ち込んでもいいけど。それでね、たとえば《い》なら《ド》、《ろ》なら《レ》、《は》なら《ミ》みたいな風に、D／A変換するわけ。すると楽曲《戦争と平和》のできあがり。あの分量なら一時間くらいになるんじゃないのかな？　勿論本当を言えばもっと複雑だけどね。コード変換とかセッションとか、全体的に調和が取れてなくちゃ話になんないし。つまり、小説を音楽化するんだよ。楽しいでしょ？」

「ふうん……楽しいかどうかはともかく、面白そうではあるな。プログラム言語は何使ってるんだ？　VB？　C？」

「機械語」

ぶっちぎりの超低水準言語だった。

今時そんなもの使ってる奴がいるとは。

「マシンとタメロ利いてるようなもんじゃないか、それ……」

「えっへっへ」

玖渚は少しだけ自慢げだった。

ひかりさんの方はコンピュータにはぼく以上に疎いらしく、分かったような分かっていないような曖昧な表情で「すごいですねー」と、ただ感心しているようだった。

「うーん。しかしそのソフトって、友、何が楽しいんだ? やっぱりぼくにはよく分からないけど」

「作るのが楽しいんだよ」

明確な理由だった。そこまで開き直られて、文句のつけられるはずもない。

ひかりさんは面白そうに玖渚の話を聞いていたが、「あ、そうだ」と、ふと思い出したように、ぼくの方を向いた。

「あとであなたの部屋もお掃除させてもらってよいですか? 倉庫……先ほど部屋にお邪魔しましたが、おられなかったものですから」

「構いませんよ」

あの部屋のどこを掃除する気か知らないけれど。

ありがとうございます、とひかりさんはぼくにお礼を言って、それからこの部屋の掃除を開始した。そして一通り清掃を終えたところで、ひかりさんは「ふう」と息をついて、その場にしゃがみ込んでしまった。

「すいません……少し、疲れました」

「休んでいきますか?」

「いえ、大丈夫です。玲さんに怒られますしね……、玲さん、厳しいんですよ、何回か言いましたけれど。大丈夫です、わたし、元気ですから。元気だけが取り得なんですよ。だから、大丈夫です。ご心配おかけして、申し訳ありませんでした。それでは、失礼します」

気丈そうにそう言って、ひかりさんは退出していった。

　ふう、とぼくはなんとはなしに息をついた。

「……なーんか大変そうだよな、ひかりさんも。勝手な思い込みかもしれないけど、ああいう姿見てると、一人で苦労背負い込んでるみたいに見えるよ」

「自分見てるみたいな気持ちになる？」

「そういうわけじゃないけど、ちょっと同情はしちゃうかもしれない」

　何だかひかりさん、幸薄そうだし。

　玲さんやあかりさんはいっそこれを《仕事》と割り切っているように思えるけれど、ひかりさんはその辺を自分の中でうまく処理できていないのじゃないだろうか。人生というサーキットの中に仕事を組み込めていないというのか。何かそのあたり、事情でもあるのかもしれない。

　ちなみにもう一人のメイドさんであるてる子さんについては、何を考えているのか分からないのでコメントのしようもない。


「人それぞれ、苦労があるもんだよ、いーちゃん」

　玖渚が分かったようなことを言った。

「誰だって苦労してるし、そうじゃなくても努力はしてる。ひかりちゃんだっていーちゃんの尊敬する直《なお》くんだって赤音ちゃんだってね。何の苦労もなく何の努力もせず生きてる人間なんて僕様ちゃんくらいのものさ」

5

昼食を食べてから、ぼくは約束どおりにかなみさんのアトリエへと向かった。玖渚は相変わらず「食欲がない」とか言って、昼を過ぎた頃にベッドに潜ってしまった。あの若き技術者は慢性的に睡眠不足なのだ。

「夕飯のときに起こしてちょん。イリアちゃんに会わなくちゃだしね」

とのこと。

アトリエの扉をノックして、返事を待って、ノブを引く。絨毯が敷かれていない、板張りの床だった。どことなく小学校のときの美術室を連想してしまったけれど、勿論傷だらけの机は並んでいないし、偽物っぽい石膏《せっこう》の像もない。そしてそれほどの広さもなかった。単純な面積としては、このアトリエ、玖渚が滞在している部屋の半分くらいのものだろうか。

「……。ようこそ。じゃ、そこの椅子に座って」

かなみさんはやや冷ための視線でぼくの方を見て少し黙ってから、そう指示した。深夜さんはどうやら自分の部屋にでもいるようで、アトリエの中にいたのはかなみさん一人だった。壁際の、画材やらペンキやらが置かれている棚の横を通り過ぎて、ぼくは言われるままに椅子に腰掛けた。

かなみさんと向かい合う格好になる。

「……よろしくお願いします、かなみさん」

それにしても綺麗な人だ、と思う。

金髪碧眼、古い映画に出てくる深窓の令嬢のような雰囲気。その上で理知的でもある。更にその上、絵描きとしての才能もあるというのだから、こいつは神様、不公平ってもんだ。

「…………」

いや……そうとばかりもいえないのか。

かなみさんは足が悪いし、数年前までは光がなかったのだ。五体満足のぼくがそれで不満を論じようなんて、それは傲慢を通り越してただのばかというものだろう。とはいえかなみさん本人は、そんなものをハンディキャップとも障害とも思っていないらしいけれど。

《神様は平等ね。このわたしが五体満足だったなら健常者に対して却って不公平ってものでしょう》《足なんて飾りです》《目が見えるようになっても別にわたしの世界は何も変わらなかった。世の中は思っていた通りだったわ。自然淘汰も運命も意外と大したセンスがないのね》。

以上、伊吹かなみ、画集のコメントから抜粋。

かなみさんはぼくが座っているのと同じ、丸い木製の椅子に座っていた。ドレスなので少し座り心地が悪そうに見える。

と、ぼくは気付く。

「かなみさん。えーと、そんな服を着たまま絵を描くんですか?」

「それはわたしのファッションセンスに疑問があるって意味なのかしら?」

かなみさんの表情がかすかに険しくなる。冗談で言っているのではなく、かなみさん、本気で気を悪くしているようだった。ぼくは慌てて弁解する。

「いえ、そうじゃなくて。服が汚れるんじゃないかなって思って」

「わたしは絵を描くときにわざわざ着替えたりしないわ。絵の具で服を汚したことなんか今まで一度もないわよ。ばかにしないで」

「はあ……そうですか」

書道の達人みたいなものなのか。確かに絵の具で服を汚すなんてのは素人のレヴェルなのかもしれない。かなみさんは世界でもトップランクの画家なのだ、釈迦《しゃか》に説法、言うだけ野暮《やぼ》だったようだ。

ぼくは肩をすくめた。

「でも、本当にぼくなんか描いていいんですか?」

「それはどういう意味かしら?」

険しい表情のままでかなみさんは訊き返してくる。うーん、なんだか機嫌が悪そうだ。いや、この人はデフォルトでこんな感じなのだったか。

「いえ、なんていうか、画家としての値打ちが下がりそうじゃないですか」

　たとえば玖渚友の技術屋としてのスキルは、どこの世界においても群を抜いて優れていると言っていいだろう。しかし、あいつはそれだけの技術を遊びにしか使おうとしない。それゆえに、あいつを偉大だ天才だと認める人間の数は、極めて少ない。

「権威っていうのはあくまで結果のことだからね。できないとやらないは一緒なんだよ」

　本人いわく、そういうことらしい。

　そしてそれは画家にしたって同じことだろうと思う。適当な題材を適当に、手遊び気分で描いているような画家は他人に価値を認めてもらいにくいのではないだろうか。

　しかしかなみさんはぼくの考えを否定した。

「ばかにしないでって言ったばかりでしょう？　ちゃんと脳味噌入ってる？　わたしは題材を選んだりなんかしない。あのさぁ……頭が悪いのは黙ってたらばれないことなんだから、きみ、ちょっとは口を慎《つつし》んだ方がいいんじゃない？」

　やれやれとでも言わんばかりの、見ているこっちのテンションが下がりそうな態度だった。

「わたしさぁ……そういうのってむかつくんだよね。吐き気がする。いい題材がないから絵が描けないとか、モデルが悪かったとか環境が悪かったとか、そんな題材は自分の描くべきものじゃないとかさ。画家に限ったことじゃないわ。コレハジブンノヤリタイコトトハチガウだとかセンセイヤリタイコトガミツカリマセンとかなんとか、うざくてエゴいこと言う奴、あなたの周りにだっているでしょ？」

「ああ、いますよね」

　ぼくだ。

　全く、とかなみさんは息巻く。

「やりたいことだとかやりたくないことだとか……、自分の無能を棚に上げてる奴って、わたし大っ嫌い。図々しく生きてるんじゃないよって思う。そりゃ死ねとは言わないけど、もっと申し訳なさそうに生きて欲しいわね。ぎゃあぎゃあわめいてないで何でもやればいいのに。わたしだったらどんな平凡な男だって虫のはらわただって、芸術に仕上げて見せるわ」

清楚そうな外見とは裏腹に、随分と矜持《きょうじ》が高い。自分は勿論のこと、他者にさえも妥協を許さない、そういう厳格な人のようだ。

虫のはらわたと並べられてしまったことは愉快ではないけれど、それが描けてぼくが描けないということはないだろう。これ以上無駄な気遣いをするのは却って失礼というか、この人に対しては気遣いなんてものは全て無駄に終わりそうなので、ぼくは黙ることにした。

ふと見ると、かなみさんの後ろに一枚のカンバスがあった。それは鉛筆画で、アンダーアングルからの桜の樹が描かれていた。今朝、かなみさんが深夜さんと一緒に見ていた、例の桜だ。

まるでモノクロ写真のように緻密《ちみつ》な絵だった。画素数は一千万くらいだろうか。いやいや……つまらない。この細密画を前に、そんな比喩表現など必要はない。

「……それ」ぼくはカンバスを指さす。「いつの間に描いたんですか？」

「午前中だけれど何か文句ある？」

かなみさんが桜を見ていたのは早朝のこと。つまり今から五時間前くらいのことだ。ただの五時間で、こうも見事な細密画が描けるものだろうか。これほどの絵となると、どんな早くても完成まで一週間くらいはかかってしまいそうな気がする。自然、ぼくはかなみさんに懐疑的な視線を向けてしまったのだろう、かなみさんは悪意っぽく不敵に笑んだ。

「一週間でできることに三ヵ月も四ヵ月もかけるの

はばかのすることだからね。ばかでなければ怠け者《なま》よ。わたしはそのどちらでもないから、三時間ででき
ることにそれ以上の時間をかけたりはしないわ」

あううう。

怠け者を具現化したような性格のぼくの耳にはかなり痛い。激痛が走る。玖渚の奴にも是非聞かせてやりたい台詞だった。

「ねぇ？　きみだって少しはそう思うでしょう？」

意地悪な口調でかなみさんはぼくに同意を求める。なんだかひどく直接的な侮辱《ぶじょく》を受けているような気がしないでもない。そしてそれは多分、ただの錯覚ではないのだろう。

「あ、いえ、まあ、はい。……いやいや。それにしても上手ですね」

「うん。まあね」

そんな平凡な賛辞などお腹一杯らしく、かなみさんは実に興味がなさそうな返事だった。いや、確かに平凡過ぎる批評だけれど。上手ですねって、そのままじゃないか。五歳児でも同じことを言うぞ。ばかなのかぼくは。

「……。えーと。かなみさんって、細密画を描くんですね」

「何でも描くわよ。知らないの？」

そうだった。またも、失言だった。今ぼくの目の前にいるのは一切のスタイルを拒否し合切のスタンスを拒絶した女流画家、伊吹かなみさんだった。細密画だろうが抽象画だろうが何であろうが、彼女が描かない絵は、描けない絵は何一つとして存在しない——

かなみさんは片目だけを細めて、言う。

「一つのスタイルに拘泥《こうでい》し続けるなんて愚かしいったらありゃしないわ。自分自身にこだわるなとは言わないけど、こだわり過ぎるなんて絶対に変よ。狂ってるわ。他のことはともかくさ、わたしは絵くらい好きなように描くわよ」

「そうなのかもしれませんね」

反論も同意もしかねたので、ぼくは適当に頷く。そんなぼくの貧相な心中を見抜いたのか見抜いていないのか、かなみさんはふふん、とせせら笑うようにする。

「ねえ、きみってさぁ……、わたしの絵、見たことあるの？」

「画集でなら何度か。不勉強でして、直接見たのは今が初めてです」

「ふぅうん。……で、どう思った？　画集じゃなくて、この桜の方ね」

かなみさんの質問は、ぼくにとって少しばかり意外だった。天才と呼ばれているような人種は他人の評価なんて気にしないものだと思っていたからだ。七愚人たる園山赤音さんを始めとして、たとえばER3の連中、プログラムに参加していたあのいけ好かない連中も含めて、彼らはそういう名誉欲というか虚栄心というか、他人から見ての自分の価値なんて気にしない連中ばかりだった。

「自分の値打ちは自分が一番よく知っている。頭の悪いいい加減な連中の評価なんてこっちから願い下げだね」

異口同音にそんなことをのたまう連中ばかりだった。だからこそぼくは嫌気がさしたのだが。

「……えーっと……」ぼくは迷いながら答える。「そうですね……、綺麗な絵だと思います」

「ふぅん……綺麗な絵、か……」かなみさんはぼくの台詞を反復した。「別にここでおべっか使う理由はないのよ？　わたし、別に怒ったりしないし」

「いえ……、ぼくは別にそういう鑑定眼とか批評眼とかがあるわけでもありませんし……、やっぱり、綺麗な絵だと思いますけれど」

「ふぅん……綺麗、ねぇ……」

ひどく残念そうに、カンバスを見るかなみさん。そして聞こえるか聞こえないか、独り言のような声で呟く。

「綺麗。綺麗綺麗綺麗。それってさぁ……、芸術に対する誉め言葉じゃないのよねぇ……」

「え？」

「これが通じないものかなぁ……残念だなぁ……やりたくないなぁ……勿体無いなぁ……」

はぁぁー、と大きなため息をついてかなみさんは、ちょっと身体を傾げてそのカンバスを取り上げ、
す、と持ち上げ、
板張りの床に叩きつけた。

樹の割れるような音。

勿論床が割れたわけじゃない。

「ちょ……、何、してるんですか？」

「見ての通り失敗作を処分したのよ。……あーあ。なんでこんなことしなくちゃいけないんだろ……」

それは確実にこっちの台詞だった。

名残惜しげに、粉砕したカンバスを見下ろすかなみさん。そしていっそ寂しそうな感じで「あーあ」と繰り返すのだった。

「全く……将来二千万くらいにはなりそうだったのになぁ……」

「二千万円……？」

「二千万ドル」

単位が……。

「勿論、そりゃ何十年も後の話だけどさ」

「……。芸術家ってたまに無茶しますね……」

何もぼくの目の前でやることないじゃないか。ぼくのいい加減な一言がこの状況を招いたのだと思うと、嫌な罪の意識を背負ってしまう。

「きみが罪悪感を感じることはないわよ。これはわたしの責任。わたしは自分の責任を他人に押しつけるような間抜けじゃないから」

「でもぼくは素人ですよ。素人の目から見た意見で、そんなことしなくても……」

「見る者を選ぶようなものを、わたしは芸術とは呼ばないの」

かなみさんはきっぱりと断言した。

なるほど……。そういうことか。

その言葉に、今、理解した。

物言いも物腰も悪意に満ち満ちているが、この人は確かに、骨の髄《ずい》まで芸術家だ。

「でも、写真みたいにリアルな絵だったのに……」

「それも誉め言葉じゃないの。あのさぁ……、誰かを誉めるときに《何々みたい》って言うのがきみの口癖なんだとしたら、それはやめた方がいいわよ。それって最高級の侮辱《ぶじょく》だから。スタイルの枠に閉じ込めないと理解できないって脳味噌しか持ってないんだったら仕方ないけど」かなみさんはぼくの方に向き直った。「ま、写真みたいっていうのは分かるかな。写真は元々、絵から生じたものだからね」

「そうなんですか？」

「そうよ。知らないの？」

かなみさんは片方の眉《まゆ》だけを吊り上げる。

どうやらかなみさんの口癖は《知らないの？》のようだった。

「ダゲレオタイプの写真を考案した人は、事実画家だしね。遠近法の探究がカメラの発明につながったらしいよ。これは深夜からの受け売りだけれど。カメラ・オブスクラは知ってるよね？」

　それくらいなら知っている。

　いわゆる暗箱。真っ暗な部屋で壁の一箇所に穴をあけると、外界の景色が反対側の壁に映し出される現象。割と古い技術で、紀元前の段階でアリストテレスが指摘している。写真機の起源らしい。

「あれは外界を正確に写し取るために考案された技術の一つなのよね。透視画法の基本理念は《見える物を見えるままに描く》だからさ。これはフランス画家クールベの台詞……彼は他にも、《天使なんていうものを見たことがないから、私は描かない》なんてレアリズムも唱えてるよ。わたしの哲学とは反するんだけれどね。子供に絵を描かせると奥行きなしで、全部前面に押し出して描くでしょ？　物の大小もいい加減でさ、家でも人間でも全部同じ大きさに描かれていて、あるいは一番大事なものが一番大きく描かれてたりね。つまり、どう見えてるかじゃなくて、どう感じているかが、カンバスに表現されるわけ。絵を描くことが自己表現の手段なんだとしたら、それはそれで正しい手法よ。そう考えると写真みたいなのがいい絵だなんてとても言えない」

「はあ」

専門用語が混じり始めたので、何を言っているのかよく分からなくなってきた。しかも、かなみさんはさっきから話しているばかりで、絵を描く準備すらしていない。一体いつになったら描き始めるつもりなのだろうか。

「写真だってそれほど真実を写しているとは言えないんだけれどね……。うまく修正すれば、見る人をだますことだって容易《たやす》いしね……恣意《しい》的にできるって意味じゃ、写真だって絵だって、それほどかわらないんじゃないかしら」

「……あの……、かなみさん。絵、描かないんですか？」

「今は記憶してるとこ」

また無能呼ばわりされるかと思ったが、案外穏やかな口調で、かなみさんは言った。

「知らなかったっけかな？　わたし、仕事は一人でやるタイプだから。どうも、人と一緒にいると集中力が乱れるのよね」

レオナルド・ダ・ヴィンチみたいなことを言う。

見ることと描くこととを同時に行わない画家の話はよく聞くというほどではないけれど、全く聞かないほどでもないので、それほど驚かなかった。

「だから人物画を描くときは完全に記憶に頼ることになるね」

「そんなこと、できるんですか？」

「わたしにとって記憶と認識とは同義よ」

今度はカニバル・ハンニバルみたいなことを言うかなみさんだった。

「二時間ほどここでこうやって話をしよう。それできみが戻った後に絵を描くわ。……おっと、その前にこの桜の絵を描きなおす。少なくともきみに分かる程度の芸術にね。それからきみの絵。こっちには色を二重につけるからね、少し時間がかかるわよ。乾かして……、明日の朝には渡せると思う」

「くれるんですか？」

「あげるわ。別にわたし、そんな絵いらないもの。完成した絵には興味ないの、わたし。サイン入れるから、売ればある程度のお金になると思う。勿論気に入らなかったら破ってくれて構わないけれど、それはちょっと勿体無いと思うよ。五千万くらいになる絵に仕上げるつもりだから」

即物的な話だった。

嘆息。

「……そう言えば、赤音さんと仲がよくないって聞きましたけれど」

「よくないよ。と言うか、かなり一方的に嫌われているみたいね。わたし個人としては、学者としての園山さん、研究者としての園山さん、ＥＲ3の七愚人としての園山さんには好意を抱いてるつもりだし、尊敬もしてるつもりなんだけれど」

「つもりつもりって、何だか、含みがありそうな物言いですけど」

そうよね、と微笑むかなみさん。

「ただの園山赤音は、確かに大嫌いよ」


それから二時間後。

かなみさんのアトリエを後にしたぼくは、一旦玖渚の部屋に向かった。玖渚はベッドの中だったけれど、どうやら途中で一度起きたらしく、時計の修理が終わっていた。玖渚一流の悪戯、デジタル表示が鏡文字になっていたが、使えなくもなさそうだったので左腕に装着し、寝ている玖渚の頭を撫でながら礼を言い、その足で赤音さんの部屋を訪れた。

「飛車角銀金抜きで勝負してください」

そう頼んだら赤音さんは楽しそうに笑って、

「もっと大きなハンデをあげよう」

と、将棋盤の自分サイドにチェスの駒を並べた。

「和洋折衷《せっちゅう》というのだよ」

「異種格闘技戦って感じですけどね……」

もっとも、それだけのハンデをもらって尚、ぼくは惨敗、文字通りに惨敗したのだが。

しかも、七連敗。

三日目(2)——集合と算数

0

君の意見は完全に間違っているという点に目を瞑《つむ》れば概《おおむ》ね正解だ。

1

　ぐったりと泥のように眠っていた玖渚を叩き起こして、無理矢理顔を洗わせてから蒼い髪をお下げにくくってやる。それでもまだ寝ぼけたままの玖渚を、半ば背負うようにしてダイニングに連れて行ったときには、もう屋敷内の全員がダイニングに揃っていた。

　円卓、二つの空席。

　玖渚を座らせて、ぼくはその隣りに座る。腰を落としながら、ぼくはぐるりと一同を、一人一人を順番に見渡した。

「…………」

　十二人の中で一番目を引いているのは、やはりと言うべきなのか当然と言うべきなのか、屋敷の主人、赤神イリアさんだった。美人なんてものは個人個人の概念的なものであって、イリアさんをそうだと評することにはあまり意味はないだろう。ぼくがイリアさんを美人だと感じたところで、それはぼくの感じたことであって、どうせぼくの感じたことでしかない。と言うか、ぼく個人だけの好みの概念で言うならば、メイドのあかりさんの方がずっと好みだ。いや、それはどうでもいいことだが。

　本当に。

　誰にとっても確かなことを言うなら、彼女は、赤神イリアは高貴だった。縦ロールになっている綺麗な黒髪に高級そうなドレスは、どうもちぐはぐな印象だけれど、それをおぎなって余りあるだけの高貴な雰囲気が、イリアさんにはあった。ぼくとほとんど変わらないような年齢、まだ二十歳そこそこのはずだというのに、いやはや、人間やはり、育ちだとか血統だとかって奴は、それなりに大切であるらしい。勿論それ以外のことだって大切なのだろうけれど、やっぱりそれらが大切であることに、変わりはないのだろう。それはいつの時代だって同じことだ。

赤神イリア。

赤神財団の直系血族にして、異端の孫……。

「それでは、玖渚さんもいらしたことですし、一日一番のお楽しみの時間と、洒落込みましょうか」

イリアさんは子供のように両手を合わせて、「いただきます」と言った。そういうところ、割と精神年齢が低い人なのだ。世間ずれしていないというのが正解なのだろうけれど、それは外から見る分には大した差はない。

ところで、ほとんど自由に振舞っていいとされているこの島での共同生活にも、たった一つだけルールがある。それは《夕食を全員一緒に食べること》。誰でも守れそうな簡単なルールではあるのだけれど、この程度の決まりも守れないで島を出て行く羽目になった《才人》達も結構な数に上るらしい。天才とはえてして、常識や良識の欠けている人間との共通点が多いものだ。

イリアさんの両脇にはそれぞれ左右二人ずつ、メイドさんが構えている。左側にはてる子さんと玲さん。右側にはあかりさんとひかりさん。あかりさんとひかりさんは区別がつかないのであかりさんは右なのか左なのか、ひかりさんは左なのか右なのか、分からない。表情や仕草から判断できてもよさそうなものだけれど、それは観察眼に欠けているぼくには少し難しかった。玖渚にはどうやら二人が区別できているらしいが(不思議はない、何せ玖渚友なのだから)、話によれば二人の主人たるイリアさんには区別できていないとのこと。本人達もそれほど気にしていないようだった。

「では皆さん、お手元のグラスを……乾杯！」

イリアさんはグラスを高々と掲げ、歌うようにそう言った。ぼくを含めた他の皆も、同じようにする。と言って、ぼくと玖渚の前に置かれているグラスの中身は、ワインではなくジュースなのだが。

ぼくと玖渚、未成年。

円卓の上にはいくつもの料理が絢爛と並んでいる。料理の天才佐代野弥生、自慢の作品群である。ぼくの席に近い皿の順に紹介しよう。

子羊の王冠風ロースト、カプチーノ仕立てのさつまいものスープ、フォアグラのテリーヌとトリュフのニョッキ、ムール貝の磯蒸《いそ》し、ベルギー風うなぎのグリーンソース煮、ニシンの酢漬け、クジラ肉の刺身。パスタにソースのかけられたラヴィオリ、ダチョウ肉のカルパッチョ。各種フルーツに卵入りポテトサラダ、マッシュルームのオイル煮。

「………」

さっぱり分からん。

弥生さんが十二人それぞれの好みに合わせて何の脈絡もなく作ったためだろう、名前を聞いてもぼくには意味不明だ。別に構わないだろう、名前なんてものは本質にはそれほどの影響がないのだから。

だと思う。

この後更にデザートが出てくることになっているのだが、冷静に考えてみればものすごい量である。その上弥生さんの料理はあまりにおいし過ぎるため、ついつい食べ過ぎてしまって、体重管理がおろそかになってしまう。もっとも、その辺りの調節は弥生さん側が計算してくれているらしいが。

「栄養計算をした上でこの味なら、確かに天才だよな……」

ぼくは何度目かになるこの台詞を、誰にも聞こえないように呟《つぶや》いた。

そう言えば、昼食のときに弥生さんと少しだけ話した。ダイニングにいたら偶然弥生さんと二人だけになったので、それを機会とぼくは弥生さんに関する例の噂《うわさ》について質問してみたのだ。

つまり、《どんな料理であろうと他人よりもうまく作ることができる技術》っていうのは、一体何なのか？

そういう質問だ。

弥生さんはそれを聞くと、少しおかしそうに笑った。

「期待に応えられないようで残念なのですけれど……、わたしは姫菜さんと違って、そんな超能力じみたものは持っていませんよ……。基本的には努力と鍛錬です」

「そうなんですか」

「ただ……、そういう噂の元となりそうなものには心当たりがあります。他の人に比べて少し……いえ、すごく、わたしは味覚と嗅覚《きゅうかく》が優れているんですよ」

そう言って弥生さんはぺろりと、自分の舌を出した。「逸話的な比喩で言えば……、そうですね。ヘレン・ケラーは盲目でしたけれど、体臭で個人を区別することができたそうです。わたしもそれと似たようなもので……嗅覚の方はさすがにそれほどでもありませんけれど、ほら、たとえば……」

弥生さんはぼくの腕をとって、いきなりべろりと手の甲の辺りを舐《な》めた。まさかそんなことをされる展開になろうとは夢にも思っていなかったので、声が出そうになるほどぼくは驚いた。「うわぁあ！」という喉の振動を何とか呑み込む。

弥生さんは舌を出したまま、アインシュタインのように微笑んで、

「あなたは、AB型ですね？」と言った。

「それも、Rhでマイナス……どうでしょう？」

言われて、ぼくはそれが正しいことを思い出す。パスポートを取るときに《非常に珍しい血液型ですね》とか何とか、保健医に言われたことがあった。だから、弥生さんの言ったことは確かに正解だけれ

ど——

「そんなの、皮膚《ひふ》を舐めた程度のことで分かるんですか……？」

「正確には《汗》を舐めたんです。わたしの舌は、約二万種類の味を二十段階の強さに分けて、感じ取ることができるんですよ。嗅覚はその半分くらいかな……」弥生さんはちょっと首を傾げるようにする。可愛らしい仕草だった。「わたしは園山さんみたいに頭がいいわけでもないし、伊吹さんと違って芸術も苦手だし、玖渚さんみたいに機械に強くもないし、姫菜さんみたいな超能力は持っていない、他は全然駄目なんですけれど、それだけは子供の頃からの取り得なんです。それをいかすには料理人しかないかと、そう思いまして」

絶対味覚、と言うらしい。

絶対音感の味覚版みたいなものだろうけれど、絶対音感と違って鍛えて身につくものではない。つまり、そう、言ってしまえば、佐代野弥生は神様に選ばれた存在というわけだ。能力に秀でた人間には二種類ある。選ばれた人間と、自ら選んだ人間。価値のある人間と、価値を作り出す人間とだ。勿論その後の努力鍛錬は弥生さんだけのものだが、基本的に弥生さんは前者の方に属す天才であるらしかった。

つまり、弥生さんが今歩んでいる《料理人》という道は自分で選んだものではない。先天的にそういう能力があったからこそ、弥生さんはガストロノミーを学び、西洋へ渡って、その利点を更に伸ばしたのである。

味というのは究極的には個々人の味覚判断能力に由来する。どれだけの味を自分のものとして利用し、使用することができるか。それは料理の腕前に、かなり関与するものなのだろう。そう考えれば弥生さんの料理の腕にも納得がいこうってものだ。

などと、小理屈をこねたところで、実際のところは意味がない。要は弥生さんの料理はおいしいということである。

その佐代野弥生さんは、円卓を時計と考え、イリアさんを零時と考えて、丁度三時の位置、あかりさん達の隣りに座っている。

四時の位置には、逆木深夜さん。ずっとかなみさんの介護人をやっているだけあって、こういう場においても引け目を感じている様子はまるでなく、むしろ堂々としている。

そしてその隣り、五時の位置には伊吹かなみさん。座っている椅子の後ろにここまで乗ってきたのだろう、車椅子がある。機嫌は大して悪そうにも見えなかったが、別にいいようにも見えなかった。

六時の位置に、玖渚友。つまり屋敷の主人たる赤神イリアと玖渚友が、正面から向かい合って座っている形になる。だからどうだということではないのだろうけれど、それだけのことでもやっぱり緊張してしまう。ぼくが緊張したところで、それは何の意味もないのだけれど。当の本人たる玖渚は《緊張》なんて言葉を日本語として認識していない風があるし。

そして——、ラッキーナンバーたる七時の位置に座っているのがこのぼくだ。

左隣り、八時の席に《七愚人》園山赤音さん。赤音さんは弥生さんの料理を食べることに熱中しているようだった。意外と食欲旺盛な人なのである。勿論赤音さんだって学者である以前に人間なのだから——本人はそれを否定するかもしれないが——食事をせずには生きていられないだろうけれど、それを差し引いても赤音さんは大食家のようだった。見ているこっちが気持ちよくなるくらいの食べっぷりだった。自分の料理をこんな風に食べてもらえるのなら、弥生さんもさぞかし本望なのではないか、と思う。

赤音さんの隣り、九時の位置には天才占い師、あるいはESP系超能力者、姫菜真姫さん。いつの間にか真姫さんは着替えたらしく、朝とはファッションが変わっていた。ホルターネックのストライプのシャツに、淡いピンクのカーディガン、羊のプリントされた七分丈のパンツ。髪型はツインテールになっていた。ぼくの視線に気付いたのか、こちらを見てにやりといやらしく笑って、子羊のローストにがぶりついた。《全てを分かっていてなお何も言わない》みたいなその態度は、こちらの気分を不安にさせる。

やれやれだ。

さて、そして十時の位置に、あかりさんとひかりさんと同じ遺伝子でできているはずの、黒ぶち眼鏡をかけた千賀《ちが》てる子さん。無口でほとんど無表情。ただ、処理しているだけのように、食事を口に運んでいた。この料理を食べて何の反応もないとは、てる子さんには味覚がないのかもしれない。

十一時の席に、メイド長にしてイリアさんの懐刀、あかりさん達三人の直属の上司たる、班田玲さん。あかりさん達三人が全体的に幼い感じの風貌なのに対して、玲さんはいかにも大人の、きびきびしたタイプのキャリアウーマンといった感じだ。あまり口をきいたことはないけれど、見た目通りに厳しい性格の人らしく、何度かひかりさんから泣き言を聞かされたことがある。

というわけで。

「——以上、十二人」

……ラッキーナンバー？

このメンツで？

戯言だ。そんなものに、一体何の意味があるのだろう。明らかに、ぼくが一人で浮いていた。場違いもいいところだった。もっとも、今までの十九年の人生において、ぼくが浮かなかった場所なんて、神戸にもヒューストンにも京都にも、そして勿論この島にも、どこにもなかったけれど。

広いこの世界に自分はたった一人しかいない。

別にいい。

孤独は好きだ。

虚勢でなく。

虚勢でも。

「ところで話は変わりますけれど」

　今まで展開されていた話題を一気に切り替えて、イリアさんが言った。この円卓の会話の主導権は完全にイリアさんが握っているのである。そのあたりのワガママさ加減はさすがお嬢様といった感じだ。

　澄んだ声で、イリアさんは続ける。

「もう噂も流れているようなので、発表しておきます。次のお客様――、次なる天才、について」

　一同がイリアさんに注目する。いや、玖渚だけは意地汚く、クジラ肉を食べ続けていた。意図的にこいつの興味を引こうというのは、結構な難題なのである。

「一週間後この島を訪れることになっている人は、恐らく、ここにいる皆さんと比べても何の遜色もない、見事なまでの才能の持ち主だと、ここに断言します。是非歓待したいと思っていますので、皆さん、協力してくださいね」

　それぞれがそれぞれの反応を見せる。特に《皆さんと比べて遜色ない》というところに心を揺らされているようだった。互いが互いを牽制するような空気の中、「質問」と手をあげたのは、才人ならぬ深夜さんだった。

「それは、どんな人なんですか？　俺はまだ噂を聞いただけでよく知らないんですけれど、なんかとんでもない万能家らしいじゃないですか」

「そうですね。わたくしは一度会っただけなんですけれど……、そう、一度で十分でした。いうならばあの人はわたくしにとってのヒーローですね」

　イリアさんは物思うような視線を、ほぉっと天に向けた。「英雄的存在です、わたくしにとっては。推理小説における名探偵、怪獣映画における怪獣ってイメージかしら」

　怪獣……？

　ぼくは自然、自分の眉が寄るのを感じる。イリアさんは今堂々と《怪獣》などと言ったが、果たしてその比喩は正確なのだろうか？　それはあまり人間を比喩するときに使う単語ではないし、使ったとしても絶対に誉め言葉にはならない言葉だと思うけれど。

「そりゃ随分と、高く買っていらっしゃる。期待してもよさそうですね」深夜さんは楽しそうに、くはははと大袈裟に笑った。「——万能天才って聞いてますけど、ひょっとしたらアレですか。絵も描けたりするんですかね？」

「見たことはありませんけれどできなくはないでしょう。絵を描くくらいのこと、あの人にとっては造作もないことです」

　さすがに、これはかなみさんのプライドに障ったらしい。かなみさんは少し……、いや、滅茶苦茶怪《け》訝《げん》そうな顔をして、

「名前を聞かせてもらえるかしら？　イリアさん。そんなとんでもない方ならさぞかしご高名なことでいらっしゃるでしょうから」

と、刺《とげ》のある口調で言った。

　昼間も思ったことだけれど、この人は本当に矜持が高い。悪いことではないけれど、それはいいことばかりでもないだろう。かなみさん自身が選んでいる生き方である以上ぼくがとやかく言うべきではないのだろうが、少なくともそれは、ぼくには不可能な生き方だ。

　イリアさんは、どうしてかなみさんが怒ったのか分からないというように不思議そうな顔をして（そして多分、本当に分かっていないに違いない）、「哀《あい》川《かわ》さんと言います」と、普通に答えた。

　毒気を抜かれるような感じ。

　これでは怒っている方がばかみたいだった。

「本当に多忙な人なので、哀川さんの滞在期間はほんの三日ほどですけれど、皆さん、仲良くしてあげてくださいね。わたくし、哀川さんのこと、すごく気に入っているんです。愛しちゃってるくらいに」

　言ってイリアさんは照れたように両頬を赤く染め

た。その子供じみた仕草に一同の毒気は更に抜かれていく。何ていうのだろう、どんな横暴を言われても、相手がついつい許してしまうような雰囲気を、イリアさんは本能的に身に付けているようだった。

それもまた、血統なのだろう。

「——それにしても、哀川、ね……」

聞いたことがない名前だ。少なくとも、ぼくは寡聞にして知らない。玖渚を窺《うかが》ってみたけれど、知っているのかいないのか、こやつは料理を食べ続けていた。自分の興味の対象外に対するときの玖渚は大抵こんなものである。子供よりも度し難く動物よりも扱い難い。いや、これでもまだ席についているだけマシな方だ。

「ああ、本当に楽しみです。哀川さんがこの島を再び訪れてくれるだなんて。諦めずに何度もお願いした甲斐がありました。なんだか夢みたい。夢だったらどうしようかしら——」

イリアさんはうっとりしたように言う。その様子から判断するに、イリアさん、その哀川という男に対して相当ご執心のようだった。それはまるで、古くから愛する男のことでも語っているような口調。

その名を呼ぶことが、

まるで敬意につながっているかのような。

「あ——そう言えば」と、イリアさんが玖渚に話題を振った。「玖渚さんは、その前に帰ってしまうんでしたっけ」

「うん？　うん。うんうん」話し掛けられて、短く応える玖渚。しかし両手に持った箸の動きを止めようとはしなかった。ま、両手に箸を持っている時点で、こいつに食事マナーを求める方が無体ってもんだ。「そうだよ。あと四日だね」

「それはすごく残念なことです。折角の機会だっていうのに。玖渚さんには是非哀川さんと会っていって欲しいわ。哀川さんには玖渚さんのような人を是非紹介したいんです。何とかなりませんか？」

「ならないよ。僕様ちゃん、一度決めた予定は絶対変えない畑の住人だからさ。生きるタイムテーブルと呼ばれているくらいだよ。勿論いーちゃんもね」

勝手にぼくを巻き込むんじゃない。大体、ぼくの予定表《タイムテーブル》にはこんな島に来ること自体が、そもそも載ってなかった。

イリアさんは本当に残念そうに「そうですか」と頷いた。それからちょっと窺うようにして、玖渚に質問する。「あの……、ひょっとして玖渚さん、あまりこの島での生活が楽しくありませんか？　あまり部屋から出ていらっしゃらないようですし」

「僕様ちゃんはあまり部屋から出ていらっしゃらない畑の住人だからね。ううん、楽しいよ。すごく楽しい。僕様ちゃんはいつでもどこでもどこまでも楽しいんだ」

「…………」

玖渚の言葉に、ぼくはちょっとだけ固まってしまった。玖渚のこの台詞には一切の誇張がない。頭の中に自分の世界を完全に構築してしまっている人間に、楽しくない時間などあるわけがないのだ。そして《それ以外》の感情を知らないということが、一体どういうことなのか。いつでもどこでも楽しいということが、どれほど悲劇的なことなのか。

それをぼくは既に知ってしまっている。

うーんそうですか、とイリアさんは肩をすくめるようにした。

「でも、玖渚さん。哀川さんに会うことは、あなたにとってもきっと意味があると思いますよ。ああいう人と会ったらインスピレーションを受けること、間違いありません」

「インスピレーション？　くだらないわ」

そこで、まるでタイミングを狙っていたかのように、かなみさんが会話の中に割り込んだ。

「他人から影響を受けるなんて、わたしは凡人の証拠だと思うわ。無能の証明よ。ばかばかしい。その人がどんなオカタかは知らないけれど、そんな人と会うことには何の意味もないと思いますね」

「おやおや、そいつはどうだろうかね」

かなみさんの言葉に異を唱えたのは、この場合勿論と言っても差し支えはないのだろう、園山赤音さんだった。

「私はER3システムの中で、地球最高峰の頭脳に囲まれて五年以上の生活を送ってきたけれど、その経験がなければ今の私はないと思っているよ。優れた人間と一緒にいることはそれだけで自分を高めることに繋がる」

「ER3ですって？　ばっかみたい。いえ、ばかそのものね。そんな集団に拘束されるなんて、わたしに言わせればまっぴらよ」

「別に拘束なんかされやしないさ。みなが自由に振舞ってお互いのスキルを高めているだけだ」

「自由？　自由って言葉をそんな簡単な風に使わないで欲しいわね。制約のない集団は集団じゃないわ。所詮あなたも、園山さん、ヒエラルキーの一員でしかないんでしょう？　全く。わたし、この島であなたと一緒にいて長いけれど、自分の価値が高まっているとは思えないわ。むしろ下がってる気がするんですけれど」

にらみ合う二人。これだけ大勢の前だと言うのに、何て大人げない人達だろう。ぼくは少しばかり呆れてしまった。

メイドの皆さんは仲裁しようとおろおろしていたが、主人のイリアさんが本当に楽しそうな微笑でそれを見ているので、口を出せないようだった。ぼくはあまりそういうことには向いていないし、弥生さんはあまり興味がないようだったし、真姫さんは全然関心がないようだったし、深夜さんはいつものことだと諦めているようだった。おお、これだけの人間がいて喧嘩を止める人間がいないとは驚きだ。

「…………」

いや……いるか。

あと一人。

「人間は所詮群体で生きる生き物だよ、伊吹さん。

きみのように無頼を気取って特権意識に依存しているような種類の人間は、自らをかえりみて猛省するべきだろうと、私は思うけれどね」

「それは所詮、あなたは他人とつるまなくっちゃ生きていけないってことなんじゃない？　人間は回遊魚じゃないのよ。それにわたしは特権意識なんて持っていないわ。自己卑下《ひげ》をしないだけよ。物事を正当に評価する正直者、それがわたしの生き方なの」

「どうだかね」

「どうだかね？　あーあ、またそれよ。そうやって問題を曖昧にすればいいと思ってる。自分の意見をはっきり言わずに曖昧な立場を取ってればそれで賢く見えると思ってるのね。あーあ、はいはいって感じ。あなたは確かにお賢くいらっしゃいますよ。どうだかねだってさ！」

「ちょっとだけ聞き苦しいよ」

声。

玖渚だった。

すねた子供のように口を尖らせて、かなみさんの方を見る。

「耳障りだよ、かなみちゃん、赤音ちゃん」

一気に。みんな引いた。

誰も玖渚が、そんなことを言うとは思っていなかったらしい。

ぼくは昔の経験があるので、予想できなくもなかった。こいつは、玖渚友は、他人同士が自分の目前でいさかうのをかなり嫌うのだ。普段の能天気さを考えれば意外だけれど、それは分からなくもない。楽しいことが大好きな玖渚は、楽しくないことは好きじゃない。それだけの理屈だった。

「……ごめんなさい。言い過ぎたわ」

先に謝ったのは、少し意外だったけれど、かなみさんの方だった。そうなれば赤音さんだって、一応地位も身分もある立派な大人なのだ、なおざりには

できない。ちょっと気まずそうに目を逸らして、

「私も、悪かった」と言った。

　そして二人とも俯《うつむ》く。なんとなく気まずい空気は残ったけれど、そういうわけでこの一騒動は手打ち……、と。

　なりそうだったのだけれど、真姫さんが最後にそれをぶち壊した。

「こりゃ一波乱ありそうだね……」

　不敵そうに微笑《ほほえ》んで、真姫さんはよく通る冷たい声で、そう呟いたのだ。折角平穏が戻ってきたというのに何を言い出すのだこの占い師は。途端、目の色を輝かせてイリアさんが、「それ、予言ですか？」と、真姫さんに詰め寄る。

「どんな《一波乱》なんですか？　姫菜さん。わたくし、ものすごく興味があります。教えていただけません？」

「言わないよ。あたしは、何も、言わない。そうだね……」言いながら、そして玖渚の方を流し目で見る姫菜真姫。「世界に関与しようってほど、傲慢な思想は持ち合わせていないからね」

「どういう意味ですか？」思わず、ぼくが反論してしまう。当の玖渚はというと、既に栄養摂取に熱中していた。どうやら本当にただうるさかっただけのようだった。「真姫さん、それは、どういう意味ですか？」

「意味なんかないよ。きみの行動に何の意味もないのと同じようにね。きみはさぁ……、へぇ……、赤の他人のために怒れる人間なんだね。そういうのってあまりよくないと思うよ。悪くはないけど、よかぁないね」

「あら、どうしてかしら？」

　イリアさんがぼくらの会話に口を挟んできた。いや、正確にはぼくの方が横槍を入れた形なのか。

「赤の他人のために怒れるなんて素晴らしいことだと、わたくしは思いますけれど。今の世の中そうそうできることではありませんよ」

「他人のために感情を発揮できる人間はね、何かあったときに他人のせいにする人間だからだよ。あたしはね、きみみたいな人間が最高に嫌いだよ」

正面きってそこまで言われたのは、さすがに久し振りだった。真姫さんはぼくの方へゆっくりと、眺めるような視線を向けた。

「きみは他人に流される人間だね。みんながやってるからって理由で信号無視するタイプ。言語道断なくらいに中途半端な人間だよ、きみは。和して同ぜずとはよく言うけれどさぁ……、きみの場合は、少年、和せずして同ずと言った感じだねぇ……。あたしはそれが悪いとは言わないよ。それが悪いとは、言わない。言わないさ。主体性があることが必ずしも個人の価値に繋がるとは思わないからね。レールの上を走れる電車は走らない電車よりもいい電車。だからそこについては何も言わない。でも、あたしはそういう人間、嫌い。大嫌い。だって、そういう人間は人のせいばかりにして、自分で責任を取らないからさ」

流れるように流される。

確かに、それがぼくの生き方ではあるけれど。

けれど。

「あなたに——」

ぼくはそれが嫌だったから。

玖渚に会って、それに心底うんざりしたから。

「あなたにそんなことを言われる覚えはない、姫菜真姫さん」

「怒ったのかい？　意外と沸点が低いんだね。熱しやすく……冷めやすい？」

「い——」

いい加減に。

いい加減にいい加減に。

いい加減にいい加減にいい加減に——

いい加減にシロヨコノ——

「いーちゃん」

ぐい、と。

玖渚がぼくの袖を引いた。

「こんなことで怒っちゃ、駄目だよ」

「…………」

玖渚友。

「……分かった」

体温がす、と冷える感覚。力が身体中から抜けていく。それは脱力感というよりも疲弊《ひへい》感に近い。ぼくは持ち上げた腰を、椅子に収めた。

真姫さんはひどく優しそうに笑んで玖渚の方を見て、「ごめんね、冗談なんだよ？」と言った。

この日の夕食は、こんな風なわけで散々だった。今までの二日間だって勿論何の波風もなかったというわけではないけれど、《万能さん》の存在が何かを決壊させてしまったらしい。この分では《哀川さん》が島を来訪したときのことが思いやられるってものだった。もっとも、その頃にはぼくはここにはいないわけだから、関係ないと言えば関係ないのだけれど。

それにしても、どうして真姫さんが、ああもぼくに突っかかってくるのか、分からない。確かにぼくの第一印象は悪かったかもしれないけれど、それだけの問題とも思えない。真姫さんはどうやら、間違いなく本気でぼくのことを嫌いらしいが、しかし、それはこうもからんでくる理由とは決してつながらないはずだ。

愛情の反対は憎悪ではなく無関心。ただ単に嫌いなだけならここまで無理にからんでこようとは思わないはずである。他の才人達に対してというのならともかく、どうしてぼくのような一般人に姫菜真姫が因縁をつけてくるのだろうか。両者の間には、本来何の関わりもないはずなのに。

不思議だった。

そんなことばかり考えて、ぼくは予言者である真姫さんの言った《一波乱》という言葉の意味を考えることをしなかった。考えていたら状況はどうにかなっていたのかというと、それはどうにもならなかったのだろうけれど、それはやはり、後から思うと悔やまれる話だった。

仕方のないことなのだろう。

先に後悔できるような存在など、それこそ真姫さんくらいしか、この島にはいなかったのだから。

2

玖渚の部屋の風呂を借りてさっぱりしたときには、もう十時を過ぎていた。玖渚はパソコンの前の回転椅子に腰掛けてはいたが、三台は三台とも、電源が落ちている。くるくると椅子の上で回って遊んでいるだけのようだった。なかなか三半規管の丈夫な奴である。

「お前も風呂入れよ」

「やだ」

「……今日は別にいいけどな。明日は入れよ」

「やだ」

「明日は無理矢理ひんむいて手足縛《しば》ってでも風呂に入れるからな。それが嫌なら自分で入るんだぞ」

「ふぃーん。めんどいなぁ」

玖渚は椅子から腰を浮かしてぐぅ、と背を伸ばした。「僕様ちゃんは魚が羨ましいよ。あいつら、一生お風呂なんて入らなくてもいいんだからね。でもちょっと冬は寒いかな。うーん、そう言えばね、いーちゃん、こんな話聞いたことあるかな？　あのね、魚を水槽で飼うじゃない。それで水槽の温度を少しずつ上げていくのね。中にいる魚が気付かないほどにゆっくりとゆっくりと、徐々に徐々に、高温にしていくわけ。そんで最後には熱湯になっちゃうんだけど、そのゆっくりとした変化に身体が慣れちゃってるからさ、魚はそれに気付かずに沸騰したお湯の中で泳ぎ続けるっていうわけ。嘘のようなまことの話。さて、いーちゃん、この話からどんな教訓が得られるかな？」

「地球温暖化は問題ない」

「ピンポーン！」

楽しそうに笑う玖渚だった。本当に元気なムスメだよな、などと思っていると、突然、玖渚は何の前兆もなく「ふらっ」として、そのままばたりと倒れてしまった。まるっきり受身も取らずに、モロに顔面から、うつ伏せに。

見ているこっちがひるんでしまった。

「痛いよー。あうー」

そりゃそうだろう。

「何やってんだ、お前は……」

「お腹すいたよー」

「さっき大量に食べてきたとこだろうが」

「そんなの関係ないよー。今日は朝も昼も食べてないからね、きっと食事の量が足りなかったんだよ。昼に睡眠はたっぷりとったから明日まで寝なくても平気だけれどさ。人間寝だめ喰いだめはちゃんとしないと駄目だよねー」

「人間の身体はそういう風にはできてないよ」

「じゃあ僕様ちゃんは人間じゃないんだよ。さあいーちゃん、何か食べにいこうじゃないか。その前に髪くくり直してくれる？」

「弥生さん、もう部屋だと思うけれど。あの人朝が早いからもう寝てるんじゃないのか？」

いくらなんでもわざわざ起こしてまで夜食を作ってもらうわけには行くまい。弥生さんが客人の一人であることを忘れてはならない。

「ひかりちゃんなら起きてるんじゃないかと思うよー？　ひかりちゃんの料理もひかりちゃんの料理でひかりちゃんの料理なりにおいしいからね。ひかりちゃんも寝てるようだったら、いーちゃん、いーちゃんが作ればいいんだよ」

「なんでぼくが」

「だっていーちゃんが料理作ってる後ろ姿ってうにょいもん」

えへへへー、と玖渚はうつ伏せの姿勢のまま嫌らしく笑った。

「……。はいはいはいはいはい。分かったよ。分かりましたともさ。じゃ、まずは髪くくってやるからこっちにこい」

「あらほらさっさー」

玖渚の青髪を一旦ほどいて、軽めのお下げにしてやる。それからぼくらは、リビングを目指して部屋を出た。

「ああ、そう言えばさっきは悪かったな」

「何が？　ああ、真姫ちゃんとのことだね、うん、別にいいよ。許したげる。それにしてもいーちゃんも、昔に比べれば随分と丸くなったもんだよねー。一言で止まるとは僕様ちゃんも思ってなかったよ。ヒューストンでの生活は堪えたのかな？」

「まあな……、あんな砂漠で五年も暮らしたらそりゃ価値観変わるよ。――砂漠かどうかは、あまり関係がないかもしれないけどさ」

「いつか聞かせてね。向こうでどんなことがあったのか」

「……お前も随分変わったよ。外見はともかく、中身はな」

「変わらないものなんてこの世にないよ。パンタ・レイだね」

「班田玲？」

「万物流転だよ。……いーちゃんって頭いいはずなのに、なんにも知らないよね」

「ただ単に記憶力がないだけだよ。ぼくとしても、せめて人並みの記憶力が欲しいもんだけどね」

楽しいことを忘れないくらいの記憶力は。

人生には楽しいこともたくさんあると、そう認識できる程度の。

「あ、あかりちゃん発見」

言って、玖渚は廊下を駆けていく。見ると、その先には確かにあかりさんがいた。いや、それでなくともこの距離だ、ぼくにはそれがあかりさんなのかひかりさんなのか、区別できるはずもない。たまたま眼鏡を外しているてる子さんだという可能性もある。だけど玖渚があかりさんと言った以上、あれはあかりさんなのだろう。

玖渚とあかりさんは、ぼくが到着するまでに二、三言話して、そして玖渚はぼくの方に戻ってきた。あかりさんはそのまま廊下の反対側に行ってしまう。あかりさん、こんな時間だというのに、まだ何か仕事が残っているのだろうか。だとすれば本当にご苦労様だなあ、などと、ぼくは適当なことを思った。

「何話してたんだ？」

「ひかりちゃんはリビングにいるってさ」

「あ、そう……。そりゃ都合がいいね」

だけれど、勿論世の中は都合がいいことばかりではない。

リビングにはひかりさんだけでなく、逆木深夜さん、そしてぼくの天敵、姫菜真姫さんがいた。三人で、コの字形に配置されているソファに向かい合うように腰掛けて、なにやら談笑している。

テーブルの上にはアルコールとグラス、それにつまみとして大皿にチーズが用意されていた。ひかりさんがいち早くこちらに気付いて、「あ、友さーん」と、手をあげた。気付かれてしまっては仕方がない。ぼくらはそのまま歩いて、ソファに座った。

間の悪いことに、玖渚が素早くひかりさんの隣りの席を確保したため、ぼくには真姫さんの隣りに座るしかなかった。ここで退くのも尻尾を巻いて逃げるみたいなので気に入らない。敵前逃亡は士道不覚悟。だけれど真姫さんは、そんなぼくの心情程度は全部お見通しだと言わんばかりの意地の悪い顔をして、「ようこそ、あたしのクラブへ」などとうそぶいた。

「さっきは悪かったねぇ……、何て言うか、痛いところついちゃって」

わざとらしく謝ってくる真姫さん。「本当、悪かったと思ってるよ。あんな痛いところつかれたら、誰だって怒るよねえ」

「別に痛いところじゃないですよ」

「そうだったね、痛々しいところだったたねぇ……」

にやにやと、嫌らしく微笑む真姫さんだった。酔っているのだろうか？　いや、この人は酔っていなくったって、こんな感じだ。むしろ酔っている方がマシなのかもしれない。ぐい、と、真姫さんは一気にワインを飲み干して、そしてグラスをぼくに差し出す。

「まあ、きみも呑みたまえ、少年。アルコールはいいよお。嫌なことを全部忘れられるから」

「忘れたいほどの嫌なことなんて、ありませんよ」

「そして憶えていたいほどの楽しいこともない」首を傾げてひひひと笑う真姫さん。「きみは別に記憶力がないから楽しいことを憶えていないわけじゃないと思うよ。人生には楽しいことは沢山ないし悲しいことも沢山ない。なぁーんもない。空っぽ空っぽ。何もないっていうのは暗闇よりも怖いよね……あはは、人生って楽しい」

過去視、精神感応。

どうもその看板は、はったりだけではないようだった。オマケに千里眼ときてやがる。

「……勘弁してくださいよ、真姫さん。これじゃいじめですよ」

「いじめてるんだよ。さあ、呑みなさい」

「アルコールは駄目なんですよ。未成年ですから」

「模範的なことだね。あーやだやだ。冷めた態度取っちゃってまぁ。うわーいーちゃんってばクール！　とか言われたいわけ？　へん。夏でも寒い男と呼んであげるよ」

　つまらなそうに真姫さんはそのグラスを自分の前へと移動させた。

　玖渚はよほどお腹がすいていたのか、酒のつまみであるチーズをばくばくと食べていた。両手を使って、すごく行儀が悪い。効果がないことを知っている今更、それを注意する気にはなれないけれど。

「シュプレム、ヴァランセ、マルワール、森のチーズです」

　親切にもひかりさんが説明してくれた。どれもワインにあうチーズらしい。一かけら取って口に入れてみると、確かにそれはおいしかったけれど、しかし、水もなしにこんなものを大量に食べられるのは玖渚くらいのものだろう。

「かなみはどうだった？」

　しばらくして、深夜さんがチーズ片手に、ぼくに訊いた。どことなく面白がっているような態度だ。

「モデルの件は、順調だったかい？」

「ええ、それはまあ。問題はなかったですけど」

「あいつ性格悪いだろ」

　自分の雇い主のことだというのに、臆面もなく深夜さんは言う。

「いえ、そんなことは……」

「そうかな？　少なくとも俺はあいつ以上に性格の悪い女を知らないよ」

　ぼくは知っている。

　今ぼくの隣りで酒をあおっている人。

「別にそんなことなかったですけど……、あ、でも、いきなり絵を割ったりしたのにはびっくりしました」

　深夜さんはそれを聞いて苦笑する。

「ああ、あれね……。そうそう。俺がアトリエに行ったら《深夜、このゴミを始末しといて》だってさ。お前はピカソかっての。……悪かったね。あれはあいつのポーズみたいなものだから気にしないで。あいつはほとんど努力なしで成功したタイプだから、意地っ張りでね。虚勢張ってないと生きていられないんだ」

「ポーズ、ですか?」

「うん。ああいうことすると、一流の芸術家に見えるだろう? 色々と芸術家ぶったことも言ってなかったかな? なんか気取ったこと言ってたろ? あいつのことだから」

「まあ、そりゃ……でも、あれがかなみさんの本音でしょう? そう思いましたけれど」

「勿論本音さ。本音には違いない。けどさ、そんなことは本当は言わなくてもいいことだろう? 本物の芸術家ならそんなことは言わない。かなみは天才ではあるけれど、芸術家からはほど遠い。ありゃ格好つけてるだけだ。少なくとも俺はそう思うね。だから、俺としちゃあかなみにはもう一皮むけて欲しいと思っているんだけれどね……」

深夜さんは少し寂しそうな顔をする。そして、ワインを一口呑んでから、「本当にね」と、続けた。関係ないけれど、随分とワイングラスの似合う人だ。ちょっと羨ましい。

「きみにモデルを頼んだのも、本当はそのためなんだよ。あいつ、人物画はあんまり描かないからね」

「そうなんですか? 題材は選ばないって、言ってましたけれど」

「選ばないけれどね……、好き嫌いの問題。あいつ人間は嫌いなんだ。どんな風に描いても文句を言うからね。昔目が見えなかったのと、今も足が悪いのと、それとなによりあの性格だからね。人付き合いは下手なんだ」

「天才ってそういうものですよ」

人間関係が上手だった天才などガウスくらいしか

聞いたことがない。ミケランジェロなど相当の嫌われ者だったという話だ。あ、でもミケランジェロは本人が人間嫌いだったから嫌われたんだっけ。

「別に天才でなくても人付き合いの苦手な奴もいるけどね」

そ知らぬ顔で皮肉を言う真姫さん。

ああ、その通りだとも。

「あいつは自分一人でやってきたって誇りがあるからね……、だからきっと、園山さんともうまくいかないんだろうね」

確かに、ER3システムの中で、団体の中で才能を発揮してきた赤音さんと、究極の個人主義者であるかなみさんとでは、全くタイプの違う天才だ。ああも反《そ》りがあわないのも、それなら当然というべきなのだろう。

「かなみに絵を教えたのは、俺なんだよね」

深夜さんは言った。

「あいつの目が治ってさ……、でもあいつにはそのとき何もなかった。家族もいなかったし、これといった学もなかった。だから俺はあいつに筆を与えたんだ。ほんの慰めのつもりだったんだけどね……ほんの一ヵ月であいつは俺を追い抜いたよ」

「……深夜さんも、絵を？」

それは初耳だった。

深夜さんは照れたように右肩だけを上げた。

「かなみに抜かれてから、やめたよ。ヴェロッキオはダ・ヴィンチに追い越されたと自覚したそのときから自ら筆を折った。その気分が、あのときの俺には分かったね。こんなとんでもない奴がすぐそばにいるんだったら、俺が絵を描く必要なんてないってさ」

今朝、深夜さんはぼくに向かって《きみと俺とは似ている》と言った。そのときはその意味が分からなかったけれど、なるほど、それを今理解した。

伊吹かなみに対する逆木深夜。

それは玖渚友に対するぼくに似ているのだった。

口でこそ悪く言っているが、深夜さんがかなみさんに絶対的ともいえる好意を寄せていることが、今、分かった。

「深夜さんも他人のためにはってタイプなんだね」

ぼくの心中を読んだかのように（全く、なんて比喩だ）真姫さんが言った。「まあ、深夜さんの場合は誰かさんと違って好感が持てるけどさ」

「何でですか？」

「人のせいにしないからだよ」

いちいち物言いの気に障る人だ。

「あ、あのあの」ひかりさんが困ったように、ぼくと真姫さんとの間へ仲裁に入ってくる。「飲み物は何か、いかがですか？」

「……ジュースなら何でも」

「はい、ただちに」

リビング端の小型冷蔵庫からジンジャエールの小《こ》壜《びん》を取り出して、素早く戻ってくるひかりさん。にこにこ笑って、ぼくの隣りに回った。

「どうぞどうぞ」

「………」

やっぱりこの人、相当以上に苦労人だ。ここで真姫さんと喧嘩するのはひかりさんに悪いと思ったので、ぼくは高ぶる気分を無理矢理に落ち着かせた。

ああ……確かに他人のせいにしてるな、ぼく。

畜生……。

手のひらの上、みたいな。

「ひかりちゃん、僕様ちゃんもジュース欲しい」

「はい、分かりましたー」

と、今度は玖渚の側に回るひかりさん。それを見て真姫さんは、「そう言えば玖渚ちゃんも未成年なんだね」と言う。

「でも別にいいんじゃないかな？　どう？　一杯だけでも」

「勧めないでくださいよ」

「おやおや、保護者気取りかな？」おかしそうに真姫さんは笑う。「いいねえ。いいねえ。若いっていうのは素晴らしいよ」

「真姫さんだってまだ若いでしょう」

「あたしはもう二十九だよ」

真姫さんは何でもないことのように言ったが、ぼくはちょっと驚いた。子供じみたファッションばかりしているものだから、てっきりイリアさんと同じくらいだと思っていたのに。

「へえ。じゃ、かなみと同い年だね。いや、姫菜さん、それなら確かにまだ若い。俺なんてもう三十二だよ。三十過ぎるとさすがに年齢を感じるな。走るとすぐしんどくなるんだ」

「ひかりさんは何歳なんですか？」

ぼくはこれをチャンスとばかりに、訊いてみた。

「わたしは二十七です」

「……、ということは……あかりさんも二十七なんですか？」

「はあ。それはまあ、三つ子ですからね」

二十七……。その数字を頭の中で何度か反復させる。二十七歳。あかりさんもひかりさんも、二十七歳か……。失礼なのかもしれないけれど、とてもそうは見えない。この島には成長を止める不思議な空気でも流れているのだろうか。

「………」

まさかね。

パーンテナ島じゃあるまいし。

「赤音ちゃんは確か三十歳だよね。弥生ちゃんも同じくらいだったかな。こうしてみるとみんな若いよねー。イリアちゃんは若い女の天才が好きなんだね、きっと」

「そりゃ随分と嫌な趣味だな……」

そうだね、と頷《うなず》いて、玖渚はチーズを口に放り込んだ。辛《から》いチーズにあたってしまったらしく、直後にジンジャエールをラッパ飲みする。しかしそれが気道に入ったらしく、続いてごほごほと咳き込んだ。こいつは一体何をやってるんだ。

深夜さんは「ふう」と息をついて、しみじみとした風に言う。

「この島に連れてきて、孤独な共同生活を送れば、かなみも何かが変わるかもって思ったんだけれど……。ほら、不登校の子供をキャンプとかに連れて行くのと同じノリでさ。でも、この作戦はどうも外れっぽいな。結構最後の手段だったんだけどね……。あいつはもう一生、ああやって生きるしかないのかもしれないな……」

誰にも理解されず。

誰にも理解を求めず。

他人を頼らず己を頼み。

自分を食い潰しながら生きていく。

「……それも一つの生き方ですよ」

「誰のことを言っているのかな？」

容赦ない台詞はもう誰のものか言うまでもない。

「……そう言えば姫菜さんは一体何のためにこの島にいるんですか？」深夜さんが、真姫さんに訊いた。「前から気になっていたんですけれど。ただのバカンスってわけでもないんでしょう」

「ううん、ただのバカンス。だって楽だからね。ただで暮らせてお金もらえて。桃源郷だよ。ネットを利用したらここでだって占いはできるし。便利な世の中。楽して楽しくて最高にハッピー」

駄目大人だ。

しかもかなりレヴェルの高い駄目っぷりだった。

「そんなことをきみに言われる覚えはないよ」無言のぼくに反論する真姫さん。「それを言うなら、きみは何のためにきたんだい？　まさか玖渚ちゃんが来るって言ったからついてきただけなんて、お間抜けなことは言わないよね」

分かってる癖《くせ》に、本当にこの人は。

本当、どうしてこうもぼくにからんでくるのか。ひょっとしたら何の目的も何の理由もなく、ただぼくをからかって遊んでいるだけなのかもしれない。割とありえそうな話だった。

「違うよ」

真姫さんはぼくにそう言ってから、今度は玖渚を見る。

「さて、まあきみみたいな奴のことなんかどうでもいいとして、玖渚ちゃん、玖渚ちゃんは何をしに来たのかな？」

「気まぐれだよ気まぐれ。僕様ちゃんは行動するのにいちいち理由とか作らないかんね」

「それはどうかな？」

含みのある笑顔で、真姫さん。こんな性格で全体どうしてだか知らないけれど、真姫さんは玖渚も含めて、ぼく以外の人間とはそれなりにうまくやっているのだった。

「きみと違って要領がいいんだよ」

……。

「呆れているね？　ああ、諦めているのか……。うふふ、でもあたしはやめないよ。あたしが飽きるまで遊んでもらうからね」

完全に加虐主義者の笑顔だった。


なんか、からめとられた獲物のような気分だ。

「テレパシーか。相変わらずすごいよね、姫菜さん。でも、ほどほどにしといてあげなよ」深夜さんが仕方なしにと、フォローに入ってくれた。「あなたがそういうことするから、何人もの天才がこの島を出て行ったんだからね。彼はもうすぐ帰るんだからさ、何もそれを早めることはないだろう？」

「あたしが遊ぼうとするとみんな嫌がるんだよね。超能力者差別だよ」

超能力……。

みんな当たり前のように言っているけれど、しかしそんなもの、果たして実在するのだろうか？　ER3システムは《大統合全一》を謳っているだけあって、勿論超心理学、いわゆる超能力に関しての研究も行っている。サイコキネシス、ESP、DOP、空中浮遊にテレポーテーション。観測も説明も不可能なそれらについての論文も、ERプログラム参加中に何度となく目にしたたし、実際にそうだという人にも会ったことがある（もっとも、その人は偽物だったけれど）。

しかしそれらから導いたぼくの結論は《どう考えても眉唾《まゆつば》もの》だ。それらの論文は、《説明がつかないもの》に対して無理矢理恣意的な説明をつけた結果としか見えないのである。

いわゆる、ドライ・ラヴ。いかさま科学者達の乾いた愛に満ちた論文は、勿論それなりに面白かったけれど、しかし、本当に面白かっただけのように思う。他人を説得するには、絶対的に何かが足りなかった。

「それはきみの価値観が狭いからじゃない？」

「……あなたには、プライバシーという概念がないんですか？」

「仕方ないんだよ。見えちゃうものは見えちゃうし、聞こえるものは聞こえちゃうんだから。ちなみに逃げても無駄だよ。きみがどこにいたってね、自分のことのように分かっちゃうんだから」

「それなら真姫ちゃん、リモートヴューイングと地獄耳の能力も持ってるんだねー」と、玖渚。「超能力者の知り合いはいっぱいいるけどさ、そこまでたくさんの能力持ってる人には初めて会ったな。マルチマルチー。すっごいねー」

今こうしている間にも、自分の過去も未来も心の中も、全部読まれているかもしれないというのに、玖渚は呑気だった。それとも、玖渚には読まれて困るようなものは何もないのだろうか？

「どうせならサイコキネシスが欲しかったんだけれどね、あたしは……。こんなESP系ばっかに偏っちゃって……、ねえ？　テレポートなんて、すっごく便利そうじゃないかな」

サイコキネシス、いわゆるPKとESPは全く違う能力だと、学問上は分類されている。今のところ超心理学の主流では、PKの存在は別として、ESPだけに限定すれば超能力は立証できるのではないかと言われている。PKは全く人外の能力だけれど、ESPはあくまで実際の感覚の延長上にある概念だというのがその理由らしい。

「ESPじゃ占いくらいしかできないからねぇ……使えない能力だよ」

嘆息するようにいう真姫さん。

確かに真っ当に生活しようと思えばESPなんて占いのようなものにしか使えないだろうけれど、しかし、それにしたってぼくとしては懐疑的だった。

「自分が超能力を持っているって、真姫さんは証明できるんですか？」

「証明なんかしなくてもいいと思うけどね……。きみさぁ、たとえば《自分が自分そのものである》ってどうやって証明するのかな？ 免許証でも見せてくれる？ あたしが超能力者ライセンスでも持ってたら納得してくれるのかな？ どうせどうでもいいことだし、本当だったとしても嘘だったとしてもそれ以外の何かだったとしても、どうせ何も変わらないもん。全てを知ったところでこのあたしは何も変わらないのと同じでね」

「そうですかね」

「きみも疑い深いねぇ……。そうだ。きみ、じゃあもう一回占ってあげようか？」

いきなり真姫さんはそんなことを言って、ぼくを見て微笑《ほほえ》んだ。

まずい。これは予想外の展開だ。

「初日は結構はぐらかしちゃったからね……、うんそうしよう。いい機会だし。あたしがタダで占ってあげるなんて滅多にないんだよ」

「遠慮します」

「即答だねえ……。本気で嫌がってるね？ うふふ、あたしは師匠から《人の嫌がることを進んでしろ》と教えられているからね、そのようにさせてもらうよ」

「それはそういう意味じゃないだろうと愚考しますけれど」

「きみはかなりの嘘つきだね」構わず、真姫さんはご宣託を開始した。「感情を表に出すのが嫌いなタイプで、だけれど感情を制御するのが苦手。だから後悔することが多いね。他人の意見に流されることが多い割に、主体性に富んでるねえ。困難に直面したら迷わず逃げるけれど、頭は悪くない。うん、それで他人と競争するのが嫌いだね？」

「コールド・リーディングですね、それじゃあ」ぼくは抵抗を試みる。「そんなの、何とでも言えますよ。ある程度、誰にだって当てはまることです」

「そうかなぁ。そうかもしれないね。それなら、玖渚ちゃんとのことを語ってみようか。いわゆる相性占いだね。……きみも玖渚ちゃんも友人を必要としないタイプの人間だね。だけれどどうしてか、一緒につるんでる。さてその理由は……？　おやおやこいつは相当歪んでいるね。きみが玖渚ちゃんの傍《そば》にいるのは玖渚ちゃんが羨ましくて羨ましくてしょうがないからだ。感情を好き勝手に表現できる玖渚ちゃんをすごく羨ましく思っている反面、ただ、そうであるにもかかわらず全く幸せそうに見えない玖渚ちゃん。自分が欲しいものを全部持っている癖に自分ができないことを全部できる癖に、それでも幸せじゃない玖渚ちゃんを見て、ほっとしているんだね。ああ、自分の望みなんてかなわなくてもいいことなんだって」

「そうなの？」

不思議そうに首を傾げてぼくを見る玖渚。

たとえそうであっても、そうでなくても、それは玖渚本人目の前に言っていいことではないように思う。ぼくは首を振って、「違う」と答えた。

「真姫さん。あなたはどうも誤解しているようですけれど、ぼくはそれほど複雑な人格じゃないですよ。単純なんです、仕組みは」

「さてねえ……そうかもしれないし、そうじゃないかもしれないね」

「ねえ、真姫ちゃん」と、玖渚が真姫さんの隣りに移動する。「それなら、僕様ちゃんの方はどうしていーちゃんとつるんでるのかな？」

「悪いけど玖渚ちゃんの心と過去は読めないんだね、これが」

真姫さんはゆるやかに肩をすくめた。

「たまにいるんだよね、そういう人。相性の問題なんだろうけど……、そのせいでその周りの気配も曖昧になっちゃって、少し困っているんだ。薄暗いところにいるみたいでちょっと不安なんだね。それであたしは機嫌が悪い」

だからぼくに八つ当たりしているのか。

最低だ。

「姫菜さん。じゃ、この際だから俺からも質問させてもらうけどさ……、未来とか人の心が見えるって一体どんな感じなんだい？」

深夜さんが言った。

「こいつはただの好奇心での質問だけどさ」

「うーん。それは蜘蛛《くも》が八つの目でどんな風に景色を見ているのかっていうのと似たような質問だね。一応の説明を試みると、そうだね、テレビを見るのと一緒だね。部屋の中の四方八方をテレビで埋め尽くして、あたしはリモコンを持っていないってイメージ。消せないし、他にすることもないから、画面を見てるしかないんだよね。普通の人より脳が何個か多くある感じと言えば想像つくかな？」

つかねえよ。

「さてと。そこのおばかな誰かさんによって話を逸らされてしまったけれど、玖渚ちゃん。きみがこの島に来たのはどうしてだか、あたしはまだ聞いていないね」

「だからただの気まぐれだよ」

「違うね。あたしは確かにきみのことは読めないけれど、それが違うってことくらいなら、分かるよ」

うにー、と、玖渚は変なため息をついた。ちょっと困っているようだ。真姫さんの質問の仕方は気に入らないが、しかしそれはぼくが気にしていたことでもある。一体玖渚は、どういう理由があってこの鴉の濡れ羽島に来たがったのだろう？　究極にして絶対無比の引きこもりの癖に。

「なら、言うけどさ」

やがて玖渚はチーズのかけらを舌の上で躍らせながら、言った。

「この島で昔あった事件に興味があるんだよ」

3

玖渚のその台詞の先を、しかし、聞くことはできなかった。

「事件？　それは一体どういうことなんだ？」

そう言いかけたぼくは、危うく舌を噛むところだった。だから言葉を発することはできなかったし、奇跡的にそれができていたとしても、それは玖渚には届かなかっただろうし、それ以外の誰の耳にも届かなかっただろうし、ぼくの耳にすら届かなかっただろう。

それ以上の音によってかき消されたせいで。

揺れ、だった。

地震だ、とすぐに理解した。

「うわっ」

声をあげたのは深夜さんだった。

いかなるときにも平静であることを要求されるメ

イドという職業柄、ひかりさんはすぐに「落ち着いてください！」と、一同に指示を出したけれど、それが効を奏したとは言いがたい。

真姫さんは、まるで地震があることを事前に予測していたかのように、全く慌てたそぶりもなく体重を全てソファに預けていた。

中学一年、それはまだ日本にいたときに習った、地震についての知識を呼び起こす。まず小さな揺れが来てから大きな揺れが来るはずだ。どちらがS波でどちらがP波だったのか、何が縦揺れでどれが横揺れだったかまでは、回転数が追いつかなかったが、それはどうでもいい。

とにかく直後、先ほどより数段強い振動が襲ってきた。ぼくは慌てて、隣りで呆然と「何が起こっているのか全然分からない」といった表情をしていた玖渚をソファに押し倒して、その上にかぶさる。玖渚の真上にはシャンデリアがあった。もしもあれが落ちてきたりしたら、小柄な玖渚はひとたまりもない。そう考えての行動だった。

しかしその心配は取り越し苦労だったようで、すぐに揺れは収まった。もっとも《すぐに》というのは絶対的な時間で言った場合であって、《ストーブの上に手を置いているよりは少しマシ》程度の気持ちで時を過ごしていたぼくにとっては、地震は五分くらい続いていたように感じた。

実際に揺れていた時間は十秒足らずだったろう。

「――終わった？」

ぼくは玖渚にかぶさったままで訊く。

「終わったよ」

答えたのは真姫さん。予言者の言うことだ、信用していいだろう。玖渚が顔をソファに埋めて「うぐー」と苦しそうだったので、ぼくはとりあえず、身を起こした。

「地震か……結構大きかったですね。震度何くらいかな？」

深夜さんが辺りを見回しながら言った。テーブルの上のグラスやボトルが倒れていて、ひかりさんが条件反射のようにそれらを片付けていた。

「すいません、ひかりさん。少し電話を借りますね。かなみのことが気になりますから」

内線電話を指さす深夜さん。ひかりさんは首肯した。深夜さんはキャビネット横の白い電話機に向かった。

「ひかりさん、ラジオか何か、ありますか？　震度何か……友、ネットで調べられる？」

「速報は出てるだろうけどね……、えっと、ここって都道府県で言うなら京都だよね？　違うのかな」

「震度はこの島では三か四だよ。位置が微妙だからかな、限定はできないけれど、震源は舞鶴の辺り。そこは震度五だね」真姫さんがごく当たり前のように言った。「市街地でも被害はあまり出てないみたいだよ」

「……何で分かるんですか？」

訊くだけ野暮という感じだけれど、一応常識人としてのはからいとして、訊いてみた。真姫さんは「やれやれ」と言ってから、答える。

「別に。だから分かってしまうんだよね。頭はよくても理解力がないねえ。記憶力もないし。あれ？　それって、頭悪いんじゃないの？　とにかく、比喩でいうなら《火を見るよりも明らか》だよ。伊吹さんもみんなも、怪我はないみたいだね」

「……ああ、リモートヴューイングと、地獄耳も、でしたか……」

それならば距離は関係ない。遥か離れた海の向こうのテレビを見ることもできるだろうし、そしてその位置に見えるものを予知すればいいのだろう。ESPの複合技ってわけだ。

もっともこの場合に限っては、真姫さんが適当なことを言っているのだとしても、ぼくには確認のしようはない。いくらでも釈明の利く範囲のことを真姫さんは言ったに過ぎないのだから。

それでもこの屋敷の中に大した被害がないという

のは、多分本当だろう。それだけ分かればとりあえず十分だ。

深夜さんが電話から戻ってきて「かなみ、無事だったよ」と言った。

「アトリエにいるらしい。棚に積んであったペンキの缶が倒れたとかこぼれたとかで、ちょっと大変らしいけど、かなみ本人に怪我はないってさ」

「行ってあげなくていいんですか？」

一応深夜さんは介護人なわけだし、そうでなくとも足の悪いかなみさんが心配ではないのだろうか。しかし深夜さんは「行ってあげなくていいんだよ」と、両手を広げた。

「行くと嫌がると思うからね」

「どうしてそう思うんですか？」

「来るなって言われたからさ」苦笑しながら自虐的に深夜さん。「仕事中らしいんだよね、かなみの奴。ほら、きみの絵描いてるんだって。名作に仕上がりそうな勢いだから邪魔するなってさ」

「いくら伊吹さんでも、モデルが悪かったらどんなに腕がよくてもねぇ……」

「……あなた、ひょっとして本当にぼくのこと嫌いなんですか？」

「うん」

真顔で頷く真姫さんだった。

やれやれ……。

まあ、いい。ぼくの人生は、大体こんなもんだ。

ぼくはひかりさんのいる方を向いた。

「この島じゃよくあるんですか？　地震」

「頻繁《ひんぱん》ってほどじゃありませんけれど……。深夜さんは、何度か体験されてますよね」

「まあ。でも今回のはいつになく大きかったですね」

「家具とか倒れてないかしら？　少し不安です」

「直すなら、手伝いますよ」

「いえ、そういうわけにはいきません。明日、玲さんの指示に従ってちゃんとわたしたちが直しますからご心配なく」

　にっこりと、ひかりさんは微笑した。こんな人が母親だったら子供はさぞかし真っ直ぐに育つことだろう。こんな場所でこんな風に会ったのでなければ、ぼくはこの人のことを本気で好きになっていたかもしれない。何となく、そう思った。それがあり得ない予想だと理解した上で、そう思った。

「うにに。地震は久し振りなのです」玖渚がようやくソファから起き上がって、青い髪をぐしゃぐしゃといじりながらぼやいた。「うーん。僕様ちゃんの部屋のパソコンちゃん達は大丈夫かなー。大丈夫だと思うけれど。震源地が舞鶴だって言うならマンションの方も多分大丈夫だろうし。そう言えば懐かしいなー、大震災。いーちゃんはあれだよね、そのときにはもうヒューストンだったんだよね」

「うん。確かね」

　向こうの狭い部屋でニュースを見たような、見なかったような。

「あのとき僕様ちゃんは大変だったよー。僕様ちゃんはあのとき、まだ神戸人だったからね。コンピュータ類、ほとんど全部リアルクラッシュしたからね。びっくりしたよ」

　びっくりした程度のショックなのか、それは。

「……じゃ、部屋のパソコンが心配じゃないか？　それだけチーズ食えばもう満足だろ。そろそろ部屋に戻ろうぜ」

　これはこれでいいタイミングだと判断し、ぼくはリビングから立ち去ることにした。これ以上真姫さんと話していて、ぼくが冷静を保ち続けられる自信はいまいちない。ここら辺が潮時ってヤツだろう。

　そんなぼくの陳腐《ちんぷ》な思惑は全てお見通しだと言わんばかりの、真姫さんの意地悪げな視線が背中に痛かったけれど、全身全霊全力を尽くしてそれを無視し、玖渚の腕を引いて、部屋に戻った。

　玖渚の部屋の三台のパソコン（じゃなくて、二台のパソコンと一台のワークステーション）は、用心深くラックごと固定されていたこともあって、被害一つなく無事だった。

　ふわぁあ、と玖渚はあくびをして背を伸ばす。

「今日はもう寝よっと。お腹いっぱいになると眠くなるんだよねー。いーちゃん、髪ほどいてー」

「それはさすがに自分でしろよ」

「お下げは自分ではほどきにくいんだよー。僕様ちゃん、体固いしさ。自分でほどけなくもないけど、体が痛くなるよ。一度それで骨折したことがあるんだから」

「分かった分かった……。本当、可愛いヤツだよ、お前は」

　ぼくはお下げからゴムを取ってやって、その後、櫛ですいてやった。うふふー、と嫌らしい笑みを浮かべる玖渚友。そしてそれが終わると、そのままベッドにダイブする。白いクッションに思い切り身体を沈めて、気持ちよさそうにごろごろと回転していた。

「……コートを脱げ。何度も何度も何度も言うけどさ……、そもそも暑くないのか？　お前」

「これは思い出のコートだから駄目なんだよ」

「あっそ……思い出ね」

　どんな思い出なのだろう。あのＥＳＰ系占い師、姫菜真姫でも玖渚友の心と過去は読めないと言っていたけれど……。《チーム》時代の思い出だろうか。

「それにしてもさ。かなみちゃんと赤音ちゃんは露骨だけど、いーちゃんと真姫ちゃんも結構仲悪いよねー」

「仲が悪いってより、向こうがちょっかいかけてくるだけだよ」かなみさんも似たようなことを言っていたな、と思いつつ、ぼくは言った。「ぼくとしては別に、真姫さんのことを嫌いだとかは、思ってないよ」

「そうだろうねー。いーちゃんは他人に対して嫌いだとか憎いとかそんな積極的な感情は持たないもんね。持っても精々《鬱陶しい》くらいのものか

「お前は超能力ってあると思うか？」

「うーん。もしもあったとしても、僕様ちゃんは全然困らないねー」玖渚はにこにこしながら言う。「欲しいとは思わないけどさ、でも、夢があっていいと思うよ。サンタクロースっていないよりもいた方がいいと思うじゃん。それとおんなじだよ」

「楽天的でいいよな、お前は……」

あっても全然困らないと来たか。

ま……確かに。案外そういうものなのかもしれない。そんなものがあってもなくても、基本的に自分の人生にかかわってくるわけではないし。今はただ、例外的なケースというだけだ。

こんな島にいるから。

こんな島にいるから……。

「……。ぼくももう部屋に戻って寝るわ。それじゃまた明日な。今から寝るんなら、朝起こしに来るから、明日は一緒に朝食とろうぜ」

「おーい、いーちゃん」

な？」

「お？　面白いこと言うじゃないか」

「冗談だよん」にぃぃーと、嫌な感じの笑みを続ける玖渚だった。「でもいーちゃんってさ、誰かを好きになったこととかラヴったこととかって、本当にないでしょ？」

「ないな」

「僕様ちゃん、いーちゃんのそういうとこ、大好きだよー」

にやにや、と。

「………」

変だ。このたびの玖渚は妙にからんでくる。ひょっとしてジンジャエールと間違えてワインでも呑んだのだろうか？　ぼくは玖渚が酒を呑んだところを見たことがないので、そうだとすればどういうことになるのか、想像もつかないけれど。

「……友、ところでさ」

「なんじゃらほい？」

出て行こうとするぼくに、ベッドの上に仰向けになった姿勢のままで玖渚が呼びかけた。

「えっちぃことしようぜ」

手招きをしながら、そんなことを言う。

ぼくは一秒だけ間をあけて、「しない」と答えた。

「へーんだ。甲斐性《かいしょう》なしー。臆病鶏ー！　チキンチキンー！」

はいはい、とぼくは扉を閉めて、階段を降り、自分の部屋であるところの例の倉庫へと向かう。廊下で真姫さんと会ったりしたらいやだなあなどと思っていたが、幸い、そんなことはなかった。真姫さん、今夜は深夜さんと語り明かすつもりなのかもしれない。

部屋の前で、ここの扉には鍵がついていることに気付いた。まあ元々が倉庫なのだから当然なのだろうけれど、もし寝ている間にこれを閉められたら部屋から出ることができなくなるな、と、なんとなく思った。倉庫の中の窓は椅子に載っても届かないような位置にあるわけだし、そうなると本当に牢獄だ。もっともぼくを閉じ込めても誰の利益にもならないだろうから、それはいらない心配なのだろうけれど。

部屋の中に入って布団にもぐり、天井を見ながらぼくは考える。

「…………」

考えることは勿論、さっき真姫さんに指摘されたことだった。

おやおやこいつは相当歪んでいるね。きみが玖渚ちゃんの傍にいるのは玖渚ちゃんが羨ましくて羨ましくてしょうがないからだ。感情を好き勝手に表現できる玖渚ちゃんをすごく羨ましく思っている反面、ただ、そうであるにもかかわらず全く幸せそうに見えない玖渚ちゃん。自分が欲しいものを全部持っている癖に自分ができないことを全部できる癖に、それでも幸せじゃない玖渚ちゃんを見て、ほっとしているんだね。ああ、自分の望みなんてかなわなくてもいいことなんだって。

「——はッ……」

畜生。

「その通りじゃねえか……」

七愚人、赤音さんはぼくと玖渚との関係を《共依存》だと評したけれど、どちらかと言えばやはり、真姫さんの意見の方が正解に近い。

ぼくにとって玖渚友は、
ぼくが一番なりたかったものなのかもしれない。

いや、そうじゃない。そうじゃないけれど、ぼくにとって、玖渚友は、だから……

だから？

「だから何だってんだよ……」

神戸でなく、わざわざ京都の大学を選んだのは、玖渚が京都に引っ越していたから。ヒューストンから戻ってきたのだって、それが理由の一つでないとは、言い切れない。

だけどどうしてぼくはそこまでしたのだろう？

玖渚の言う通り、ぼくには好きとか嫌いとかそんな積極的な感情、持ち合わせがない。誰にどんな迷惑をかけられても、それは雨に降られたようなもので、特に何も感じない。真姫さんが、いくらぼくに嫌悪の情を向けたところで、かなみさんから悪意たっぷりの言葉をぶつけられたところで、それに対して湧いてくる感情なんてない。

思わざるをえない。

ぼくは本当に人間なのだろうか？

全然他人の気持ちが分からない。

もし実在すると言うのなら。

真姫さんが使うというような超能力がもし本当に実在すると言うのなら、ぼくはそれが欲しいかもしれない。

「いや……、いらねえか」

ぼくは思い直す。

人の気持ちなんか、分かったら分かった分だけ鬱陶しい。パンドラの箱を全開にしたままの生活なんて、ぼくは真っ平だ。そんなものに耐えられるだけの、丈夫な神経は所有していない。

「戯言なんだよ、全く……」

旅行はだめだ。どうしても、余計なことばかり考えてしまう。それが余計なことなのか、どうか、分からないけれど……とにかく、自己を崩壊させかねない、危険なことばかりを、思考してしまう。

あと四日。

我慢できなくもないか……。

我慢するのは嫌いじゃない。

少なくとも慣れてはいる。

苦しみ、そして痛み。

そんなものには慣れきっている。

「それにしたって……あんま気持ちのいいものじゃねえよな」

全く、早く海の向こうの日常に帰りたいものだ。

そんなことを思いながらぼくは夜に落ちていった。


だけれどぼくは次の日の朝に気付くことになる。

この三日間も十分に平穏な日常だったことに。

四日目（1）——首斬り一つ

0

上には上があるが頂点には下しかない。

1

それは、凄惨な光景だった。

あえてそれを何かに比喩するならば……、そう、グルーバー・ノルベルト作、《川》の絵。ちょうどあんな感じの、気味の悪いマーブル色の川が、かなみさんのアトリエ、そのこちら側半分に描かれていた。

昨日の地震で倒れたと言うペンキなのだろう、あちらこちらに缶が散乱しているし、鉄パイプでできていた簡易製の棚も倒れている。地震で棚が倒れて、積まれていたペンキの缶が転がって、中身をぶちまけた。その結果が、この《川》。それは想像可能だったし、多分、その推測通りだ。

しかし、それだけでも十分に異常な光景なのだけれど、問題は、その川の向こう岸だ。それについては想像も推測もできなかったし、まさか《地震の仕業》では片付かないだろう。そんなことが可能な地震なんて存在するわけがない。

首から上が存在しない人間の身体がうつ伏せに倒れているのだった。

首なし死体。

首斬り死体。

表現をどちらにしたところで、それは同じことだった。

「…………」

その頭部の欠損した身体は、昨日かなみさんが着ていたのと同じドレスを着ていた。上等そうなそのドレス、このまま絵を描いても決して汚すことはないとかなみさんが嘯いていたそのドレスは、しかし、流れ出た血液よって赤黒く変色し、二度と着られそうにもない。

そして着るべき人間も、もういないのだった。

より表現に正確さを期すならば。

着るべき人間は、もう生きてはいないのだった。

「これは……えげつない」

ぼくは思わず呟いた。わざわざ口に出す必要もなかったけれど、本当に、思わず呟いてしまった。

シンナーの匂い。

かなみさんの身体が倒れている近くには、あさっての方向を向いた車椅子と、一枚のカンバス。遠目なのでよく分からないけれど、カンバスに描かれているのは、どうやらこのぼくのようだった。

「…………」

それは、見事な、でき栄えだった。この距離で、川を挟んだこの距離でも、十分に分かる。頭じゃなくて、身体が愕然《がくぜん》としているのが分かる。ある意味、それは首斬り死体よりも衝撃的だった。

昨日かなみさんが言った台詞が思い出される。

見る者を選ぶようなものを、わたしは芸術とは呼ばない。

なるほど……、これなら文句なしだ。

間違いなく、伊吹かなみは天才だった。

このぼくが戦慄してしまうまでに。

だから一層、惜しく思えた。物事を惜しく思うなんて、そんな感情は久し振りだったけれど、ぼくは本当に、惜しいと思った。

かなみさんの死を。

伊吹かなみの死を。

「……何でだ……？」

そう、伊吹かなみは、死んでいた。

どこに存在するどんな人間が、首を斬られて尚、生きていられるというのだ？　ラスプーチンだって首を斬られたらさすがに死ぬだろう。ましてかなみさんは肉体的には普通の人間なのだから。

「とりあえず……このままにしとくってわけには、いきませんよね」

誰も何も言わないので、ぼくが言った。玖渚を見ると、下唇を突き出して、何だか訝しげに、不思議そうに、かなみさんの死体を見ていた。何か納得のいかないことでもあるのだろうか。しかしそんなことを考えている場合でもないだろう。玖渚の一挙一動に全て理由をつけなければならないとすれば、それだけでぼくの人生が終わってしまう。

一歩を踏み出そうとしたとき、玖渚がぼくの腕をひいた。

「いーちゃん、ちょっと待って」

「何だ？　どうした？」

「ペンキ、まだ乾いてないよ」

「ん？　ああ、そうだな……」

しゃがんで指先で確認してみたら、確かにその通りだった。中指がマーブル色に染まってしまった。

「でもそんなことを言ってる場合でもないだろ」

目の前に斬死体があるのである。靴が汚れるくらい、本当に些細なことでしかない。

「だから、ちょっと待ってってば」

言って、何をするのかと思えば、玖渚は例の黒コートを脱いで、ひょいっとペンキの川の真ん中あたりに投げた。川に飛び石が置かれた格好になる。

「……思い出のコートじゃなかったのか？」

「時と場合には換えられないからねー」

自分の《大切な思い出》をそんな風にあっさりと放棄してしまった玖渚に対して、ぼくは何か言おうとしたけれど、しかし、確かに玖渚の言う通り、今はそんな場合ではない。それに、もう済んでしまったことは仕方がない。やむなく、ぼくはジャンプしてコートの辺りに着地して、それからもう一度ジャンプして、向こう側に渡った。

「……」

喉が鳴る。

間近で首斬り死体を見るのは、さすがに久し振りだった。ぼくは上着を脱いで、それをかなみさんの上半身にかぶせた。

扉側——皆の方を向いて緩やかに首を振る。

勿論、言うまでもない。

「皆さん」やがて、イリアさんが言った。「ダイニングに集合していただけますか？　今後のことについて、色々と話し合う必要がありそうですから」

そしてイリアさんは廊下を向こうに歩き始めた。その後ろを、慌てたように、玲さん、あかりさん、ひかりさん、てる子さん、四人のメイドさん達がついていく。その後も三々五々、他の人たちも同じように、かなみさんのアトリエを後にした。

最後に残ったのは、ぼくと玖渚と、——それに深夜さんだった。

青ざめた、呆然とした表情で、深夜さんはかなみさんを見詰めている。

「……深夜さん」ぼくはコートを踏んで、扉側へと戻る。「行きましょう。ここにいても……」

意味がない、とはぼくにはとても言えなかった。

「ああ……うん。そうだね」

心ここにあらず。一応同意の返事を深夜さんは返したけれど、やはり、動こうとしなかった。目の前の事象を理解できないかのように、理解することそれ自体を脳が拒否しているかのように、深夜さんは立ち尽くしていた。

気持ちは分かる。

ぼくだって、もしも玖渚がこんな目にあったなら、今の深夜さんのようになるだろう。いや、それどころではない。みっともなく取り乱して、挙句の果てに泣き喚くかもしれない。それは真姫さん曰く《感情を殺して生きている》ぼくとしては想像を絶する状況ではあるけれど、多分、そうなるだろう。

その意味では、今の深夜さんは立派だった。

青ざめてはいるものの、取り乱したりはしていない。ぼくとの会話も一応成立する。ぎりぎりのところで、本当にぎりぎりのところでとはいえ、理性を保っている。

ただの子供のぼくとは、そこが違う。

深夜さんは大人なのだ。

深夜さんとかなみさんがどういう関係だったのか、単なる介護人だったのか、それ以上だったのかそれ以下だったのか、僕は知らない。

だけれど。

昨日の夜の、寂しそうな目。

そして今の深夜さんを見ていれば、それは何となく分かる気がした。

「先に行こうよ、いーちゃん」

玖渚が、今度は動くためにぼくの腕を引いた。

「……そうだな」

こうして平穏だった島での生活は、幕を閉じた。

そして次の幕が開いていく。

2

四日目の朝は、ごく普通に、ごくごく普通に始まった。

ぼくはいつも通りに目を覚ました。玖渚の部屋に行くと、奴は既に起きていて、パソコンに向かっていた。メールの受信をしていたそうだ。おはようの挨拶もなく「髪くくって」と玖渚が言ったので、頭の上の方で二つ結んでやった。いわゆるツインテールというヤツだ。これならば自分でもほどきやすいだろうと思う。

玖渚が「今日は朝ごはんを食べたい気分なんだよ」と言い出したので、二人でダイニングに向かった。途中でリビングを覗いて見ると、真姫さんと深夜さんがまだ向かい合ってワインを呑んでいた。どうやら本当に一晩呑み明かしたらしい。年齢を考えない無茶をするなあと思ったけれど、勿論そんなことは言わない。

一緒に朝食にしましょうと社交辞令で誘ってみたら二人とも同意してくれて、四人でダイニングに向かった。すると、円卓では、赤音さんと、珍しいことにイリアさんがいた。

「あら、珍しいですね」と、イリアさんも言った。「朝から全員がそろうだなんて……、なんだか必然的ですね。せっかくですから、みんな呼びましょうか。たまには朝食を全員で一緒にとるというのも、悪くありませんし」

そう言って、イリアさんは、近くにいたあかりさんに声をかけて、厨房にいるのだろう弥生さんと、他のメイドさんを呼んでくるように頼んだ。

「じゃ、俺、かなみの奴呼んできますよ」と、深夜さんが言った。「さすがにもう仕事終わってるだろうしね。ああ、それとも寝てるかな……まあ、あいつ寝起きはいいんだけどさ。性格悪いくせに」

自分の台詞に少しだけ笑って、それから深夜さんはぼくを見て、「絵、楽しみにしてなよ」と言い、ダイニングを出て行った。

そしてぼくと玖渚が島にきてから初めて、皆で一緒に朝食を食べるという場面になりかけたのだけれど――それが実現されることは、なかったわけだ。

ダイニングに戻ってきた深夜さんが告げたのは、かなみさんの訃報だった。

「かなみが……殺されている」

深夜さんはそんな表現を使ったけれど、しかし、考えてみればあれほどにそれを表している死体は数少ないだろう。何せ、首から上がないのである。病死も事故死も自殺すらもありえない。

しかし……。

それにしても。

殺人事件。

それも、これは、ただの殺人事件ではなくて――

「ぼくは……、そうですね。夕食の後は、ずっと玖渚と一緒にいましたよ。玖渚の部屋で風呂借りて、それから、玖渚がお腹すいたって言うんで、リビングに行きました。途中であかりさんに会ったはずです。会いましたよね？　はい。リビングには、ひかりさんと真姫さんと深夜さんがいて——、それで……地震。地震があったでしょう？　その地震が起きたときまでリビングにいました。その後は、玖渚を部屋に送って、それで……、寝ましたね。朝は六時に起きて、それからはずっと玖渚と一緒です」

みなの視線が突き刺さる中、ぼくはなるだけ平静に答えた。

アリバイ調査。

なぜぼくからなのか分からないが、屋敷の主人たるイリアさんが《じゃあ、あなたからお願いします》と言ったのだから仕方がない。どうやらイリアさんにとっては、ぼくが第一容疑者であるらしい。

ダイニング。

少し冷めてしまった朝食を食べながら。

しかし、みんな、あんな首斬り死体を見た直後だからか、あまり食は進んでいないようだった。ぼくだってそれは同じだったけれど、それでも、やはり弥生さんの料理はおいしかったので、全く食べないというわけにはいかなかった。

円卓。

イリアさん、玲さん、あかりさん、ひかりさん、てる子さん、赤音さん、真姫さん、弥生さん、深夜さん、玖渚友に、そしてぼく。みな、定位置に座っている。しかし、五時の席は、かなみさんの席だけは、欠けていた。そしてそれは、もう埋まることがないのだった。

イリアさんは、ぼくの台詞を聞いて少し首を傾げ、それから一時の位置に座っているメイドさんに目を遣り、「ひかり、それ、本当？」と訊いた。

「はい」頷くひかりさん。「確かに地震が起きるまで——えっと、一時ですか？　一時でしたよね。わたしを含めてその五人で、お話をしていました。それは確かに、保証できます」

「でも、途中でちょっとだけ席を外した人とか、いなかったの？」

「いませんでした」と、少し不安げにひかりさんは頷いた。「――と、思います。その、断言できるかと言われれば、少し困りますけれど」

「いなかったよ」と、玖渚がひかりさんに助け舟を出した。「僕様ちゃんの記憶力は完璧だから間違いないよ。誰も途中でリビング出て行ったりはしなかったね」

「そうですか」と、イリアさんは目を閉じる。

「――それじゃあ、あなたと玖渚さん、逆木さんと姫菜さん、それにひかりは、地震が起きるまでのアリバイをお互いで証言できると言うわけですね。地震の後はどうなんです？」

「ぼくは一人で寝ていたわけですから、アリバイはありませんね」

「ありがとうございます。――それでは、先にわたくしのアリバイを言うべきですね？　わたくしは昨晩、玲と佐代野さんと、三人で、わたくしの部屋で話し込んでいました。昨日の夕食が格別においしかったものですから、そのレシピを、聞いていたんです。そうですよね？　佐代野さん」

いきなり自分の名前が出たからか、弥生さんはちょっと驚いたような素振りを見せたが、しかしその後すぐに、

「はい」

と頷いた。

玲さんは少し肩をすくめるような動作をしたが、結局無言だった。こんな事態だというのに、考えてみれば随分とクールな人だ。てる子さんはあえて言うまでもないけれど、玲さんもどうやら想像以上に無口な性質らしい。職務に忠実だからか、それとも元々そういう性格だからなのか、それは分からないけれど。

「地震があって……、それを機会に、わたしは部屋

に戻りました」

弥生さんは思い出すようにしながら訥々《とつとつ》と語る。

「そうでしたね」イリアさんは頷く。「わたくしと玲はその後、朝まで話し込みましたけれど。もうすぐ玖渚さんが帰ってしまうから、何か楽しいイベントでも開こうかって……、お別れ会ですね。恒例なんです。そうしたら寝るタイミングを逃してしまったから、そのまま朝食にしようと、したのですけれどね……」

つまり、イリアさんと玲さんとのアリバイは完璧。弥生さんのアリバイはぼくと玖渚同様に、地震前まではあるわけだ。

「深夜さんとあたしのアリバイも、とりあえず完全だよね」と、真姫さん。

「地震前までのは玖渚ちゃん達も保証してくれるし、それ以後も、深夜さんとあたし、お互いに保証できるからね……。お酒って素晴らしい」

酔っ払いの証言が果たしてどこまで信用できるのやら。そんなことを思ったのがばれたのか、真姫さんはぼくを睨んだ。しかしぼくには何も言わずに、深夜さんに向かって「そうだよね」と同意を求めた。

「ああ……はい、そうです」

と、深夜さんはうつろな表情で頷いた。

「ふうん……ひかり？　あなたは、地震の後、どうしたの？」

「部屋に戻りました。部屋にはあかりとてる子がいて……その後、眠りました。朝五時に起きて、仕事を……」

「じゃあ、あかりとてる子は？　あかり、答えて」

「わたし達は夕食の後にはもう仕事はありませんでしたから……」あかりさんは頰に手を当てて、考えるようにしながら答える。「てる子と一緒にずっと部屋にいました。地震があって……、それからすぐにひかりが帰ってきたので、それを機会に就寝しました」

「三人は同じ部屋なんですか？」

この質問はぼくがしたのだけれど、あかりさん、まさかぼくが口を挟んでくるとは思っていなかったらしくて、ぎょっとしたようにこちらを見た。

「……はい。わたし達、三人は、同じ部屋ですけれど。それが、何か？」

「いえ別に」

ただの興味だ。ぼくはあかりさんに頭を下げる。続けて一緒の布団で寝ているのですかと訊こうかと思ったけれど、さすがに控えておくことにする。

ふうん……。

と言うことは、あかりさんとてる子さんにも、地震前までのアリバイが成立するわけだ。その後は寝てしまったのだから、お互いの保証はできないのだろうけれど。

てる子さんはあかりさんの意見に小さく頷くだけで、やはり一言も発しなかった。さりげなく意思表示はしているようだったが、しかし、かなり分かりにくい。

「どうも、困ったことになってきましたね……」

イリアさんは、最後の一人、園山赤音さんに目を遣って、

「あなたは？」

と。

訊ねた。

「昨晩はどうされてました？」

今まで場の成り行きを見守るように、腕を組んで無言だった赤音さんは、「ふう」とつまらなそうに息をついて、片目だけを開けた。

「今まで皆さんの話に私の名前が出てこなかったことから推測すれば、それは明瞭白々でしょうけれど……そうですね、私は、誰とも一緒にいませんでしたよ」

いっそ堂々とした感じに、赤音さんは言う。「夕食を終えて、私は一人で自分の部屋でパソコンに向かっていました。モデリング作業をしていたんです

けれど……、ま、詳しい説明は省くとして。ログが残っているだろうから、解析すればそれが証明できるでしょうけれど、しかしそいつは細工が利きますからね。アリバイとはいえないんでしょうね」

「わたくしには、パソコンのことはよく分かりませんけれど。どうなんですか？　玖渚さん」

　玖渚は「ん？」と顔をあげて（こんなときによそ見してやがった、こいつ）、それからイリアさんの質問に答えた。

「うーん。ある程度スキルのある人ならログの操作くらいは簡単だと思うけれど。赤音ちゃんってどれくらいパソコンいじれる人なの？」

　これにはさすがに赤音さんは苦笑する。

「私がその質問に答えても意味がないだろう」

「あ、そっか」もっともだと頷く玖渚。「うーん。そうだなー。それに、ツール使えばログ操作くらい素人にだってできるよね。そんな難しくないし……ソフトはどこにでも落ちてるしね」

「ログの操作があったかどうかを調べる方法はないのか？」

　これはぼくの質問。

「あるけどね。でもそっちもごまかしがきくよ。基本的にコンピュータって何でもアリだからね。それでアリバイを立証しようっていうのは、ちょっと難しいと思うな」

　玖渚友。

《チーム》のリーダーとしてこの島に招聘されている玖渚友。他でもないその玖渚がそういうのだから、間違いないのだろう。ならば、赤音さんには一切のアリバイがないということになる。

　赤音さんは「やれやれ」と口に出して言った。

「しかし私は自分の弁護をしないわけにはいかないな。これでも我が身は可愛いものでね。……一応言っておくけれど、私は犯人ではないよ。確かに絵描きは嫌いだけれど、殺すほどの価値があるとは思っていない。彼らは生きている段階で既に死んでいる。わざわざ私が手を下すまでもないことだ。だから全く見覚えがないと言っておこう」

　それは多分《身に覚えがない》の間違いだったけれど、赤音さんの態度には、虚勢や、強がっているような様子はなかった。演技であるとも思えない。

「うーん。えっと……ちょっと待ってくださいね、皆さん。今、頭の中を整理しますから」

「あの、その前にちょっと待ってください」変な会話になってしまったけれど（《ちょっと待》つ前に《ちょっと待って》だってさ）、ぼくはイリアさんに言った。「あの……イリアさん。……何をしようとしているんですか？」

「はい？」

「さっきから、どうもおかしな感じなんですけれど……、勿論ここはあなたの島ですし、ここはあなたの屋敷ですから、ぼくが変に口出しするのは控えた方がいいのは分かっているんですけれど……、ぼくはお客様ですらないんですからね。でも、訊きますよ。イリアさん、あなた一体、何をしようとしてるんですか？」

「何を？　勿論、推理です」

　イリアさんはやんわりと微笑んだ。そして「あれを見れば明らかでしょう？」と続ける。

「伊吹さんは誰かに殺されたんです。そしてこの場合の誰かとは、この場にいる誰かという意味でしょう？　あなたの言う通りですよ。ここはわたくしの島で、わたくしの屋敷です。その中でわたくしの招待したお客様が殺されて、そしてこの中に殺人犯がいるのですよ？　まさか放置しておくわけにはいきますまい」

　微笑と共に一同を見渡すイリアさん。

　確かにイリアさんの言う通りだった。ここは絶海の孤島なのである。絶海の孤島、無人島、閉じられた空間。

　鴉の濡れ羽島。

　十二人いて、その中の一人が殺されたのなら、犯人は残りの十一人の中の一人に決まっているのだった。それは小学生でもできるような簡単明瞭な引き算だ。そして——

「それにしても……、また人死にですか」

イリアさんは嘆息まじりに言った。

ん？

また……？　またと言ったか？　今。

「それも首斬り死体だなんて……。ひょっとしてこの島、呪われてたりするのかしら？　ねえ、姫菜さん。その辺りのこと、占ってくれないかしら？」

「呪われてるのはイリアさんだよ」真姫さんは即答した。「島自体はただの島。呪われている人がいるとしたら、イリアさんに他ならないね」

それは気を悪くするには十分な台詞だったわりに、イリアさんは「そうかもしれませんね」と、おかしそうに笑うだけだった。

ああ、なるほど……。真姫さんが、その態度と口調の割に、どうしてぼく以外の人間とはうまくやっているのか、ぼくは疑問に思っていたけれど……、そういうわけか。この島にいる住人は、みんな、他人の言うことなんて、それほど気にしないのだ。

「うーん。でも、今回の事件は単純ですよね」イリアさんは言った。「推理するまでもないかもしれません。そう思うでしょう？　みなさん。だって、……事件が起きた時間は、かなり特定されていますからね」

「そうですか？」

「そうですよ。あなただって見たでしょう？　地震でペンキが倒れていて、その向こうに、伊吹さんの死体はありました。あのペンキの川はどれくらいの幅だったと思いますか？」

誰も答えないので、ぼくが答えた。

「ざっと見たところ、三メートルくらいですね」

「そう……、とてもじゃありませんけれど、飛び越えることはできません。だから、必然的に事件が起きたのは地震以前だと断言できるわけですね」

地震で棚が倒れて、あのマーブル色の川が形成されたわけだ。それが何を意味するか？　揺れが思ったよりも大きかったってことだろう。だけれど、それだけじゃない。

あの川は……あの川が真に意味しているものは。

「ちょっと待ってください」と、赤音さんが口を挟む。少し難しそうな表情だった。「それは私にとってあまり都合のいい話の展開ではありませんね、イリアさん。何故なら――」

何故なら。

地震以前のアリバイは赤音さん以外の全員にあるからだった。

ぼくはずっと玖渚と一緒にいた。ひかりさんと真姫さんと深夜さんも同じ。あかりさんとてる子さん。そしてイリアさんと玲さんと弥生さん。それぞれがそれぞれのアリバイを、証言できる立場にある。

イリアさんの言うことは正しい。地震によって倒れたペンキでできたあのマーブル色の川は、飛び越えることができるとは思えない。ペンキを踏まずに、足跡を残すことなしに、川の向こう側に渡ることはまず不可能だろう。

ならば。

必然的に犯行時間は地震の前に限られてくる。そしてその時間にアリバイのないのは赤音さんだけ。

確かに、赤音さんにとっては都合のよい話の展開ではなかった。赤音さんは軽く舌打ちしてから、

「イリアさん。単刀直入に訊きますけれど、私が犯人だと思っていますか？」

と、本当に単刀直入に訊いた。

「そうですね」対するイリアさんも、それをあっさりと認めた。「だって、あなたの他にいないじゃないですか」

「…………」

赤音さんはイリアさんから視線を逸らして、黙った。反論したいのだろうけれど、七愚人の頭脳を以

てしたところで、何も有効な反論が思いつかないのだろう。ぼくも赤音さんと少しばかり、ほんのわずかばかりとは言っても縁がある立場としては、赤音さんをかばってあげたいのだけれど、しかし七愚人の一人に思いつかない反論が、プログラム中退のぼくに思いつくわけがなかった。

しばらく十一人の間に気まずい空気が流れたが、その空気を打破したのは、玖渚だった。

「それは違うよ」玖渚は言った。「その考え方はちょっと間違っているんだよ、イリアちゃん」

「あら？ どうしてかしら」少し、何故か嬉しそうに玖渚に向かうイリアさん。「ああ……、なるほどね。共犯の可能性があるって、玖渚さん、そう言いたいのね？ 確かにそれはあるかもしれませんね……そうなってくるとアリバイ関係が怪しくなってくるわけですか」

「そうじゃないよ。共犯なんて考えなくても、イリアちゃんの考え方は間違ってるんだよ。ねえ、いーちゃん」

「え？」まさかこっちに話が来るとは思っていなかったので、素っ頓狂な声を出してしまった。「……間違ってる？」

「そうだよ。いーちゃん、説明してあげてよ。昨日の夜にあったことを」

「昨日の夜って……何かあったか？」

「……………………」玖渚は呆れたように、無言になる。これは割合珍しいことだった。「……………………」

「……仕方ないだろ。ぼくはお前と違って記憶力が悪いんだから」

「もう……。本当に憶えてないの？ だったらいーちゃんは記憶力が悪いんじゃなくて、記憶力がないんだよ。あんな重大なこと、普通忘れるかな。ほら、地震の後だよ。深夜ちゃんがかなみちゃんに連絡を取ったじゃない」

「……あ」「あ」「あ！」

ひかりさんと、深夜さんも、はっとしたように顔をあげた。

そうだった。深夜さんは地震の後でかなみさんに電話をしていたのだ。そしてかなみさんの無事を確認している。ことなきを確認しているのである。

なるほど。これは、玖渚の言う通りに、重要なことだった。と、言うことは……どうなる？ そうだとすると、一体どうなってしまう？

「つまり、かなみちゃんが殺されたのは地震の後だってことになるんだよ」

「ちょっと待ってください」イリアさんが、少しだけ取り乱した風に、玖渚に手を伸ばす。「でも、ペンキの川が……」

「だからね、イリアちゃん、それはこういうことなんだよ」

玖渚が少しだけ間を置いてから、言う。

「あのアトリエは、密室状況だったたって」

一同は瞬間、お互いの顔に視線を送った。


確かにあのペンキの川を飛び越えるのはまず不可能だろう。幅にして約三メートル。幅跳びをする感覚で飛べばできなくもないだろうけれど、助走をつけるスペースがどこにもない。そうなると当然、イリアさんの言ったように、犯行時刻を地震以前に定めるしかないはずなのだけれど、それは深夜さんによって否定される。地震直後、かなみさんは殺されても、まして、首を斬られもしていなかった……。

「逆木さん」イリアさんが深夜さんに質問した。「それは、間違いなく、伊吹さんだったのですか？」

深夜さんは青い顔をして戸惑っているようだったけれど、やがて、頷いた。

「ええ……あれは絶対にかなみでした。間違いありません。今、作業中だって……、ペンキが倒れて大変だとか、そんなことを言っていました。だから……地震の後も、かなみは生きていたんだとしか、俺には言えません」

「わたしも、逆木さんが電話しているのを聞きました」と、ひかりさんが自分の主人、イリアさんに言う。「電話を貸して欲しいって言われて…… だから伊吹さんはそのときはまだ生きていらしたのだと思います」

「そう、そのときは、まだ、ね……」

自虐的にそう言って、深夜さんは頭をかかえる。

「あのとき、俺が、横着しないでアトリエに行っていれば……くそ！ なんて無様だ……とんでもない無様じゃないか、これは……！」

「…………」

何も言うべきことは、ない。とどのつまり、本当に怖いのは地震でも雷でも火事でもないと、ただそれだけ。それだけのことなのだろう。

後悔するという行為には心を休ませる意味があるらしい。とりあえず後悔だけしておけば、今目の前にある問題から逃げることができる。悪いのを全部昔の自分にしてしまって、だからそれは、とりたてて自責ってわけではなくて。

後悔している間は正しい自分でいられるから。別に深夜さんの思考が罪深いというわけじゃない。生物として人間の思考回路はそういう風にできているというだけだ。罪深いのはむしろ、人間の心の機微をそんな風にしか捉えることのできないぼくの方だろう。

「となると、おかしな話になってくるわけだね」赤音さんが顎をさすりながら言う。「深夜さんとひかりさん、それに玖渚さんの証言からすれば、犯行時刻は地震の後に限るしかないわけだ。だけれど地震の後にはペンキでできた川がある。そうなると彼女を殺せる人間はいない。だったら——」

「そうなんだよ、赤音ちゃん」玖渚が口を尖らせて言う。少しだけ、物事に対して興味を抱き始めているときの、玖渚友だった。「これはすっごく、おかしな話なんだよ」

「密室、というのは、そういう意味ですか——」と、イリアさんは納得したように頷いた。「ふうん。

あのペンキ、確か、今の段階でも乾いてなかったのよね……。じゃああの川を乗り越えて部屋に入ろうとしたら、足跡を残さないわけにはいかないか……。うーん。ねえ、あかり。伊吹さんのアトリエの内線電話ってどこにあったっけ?」

「窓の傍の電話台の上です」

あかりさんははきはきと答えた。

うーん、と腕を組んで考えるイリアさん。

「玖渚さん。そんな風に問題提起をしたっていうことは、もう解答も分かっているんじゃないですか? 誰が犯人なのか、分かっているとか……」

「分からないんだよ」

妙に自信たっぷりに、玖渚は笑った。

勿論、ぼくにも分からなかった。

誰にも分からなかった。

「窓はどうなんですか? 窓から入ったとか、そういうことは考えられないのでしょうか?」

深夜さんの質問。答えたのはひかりさんだった。


「二階ですよ? 無理だと思います。それに確かあの窓、内側から鍵がかかっていたと思いますけれど……」

「それは外からじゃどうにもならない種類のものなんですか?」

ぼくの疑問にひかりさんは「多分」と短く答えた。

なるほど。窓も駄目、入り口も駄目。地震以前も駄目、地震以後も駄目。と、なると……。

オーケイ。

これで完全に行き詰まったってわけだ。

再び一同が黙って——そして、その視線が赤音さんへと集中した。

「うん?」少し意外そうに赤音さん。「——あれ。私の疑いは、もう晴れたものだとばかり思っていたけれど」

「そうでもないでしょう」と、イリアさん。「だって、物理的な問題として、あのペンキの川を飛び越えるのは不可能でしょう？　だったら犯行時刻はやっぱり、地震以前なんですよ」

「深夜さんの証言はどうするんです？」

「そちらはごまかしがききます。幻聴だったとか何とかね」

　幻聴だって？　ナンセンスだ。ナンセンス過ぎる。だからぼくは「……それはいくらなんでも強引な思考法だと思いますがね」と、言った。しかしイリアさんは気にした風もなく、「わたくしはそうは思いません」と言った。

「幻聴でなくとも、勘違いということはありえます。あの川は絶対に渡れない。だったら犯行時間はそれ以前だと考えるのが論理的な思考というものでしょう。そうしたら犯人はやっぱり、赤音さんしかいないと思いますけれど」

「困ったな――」赤音さんは本当に困ったように苦笑した。「少し悪足掻きをさせてもらえれば、あかりさんとてる子さんとのアリバイは少し怪しいと思いますけれど。証言しているのが身内同士ですからね、法律上は効果がありませんよ」

「法律の話はしていません」

　きっぱりとイリアさんは言った。その辺は予想していたらしく、赤音さんは「でしょうね」と、ただ、頷いた。

「――だけれど、消去法で犯人を決められてもかなわないな、私としては。ばかばかしい。それに逆木さん達の証言を無理矢理押し殺すのは、やっぱり論理的思考とはいえませんよ、イリアさん。それは選択的思考というものです」

「選択的思考って？」

　赤音さんはちらりとぼくを見た。ぼくに説明しろと言うなぞらしい。

「確証バイアスですよ」《先輩》の前で無様は晒せないと、研修中の知識を死に物狂いで引っ張り出すぼく。「つまり、証言や証拠の中で自分に都合のよいものだけを採用して、都合の悪いことは例外的なミスとして考慮にいれないって考え方ですね。超能力実験なんかに——」

　何となく、真姫さんの方を見てしまった。

「——よく、使われます。ドライ・ラヴですか。そうである証拠ばかりに気を奪われて、そうでない証拠からは目を逸らし、物語を自分にとって分かりやすい、望ましいものにしてしまう——」

「よく分かりませんね」

　せっかく調子よく思い出してきたというのに、イリアさんは最後まで聞いてくれなかった。少しだけ虚《むな》しい気分になった。

　赤音さんは「ふう」と、大きなため息をつく。

「確かに私と伊吹さんはかなり仲が悪かったけどね——」

　昨日の夕食時、赤音さんとかなみさんとが激しい口論を行っていたことを思い出した。確かにあれは心証が悪過ぎる。イリアさんがこうも赤音さんを疑っているのは単にアリバイ云々の問題だけでなく、そういう含みもあるのだろうと思う。

　勿論、イリアさんの気持ちも分からなくもない。もしも深夜さんの証言を採ってしまえば、その赤音さんすらをも、疑うことができなくなる。

　犯行不可能状況。容疑者がゼロ人。被害者が一人で、容疑者がゼロ人。そんな状況はありえない。ゆえにこの状況を打破するためには……

「やはり逆木さんの証言が怪しくなってきますよね」イリアさんは深夜さんの顔を窺いながら、言った。「嘘でないにしろ、思い込みとか、夢とか、色々あるじゃないですか」

「でもわたし、電話しているのを聞いています」

　そう言うひかりさんに対して、イリアさんは首を振る。

「あなたや玖渚さん達は、別に伊吹さんの声を聞いたわけではないんでしょう？　伊吹さんの声を直接聞いたのは逆木さんだけですし、それなら……」

「そんなこと……」と、抗議の声をあげかけた深夜さんだったけれど、そうではないと言える根拠がないのだろうか、すぐに俯いてしまった。「…………」

「ふむ。そうなるともう、私を疑うしかないというわけだね。確かにそういう考え方もそういう考え方として、あるのかもしれない」

　まるで他人事のように、赤音さんは言った。やはりそれは、虚勢にも、演技にも見えなかった。ER3システム、七愚人、園山赤音。この程度の修羅場は慣れっこだと言わんばかりだった。

「しかし証拠は、やはり何もないよ。イリアさん、あなたがいくらこの島の主であり屋敷の主人であろうとも、証拠もなく私を犯人扱いしたりはしないでしょう。法律の話はしていない、それは構いません。だけれど別に、黴臭い推理小説の話をしているわけでもないんでしょう？　式にもならない単純な消去法と選択的思考だけでこの私を犯人だと断ずることは、あなたにはできません。誰にもできない、そんなこと」

「でも、園山さん。あなたにだって、自分が犯人でないと証明することは、できないのでしょう？」

「疑われた方に立証義務を求められても、困りますね……。証明できないことを証明することでは証明したことにはならないんですよ、イリアさん。疑った方に証明義務はあっても、イリアさん、その逆はないんです」

「それも法律の話です」

　やれやれ、と赤音さんは肩を揺らした。

「だったら、どうするんですか？　イリアさん。私が最有力の容疑者、それはいいでしょう。その通り。地震以前のアリバイは一人だけ何もない、それもその通り。地震の後は誰もあのアトリエには入れない、それも、その通りなんでしょう。だったら逆木さんの証言を疑うのも、ひょっとしたらその通りなのかもしれません。さて。それで、どうするんですか？」

　さて。

それでどうする?

「……どうしましょう?」

イリアさんは一転、困ったような顔で一同を見た。どうやらその先については何も考えていなかったようだ。拍子抜けする展開だった。赤音さんは「警察に突き出すなりなんなり、好きにしてもらって構わないが?」と、前髪をかきあげる。

警察……。ER3の七愚人たる赤音さんが?

「わたくし警察は嫌いなんですよね……」イリアさんは尚困ってしまったように、天井を向いた。「どうしたものでしょう……」

再び、場に重い空気が流れる。

ぼくは玖渚に小声で話し掛けた。

「……おい、友」

「なんだい? いーちゃん」

「この魔女裁判を終わらせる方法はないか?」

「あるよ」

「あるのかよ」

「あるけどさ」玖渚はぼくを見た。「やっぱりそれは、僕様ちゃんじゃなくて、いーちゃんが言うべきだと思うけどね」

「……そうだな」

ぼくは頷いて、それから、イリアさんに挙手した。イリアさんは不思議そうな顔をしてそれから「はい、あなた」と指名してくれた。よかった。無視されてたら痛すぎる。

「提案があります」

「……何ですか?」

「今、ぼくが使っている部屋ですけれど……、どうでしょう? あの部屋は外側からだけ鍵がかかるようになっていたと思います。とりあえず、そこに赤音さんを保護するというのは」

「保護?」赤音さんが怪訝そうにぼくを見る。

「……きみ、それは監禁と言わないかい?」

「監禁というわけじゃありませんよ。監禁ってわけじゃなくて……、ただ、ちょっと隔離させてもらうだけです。……イリアさん。今ぼくらが一番恐れなくてはならないのはこれが連続殺人に発展することだと思います。かなみさんは殺された。オーケイ、これはもう済んだことで、終わったことです。あんまりな言い方ですけど、それは終わったこと。だけど、だけれどこれから誰かが殺されるのはまずい。だったらこういう場合一番手っ取り早いのは、最有力の容疑者を隔離することです。もしも赤音さんが犯人だったなら当然もう誰も殺せない。もしそれ以外の誰かが、何らかのトリックを使って——トリックを使って地震の後でかなみさんを殺したのだとすれば、その人物は動けなくなる。自分が動くこと、それがイコールで容疑者である赤音さんの無実を証明することになるんですからね」

一旦言葉を切って、一同の反応を見る。

「つまり拮抗状態を作りたいんです。犯人に対して動くわけにはいかない状況を作り出す。赤音さんも含めて、それ以外の全員に対して、です。実際にアリバイだ何だと言っても、共犯の線を考えればそんなことは虚しいばかりですからね。密室状態ですって？　だけれど密室なんて開かれるためにしか存在していないんですよ。何かトリックがあるのかもしれない。ないのかもしれない。それはどちらでもいい。どっちだって知ったことじゃない。赤音さんが犯人なのかもしれないし、それ以外の誰かなのかもしれない。このぼくも犯人かもしれなくて、そうじゃないのかもしれないのと同じにね。だからこの場合、拮抗状態を作り出すのが一番いいと思うんですけれど」

「なるほどね。そういうことですか」

言ったのは、少し意外なことに、弥生さんだった。「きみの言うことはよく分かります。どちらかと言えば、わたしはあなたに賛成——って言うか、わたしは園山さんを疑うだけの根拠は薄いと思います。イリアさんの考え方はやっぱり恣意的ですよ」

そうかしら、とイリアさんは首を傾げる。

構わずに弥生さんは続けた。

「だからその案は悪くないと思います。だけれど、あなた、ずっとそうしておくわけにはいかないでしょう？　まさか園山さんをそんな劣悪な環境に、ずっと監禁しておくわけにはいかないでしょう？」一劣悪な環境って、ぼく、そこで寝起きしているんですけれど。

くそう、ブルジョワめ。

「……だから警察がくるまででいいんですよ。いくら孤島だと言っても、一日二日もあれば、十分な捜査員が——」

「警察は呼びません」

ぼくの台詞をきっぱりと遮《さえぎ》ったのは、イリアさんだった。

え……？　何か今、トンデモナイことをおっしゃりやがりませんでしたか？　このお嬢様。

「だって、そうでしょう？　この状況で警察を呼んでも何の意味もありません。園山さんが犯人だと思われてそれでお終いですよ。警察は何もしてくれません」

「……？」

ぼくが不審に思ったのはイリアさんのその言葉それ自体ではなく、むしろ表情の方だった。《警察は何もしてくれません》。どうして、そうも険しい表情で、そんな台詞を言う……？

「……でも、そういうわけにはいかないでしょう？そうでなきゃ拮抗状態の意味がありませんよ」

「そうでもありません。要はその拮抗状態の間に、推理をすればいいんでしょう？　確かな証拠と論理をもって真犯人を追い詰めれば、それでいいんでしょう？」

「……イリアさんが推理するんですか？」

さっきまでの《論理》とやらを聞いた立場から言わせてもらえれば、それはすごく不安なのだけれど。しかし、イリアさんは首を振った。

「勿論違います。憶えていないかしら？　昨日言ったでしょう? 一週間後——もう六日後ですね。もう、素晴らしいくらい素敵な才能の持ち主がこの島を訪れるって」

推理小説で言うところの名探偵。イリアさんのお気に入り——

イリアさんの英雄《ヒーロー》。

「哀川さんならきっと、この状況を完膚なきまでに解決してくれると思います」

完膚なきまでに。とんでもない表現だ。しかもイリアさん、大袈裟にいったつもりはないらしかった。

「……あと六日か」今まで黙っていた赤音さんが、組んでいた腕をほどいて、シニカルっぽく言った。「まあいいだろう。まあいいまあいいまあいいさ。そんなところだろうさ。私自身は私のことを怪しいとは思わないけれど、そうすることによってこの状況が変わるというのなら、そうせざるをえないのだろうな。イリアさん。その哀川という人は、信用できるんでしょうね?」

「はい。勿論です」

自信たっぷりにイリアさんは頷いた。それは自分の英雄に対する絶対にして究極の信頼がそこはかとなく感じられる態度だった。そんなイリアさんに赤音さんは仕方なさそうに嘆息して、「分かった。その通りにしよう」と言った。

とはいえ、それでも他に方法はなかったものか、とどうしても考えてしまう。

「……終わったよ」

「さんくー」

言って玖渚は、四つんばいの姿勢でパソコンラックの方へ歩いて行き、ぼくに背を向けて椅子に座った。そして電源をいれて、キータッチを開始する。

「……なんだかなあ。やっぱ、赤音さんには悪いことしたよな……」

「それはそうかもしれないけどね。でも、仕方ないってこともあるよ、いーちゃん」

朝食を終えてから、赤音さんは自分の足で、ぼくの使っていた例の倉庫へと向かった。食事はあかりさん達が部屋にまで運ぶことになっていて、風呂やトイレはその都度内線電話で、やはりあかりさん達を呼ぶということ。

赤音さんが要求したのは電気スタンド一個。持ってきた本を読んで六日間を過ごすつもりらしい。

3

「本当にあれでよかったのかねえ」

ぼくは玖渚の髪をいじりながら、呟いた。上の方でくくると髪が重くて落ち着かないのでくくり直して欲しいそうだ。可愛いと思ったのだが、本人が嫌がるのなら仕方あるまい。

あれから。

解散して、玖渚の部屋。

「よかったと思うよー。僕様ちゃんの思ってたのと大体同じだったし。赤音ちゃんも感謝してるんじゃないかなー。あのまま不毛な言い争いを続けるよりはずっといい解決案だったよ」

「どうだかな……」

監禁まがいの提案を出したぼくに、赤音さんが快い感情を持っているとは思えない。それが、何となくぼくの気を重くしていた。ああするしかなかった六日か……。あの部屋は、別に、客観的に見て悪い環境というわけではない。だけれど内側からじゃ鍵を開けられないし、窓は随分と高い位置にあるので、脱出することはできない。その意味ではやっぱり監禁だった。

六日間。

やっぱりそれは、監禁されて過ごすには、少し長過ぎるよな……。

「イリアさんが警察を呼んでくれたらな……、そんなことはしなくてもよかったんだけれど。事件そのものをもみ消すつもりなのかな、あの人は」

「でもイリアちゃん、赤音ちゃんは正しいよ。警察呼んだら、やっぱりさ、赤音ちゃんが犯人扱いされて終わりだったよ。終わりでなくとも疑われはしただろうね。いーちゃんもそれを避けたかったんでしょう？　洒落にならないもんねー、ＥＲ３の七愚人が殺人事件の容疑者なんて」

「ＥＲ３には、友、詳しいのか？」


「何人か知り合いの人がいるだけだよ。多分いーちゃんの方が詳しいよ」

「……七愚人とはいえ、赤音さんには免罪特権はなかったよな、確か……」

「けどさー、それを言うなら僕様ちゃんはもっとまずいし、弥生ちゃんも真姫ちゃんも地位ある才人だからねえ。いらないスキャンダルは避けたいところなんじゃないかな？　勿論イリアちゃんもね。だから警察を呼ばないっていう発想は普通だと思うけど」

「普通ね……」

では普通でないのはこの島それ自体ってことなのだろう。しかし、そうだとしても、イリアさんのあの様子からすると、それだけとは思えない気がしたけれど。何て言うのか……もっと根本的なところで、イリアさんは警察を呼びたがっていないように見えた。

「ひょっとしてイリアさん、警察を嫌うような事情があるのかな……」

「さあね。訊いてみれば？」

「教えてくれるわけないと思うけど」

「だしょうね。いーんじゃないかな？　その《哀川》って言うイリアちゃんのお気に入りが来たら、事件はそれで解決するんでしょ？　ほんの六日の我慢だよ」

「でもなあ……」

島の主人であるイリアさんが警察を呼ばないというのなら、それに逆らうことはできない。赤音さんを閉じ込めたことで、とりあえずこれ以上殺人が起こることはないだろうけれど、しかし……。

「おい、友」

「何？　いーちゃん」

「頼みがある」

「引き受けたよ。何？」

「あの密室、お前なら何とかなるか？」

「何とかなるかどうかは知らないけれど、まあいーちゃんの頼みだったら、何とかするよ」

そう。

何も六日もの間、ただぼおっとしている必要はない。むしろぼくには、あんな提案をしてしまった以上、この事件について思考しなければならない義務がある。

「だよねー。僕様ちゃん達がさっさと解決しちゃえば、赤音ちゃんを監禁する必要とかないもんねー。赤音ちゃんが犯人でなかったにしろ、そうだったにしろ、さ」

んー、と玖渚は、椅子を回転させてぼくの方を向いた。そして手招きして、「こっちこっち」と言った。言われるままに、ぼくは立ち上がって、パソコンの方へ歩く。

「一応ね、今のところのみんなのアリバイをまとめてみたんだよ」

伊吹かなみ　殺された
園山赤音　地震前×
地震後×
玖渚友　地震前○（いーちゃん・ひかり・真姫・深夜）
地震後×
佐代野弥生　地震前○（イリア・玲）
地震後×
千賀あかり　地震前△（てる子）
地震後×
千賀ひかり　地震前○（いーちゃん・友・真姫・深夜）
地震後×

千賀てる子　地震前△（あかり）
地震後×
逆木深夜　地震前○（いーちゃん・友・真姫・ひかり）
地震後○（真姫）
班田玲　地震前○（イリア・弥生）
地震後△（イリア）
姫菜真姫　地震前○（いーちゃん・友・ひかり・深夜）
地震後○（深夜）
赤神イリア　地震前○（玲・弥生）
地震後△（玲）

「ざっとこんなもんでしょ？」

「マルとバツは分かるけど、デルタは何だ？」

「身内同士の証言は、赤音ちゃんの言った通りだからね。イリアちゃんと玲ちゃん、あかりちゃんひかりちゃんてる子ちゃんの五人は立派な身内だと思うからね、一応チェックってこと。でもまーアレだよね、アリバイって言ってもねーどうにもいい加減な感じだけどねー」

玖渚は画面をスクロールさせて、表をもう一度確認する。

「とりあえず共犯の線は考えないとしようか」と、ぼく。「身内同士の証言ってのも含めてね。とすると、絶対に容疑から外せるのが、深夜さんと真姫さんだな……。それと、玲さんとイリアさんか」

四人もいなくなってしまうわけだ。

となると、残りは七人。

「もしも深夜さんの証言が正しいとしたらあのペンキの密室が問題になってくるよな……。でも、それが嘘なら、赤音さんしか犯人はいなくなっちゃうんだけど」

「深夜ちゃんが嘘をつく理由があるとは思えないけどにゃー」

「だから、嘘でなくとも勘違いとか……っと」

いかんいかん。

イリアさんと同じことを言っている。

「でもな……、やっぱり客観的に一番怪しいのって赤音さんだよな……」

「この表を見る限りはそう言わざるをえないよねー。どう公平に見てもどうひいき目に見ても、一人だけ微塵《みじん》もアリバイがないんだからさ。ま、そういう状況でなくっちゃいくらなんでも監禁案なんか受け入れたりはしないかな」

「確かにな。……じゃ、友。お前、赤音さんが犯人だと思うか？」

「そこまではまだ言わないよ。赤音ちゃんの言う通りに、何の証拠もないわけだしさ。消去法だけで犯人なんて決められないよ。まだかなみちゃんの死体の検分もしてないしね」

「そっか……それに、やっぱり密室だな」

「密室のこと考えたら赤音ちゃんどころか、誰にもできない犯罪になっちゃうんだけどねー。いーちゃん、その辺に何か考えある？」

「なくはない」ぼくは考えながら言う。「もうちょっと考えたら、思いつくんじゃないかな。友、お前は？　何か考えとか、ないのか」

「いっぱいあるよ」と、玖渚。「もうちょっと考えたら、絞れるんじゃないのかな。あ。そうそう。それとね、いーちゃん、僕様ちゃんはさ、深夜さんの証言があろうとなかろうとさ、やっぱり犯行時刻は地震の後だったと思うんだよ」

「……？　どうしてだ？」

「いーちゃんのこと描いた絵、あったじゃない。アトリエにさ。あんな絵、地震が起きる前に描き終えることができると思う？　僕様ちゃんはできないと思うな」

「それは……」

微妙だと思う。かなみさんは随分と筆の速い方だったみたいだし。だけれど、もしも玖渚の言う通りだとしたら、密室はより完全なものになってしまう。それはあまり、望ましい展開ではなかった。

「あとは……首斬り死体の問題だね、いーちゃん」

うん、とぼくは頷く。

犯人は一体——それが誰であったとしても、犯人は一体、どういう理由があってかなみさんの首を斬ったのだろう？

「首斬り死体があったら人間の入れ替わりを疑えっていうけどさ、この場合はそこら辺を疑う必要はないだろうな。十二人いて、一人首を斬られて、残りが十一人。その十一人の所在が全部明らかなんだからさ」

「うに。もし殺されたのがあの三つ子のメイドちゃんだったら入れ替わり問題がややこしかったのにねー。かなみちゃんの場合はそれを考える必要は、とりあえずなさそう。もしこの島に他に人間がいるっていうなら別だけど」

「それは考慮しなくていいんじゃないか？　十二人の他に十三人目、それ以上のn《エヌ》人目がいたとするんなら、容疑者を絞るとかアリバイ崩しだとか、そんなことには何の意味もなくなっちゃうんだからさ。六日後にくる名探偵ってのがどう考えるかは知らないけど、とりあえずぼくらは残りの十一人に容疑を絞っていいだろう」

　そうだね、と玖渚は天井を仰ぐ。

「共犯とか遠隔トリックとかも考えるとして、今のところ確実に容疑から外せるのは僕様ちゃんといーちゃんだけだね」

「自分のことはともかく、何でぼくを外すんだ？」

「信じてるから」

　うに、と玖渚はでんぐり返りをした。

「それにしても、首斬り死体かー。入れ替わり以外に首を斬る理由なんてね……。あるのかな。でも、別にあれが死因ってわけでもないよね」

「ああ。もしそうだったらあんな程度の出血じゃ済まないだろ。それこそ血の川ができちゃうよ。でもぱっと見た限り、刺し傷とかなさそうだったし、となると毒殺か絞殺だな。いや、それだって推測に過ぎないけどさ」

「殺すのは簡単だったかな？」

「だろうね。かなみさんは脚が悪かったわけだし、視力は回復してるって言っても万全ではないだろう。そっと近付けば、いや、堂々と近付いたところで、殺すこと自体は簡単だっただろうと思う。それに首を斬るなんてのは大した手間じゃない」

　迷いさえしなければ数分で終了する作業だ。そして多分、この犯人には、迷いはない。直感ではあるけれど、そう思う。

「……動機もわからないな。どうしてかなみさんは殺されなくちゃならなかったんだろう？」

「殺されなくちゃならない理由なんか、そんなの誰にもないよ。でも、確かにそうだよね。どうしてだろ？　深夜ちゃん以外は、みんな、かなみちゃんとはこの島で初対面のはずだよね。あー……、でもそうとも限らないわけか。案外、向こう側でつながりがあったとしても不思議くはないもんね」

「その辺りはどうとでも考えられるか」

だとすれば考えるだけ不毛だった。

うーん、と玖渚はうなる。

「じゃ、考えるのはこのくらいにしようか。つながりについてはあとからゆっくり調べるとしてさ」

「どうやって？」

「僕様ちゃんを誰だと思ってるんだい？」

にい、と悪戯っぽく微笑む玖渚。

そうだった。

この青髪娘の、いわゆる背景《バックグラウンド》——。

「じゃ、現場検証と洒落込んじゃおうかな」

玖渚は近くのデジカメを手にとった。

4

かなみさんの部屋に向かう途中で弥生さんとすれ違った。声をかけようと思ったのだが、何と言うのか、話し掛けにくい雰囲気だったので、タイミングを逃してしまった。弥生さんはそのまま、反対方向へと歩いていった。正面からすれ違ったというのに、向こうはどうやら、ぼくらに気が付かなかったようだ。

「何してるんだろ？」玖渚が首を傾げる。「なんか弥生ちゃん、ヘンな感じー」

「何か悩んでるみたいだったけど。て言うか、思いつめてるって感じだったな」

「うに。あっちから来たってことは、今までかなみちゃんの部屋でも見てたのかもしんないねー。僕様ちゃん達と同じこと考えてて、オリジナルな推理してさっさと帰ろうとしてるのかもしんないね」

「それはどうかな。一番古株だぜ？　弥生さんがそう簡単に帰ろうとはしないと思うけど」

「どうかなー。僕様ちゃんは殺人事件が起きるような島は嫌だよ」

「それは本当にどうだかな」

　さきほどダイニングでの会議を解散するにあたって、最後にイリアさんは言った。「六日後に哀川さんがくるまでは誰もこの島を離れないように」と。「わたくしも含めて、全員が容疑者であることには違いありませんから」

　要するに監禁されているのは赤音さんだけではないというわけだ。玖渚がこうして事件解決に乗り出したのもただの好奇心というわけではない。実際のところ、玖渚は予定通りに家に帰りたいだけなのだ。不精《ぶしょう》で怠け者の癖に、妙に予定にはうるさい奴なのである。

「まあ、もしそうだとしてもどうでもいーけど。弥生ちゃんが解決してくれても、僕様ちゃん的にはまるで問題ないわけだし」

「そういう雰囲気でもなかったけどな。憂鬱《ゆううつ》……てか陰鬱そうな雰囲気だったたし、むしろ証拠隠滅してきたって感じだぜ、あれじゃ」

「それだったら困るー」と、玖渚はデジカメを通してぼくを見た。「じゃ、早く確認しちゃおうよ、いーちゃん」

　かなみさんの部屋のドアは開けっ放しになっていた。外開きのドアの内側が先に見えた。どうやら誰もいないようだった。赤音さんは倉庫にいるとして、他のみんなは今どうしているんだろうか。ふとそんなことを思ったが、それについては考えるのをやめておくことにした。誰だって自分のできる限りにおいて好きなようにしている。それはこの島であろうとどこであろうと、同じことだろうから。

　部屋の中は相変わらずのシンナー臭だったが、どうやらペンキはほぼ乾いているようだった。かなみさんの身体は、今朝と全く同じ場所に、同じ格好で位置していた。

「なんだかな……」

首斬り死体というのはひどく滑稽《こっけい》なようにぼくは思う。死体が不気味であり、恐怖の対象であるのは、その顔面に表情がないからだ。だから、その表情が張り付いているべき頭部がない死体には、やはり不気味さよりも滑稽さを感じてしまう。ありえないものを見ているような、作りそこなったプラモデルを見ているような、そんな感じ。

マーブル色のペンキの川。その真ん中には、今朝玖渚が投げ入れたコートがそのままになっている。

「……あのコート、ちなみに、値段いくらだ？」

「二着セットで一万くらいだったと思うよ」

「ドルか？」

「うに、円」

普通の値段だ。少し意外だった。

「じゃ、とりあえず……中に入ってみるか……」

と、足を踏み入れようとしたら、今朝のときと同じに、玖渚がぼくの袖を引っ張った。

「今度は何？」

「ちょっと跳んでみて」

「え？」

「うに。実験なのです。このちょっとしたスペースで助走をつけて、このペンキの川を越えられるかどうか。いーちゃんって運動神経そんな悪くはなかったよね」

「言うほどよくもないけどね」

「試してみて」

「分かった」

ぼくはちょっと勢い込んでジャンプしてみたが、予想通りというべきか、川を跳び切ることはできなかった。川の真ん中を少し過ぎた辺りで、両足同時に着地することになった。

「……こんなもんだね」

「うにーん」玖渚はジャンプせずに、自分のコートを踏んでとことこと川を歩いて渡ってきた。「いーちゃんが無理ってことは……この島にいる人でこれを飛び越えることができそうなのって深夜ちゃんくらいだよね。男の人ってあとは深夜ちゃんだけなんだし」

「そうだな。しかし体力だけの問題でいうなら、あのメイドさん達は結構なもんだぜ。友の荷物、あのパソコンとワークステーション、全部持ってきたみたいだし。あのパソコンとかってそんな軽いもんでもないだろ？」

「でもあかりちゃん達は小柄だから単純に歩幅の問題もあると思うよ。あーでも人間には火事場の馬鹿力って奴もあるしね。その辺は微妙な感じの問題だけどさ。さーてと。かなみちゃんはどんな感じなのかなー」

玖渚はデジカメを持ったまま、かなみさんの死体へと近付く。

玖渚はどうやらかなみさんの体の方に興味が向いたらしいが、ぼくの目を引いたのはむしろ、カンバスの方だった。何枚かあって、その中には、かなみさんが自ら叩き割った桜の絵、あの描き直しと思われるものもあった。それを見て、やはり戦慄せずにはいられない。芸術なんて、美術なんて趣味の段階でも解さないこのぼくでも、ここまで露骨な《価値そのもの》を見せ付けられて、何も感じないではいられなかった。

そして、ぼくをモデルとした例の絵。かなみさんはこれをぼくにくれると言っていたけれど、いや、こんなもの、受け取れるわけがない。この圧力に耐えられるほど、ぼくは無神経な人間にはなれそうもない。

「戯言ではあるんだろうけどな」

ぼくはカンバスを手にとろうとして、やめた。指紋を残すのはまずいのではと思ってのことだったが、しかし、そんなことはあまり関係ないのかもしれなかった。

……ん？

「おい、友」

「何?」

「この絵、何だかおかしくないか?」

「この絵っていーちゃんの絵のこと? うん? どこが? 普通の絵だよ」

この絵を普通と言える玖渚のセンスも少し異常にも思えたが、ぼくが言いたかったのはそういうことじゃない。どこか、ひどく、些細に、ずれている感じがする。絵自体がどうこういうのでなくて、何か不条理な印象を感じてしまうのだ。

「……一応撮っておいてくれよ。何だか気になる」

「分かったよ。……うーん、こっちは別に、気になることとかないなー」

玖渚はどうやらかなみさんの死体を調べているようだった。ぼくは玖渚の方を向いて、「そうなのか?」と言いつつ、かなみさんの身体に寄る。

「うーに。僕様ちゃんも専門家じゃないからね。死因は不明だし、時間も絞れないや。それは検死医でもいないと無理だろうねー。イリアちゃんも医術の天才とか呼べばよかったのに。ハーイル、ジャック先生! なんて具合にさ。それにしたって首がなきゃそれも絞りにくいだろうけどに」

「結局のところ何も分からないってことか」

「うに」玖渚はかなみさんの身体を抱えて起こす。死体に触ることに対する抵抗など、玖渚には昔からないのだった。「なんだか懐かしいよね、こういうのって。五年前はこんなのばっかりだったよね、いーちゃん」

「そのはずだけどさ……、どうもぼくは、そんな感じがしないんだよな。初めて死体を見たみたいな感じで、さっきからなんとなく落ち着かない」

なんだか言いようのない不安感がある。自分の身体に見覚えのない傷を見つけたときのような、そんな気持ち。

「ジャメヴだね」

「何だ? それ」

「デジャヴの逆だよ。何度も経験していることのはずなのに、何でか初めてやることのような気がするって意味。感覚が麻痺《まひ》したときとかに起こるんだってさ」

ふうん。ならぼくの感覚は、とっくの昔に麻痺しちまってるってことだろう。

……向こうでも、色々あったわけだし。

とにかく、と玖渚が言う。

「確かなのは刺し傷とかはないってこと。だったらやっぱ首を絞めたんじゃないかな。そんでそのラインを隠すように首を斬ったってわけ」

「変な話だよな、でも、それってさ。首を斬る凶器、ナイフだったのか斧だったのか鉈だったのか、それは分からないけど、そんな物騒なもんを持ってたんならそれで殺せばよかったじゃないか」

「それで殺したのかもしんないよ。刺し傷がないってのはあくまでもボディの話でさ。頭を刺したのかもしんないし」

「……そうだ、それだよ」と、ぼくは言った。「そういえば頭部はどこに行ったんだ？　犯人はどこに持っていったんだろうな。いや、そもそもどこかに持っていったのか？」

「島の半分は山林なんだからさ、そこに埋めたんじゃない？　あとは海にでも捨てたか。何にせよ処理には困んないでしょ」

「となるとなんで首を斬ったのかってところに話は戻ってくるわけだけど……」

しかし、戻ってきたところでそこは袋小路の行き止まりなのだった。

「もう一つ疑問だよ、いーちゃん。ほら、これ見て。死体の首、これ、根元から切ってあるでしょ？　何でこんなことしたのかな？　普通、首斬るときってさ、こう、この、首の真ん中の辺りを狙わないかな？」

言われてみると、確かにその斬り位置は不自然なように思えた。しかし、それは大した問題でもない

「ペンキがこぼれたとか、仕事中だから来るなとかね。うに、でもさ、来るなっていわれてもあそこで深夜ちゃんはちゃんと部屋にまで確認に行くべきだったんだよね。厳しいようだけどさ、それが介護人の務めってもんでしょ」

「それはお前の言う通りなんだろうよ。だけど、済んだことを言っても仕方ないさ」

どうせこれから深夜さんは、その責任を、自悔と共にたっぷりとその背に負うことになるのだ。ことさらぼくらが責め立てるようなことではないし、その必要もないだろう。世の中は理不尽にできてはいるが、自分でやったことの責任は自分でとらなければならないようにもできている。ただ、自分でやってないことの責任もとらなくてはならない場合がまあるというだけの話だ。

「回線を後から元に戻したってことは考えられないのか？」

「うーん。不可能だとまでは言わないけど、でもやっけ？」


ように思える。

「…………」

ぼくは黙って、腕を組んだ。現場検証と洒落込んだはいいが、結局何も得るものはなさそうだった。分かったのは、やはりペンキの川を飛び越えることはできそうもないという事実だけ。前進どころか、それでは後退だった。

玖渚は窓の傍の電話台に近付き、受話器を取る。

「うーん。これも別に異常ナシだねー」

「何かあると思ったのか？」

「うーん。内線の回路をいじってさ、かかってきた電話が他の部屋に繋がるような仕掛けになってるんじゃないかと思ったの。でもこっちからは異常なくかけられるみたいだから、それはなさそう。特に細工したあともないみたいだし」

「電話ね……。……えっと、何だっけ？　深夜さんが電話をかけたとき、かなみさんは何て言ったんだっけ？」

っぱり無理だと思うな。コンセントみたいに《外して差して》って具合にはいかないよ」

「そうだな……。じゃ、考えられる可能性は、そっちの方は絞れるかもしれないな。そっちの方っての は、密室って意味だけどさ」

「俺が嘘をついてるってことかい？」

　いきなり後ろから深夜さんの声がしたので、ぼくは慌てて振り向いた。見ると、何かオレンジ色の袋をかかえた深夜さんがドアの付近に立っていた。

「でも俺は確かに、かなみの反応を聞いたよ。そいつは嘘じゃない」

　憔悴しているような声だった。それはまあ、当然だろう。

「……別にぼくは、深夜さんが嘘をついているなんていいませんよ。その必然性の方がありませんしね。だけれど、深夜さん、これはひょっとしたらの話なんですけれど……、電話の相手がかなみさんじゃなかったってことはないんですか？」

「ないね」即答だった。「これでもかなみとの付き合いは長い。他でもないこの俺が、かなみの声を聞き違えるはずがないよ。……きみは、俺を疑っているのか？」

「そういうわけじゃありませんよ。深夜さんにかなみさんを殺さなくちゃならない理由なんてなさそうですし」

「分からないぜ。案外、深い確執があったのかも」

　力なく深夜さんは笑った。そして乾いたペンキの上をゆっくりとした足取りで歩いてくる。距離が近くなったので、深夜さんの持っていたオレンジ色の袋が何かがわかった。それは寝袋だった。深夜さんはぼくを見て、「まさかこのまま放置しとくってわけにも行かないだろう？」と言った。

「イリアさんからちゃんと許可をもらったよ。裏の山に埋めてやることにした。イリアさんは警察に通報するつもりはないみたいだし、それでここはイリアさんの屋敷なんだからね。俺からはなんとも言えないし、なら俺にできるのは、せめてかなみをちゃんと埋葬してあげることくらいだからね」

「手伝いますよ」

と、ぼくは言った。深夜さんはそれに対して何か言おうとしたが、一人より二人の方が楽な作業ではあると判断したのか、結局何も言わなかった。

深夜さんと二人がかりでかなみさんの身体を抱え、黙々と寝袋に詰める。当たり前だが、何の体温も感じない肉体だった。

「深夜さん。何か掘るものはあるんですか？」

「玄関先に大きめのシャベルを用意してくれてるらしいよ。じゃ、玖渚ちゃんにそれを持ってもらおうかな。ん。……それはデジカメ？」

「うん」玖渚は頷く。「名探偵さんが来たときに現場のことを教えたげるためにも、記録しておかなくちゃだから。死体は肖像権なんて要求しないだろうしね」

それはちょっとあんまりな言い草だったが、深夜さんは「そっか」と頷いて、苦笑するだけだった。

「それじゃ、行こうか」

「あの……深夜さん。この絵は……」

「ん？　ああ。うん、かなみの絵だ。見事なものだね。最後の作品になっちゃったけど……きみにあげるつもりだったみたいだから、受け取ってやってくれ」

「……いいんですか？」

「俺はあいつの遺志を尊重したいね」

遺志。

そう、彼女は死んだ。何一つ果たすことなく……。

「脚の方を抱えてくれる？　俺は頭の方を……」

いいさして、深夜さんは言葉を濁した。頭の方、なんてものが、既になくなっていることを思い出したのだろう。ぼくは黙って、言われたままに脚の方を手にとった。

深夜さんにしてみれば、かなみさんの頭も一緒に埋葬してあげたい気分だろう。しかし、その頭部は目下行方不明である。犯人がどこかに隠しているのかもしれないし、そうでなければ玖渚の言った通りに、既に山の中か海の中だ。

　構わず、ぼくは脚を抱える。死体は重い。意識をなくした人間の、自身を支えることをやめた人間は、想像する以上に重い。一人で持てないことはないが、やはり二人がかりで持った方がいいだろう。

　それからは三人とも無言だった。無言でかなみさんを抱え、屋敷を出て、裏の山に向かい、無言で穴を掘った。

　かなみさんの体が入った寝袋。棺桶というのには、安っぽ過ぎるオレンジ色の寝袋は、やはり滑稽だった。ひょっとすると人間の死なんてものは、滑稽であって、滑稽でしかないのかもしれないと、ぼくは思った。

　人は死ぬ。ぼくは嫌と言うほどに、吐き気がするほどにそれを知ってるし、玖渚だってそれを知り過ぎるほどに知っている。深夜さんだって一人前の男だ、今までに人の死に触れたことがないわけではないだろう。

　だからだろう、三人とも無言だった。

　やがて深夜さんは「先に帰っていいよ」と言った。

「俺はもうちょっとここにいるからさ」

　何か言おうかと思ったけれど、ぼくは何も言わなかった。ただ、玖渚の手を引いて、その場を後にした。ひょっとすると深夜さんはこれから泣くのかも知れない。泣かないかもしれない。しかし、そのどちらにしたって、その場にぼくはいるべきではないだろう。

　ぼくらは所詮、ただの他人でしかないのだから。

「勝手に埋葬とかしちゃっていいのかなあ」

　今更、玖渚が言った。

「いいんじゃないか？　唯一の身内は深夜さんみたいなこと言ってたし、その深夜さんがそうしたいって言うならさ。まさか一週間も、あのままあのアトリエに放置しとくってわけにもいかないし」

「だねえ。そうだけどねえ」

「なあ、友。死体遺棄って、ちなみにどれくらいの罪だ？」

「三年以下の懲役かな。他にも余罪が色々。どうせ執行猶予になるだろうけど。僕様ちゃんもいーちゃんも未成年だし。心配はいらないよ。どうなってもお金積めば二人くらいなんとかなるから」

品のない話だった。

だけれど、別に品のいい話をしているつもりはない。

「戯言だよな……」

ぼくの呟きに、玖渚は不思議そうな顔をした。

四日目（2）――0.14の悲劇

園山赤音 SONOYAMA AKANE 天才・七愚人。

0

あなたはいったいなにがしたかったんですか？

1

昼食はひかりさんの作品だった。何でも弥生さんは体調が悪いとかで部屋で休んでいるらしい。さっき廊下で見かけたとき、確かに、いい顔色とは言えなかったけれど。

「弥生さんに比べたら全然駄目なんですけれど、ご容赦を」

　そんな照れ笑いを残して、ひかりさんはダイニングから出て行った。そして残されたのはぼくと玖渚——そして、真姫さんだった。真姫さんも昼食中だったのである。極力無視して、ぼくはひかりさんの料理を喉に突っ込んだ。玖渚は食欲がないとかで、ただぼくについてきただけなので、所在無さそうにきょろきょろとしていた。

「へい、少年」

　予想通り、真姫さんがぼくに声をかけてくる。

「楽しいことやってるみたいじゃない？　うん？　うん？　うん？」

「——このことだったんですね、真姫さん」

「うん？　何がかな？」

「《一波乱》ですよ。昨日の夕飯のとき、言ってたじゃないですか。見事なプレコグニションでしたよ、全く」

「猛烈に皮肉が混じっている気がするけれど、それ、誉め言葉として受け取っておくよ」

「——予知できるっていうなら、この状況を阻止することも、できたんじゃないですか？」

「できないよ。あたしにできるのは見ることと聞くことだけなんだからね。ちょっと誤解してるんじゃないのかな？　超知覚っていうのは、それほど便利なものじゃないよ。言ったでしょ？　テレビ見ているのと同じなんだよね。きみはテレビの内容に干渉《かんしょう》できるのかな？」

へらへらと、気楽そうな笑みを浮かべたままで食事を口に運ぶ真姫さん。

この人もどこか玖渚に似ているな、と思った。精神的にものすごく幼いのに、そいでいて、どこか悟りきっているような、そんな感じ。殺人事件の渦中だというのに、まるでそんなことを気にしている様子はない。いや、そもそもこの人に《気になること》なんてものがあるのだろうか？

「……じゃ、これから先、この事件がどうなるのか、予言してくださいよ」

「いいよ。ただしお金払うならね」

急に不機嫌そうな顔つきになって真姫さんは立ち上がり、早足でダイニングを出て行ってしまった。何だか怒っているようだったけれど、どうしたのだろうか。

「うにー。いーちゃん、無神経だよねー」

「何がだよ」

「知りませーん。食べたんなら、部屋戻ろうよ。やることもあるんだしさ」

「ああ……そうだな」

きっと、真姫さんは気分屋なのだろう。このときのぼくは楽天的にそう判断して、それについて考えるのをやめた。全てを知っている人の心の闇など、ぼくに見通せるわけがない。

そして玖渚の部屋に戻った。まず玖渚は、デジカメのデータをパソコンにUSB経由で移した。それからワークステーションを立ち上げて、一枚のフロッピーディスクを挿入する。

「そのディスクには何が入ってるんだ？」

「ツールだよ。勿論僕様ちゃんオリジナル。このワークステーションでしか読めない設定にしてあるからね、落としても大丈夫。さて、さくさく済ませちゃおう」

今から玖渚がしようとしていることは、とどのつまりは違法行為だった。

端的に言うなら《調べ物》である。

予定通りに、この屋敷に住まう、かなみさんをも含めた十二人の住人。ぼくと玖渚を抜いて十人。それらの人間について過去の接点を調べようというのである。

かなみさんは殺された。殺されたからには殺されたなりの理由があるはずだ。勿論利害関係なしに他人を殺す人間だっているだろうけれど、現実としてはそうじゃない場合の方が圧倒的に絶対的に、そして絶望的に多い。ここに集められた人間は、全員が全員、この島において初対面だということだったけれど、ひょっとするとそうじゃないかもしれない。可能性はいくらでも考えられるけれど、考えていても仕方ない。

というわけで旧世紀のサイバーグラウンドを騒がせた《チーム》のリーダー、玖渚友の出番である。

「で、どうするんだ?」

「まず僕様ちゃん家のハイスペックマシンにアクセスする。こいつじゃ、どうしても機能がついてかないからね」

「テラなのにか?」

「この場合容量は関係ないんだよ。いーちゃん、いーちゃんって本当に何も知らないんだね」

「そこまで言うなよ。お前ほどじゃないにしても、ぼくだって少しは知ってるさ。ヒューストンじゃ、一応電子工学の授業も受けたんだから」

「本当かなあ。嘘っぽいよ。昔さ、《このフロッピーディスクをコピーしてきてくれる?》って頼んだら、《任せとけ》って十円持ってコンビニに出かけたじゃない」

「それはヒューストンに行く前だよ」

記憶力のいい奴はこれだから嫌だ。

「ま、いいか。いーちゃんだし」と玖渚。「とにかく、それから、ＵＧ系サーバを十個ほど踏み台にして、ちぃくんに連絡取るんだよ」

「ちぃくん？　それは初めて聞く名前だな」

だけれど、例の《チーム》の一員であることは、想像がつく。そう言うと、玖渚はこくりと頷いた。

「ちぃくんの担当していた仕事は、主にシーカーだね。銀河系の中で起こっていることでちぃくんに探れないことは何もないんだよ」

銀河系ですか。

どうしてこうも、単位の違う連中ばかりなんだ。

「性格はすごく悪いんだけどね、でもいい人だよ」

「ふうん……それはＯＳ作った奴とは別なんだな？　確かそいつは《あっちゃん》だったもんな。で、その《ちぃくん》は、今どこで何してる人なんだ？」

「刑務所にいるよ。懲役百五十年くらってる。あ、いや……プラス八年だね。百五十八年。チーム解散しても一人で活動続けててね……、国際連合Ｇ８のデータベースをクラッキングしてね、さすがに捕まったんだよ。いい線まで行ったんだけれどね、だけど、第八十七防衛ラインで引っ掛かった。熟練しすぎると却って簡単なトラップを見逃しちゃうんだよね……あはは」

「妙に詳しいな」

「そりゃそうだよ。その防衛ライン作ったのが僕様ちゃんだもん」

「…………」

「ちぃくんが国連のトップシークレット狙ってるって噂を聞いたんだよ。さすがに放置できないからね、何人か友達に声かけて全員で防御に回ったんだ。それでも危なかったんだから、やっぱりちぃくんはすごいよねえ」

「それで刑務所入ったんだろ？　協力してくれるのかよ……そもそも、刑務所入ってるのに、どうやって協力してくれるんだ？　ネットなんてできるわけないだろ」

「何事にも例外はあるんだよ。ちぃくんの場合は、特例というべきだろうけどね……。それに協力の件なら大丈夫。ちぃくんはそんな細かいこと気にする性格じゃないから」

言いながらも作業を続ける玖渚。玖渚が何をやっているのか、既にぼくには分からなくなってきた。

「……なんでちぃくんって言うんだ？」

「ハンドルネームがチーターだから、ちぃくん」

「ベタベタなハンドルネームだな」

「まあね。足の速い子でね、車に追突したことがあるんだって。だからチーターなんだね」

「追突……？　衝突じゃなくてか？」

「追突。車と人間とで事故って賠償《ばいしょう》金科せられたのも、日本じゃちぃくんが初めてだと思うよ」

エキセントリックだ……。

類は友を呼ぶものか。

いや、それとも友が類を呼んだのか。

「絶対ぼくに紹介するなよ、そいつ……」

遠くで静かに眺めていたいタイプの男だ。

大丈夫だよ、と頷く玖渚。

「僕様ちゃん達の間には一応ルールってものがあるからね。何があろうと友達を紹介しないっていうルール。友達は情報じゃないんだからね……。いーちゃんも僕様ちゃんのこと、誰かに紹介したりしたら、駄目だよ」

「分かったよ。じゃ、その作業はお前に任せる。そういう奴と連絡取るんならぼくは近くにいない方がいいだろ？　ぼくは少し行くとこがあるから」

玖渚はおぃっす、と敬礼した。

ぼくは部屋を出て、螺旋階段を降りた。そこでちょっと深呼吸をし、それから再び廊下を歩く。向かう先はイリアさんの部屋である。前にひかりさんから聞いていたので、そこまでの道に迷うことはなかった。

全ての造りが豪奢なこの屋敷の中でも、一際高級そうな扉。こんな分厚そうな扉、ノックした音が向こう側に届くのかどうかも疑わしいくらいだ。それでも一応ノックしてみると、どうやら音の波は届いたらしく、「はい」と、返事があった。

扉を引いて、中に入る。玖渚の部屋の、更に倍くらいの広さ。映画の中から引っ張り出してきたというより、もう完全に映画の世界だった。浦島太郎になった気分だ。

謁見《えっけん》。

そんな単語が頭をよぎる。

ソファに座っているのはメイド長の玲さんで、その傍に、イリアさんが立っていた。なにやら話をしていたらしい。

イリアさんは首を傾げて、「どうかしましたか？ えっと……」と、不思議そうにぼくの顔を見た。どうやら名前が思い出せないらしい。いや、そういえばぼくは、この屋敷に来てから名前を名乗った記憶がない。

「少し、イリアさんに話を聞きたいと思いまして」

「いいですよ？ では、そこにかけて下さい」

意外とあっさり承諾してくれたので、ぼくは拍子抜けした。言われるままに、ぼくはソファに腰を沈める。玖渚の部屋のものよりさらに高級なシロモノであるらしく、何だか空気に座ったような感じだった。

「昨日徹夜したせいで少し眠いんですよね……、今から寝ようと思いますので、手短にお願いします」

言いながら、おもむろにドレスを脱ぎ出すイリアさん。寝着に着替えるつもりらしい。ぼくの正面に座っていた玲さんが一旦立ち上がりかけたけれど、主人たるイリアさんの行動に文句をつけることがためらわれたのか、何も言わなかった。

やれやれ。さすがは血統書つきのお嬢様。木っ端市民の視線なんて、何とも気にならないってわけだ。実に戯言だった。

「イリアさん。どうして警察を呼ばないんですか？」

「…………」ぼくの台詞にイリアさんはぴたりと動きを止めた。「……それはもう、説明したと思いますけれど。今警察を呼んだら、園山さんが犯人扱いされてしまうから……」

「でも、それは今だって何も変わってないでしょう？　ぼくらはああして、赤音さんを監禁している。イリアさん、ぼく達が今やってることは、犯罪行為なんですよ？」

「犯人隠匿、監禁、それに、死体遺棄かしら？」着替えを再開するイリアさん。「それがどうかしましたか？　犯罪っていうのは、人殺しとか、窃盗とか、そういうもののことですよ。園山さんだって、別に監禁しているわけではありません。本人同意の上でのことです。それに、大体、提案したのはあなたじゃないですか」

それは、確かにその通り。

言葉もない。

イリアさんは続けた。

「ここに集まっている皆さんは、世界にとってVIP的存在ですからね。無粋な国家権力の餌食にするわけにはいきません。痛くもない腹をさぐられるのは誰だって嫌でしょう？　それに――」

微笑む。

「――もし、誰が犯人だったとしても、わたくしはその人を法の下に投げ出すつもりはありません。赤神財閥の力を運用してでも、保護しますわ」

「――どうして？」

「天才は法ごときの下には平等ではないからです」

断言口調だった。そんな風に言われると、ぼくとしては立つ瀬もない。それなら、もしもぼくや深夜さんが犯人だったとして、そのときはかばってくれないのだろう、きっと。

嫌な感じだ。

なんだかすごく、嫌な感じだ。

「あなたは天才をどう定義しますか？」

いきなりの、イリアさんの質問。

ぼくはちょっと考えて、「クレッチマーは《積極的な価値感情を広い範囲の人々に永続的に、しかも稀に見るほど強く呼び起こすことのできる人格》だとか言ってますね」と答える。

「あなたの意見を聞いたのよ」

本当に嫌な感じだ。

いや、しかしこれはイリアさんが正しいか。ぼくはもう少し考えてから、答え直す。

「……遠い人、ですかね」

そう、とイリアさん。

「それは実に的を射た答よ」

「……あなたが警察を呼ばないのには、もっと違う理由がある気がするんですけれどね……」

「それは、どういう意味ですか？」

「言ってみただけです。意味はありません」

「では、もう結構ですか？　わたくし、もう眠りたいんです」

不毛だった。まるで予定調和のディベートでもしているようだった。ぼくは肩を揺らして「失礼しました」とソファを立つ。玲さんが一緒に立って、「お送りしますわ」と言った。

「別にそんなことしなくてもいいわよ、玲」

「いいえ。これも仕事ですから……それではお嬢様、失礼いたします」

ぼくと玲さんは、連れ立って、イリアさんの部屋を出た。ほとんど相手にされなかった、あしらわれたようなカタチだったが、しかしまあ、最初はこんなものだろうと思う。あの人を説得するのは並大抵の努力じゃ不可能みたいだな、とぼくは心の中で思った。

「お嬢様の言うことはあまり気にしない方がよろしいですよ」途中、玲さんが静かな、抑えたような口調で言った。「あまり気遣いが得意な人ではありませんから」

「……はあ」

そう言えば、屋敷に来て以来、玲さんとこんな風に話すのは初めてだ。

「別に気にしていませんけれど……」

「お嬢様は本当に哀川さんのことを気に入っておられますからね。だから警察を呼びたくないというのも、あるんだと思います」

「哀川？　ああ……、六日後に来るっていう、彼のことですね」

「……お嬢様にしてみれば、哀川さんに対する歓迎行事みたいなものなのですよ。哀川さんはこういう事件向きの性格をしていますから……お嬢様が名探偵という比喩を使ったのも、ただの偶然ではありません」

　なるほど。《哀川さん》に対するプレゼントの意味を、この殺人事件に込めているのか。それが本当なのだとしたらとんでもない人だ。

　いや。

　もっと露骨に言うなら、イリアさんにとっては、この事件は、絶好の暇つぶしなのかもしれない。島流しに遭った、赤神財閥の跡取娘。お金と退屈には事欠かない……天才を集めるのも暇つぶしだし、そして、この事件も、絶好の……イベント？

　考え過ぎだ、とぼくは首を振る。いくらなんでもそんな人間がいるものか。そんな人間がこの世に存在していいわけがない。

「では、ここで失礼します」

　玲さんは、玖渚の部屋の前まで来た所で一礼して、来た道を戻っていった。話してみると玲さんは意外と感じのよい人だったので、ぼくは少し驚いていた。ひかりさんの話だと、さぞかし厳しい人のはずだったのだけれど……。

　その辺を不思議に思い、何となくの違和感を憶えながら、ぼくは部屋のドアを開ける。部屋の中にはラックに向かった玖渚と、もう一人……ああ、天下無敵の占い師さんが、いた。何故だ。

　真姫さんは煙草を吸っていたが、部屋に入ってきたぼくに気付くと、それを自分の人さし指の先に押し当ててねじり消した。そしてソファから腰を浮かし、ぼくの横を無言で通り過ぎようとする。しかし、そこで考えが変わったのか、ぼくの胸に頭を当てて、そのまま歩いてぼくを廊下へと押し出した。そして後ろ手で、扉を閉める。

怪訝に、ぼくは真姫さんを見る。

へっへっへー、と子供じみた笑い方をする真姫さん。しかし、笑っているばかりで、一向に何も言おうとしない。

「……機嫌は直ったんですか？」

「直ったのは機嫌だけじゃないけどね。うふふ。きみは迂闊者《うかつ》だよね。それとも粗忽者《そこつ》なのかな？」

「……何ですか、藪《やぶ》から棒に」

「きみ、好きな小説家はいるかな？」

話が随分と飛ぶ。

「いません」

「芸能人は？」

「いません」

「つまらない男だね……たとえばね、とある天才を尊敬している人がいるとするじゃない。だけれどそれには三種類あるんだ。その人が本当に好きで、憧れて、尊敬して、そうなりたいそうありたいって思う人。純粋だね。二つ目は一つ目と似てるけれど、自分は完全に切り離して、対象を本当にすごいと思い、自分よりもそちら側を優先できる人。そしてもう一種類がその《すごい人》を好きになることで、その人のすごさに乗っかることによって、自分の価値を上げようって連中さ。他人を生きがいにする、脳と腹が腐った連中だね。さて、そうだとすると、きみは三つの内どれに属すタイプの人間なのかな？」

「……二番、ですかね」

「そう。相当歪んでいるとは言っても、玖渚ちゃんに対するきみの奉仕心には、このあたしも感心してしまうものがあるよ」にやりと笑う真姫さん。「でも、それにしては随分と迂濶じゃないのかな？　玖渚ちゃんを部屋に一人っきりにするなんてさ。もしもあたしが殺人犯だったらどうするつもりだったのかな？」

「…………」

「もしも大切にしたいと願うものがあるのなら本当はそれから一瞬たりとも目を離すべきじゃないんだよ。心得ておくんだね、少年」

ぽんぽん。

ぼくの肩を二回叩いて、真姫さんは歌いながら去っていった。

ぼくは、廊下に取り残されたようになる。

「……はッ……」

畜生。

ぼくは腹の中で毒づいてから、扉を開けて、中に入った。

2

例のルールはまだ有効であったらしく、夕食の席には島にいる人間がほとんど全員揃っていた。

ほとんど。

勿論かなみさんがいるわけなかったし、監禁されている赤音さんも席にはついていない。他に、あかりさんとてる子さんが欠けていた。彼女達二人は、本土の方へと渡ったらしい。何をしに行ったかというと、例の名探偵、《哀川さん》に連絡を取るためだということだ。

「電話やメールじゃ駄目なんですか？」

ぼくの質問に「駄目なんです」と答えたのはひかりさん。

「連絡が取れないので有名なんですよ。それだけ、仕事が忙しいってことなんですけれど……、今は愛知県で何かやってらっしゃるらしいんです。だからあかりちゃん達は明日まで帰ってこれません」

「仕事が忙しいって……そもそも何やってる人なんですか？　哀川さんは」

「請負人です」

何だそれは。

聞きなれない単語だった。

ちなみに今日の夕食は中華尽くし。味の天才佐代野弥生に言わせれば、中華料理は一番作るのに時間と労力がかからないらしい。勿論弥生さんほどの腕前があっての意見なので、ぼくにとっては大して参考にはならないけれど。

「ところで、玖渚さん」と、食事を終える頃に、イリアさんが言った。「昼間に何やら暗躍されていたらしいですけれど、何か分かりました？　わたくし、あなたの専門は機械だとばかり思っていましたけれど、こういう調査もやられるのですか？」

「僕様ちゃんは何でもやるよ」玖渚は酢豚を口にほおばったままで言う。「専門だとかなんだとか、そんなので縛られるなんて真っ平だね」

どこかで聞いた台詞だ。

ああ……そうだ。かなみさんの、言葉だ。

スタイルを放棄した、あの画家の言葉だ。

得意不得意、得手不得手というものはあっても、本来専門なんてものはあるべきではない。それはERプログラムの中の基本理念でもある。分類しなければ気のすまないこの世の中でそうやって生きていくのは、しかし、相当に難しい。玖渚友や伊吹かなみ、園山赤音並の才能があって、初めてなせる業だ。

ぼくには、できなかった。

「それで、じゃあ、何か分かったのですか？　その、密室トリックとか、犯人だとか……」

イリアさんの口調は、むしろ玖渚が何も分かっていないことを望んでいるように思えた。さっきの玲さんの台詞が思い出される。確かにイリアさんにしてみれば《哀川さん》が来る前に事件を解決されたりしたら、興ざめもいいところだろう。

「僕様ちゃんには全部分かってるよ。分かってることが多過ぎて、どれにするか決めるのに時間がかかるんだよね」

玖渚の言葉は、どうやら誰にも理解されなかったらしく、一同からは怪訝そうな顔をされただけで、何の反応もなかった。

「姫菜さん」イリアさんは矛先を技術屋から占い師へと換えた。「あなた、この島に来てから、精々他のお客様をからかう程度で、占いらしいことは何もやってらっしゃらないけれど、どうでしょう。そろそろここで、この先どうなるのか占ってもらえないでしょうか?」

「お金取るよ」

この人、タダで生活させてもらって、その上既に一定の金額をもらっているくせに、この上まだたかろうと言うのか。とんでもなく悪逆な守銭奴がいたものだ。こんなひどい人はみたことがない。まるで鬼だ。

「そこまで言われる覚えはないよ」

こっちをじろりと睨む真姫さん。

だから、何も言ってねえって。

「同じ感覚で聞こえるんだよ、あたしには。あたしは自分の能力切り売りして商売やってるの。義理人情で動けるほどあたしはもう若くないんだよ。特に、精神年齢がね」

言っていることは分かるけれど。しかし、一生分の万札を東京ドーム十杯分くらい持っているだろうくせに、それ以上一体何が欲しいというんだろう。たまにはロハで占ってあげてもいいように思えるけれど。

「勝手に思ってなよ」

ぷい、とイリアさんの方を向く真姫さんだった。

「勿論お金は払いますよ?」イリアさんは両手を合わせる。「さぁ、じゃあ、お願いします」

「すぐ終わる」

真姫さんは全く口調を変えずに一言、そう言った。みながその続きの言葉を待ったけれど、真姫さんはホイコーローを食べるのに夢中になり始めてしまった。どうやらあの一言だけで終わりらしい。

「……それだけですか？」さすがに予想外だったらしく、イリアさんが微妙な表情で真姫さんに訊く。

「それは、ちょっとさすがに……」

「今のはボランティアだよ。そこのうるさい誰かさんが文句ばかり言うから少しサービスしてやっただけ。別に気にしなくてもいいよ。本編には何も関係がありません、ってね」

「…………」

姫菜真姫。

全てを知っていて黙っている気分とは、一体どんなものなのだろうか。何も知らないぼくには、それは微塵と想像がつかないものだった。そういう意味で、この島において一番ミステリアスな存在は、真姫さんなのかもしれない。それこそ、ペンキの川でできた密室や首斬り死体が霞《かす》んでしまうほどに。

結局真姫さんはそれ以後何も喋らず、こうして四日目の夕食会は、大した実りもないままに終わった。いつも通りに、玖渚と真姫さんが少しばかりおかしなことを言って、それで終わり。

だけれど、ぼくとしてはこのとき、少しだけ気にかかったことがあった。夕食を食べている間、ついに一言も発しなかった、それどころか他の連中の話を聞いていたとも思えない、深夜さんと弥生さんの二人のことだ。二人とも物静かに、目の前にあるからという理由だけで食事を口に運んでいるような、そんな有様だった。特に何がおかしいというわけではないけれど、二人とも、どこか不自然な感じだった。かなみさんに死なれてしまった深夜さんはともかくとして、どうして弥生さんもなのだろうか。確か、体調が悪いとは言っていたけれど——

3

午後九時過ぎ。

ぼくは一人、玖渚の部屋で、ぼくのスキルでもぎりぎり使えそうなパソコンを起動させて、事件現場のデジカメデータを観賞していた。マウスがないので操作はしにくかったけれど、不可能というほどでもない。

かなみさんの死体。バストアップに全身図。首の切断面にペンキの川。川にはコートが浮いている。乾いて固まってしまったので、取れなくなってしまったのだ。無理矢理引き剝《は》がせないこともないだろうが、そもそも、ペンキにまみれてもう使えないだろう。

そして。

そして、ぼくをモデルとした、かなみさんの遺作……。

玖渚と一緒に現場検証に行ったとき、カンバスを見て感じた不自然。

違和感。

異質……。

直感だけれど……。

「ああ――そっか。分かった」

ぼくは一人で呟いた。なるほど。それは分かってしまえば単純なことだった。どうして今まで分からなかったのかの方が気になるような種類の、単純な間違い探し。実に明瞭で、分かりやすい答だった。

「ふうん……」

しかし、そうなると次の疑問が出てくる。どうして、こんなことが起こったのだろう……？ こんなことが起こり得るはずがないのに。かなみさんほどの画家が、こんな単純なミスを犯すはずがないのだが。

それを考えているときに、扉がノックされた。

「……やれやれ」

また真姫さんがちょっかいかけにきたのに違いないと、もういっそ楽しみな気分になりながらぼくは席を立つ。扉を開けると、その向こうにいたのは、しかし、ひかりさんだった。予想していたものとのあまりのギャップに、ぼくは何だかちぐはぐな気分になってしまい、二、三秒脳が機能しなかった。

「ああ……どうも、ひかりさん」なんとか言葉をつむぐぼく。「……えっと、まあ、中にどうぞ」

「お邪魔します」丁寧に一礼して、ひかりさんが部屋に入ってくる。そして部屋の中をきょろきょろと見回してから、ぼくに訊いた。「あの、友さんはどちらにいらしてますか？」

「ああ、玖渚ですか。玖渚でしたら、さっき手と足を縛って風呂に放り込みました」

「は？」

「猫と一緒なんです。風呂が嫌いでね……。あいつ、髪の色、本当はもっと薄い青なんですけど……、頭洗わないせいで結構濃い色になっちゃうんですよね。あいつ縄抜けは苦手ですし、一度ずぶ濡れにしてやれば諦めますから、結構長風呂ですよ」

「はあ……あー、友さん、ロシアンブルーみたいなものですからねえ」

ひかりさんはもっともらしい顔つきでわけの分からない相槌を打った。いや、本当に意味が分からない。流しておこう。

「えーと。そういうわけで玖渚に用があるのなら、悪いけれど後にして……」と、そこでぼくは思い至る。考えてみれば、これはいい機会なのかもしれない、と。「……ああ、そうだ。ひかりさん、今、暇ですか？」

「はい？　ええ。一応今日の仕事は全部終わっていますけれど」

「じゃあちょっとここ、お願いします。玖渚を一人きりにするのは危険かもしれないので」昼の真姫さんの台詞を思い出しながら、ぼくは言った。「そのために拮抗状態を作っているんだから、大丈夫だと思いますけれど……念のため、お願いできますか？」

「構いませんけれど……」ちょっと困惑したように、ひかりさん。「勿論それは構いません。けれど、いいんですか？　その……わたしを信用して、って言うのか……」

「二人でいるところを襲うような奴はいませんよ」

「いえ、そうじゃなくて……無防備過ぎません？」

ああ、そういう意味だったか。

ぼくは「大丈夫ですよ」と、軽く頷いた。

「真姫さん辺りならともかく、あなたのことは信じてますから」

そう言って、ぼくはひかりさんに礼を言い、ドアを閉めて、廊下を進んだ。階段を降りて、一階へと到着する。

「……しかし」そこで、自虐的な風に、呟く。「《信じてます》か……」


いつからそんな言葉を、一体いつからそんな大層な言葉を、口にできるようになったんだろう？　このぼくが。

問題。

信じるとは、どういうことか？

解答。

裏切られてもいいと思うこと。

裏切られても後悔しないと思うこと。

「何にせよ、戯言だよな……」

行き着いた先は、元ぼくの部屋、現、園山赤音の監禁部屋。

軽くノックし、「ぼくです」と言った。

「……ああ、きみか」しばらくして中から返事があった。案外に、落ち着いた感じの声だった。「どうした？　玖渚ちゃんの傍にいなくていいのかい？　きみらしくもないな」

「その……、迷ったんですけれど……、赤音さんに、謝っておこうと思いまして」

「どうしてきみが私に謝る必要がある?」一転、扉の向こうから聞こえてくる声に、不機嫌そうなものが混じった。「きみは私をかばってくれたんだろう? それでいてこの私に対して謝るというのは、私がその程度の心の機微も分からぬ愚か者だと侮辱しているのに等しい。ここは私がきみに礼をいう場面であって、それ以外の何でもないのだよ」

「……」

「私が提案してもよかったのだがね。しかしそれはさすがにまずいだろう。だからきみがこの案を出してくれたときには、感謝したものだよ。今その感謝を言葉にしておこう」

そして少し間を置いて、赤音さんは言った。

「ありがとう」

「……どういたしまして」

やっぱりこの人はあのER3で七愚人にまで上り詰めただけのことはある。あそこは勉強ができるだけで、ただ単純に頭が切れるだけでどうにかなるような、そんな甘っちょろい場所ではないのである。

「ところで。夕食を運んできたひかりさんから聞いたのだけれど、きみ、色々かぎまわっているらしいね? 玖渚ちゃんと一緒に。結果を聞かせてもらおうか。どんな感じだったかな?」

「ぼくには、まだ犯人は分かりません」

「ぼくにはね。ふふん、意味ありげだな。そういうやり方は、好きだよ。じゃあ、そうだね。質問を変えよう。密室の方についての思考具合は、どうかな?」

「赤音さんは、どうなんですか?」

「post hoc fallacy だね」

「……英語ですか?」

「ラテン語だよ。日本語でどういうかは知らないな……。何だろう? 自業自得、みたいな言葉だったと思うけれど」

ああ……。

ぼくは嘆息する。

そうか。それならば、もう、この人は密室のことを完全に理解し切っている。密室の謎を解いておいて尚、この人は、拮抗状態を維持するためだけに、ここにいるのだった。本当に大した人だと、ぼくは思った。

ふふふ、と赤音さんは笑う。

「イリアさんのお気に入り……《哀川さん》か？　その人が来るまではこういう拮抗状況にしておくのがベストだろうからね……、何、大した苦痛ではないさ。若い頃はこうやって、よく狭い部屋で読書をしたものだ。その部屋に比べればまだここは広い」

「……赤音さんには犯人が誰だか分かっているんですか？」

「それは分からない。嘘じゃない、本当だよ。私はそういうものの専門家ではないし、推理小説も読まないではないけれど、それはあくまで娯楽だからね……。……きみ、武者小路実篤は読むかい？」

赤音さんは何の前触れもなく話題を変えた。はて、武者小路実篤は推理小説家だったっけか？　首を傾げつつも、ぼくは赤音さんの質問に答える。

「選集くらいしか読みませんけれど」

「それなら《真理先生》は知っているね？」

それなら、一応。

「私はあれを最初マリ先生だと思って、随分生意気な口を叩く女だと憤慨したものだよ……しかしそれはどうでもよい。人のことは言えんしな。あの小説の冒頭で真理先生が《人を殺してはいけない理由》について、言及している。憶えているかな？」

「ええ……、《あなたが殺されていい時がありますか。あなたが殺されていい条件があれば、それを聞かして下さい。あなたがどんな時でも殺されるのがいやなら、少なくともあなたは人殺しをしてはいけない》でしょう？」

いくら記憶力が悪くっても、このくらいなら憶えている。

その通り、と言う赤音さん。

「さて、私は真理先生と同じ質問をきみにしよう。きみは、殺されてもよいとする条件が、あるかな？」

「……ありませんね」

「たとえば玖渚ちゃんの命と自分の命、どちらを優先する？」

「考えたくありません」

だろうね、と赤音さんは快活に笑った。

「結局のところ、きみはそれなんだな。選ぶということが大嫌いなんだろう？　《選ぶこと》それ自体をよしとしない。昨日、姫菜さんも似たようなことを言っていたが、あれは結構正鵠《せいこく》を射ていたのだろう？　流れるように流される。きみは競争が嫌いだ。物事をはっきりさせることが嫌いだ。曖昧主義だな」

「否定はしませんよ」

「否定しないそして肯定もしない。きみが私と将棋の勝負を受けたのは、ただ、絶対に負けることが分かっていたからだろう？　そうでもない限り、きみは決して勝負や競争をしない」

　負けることじゃなく、そもそも勝負すること自体が嫌いだ。

　誰かと争うことが徹底的に嫌いで。

　喧嘩することが嫌で友達も作らない。

「他人が嫌いかい？」

「別に」

「じゃあ、好きかね？」

「それだけはありませんね」

「そうだね。きみの価値観の根底は、《人間は一人で生きていくべきだ》という意見——いや、意志だな。そういう絶対的な意志によって構成されている。できるだけ関わらずに、傷つけずに。勿論喜びや楽しみは共有してもいいけれど、何も、苦しんだり悲しんだりしてまで付き合うことはないと考えているんだね」

　何度も喧嘩しながら関係を続ける恋人同士なん

って、ばかみたいだと思う。

どうして仲良くしないんだろう。

仲良くしてくれないんだろう。

仲良くできないんだろう。

「――いつから心理学者になったんですか？　赤音さん」

「残念ながら大統合全一学者なものでね。そういう区分は私の前には意味をなさないのさ。ふふふ。そうだね……誇張なく、きみは本当に一人でいるのが好きなんだろうね」

「そりゃもう。何と言っても一番付き合いが長い友人ですからね」

「それはそうだろう。私にしたって誰にしたって、一番の友人は自分自身だ。……では、玖渚ちゃんはどうなんだい？　全てあわせたところで、彼女とは一年にも満たない短い付き合いなのだろう？」

「………」

「きみは玖渚ちゃんのことが、好きなのかな？」

ストレートな質問だった。

それは五年前にも訊かれたことがある。

そのときの相手は、玖渚の実兄。

だけど、
返す答は今でも同じ。

「――別に。そんなことは、ありませんよ」

これが本当に自分の声なのかと言うくらいに、絶望的に冷たい声。

どうして。

どうしてぼくは――

こんな風に。

「ふうん。そうかい……」赤音さんは少し意外そうだった。「だが玖渚ちゃんはきみのことが好きだぞ。それはもう間違いなくな」

「でしょうね。何度も本人から言われてますし」

「……、こういうことを語るのはあまり趣味じゃないが。世の中にどうしてこれだけのカップルができるか、恋人同士が成立するか、その理由について思考したことはあるかね?」

「………」

「だっておかしいじゃないか。自分が好きな相手が自分のことを好いてくれているなど、そんな好都合なことがそうそう起こり得るはずがない。少女漫画じゃあるまいしね……、しかし現実問題、百人の人間がいればそれだけ分の恋愛が存在したということになる。どうしてだと思う?」

「……どうしてだとも、思いませんが。考えたこともありませんよ。たまたまじゃないですか? 大数の法則とか」

「違うね、そんな偶然はありえない。私が出した結論はこうさ——相手が自分のことを好いてくれているということ。それはとても嬉しいことだからだよ。相手が自分を好きだということ、それだけで相手のことも好きになれるものなのさ」

赤音さんは断言的にそう言った。にやりと笑っている顔が、扉越しに目に浮かぶようだった。段々と、ぼくは耐えられないような気持ちになってくる。押しつぶされそうな、圧殺されそうな、そんな予感。

「……だから、なんだって言うんです?」

「いや、いやいや……、だったらきみが玖渚ちゃんになびかない理由というのは、なんなんだろうなと思ってね……、これでも学者だから、分からないことがあると苛々《いらいら》するのさ」

「あいつは誰のことでも好きなんですよ。本当に誰のことでもね。あいつの隣りにいる人間がぼくである必要は、別にない」

つむぎ出すようなぼくの言葉。

それだな、と赤音さんは言った。

「きみは玖渚ちゃんに好かれたいんじゃない。そんなことは望んじゃない。きみは玖渚ちゃんに選ばれたいんだ。たった一人の存在としてね」

「……」

否定は、

できなかった。

「ふうん——しかしどうして玖渚ちゃんなのだろうね……私にはそれが分からない。どうも明確な理由がある気がしてならないのだけれどね。別に玖渚ちゃんにしたって、付き合っていて不愉快なことくらいはあるだろう。いや、ああいうタイプの怨念《おんねん》な女性とは、きみはむしろ反発するはずだ」

誰だそれ。怨念な女性？

「天然、ですね」

「そう。とにかく、あのような異性——いわゆる《精神年齢の低い上位者》と付き合うのは、きみのような人格の持ち主にはまず耐えられないはずだがね。ましてきみは男だからね」

「あいつといるのは楽しいですよ。いや……そうじゃなくて……」ぼくは少し、慎重に言葉を選ぶ。「そうじゃなくて、そう、ぼくは、あいつの隣りにいるのが、楽しいんです」

ぼくが一番好きな場所は、
玖渚友の隣り。

あいつの隣りにいたかったから、

ぼくは日本に戻ってきた。

「ふむ」相槌を打つ赤音さん。「きみには少しばかり、被虐的嗜好があるようだね」

「小学校でいじめられてましたからね。基本的にマゾなんですよ」

「いじめられていた？　それは違うな。きみは多分疎外《そがい》されていたんだよ。疎外と虐待は違うよ。子供は弱者と嘘つきを虐待し、異端を疎外するものだからね。しかしきみのその気持ちはよく分かる。私も高校生の頃は、宇宙人と一緒にクラスにいる気分だったよ。試験を受けるときは満点ではなく平均点を基準にする連中。マラソンでは《一緒に走ろうね》などと吐かす。ペケをつけない試験採点。……平等主義なんだよ、よくも悪くも。そりゃあ円周率も三になるさ。七愚人の他の六人も大抵そんな気分を感じた経験があるらしい。0.14の悲劇だね。徹底的な平等主義であるがゆえに、そこにさえ入れなかったものは格段の疎外感を味わうことになる。天才は異端から生まれる。……ただし、異端が全て天才だとは限らないがね」

「必要条件ではあっても十分条件ではない——ですか？　ぼくは天才じゃありませんよ」

「ウィー・アー・ノット・ジーニアスか。そんなところだろうな……。……きみは忠告と強制との区別をつけることができる知能の持ち主だとは思うから、老婆《ろうば》心《しん》ながらに忠告しよう。もしも玖渚ちゃんに選ばれたいのなら早急に押し倒してしまうことを勧めるよ。そうすればきみは彼女にとっての唯一無二だ。きっと玖渚ちゃんは抵抗しない。きみがいくら内向的で根暗な歪んだ性格の、思春期も反抗期も知らない陰鬱な人格の持ち主であったとしても、そのくらいの度胸はあるだろう」

「ありませんよ」

「黒豹なんだね」

それも誰だ。

ちぃくんか？

「……えっと、自信ないですけど、臆病ですか？」

「ああ、すまない。うふふふ。……私はきみが気に入ったよ。きみが女だったらよかったのにな」

どうしてそうなるのだろう。

赤音さんの言いたいことが、ぼくには分からなくなってきた。いや、違う。ただ単純に、痛いところを突かれ過ぎて、ぼくの精神の方がまともな状態でなくなってきているのだろう。

このままだと。このままだと——

「——まあいいだろう。どうせ——どうせ、そう遠くない内にその解答は出るだろうからな。時間に解決を委ねるとしようか。ところで、だ。さっきちらっと将棋の話が出たけれど……将棋やチェスのようなゼロ・サム・ゲームには必ず最適の手がある、というゲーム理論は知っているかな？」

「ゲーム理論……、囚人《しゅうじん》のジレンマとかのあれですか？」

「そう、それだ。将棋の駒の動かし方は数学的に限られている。ゆえに、必ず《最適の一手》というものが存在する。だから極端な話、最初に駒を動かした段階で、もう勝負は決まっていると言っていい。――しかしこんな理論は相手が最強の打ち手であって、こちらが最高の打ち手である場合にのみ成立する理論でしかない。さて、この事件、犯人は、果たしてどうなのだろう？　それに対応する《哀川さん》はどうなのだろうね――これはなかなかに興味深い問題だ。とはいえ私には、この事件は将棋盤の上ではなく、迷路のように思えるよ」

「ラビリンスですか。でも迷路なら簡単ですよ。片側の壁に手をついておけば、その内出口に辿り着きますからね。時間はかかりますけれど」

「それは単連結迷路の場合だよ。多重連結迷路の場合はそうはいかない。私はこの事件は多重連結迷路的であると思うね。もっとも、こちらの迷路にしたって必勝法はあるんだけれどね……口では説明しにくいから、機会があれば調べてみればよい。だがね……、きみは、欲しいと思わないかい？　必勝法のないゲームというものが」

必勝法のないゲーム。

必勝法……。

では。

この事件は、そうではないと言うのだろうか？

不安定感。

足元から揺らされているような不安定感。

なんだか、

気持ち悪い。

「考えてみれば――」

赤音さんは続けようとする。

この気持ちの悪い会話を続けようとする。

気持ち悪いのに続けようとする。

「あの、赤音さん」

ついに。

こらえ切れずに、ぼくは言った。

「……ぼくとしてはこのまま話していたいところなんですけれど……、部屋に人を待たしているので、」

無理矢理に、言葉を繋ぐ。

吐きそうな気持ちを押さえ込んで。

「……そろそろぼく、行かなくちゃいけないんですけれど……」

「ああ、そうかい。それは悪かったね」

赤音さんはあっさりと引いた。

少し拍子抜けだった。

「それじゃあ、また来てくれ。いい退屈しのぎになったよ」

「それはどうも。それじゃ……」

と、倉庫の前から立ち去りかけて、そこでどうしても気になってしまい、ぼくはもう一度扉をノックした。

「あの、最初の質問なんですけれど」


「――うん？　何かな？」

「赤音さんには、あるんですか？　殺されてもいいって思うような瞬間が」

「瞬間？　瞬間だって？　私は、常に、そうだ」はっきりと、赤音さんは即答した。「死ぬるべき時節には死ぬがよく候、だよ。私は、園山赤音は、いつ、どこで、誰に、どんな風に、どのような理由で殺されようとも、文句を言うつもりは一切、ない」

大統合全一学研究所、ER3システムが七愚人、日本人女性学者としてもっとも名誉ある地位に位置し、もっとも高い知能を持っている天才中の天才と称された稀代の研究者、園山赤音と交わした、これが最後の会話になろうとは思うこともなく、そしてぼくは部屋に戻った。

4

「いーちゃん、おかえりなんだよ」

玖渚は真っ白いバスローブを身にまとって、ベッドの上に座っていた。ひかりさんはソファ。帰ってきたぼくを見て、安心したように息をつく。風呂上りでハイテンションな玖渚と二人きりで話をするのは、慣れていない者には少しきついので、ひかりさんの気持ちはよく分かる。

「いーちゃん、ほら、髪洗ったよ。誉めて誉めて」

「可愛いよ」

玖渚の髪は、綺麗《きれい》な澄んだコバルトブルーになっていた。これが玖渚本来の色である。本人いわく、

「劣性遺伝子の持ち主はつらいよー」だそうだ。

「いーちゃんも入ってくれば？　案外いいアイディアが浮かぶかも。アルキメデスみたいにさ。それで裸《はだか》で屋敷中を駆け回ったりして」

「それは少し……困ります」

真剣に答えるひかりさんだった。ぼくが本当にそんなことをするとでも思っているのだろうか。そんなケッタイなイメージは持っていないつもりだが。

「……それにしてもアルキメデスって変な人ですよね。天才って、みんなそうなんでしょうか？」

ひかりさんは首を傾げて真面目そうに考える。頭の中では、この屋敷の中の誰のことを想像しているのだろうか。誰でもあるような気がしたし、誰でもないような気もした。

「あの時代は裸で運動するのが当然だったんですよ、ひかりさん。別にアルキメデスがおかしな人だったわけじゃありません」

「うに。博識だね、いーちゃん」

「ああ、確かに薄識だよ。それでひかりさん、何の用だったんですか？」

「あ。はい。お嬢様に言われまして。友さん達の様子を探ってきなさいって」

素直な人だった。そういうことは隠しておかないと、意味がないと思うけれど。そう言うと、ひかりさんは照れたように笑った。

「ええ。本当はこういう役はあかりの方が向いてるんですけどね。あかりは今夜、本土に泊まりですから。明日の朝まで戻りません」

「名探偵を呼びに行ったってわけですか」ぼくは少しだけ興味があったので、訊いてみることにした。「その名探偵ってどういう人なんですか？　ひかりさんはその人と面識があるみたいな口ぶりでしたけれど。よく知ってるんですか？」

「はい……そうですね。昔、ちょっとお世話になったんです。少し、その、事件がありまして……そのときに」

ひかりさんは曖昧に口を濁す。別に秘密と言うわけではなさそうだけれど、あまり進んで喋りたいことでもないようだった。

「ふうん。事件ですか。この島で？」

「はい。その、お嬢様が勘当されたばっかりの頃で、まだこういう、サロンみたいなことを始める前の話ですけれど……。それで哀川さんをお呼びしてて……。哀川さんはあっという間にその事件を解決してしまいました」しみじみとしたように、ひかりさんは言う。「哀川さん本人について言えば、随分気性の激しい人でした。皮肉屋で、感情的で、世を拗ねてるみたいな。怒りに任せて事件を解決するって感じで」

「はあ」

ひかりさんは言葉を選びながら喋っているようだったが、その選別はあまり成功しているとは言えなかった。全然《哀川さん》に対する具体的なイメージが湧いてこない。

「それはつまり、怒りっぽい人ってことですか？」

「怒りっぽいって言うのか……《いつも怒ってる》みたいな。笑っているときも同じで、常に何かを敵視してるっていうのか……。ごめんなさい、うまく言えなくて。とにかくあの人は《世の中全部が許せない》みたいな人でした」

「なるほど」よく分からないままに頷くぼく。「ぼくが今まで読んできた小説に出てくる名探偵って、しかし、冷静沈着な人ばかりでしたけれどね。《こんなことも分からないのかね？》とか言う。台詞の八割を《あんた馬鹿ァ？》に置き換えても会話が成立しそうな感じで。でもひかりさんの話を聞いていると、哀川さんは熱血漢の正義の味方って感じですね。犯罪者が許せないっていう」

「あ、いえ、別にそういうわけでもないんです。あの人は犯罪者が許せなかったんじゃなくて……世の中全部が許せない。《この世界っていうのは、人間っていうのは、もっともっとも―っとスゲエもんのはずなのに、お前らは一体なんでサボってやがんだ！》みたいなことを、よく言ってました」

本当に激しい人だ。今時珍しいタイプではある。ぼくみたいな曖昧主義者の戯言遣いとは見事なまでに対照的だ。

「だから世の中が許せなくて、だからいつも不機嫌で、だけれどそんな、自分の価値にすら怠惰《たいだ》な人達の所為で自分が不機嫌になるなんて割に合わないから、だから皮肉に微笑んでる。そんな感じの人でした。少なくともあなたや友さんとはまるでタイプの違う人でしたね」

そんな風に名探偵さんのことを語るひかりさんは、何だか少し、嬉しそうだった。自慢の親友でも紹介しているみたいな、そんな感じ。いや、親友と言うよりも……むしろ英雄か。イリアさんが、同じ人間をそう表したように。

「そうですか……。まあ、本当はそういう人の方がいいんでしょうね」ぼくは適当に相槌《あいづち》を打った。

「頼りになる人でしたか？」

「はい、それはもう」

「それを聞いて安心しましたよ。六日後までにぼくらが事件を解決できなくとも、その人が解決してくれるでしょうからね」

「……。随分弱気なんですね」

「慎重なんですよ。いや、臆病なのかな。もっと言えば、本当はどうでもいいんですけどね」

「どうでもいい、ですか」ぼくの言葉に、難しい顔をするひかりさん。「……どうして……これ、わたしが言うのも変なんですけれど……、どうして皆さん、こんな状態なのに、冷静なんでしょうね？」

「……それはまた、根本的な質問ですね」

「すいません。でもどうも、その、人が死んだっていうのに、殺されたっていうのに、みんな、なんていうか、その……」

「……慣れてるからじゃないですか？」

少なくとも、ぼくはそんなようなものだ。

慣れと麻痺との違いは、よく分からないけれど。

「うに。でも深夜ちゃんと弥生ちゃんは、結構それらしい反応だよね」

「そうだな……でもそれを言うなら、ひかりさん達だって、随分と冷静じゃないですか。人のことは言えませんよ」

「わたし達は、そういう風に訓練されていますから……」

少し寂しそうにひかりさんは言った。

二十七年の人生。万事よろしく順風満帆、とは、来ていないようだった。

「……ああ、そうでした」気まずい沈黙を、ひかりさんは手を鳴らすことで打ち破る。「これ、お嬢様から絶対訊いて来いって言われてるんです。密室トリック。《分かり過ぎて分からない》みたいな曖昧なことをおっしゃってましたけれど、本当は友さん、絶対に分かっているはずだって」

密室トリック。

ペンキの川で閉ざされた空間……。

ふうん。

あのお嬢様、世間ずれしていないようでいて、意外と鋭い。

「別にもったいぶるようなことでもないんですけどね。ちょっとした推理小説マニアならすぐに解いちまうような簡単なトリックなんです。ただ、こうして実際として接してみると、意外と戸惑ってしまう。血の匂いと死の味に、ちょっとばかり溺《おぼ》れてしまうからでしょうね」

「あはは、いーちゃん、変な表現ーばかみたいー」

笑う玖渚。

無邪気で無防備な、子供のような笑み。

……。

それを見て、少しだけ、思考がずれる。

ぼくは、

こいつに、

選ばれたいのか……？

「……？　あの、友さん」急に黙ってしまったぼくに不審の目を向けてから、ひかりさんは玖渚に向けて言った。「本当に分かっているのなら、できれば教えて欲しいんですけれど……」

「うん、別にいいよ。絞り込むのが大変だったけれど、ようやく分かったからね」玖渚は二つ返事で頷いた。「えーとね、何から説明しようかな」

「……あの、その前に。余計なことですけれど、それってどういう意味なんですか？　分かり過ぎて分からないって言うの……」

「ボトムアップとトップダウンの差ですよ」その辺りを玖渚本人にうまく説明できるとは思えなかったので、ぼくは二人の会話に口を挟む。「たとえばひかりさん。そのテーブルが砂場だったとして、可能な限り高い砂山を作ろうとするなら、どうします？」

「……脇からかき集めて、どんどん積み重ねていきますね」

「そう。ぼくだってそうします。だけれど玖渚はそうしません。テーブルの上に大量の砂をこぼすんです。できあがった山の形は、ぼくらが作ったものと同じものですよ。ぼくらはちょっとずつ積み重ねて、最終形を作る。玖渚はたくさんのものを削って削って、最終形を作る。それが玖渚の理解の仕方……そうだな、友？」

「いーちゃんの比喩はよく分からないね」

お前にそう言われたら立つ瀬がねえんだよ。

ひかりさんはどうやら分かってくれたようで、「なるほど」と、何度も頷いていた。

「それじゃ、とにかく分かっているというのでしたら、そのトリックを教えてもらえますか？　友さん」

「いいよん。もしもひかりちゃんが僕様ちゃんの質問に答えてくれるって言うんならね」

その台詞に、ひかりさんはきょとんとする。玖渚の言った言葉の意味がよく分からなかったらしいが、勿論玖渚がそんなことを気にするわけもなく、玖渚はパソコンラックの方へと向かった。さっきぼくが立ち上げておいたパソコンの前に陣取って、ひかりさんに画面を示す。

「じゃあまずは現場の復習からね。だだーん。これがアトリエだあ」

画像ヴューアソフトを使って、玖渚は全景図を表示する。三途の川のようなマーブル色に、その向こうに見える首斬り死体……。今朝の記憶をリアルに喚起する、映像だった。玖渚はそんなことを気にした様子もなく、説明を開始した。

「邪魔なのは……、まずこのペンキね。地震があったのが夜の一時で、そのときに棚が崩れて、この状況が形成された。それは一目瞭然として。ジャンプするには川幅があり過ぎる。これを飛び越えるのはちょっと無理げなんだよね。もしかなみちゃんが殺されたのが地震の後だとするなら、犯人の侵入経路が不明。そうでなくとも、少なくとも脱出経路が不明ってことだね、ここまでついてきてる？」

「はい。そこまでは」

「ここで妖怪手長足長を犯人とするのは簡単なことだけれど、そうもおあつらえむきに正答が出てくるなんて、まず嘘だからね」

　ひかりさんは曖昧に笑んだ。妖怪手長足長を知らないのかもしれないし、知っていて、尚曖昧に笑んでいるだけなのかもしれない。どちらだとしても同じことだった。

「だったら当然の帰結として、殺人は地震の前にあったと考えるしかないよね。そうすれば侵入も脱出もイージーと来てる。足跡も残らないし、アトリエには鍵がついてないんだからさ。すると地震前に唯一、どんな種類のアリバイもない赤音ちゃんが犯人と考えるのが最適値だとするのが正答っぽいけど、ここで深夜ちゃんの証言が出てくるんだよね。地震の後に、深夜ちゃんは電話でかなみちゃんの声を確認してる。つまりかなみちゃんは地震の後、少なくとも最低数分の間は生きていたってことだよね。さて、ひかりちゃん、どうする?」

「どうするも、こうするも……」ひかりさんは首を傾げる。なんとなく可愛いらしい仕草だった。

「……窓から、ですかね。それ以外にないように思えます。でも、鍵がかかってるし……」

「窓から。それはあるかもしれないね。ガラスっていうのは概念的には固体というより液体に近いから、ロックなんて関係ないと見なすやり方は間違っているとは言えない。あるいはトンネル効果を引き出してくるのもいいかもしれないね」

　よくねえよ。

「さあ、ここまで言ったんだ。もう分かったでしょ? ひかりちゃん」

「全然分かりません」

「post hoc fallacy ですよ、ひかりさん」

　ぼくは助け舟を出した。ひかりさんが困惑している様子が楽しかったので今まで静観していたのだけれど、さすがに可哀想になってきた。

　玖渚も頷く。

「うん。《post hoc ergo propter hoc》。日本語でいうなら《因果の誤り》だね。間違った三段論法だよ。前提なんだよ、前提。世界はそれほど秩序だって構成されてるわけじゃないって、そういうことなんだね」

「ラテン語は分かりません……」

「ラテン語って分かってるじゃないですか」

「それは、エルゴが混じっているから……」

我思う、ゆえに我ありか。

　意外とひかりさん、頭の回転は速いらしい。

「たとえばね、ひかりちゃん。ここに百円玉があるとする。僕様ちゃんはこう言う。《表を出す》。言ったよ？　それで、投げる。……はい、表だね。どう思う？　偶然だと思うよね。それが普通。だけど間違った理解をする人もいる。僕様ちゃんが表を出す、と言った。それで表が出た。ゆえに、表を出したのは僕様ちゃんの超能力である、とかね」

　実際には、そのどちらでもなく、玖渚はトリックコインを使ったのである。念のため。

「お酒を飲んだ、風邪が治った、ゆえに風邪が治ったのはお酒のおかげである。パソコンの電源を入れた、するとお客様がきた、ゆえにパソコンにはお客さまを呼び出す力がある、男が女を見た、そのとき彼女がこっちを向いていた、ゆえに彼女は男のことが好きである。ナマズが踊った、地震が起こった、ゆえに地震が起こったのはナマズのせいである。……そんなわけないよね、ひかりちゃん。つまり、AのあとにBがあったからといって、AとBの間に因果関係があるとは限らないってことだよ。物事が時間的に、順序的に起こることは当然なわけで、そこに因果関係の有無は関係ないんだよね。さあ、ひかりちゃん、ここで考えてみようじゃないか。地震が起こった、ペンキの川ができている、ゆえに、そこに因果関係は、あるのかな？」

「あ……」

　そういうことですか。

　ひかりさんは合点がいったらしかった。

「……つまり、あの川は、地震で倒れたものじゃないと……？」

「うに、棚自体は、多分本当に倒れたんだろうね。それで、ちょっとばかしのペンキもこぼれたかもしれない。かなみちゃんは電話でそう証言したんだからね。だけれど、それは別に、あんなすごい幅の川ができるほどのものじゃなかったんだと思うよ。ペンキの缶が散乱して、ちょっとこぼれた程度だったんだろうね。ペンキの缶のフタってそれなりに丈夫だから、地震で倒れた程度で全部が全部、こぼれたりしないんだよ、考えてみれば。それでも、かなみちゃんは車椅子なわけだし、だからそれだけでもアトリエから出れなくはなるだろうけど」

「なるほど……そこから先は分かります」と、ひかりさん。「さすがにね。それから《犯人》さんは、地震の後に伊吹さんの部屋に忍び込んで、伊吹さんを殺害した。そして出て行く際に、少しずつペンキの缶の中身を更に、意図的にぶちまけて、その辺りに転がした。ゆっくりと、慎重にやれば、足跡を残さずに、あの川を作ることができますね」

後ろ向きにペンキの缶を抱えて歩く犯人の姿が浮かぶのか、ひかりさんはぼおっとしたような表情で語った。

そう。ぼくらはあのペンキの川を、地震でできたものだと勝手に解釈して、それを前提条件として考えてしまっていたのだ。ペンキをこぼすことくらい、あの川を描くことくらい、天災の地震でなくとも、天才のかなみさんでなくとも、どんな素人であろうとも不可能ではないというのに。

そこに芸術性は一切必要ないのだから。

作業としては、十分とかからないだろう。

「でも、犯人は何のためにそんなことを……」

「犯行があったのが地震前だと思わせるためでしょうね」と、ぼく。「かなみさんが深夜さんと、地震の後に電話をしていたことを、犯人は知らなかったんでしょうね。だからそういうペンキの川を作っていれば、犯行は自然に地震前だと推測されるだろうと、そういう感じの思考でしょう。……勿論逆に、そう見せかけようとしたという可能性もありますが」

「と、言うことは……」

「そうです。どちらにしたところでこれによって……」ぼくは一度両手を叩いて、それから大袈裟に広げる。「容疑者の幅が圧倒的に広がる」

　地震後のアリバイがあるのはたったの四人。イリアさんに玲さん、それに真姫さんと深夜さんだけだ。その他の七人を容疑から除外する条件は、なくなる。

「じゃあ、赤音さんを監禁する意味は、もうなくなるってことですよね？」言ってひかりさんは嬉しそうな顔をする。「そうでしょう？　だって、赤音さん一人だけが疑わしいって状況じゃなくなったんですから……それなら」

　どうやらひかりさん、お客様である赤音さんを軟禁しているということを、かなり気に病んでいたようだ。やはりこの人は、人生を数学的に捉えることがどうしてもできない人のようだった。

　それに比べて、園山赤音と言う人は、実に有理数的だ。ぼくはそのことを、ひかりさんに言っておくことにした。

「……赤音さんは、既に密室トリックの方には気付いているみたいでしたよ。それを分かっていて、分かっていない振りをしているみたいです」

「……どうして？」本当に分からないというような顔つきで、ひかりさんは言う。「そんなの、おかしいじゃないですか。何のためにそんなことをするんですか？」

「拮抗状態を維持するためでしょう。頭の回る人ですよね、全く……」

　最適の状況を作るために自らの最悪をかえりみようともしない。それは少し人間の定義からは外れる考え方ではあるけれど、それでも敬意に値する行動であることは、間違いない。

「じゃあ、これ、秘密にしておいた方がいいんですかね……」

「そうなんですよ。まだ犯人が限定できていませんからね……下手に状況を混乱させるのは、あまりよくないと、ぼくは考えています。まあ、イリアさんには知る権利があると思いますけれど。その辺りはひかりさんの好きにして、いいと思います」

そこまで立ち入るつもりはない。

うーん、と唸り、悩むようにするひかりさん。

「……でも、あれですよね。ペンキの川は実は地震でできたものではありませんでしたって、あんまりに単純過ぎて、《ああそうですか》って感じですね」

「確かにぼくとしても《ちょっとちょっと》って言いたくなる気分です。でも、トリックなんてばれてしまえばそんなものですよ。ぼくは今までもっとつまらないトリックを散々見てきましたし、それに比べれば幾分マシってところでしょう」あまりにつまらなそうにひかりさんが言ったので、ぼくは思わず犯人をフォローしてしまった。「……大体、それを言ったら大概終わりじゃないですか」

「でも……、地震があって、それですぐにそんなトリックを発想できるような人がいるんでしょうか？」ひかりさんはそれでも不満げだった。「それに、そうも都合よく、地震があるなんて……偶然が過ぎません？　ご都合主義ですよ」

「それは大数の法則だよ、ひかりちゃん」

「……何ですか？　それ」玖渚の出した固有名詞に、疑問そうなひかりさん。「大数の法則……ですか？」

「うん。すごい偶然に見えるようなことでも、よく考えてみるとそれほど大した偶然ではないって意味だよ。たとえばね、宝くじに当たった人を見たら、ひかりちゃん、すごいなってびっくりするでしょ？　宝くじの一等を当てるなんて、隕石に当たるよりも低いって言うしね。だけどね、よく考えてみれば、それって宝くじを一枚しか買わなかった場合でしょ？　宝くじを一回しか、しかも一枚しか買わないような人は、そうそういないからね。二十三人の人間が集まったら、その内二人が同じ月日に生まれた確率は五十パーセントになる。それなのに、そんな話を聞くとすごい偶然だって思っちゃうでしょ？　そういうのを《大数の法則》っていうんだ。地震が起きたのはたまたま今日だったけれど、それが明日でも別に構わなかった。それに、地震のトリックだけしか考えてなかったってこともないでしょ。犯人くんは普段から色々考えてたんだと思うよ。つまり、そういうこと」

「結果だけじゃ、そこにある過程は分からないってことですか……」

「そうそう、その通り。それこそがつまり《因果の誤り》だよ」

そう言って、玖渚はひかりさんに人さし指を突き立てた。

「さあ、ひかりちゃん！　今度は僕様ちゃんからの質問だよ」

「あ、はい。そうでしたね。そういう約束でした」ひかりさんが姿勢を正して、頷いた。「どうぞ、何でもお訊きください」

「イリアちゃんはどうしてここにいるの？」

空気が変わってしまうような質問だった。

ここに。

この島に。

鴉の濡れ羽島に。

どうして赤神イリアは、いるのか。

瞬間に、ひかりさんの、常にほのぼのとしていた雰囲気のひかりさんの表情が、ぴしりと、こわばってしまった。完全に固まってしまって、いかにも動揺しているというのが見て分かる。それは戸惑いというより、単純な、ただの単純な、ただの純粋な、恐怖によって。

そこまでの、ことなのか……？

「あ。あの、それは……」震える声で、ひかりさんは言葉にならない言葉をつむぐ。「……それは……えっと、それは……」

「答えてくれないの？　ひかりちゃん」

「それだけは……許してください、友さん」ひかりさんは本当につらそうに、身体を崩して顔を伏せる。そのまま、倒れてしまってもおかしくないほどの姿勢になった。「他のことなら、何でも答えますけれど……」

その様子は、ひかりさんのその姿は、あまりにも悲痛過ぎた。まるでこっちが、法外な取引を持ちかけている悪魔になったような感じだった。代わりに貴様の魂を寄越せ。お前の一番大事なものをいただいていくぞ……。ろくでもない戯言だ。

「いや、別にいいです。構いません」ぼくは二人の間の空気に割り込むようにして、言う。「友、お前、お前もいいだろ？」

「……うん、そうだね、いーちゃん。こういう場合は仕方ないよね」

玖渚は、ワガママな玖渚にしては珍しく、案外素直に引いてくれた。

「ごめんね、ひかりちゃん」

「いいえ、こちらこそ、その、質問するだけ質問してしまって……」

ひかりさんは立ち上がり、「お邪魔しました」と、出て行こうとする。そこで立ち止まって、「あ、ちょっとそう言えば」と、振り向いた。何だか刑事コロンボみたいだったけれど、こんな可愛いメイドさんがやるんだったら不快感はない。むしろ微笑ましいくらいだ。

「これは、お嬢様とは関係のない、わたしの個人的な質問なんですけれど……あなた達は、姫菜さんの《超能力》を信じていますか？」

信じていますか？

真姫さんの……ESP。

全てを知り終わっているという、あの超常能力。

ぼくは少し考えてから、「疑う理由が、今のところろ、常識以外にありませんね」と言った。玖渚も、「あってもなくても、別に困らないしー」と、昨日と同じ答を返した。

「そうですか……、そうですよね」

ひかりさんはぼくらのその答に納得したように頷いて、そして、部屋を出て行った。ぼくはしばらく、その扉の方向を見たままでいた。イリアさんのことを聞いたときの、ひかりさんの取り乱しようを、思い出しながら。

「…………まあ、いいか……」

それは多分、今回の事件には何も関係がないことなのだろう。イリアさんが勘当された理由が、かなみさんの死に影響を及ぼしているとはとても思えない。ぼくは扉から目を外し、玖渚の方を振り返った。と、そのタイミングで、ワークステーションが《ボヨヨンボヨヨン》と不可思議なメロディを奏でる。何事かとそちらを見ると、玖渚が何か作業を開始したらしい。

「なんだなんだ？　どうかしたのか？」

「メールだよ。メールが届いたの。ちぃくんからだね……。さすがに仕事の速い人だよ。相対性理論を信号のように無視する男とはよく言ったものだよ」

調査を頼んだのは昼頃だったから、確かに遅くはないのだろう。それに、《ちぃくん》は刑務所の中にいるわけだし。

「……へえ、姫菜さんって本名、姫菜詩鳴《しなり》って言うんだ。びっくり。こっちの方がいい名前なのにね。何で芸名使っているのかな？」

「真姫さんの本名？　おいおい、そんなどうでもいいことを調べてくれたのか？　ちぃくんとやらは」

「うに。みなの接点を調べてもらったはずなんだけど……、性格悪いなあ、本当に。やっぱりちゃんと教育しなくちゃ駄目だなぁ。本当、ちぃくんは人間付き合いってものが全然分かってないんだから……。あ、でも……、これ。ねえ、いーちゃん。接点があったよ」

ぼくは玖渚の方へ寄る。しかしディスプレイを見ても、そこに表示されている文章は全てが英語だったので、意味が分からなかった。

「……なんで英語が分からないんだよ、いーちゃん……。どこの国で留学してきたの？　うん？　南極？　火星？」

「忘れたんだよ。使わないものを三ヵ月も四ヵ月も憶えてられるか。それに、喋る方はともかく読み書きは元から苦手だったしな」

「ERプログラムの選抜試験は英語とロシア語と中国語が必須のはずだよ。どうやったの？　裏口？」

「だから、そのときは憶えていたんだ」

「嘘くさいなぁ……。じゃあ、訳すよ。《シカゴの喫茶店で、伊吹かなみと園山赤音が一緒に食事をしていた》って、そう書いてあるの。半年くらい前にね。目撃者がいたんだね……。うーん。《一緒に食事》か。何でだろうね？　かなみちゃんと赤音ちゃんって仲悪かったんじゃないのかな？」

「一緒に食事……」

…………。

予測通り、つながりは、あったわけだ。しかし、どうして赤音さんとかなみさんが？　赤音さんの行動範囲はステイツだし、かなみさんは世界的な画家だから、その国で会っていることそれ自体には疑問はないけれど、しかしかなみさんと赤音さん、たまたま会ったから一緒に食事しようって感じの二人ではないはずなんだけれど。

「うん。それにたまたまの食事ってわけでもないね。そこ、すごい秘密クラブだもん」

「秘密クラブ？」

それこそ嘘くさい響きだ。

うん、と頷く玖渚。

「そうだね。でも一応、あるんだよ。日本にも数は少ないけど、そういう場所はあるよ。政治家さんとか芸能人さんとか著名人さんとか、あるいはそのご子息さん達、そういう人達が使うところ。高級クラブって言った方が本当なのかな。すごく厳重なセキュリティのあるところなんだよ」

じゃあどうしてそんな情報が手に入ったのだ、とは訊くまい。世の中には触れない方がいいトンネルの向こうが確かにあるのだから。

「……間違いはないのか？」

「ちぃくんは嘘はつかないんだよ。本当のことを言わないことはあるけどね。その辺、いーちゃんとおんなじ」

「ふうん……ぼくはよく嘘をつくけどね……」

ま、それはそれとして。

園山赤音と伊吹かなみの、接点。

重要かどうかはともかく、気になる情報ではある。これは明日にでも赤音さんに確認を取った方がいいだろう。ぼくは、そんな風に考えた。それがかなわない予定となることとも、思わずに、そんな風に考えた。

「他にも色々近況が書いてあるね……。なっちゃんは相変わらずだね……。あ、さっちゃんが何だか大変みたい。ひーちゃんは……、行方不明か。だろうなー。提督《ていとく》は就職したのか。いい仕事だね。あっちゃんは……あれれだね。うーん、その他のみんなも元気。ちぃくん本人も元気みたい。安心したよ。やっぱりちょっと罪悪感あったしね」

玖渚が昔の思い出に浸り出したので、なんとなく疎外感を感じたぼくは「もう寝ようかな」と呟いて、ソファに転がった。倉庫を赤音さんに提供したので、ぼくには今部屋がないのである。だから、ここで寝ることにしておいたのだが……

「よっと」

玖渚はちぃくんからのメールを確認し終わったのか、ワークステーションの電源を落としてから椅子を降りて、ベッドに向かってダイブした。そして膝で立って、「いーちゃん、今日こそ一緒に寝よう」と言った。

「拒否する」

「まだ夜は寒いんだから、そんなところで寝たら風邪引くよ？　このベッド、キングサイズなんだから全然スペースあるよ」

「拒否する」

「絶対何もしないって！　一緒に寝るだけ。それだけ。触りもしない。背中向けててもいいし。ね、いいでしょ？」

「拒否する」

「お願いだよ。寂しいんだよ」

……この野郎。

この度は随分とからんでくれるじゃないか。

ぼくはソファに沈めた身体を起こし、玖渚に正面から向いた。

「……絶対何もしないな？」

「うん」

「約束したぞ？　信じるからな」

大丈夫、と玖渚は嬉しそうに頷く。

「絶対に、裏切らないから」


そして、この晩、ぼくは久し振りに、本当に久し振りに、ベッドで寝ることになった。別に期待はしていなかったけれど、玖渚は約束を守る気はあったようで、背後からは寝息が聞こえてくる。背中を向けているので、玖渚が本当に寝ているのかどうかは分からないけれど。

「…………」

そして思い出す。

昔のこと。

あの頃のこと。

五年前。

五年前か……。

《いーちゃん》。

あの頃から玖渚は、ぼくをそんな風に、なれなれしく呼んでいたけれど……。

玖渚は、まるで五年のブランクなど感じさせないくらいに、ぼくに対して心を開いている。

開けっぴろげに、明け透けに。

五年。
昔の知り合いと会うのは本当は好きじゃない。
変わっていても変わっていなくても、
それは寂しいものだから。
だけれど、ぼくは迷わず、日本に戻ってまず、実家よりも先に玖渚の自宅を訪れた。
青い髪の少女。
当時の面影がそのまま残っていて。
まるで五年の月日など存在しなかったかのように。
目を閉じる。
並んで寝るのは、多分、久し振り。
押し倒してしまえ、と赤音さんは言った。
玖渚友のたった一人になりたいのならそうしろと。
好かれたいのでなく、
選ばれたいのなら。
「……戯言だよなぁ……」

もしも……
もし、
既に押し倒したことがあると言ったら、
赤音さんはぼくを軽蔑するのだろうか？
それも愛しさゆえではなく、
ただの破壊願望で。
「………………………………」
だけど、赤音さん。
そんなことには何の意味もありませんでしたよ。
本当に。
本当に何の意味もありませんでした。
だったら……
だったらぼくはどうしたらいいんですか？

教えてください。

五日目（1）――首斬り二つ

千賀あかり
CHIGA AKARI
三つ子メイド・長女。
千賀ひかり
CHIGA HIKARI
三つ子メイド・次女。

0

狼は死ね、豚も死ね。

1

激しいノックの音で、ぼくは目を醒ました。寝ぼけたままの思考で身体を起こし、扉を開けると、ひかりさんが部屋に飛び込んできて、ぐぃ、とぼくの胸倉をつかんだ。

「この野郎！」

いきなりひかりさんは怒鳴るようにそう言った。

いや、ひかりさんじゃない、とぼくはここで気付く。天地が一秒間に五千回転したところで、ひかりさんは《この野郎》などとは言わないだろう。そんな台詞を吐き、尚且つぼくの胸倉をつかむなんて行動、ひかりさんには物理的に不可能だ。ひかりさんにそんな能力はない。つまり、これは……、てる子さんでもありえないだろうから……あかりさん……なのか？

「お前のせいで……畜生！　クソ野郎！」

しかし、あかりさんだとしても、これは、にわかには信じられない状況だった。あかりさんは完全に逆上していて、今にもぼくに殴りかかってきそうな雰囲気だった。いや、既に胸の辺りを何発も殴られている。あかりさんのあまりの様子に、ぼくが痛みを感じることができないだけだった。

「もう、こんなこと、うんざりなのに……」あかりさんは息切れするように、肩を震わせていた。「うんざりなのに……いやなのに、いやなのに……どうして、どうして……どうしてよ！」

「落ち着いてください、あかりさん」ぼくはあかりさんの肩を強くつかみ、その身体を揺さぶった。

「……何か、あったんですか？」

「…………」

ぐ、とあかりさんはぼくを睨む。

本当に恨みがましい目で。

心底から憎んでいる仇を見る眼差しで。

そして、心底悲しそうな瞳で。

ぼくを力の限り睨む。

そういう風に訓練されている、と。昨日、ひかりさんは言っていなかったか。ひかりさんが受けたという《訓練》を、あかりさんが受けていないということはないだろう。にもかかわらず、この取り乱しよう。一体、何があったと言うのだろう？

あかりさんは、やがて、ゆるやかに首を振った。

「……ごめんなさい。すいません。お見苦しいところを……」そして、がっくりと俯くあかりさん。

「あなたのせいなんかじゃ、ないのに……こんなの……あなたのせいなんかじゃ、ないのに……」

「……それは構わないんですけれど……何か、あったんですか？」

ぼくは質問を繰り返した。

「教えてください。何かあったたっていうのなら」

「…………」

あかりさんはす、とぼくに背を向けて、「一階の倉庫にまで、来てください」といい、そしてその方向へと歩いて行った。

ぼくは立ち尽くしてしまう。

「……なんなんだ……？　あれは……」

あかりさんは、確かてる子さんと一緒に本土に戻っていたはずだけれど、いつの間に戻っていたのだろうか？　玖渚に直してもらった腕時計を見ると、(鏡文字なので判断しづらかったけれど)もう十時だった。ぼくとしたことが寝過ごしてしまったらしい。これは結構な屈辱だ。

いや、今はそんな場合じゃない。あかりさんがいつ戻ってきていようと、そして今が何時であろうと、ぼくが寝坊をしようとしまいと、そんなことはように「じゃ、顔も洗わなくていいね」と言った。

取るにたらない些細でしかない。それよりも――

それよりも。

「あかりさん、今、何て言ったっけ……」

一階の倉庫……？

嫌な予感がした。

そこには誰がいる？

嫌な予感がした。

今、この島では何が起こっている？

嫌な予感が、した。

そして多分、当たっている。

例によって、例の如く。

「おい、起きろ、友」

「……うに……？　……はよん。いーちゃん、髪くって」

寝惚《ねぼ》け眼で玖渚は顔を起こす。いい夢でも見ていたのだろうか、玖渚は妙に幸せそうな表情だった。

「それどころじゃないみたいだぜ、友」

ぼくの台詞に玖渚は目をこすりながら、とぼけた

2

内開きの扉。

その向こうで、こちら側に対して垂直な形で、赤音さんはうつ伏せに倒れていた。だから、はっきりと、その切断面、肉と骨と血管の断面が、見て取れた。グロテスクで、人間なんて所詮有機物の塊《かたまり》でしかないということを思い知らさんばかりの、その断面が見て取れた。

そう。

またも、首斬り死体なのだった。

かなみさんの死体と同じように、根元からその首が切断されている。

それはスーツを着ていた。値《い》の張りそうな、グレイのスーツ。しかしそれも、血の色にそまって台無しだった。たとえ台無しでなかったにせよ、昨日のかなみさんが着ていたドレス同様、もう、それを着るべき人間はいないわけだけれど。

殺風景な部屋。

ぼくはここで三日過ごした。

赤音さんは一晩と過ごせなかった。

何もない部屋。

あるものは壁際に配置された木製の椅子と、壁に張り付いている内線電話、布団に、赤音さんが持ち込んだと思われる数冊の本、それに電気スタンド。

「……鍵はかけてあったのよ、ね」と、イリアさんが訊く。「ねえ、ひかり？」

「はい……」と答えるひかりさんの声は、震えている。見ると、その小柄な身体も同様だった。「それは確かに、間違いなく……」

「じゃあ、窓からかしら？」

イリアさんの声に、ぼくは視線を上へとあげる。

ドアのある側と反対、今ぼくらがいる正面の壁の最上部に、長方形の窓がある。しかし、その窓はあくまで採光や換気のためのものであって、それは、人が侵入したり、脱出したりするというのには、あまりにも——

窓は開いていた。

室内からレバーで操作することで開閉できる仕組みの窓なのだった。確かに、無理をすれば人間が一人出入りできそうなくらいのスペースが、そこにはある。

だけれど、それは、あまりにも。

「位置が高過ぎますよ……」

ぼくは誰にともなく、言った。

あそこから侵入するのは二階から飛び降りるようなものだし、あそこから脱出するのは、尚更困難であるように思えた。そもそも、そういう位置にある窓だからこそ、そこからの出入りは絶対に不可能だと考えて、ここを監禁場所として使ったのである。

つまり、あの窓からの侵入は不可能。

だけれど。

残る唯一の出入り口であるドアには、鍵がかかっていた。

つまるところ。

また、密室なのだった。

二つ目の首斬り死体に、二つ目の密室。

二度目の首斬り死体に、二度目の密室。

うにゃあ、と玖渚がぼくの隣りで唸った。

何か言おうとして、ぼくは黙った。

目の前に、自分達が犯人と目していた人物の首斬り死体がある。いやいや、一体、この場で、沈黙以外のどんな言葉が必要だというのだろうか?

頭部は見当たらない。

つまりかなみさんのときと同様、自殺や事故死は、確実にありえない……

「とりあえず、色々考え直す必要がありそうですね」やがて、イリアさんは言った。「皆さん、ダイニングに集合してくださる？　ひかり、この部屋には鍵をかけておいてね」

イリアさんは今回も一番先に現場を後にした。玲さんが、静かにそのすぐ後ろをついていく。

「色々考え直す必要……？」

　ぼくは自虐的に独白した。確かにその通り。今まで思考し思索していた有象無象を、いの一番から洗い直す必要がある。そして、新たに考えなくてはいけないこともまた、増えたようだった。

「これで、連続殺人事件ってわけだ……」

　やはり、自虐的な口調で、もう一言呟いてみた。

　連続殺人事件。

　それを防ぐために、ぼくは赤音さんをこんなところに監禁したというのに。しかし、結果として、その彼女が第二の被害者になってしまった。

　拮抗状態を作る、だって？　ぼくは一体何を期待していたのだろう。人を殺すような人間に、人の首をもぎとってしまうような奴に、一体ぼくは、何を期待したのだろう。人間らしい計算高さを、考略を、ぼくは期待していたのだろうか。

　安心していた。

　ぼくは安心しきっていた。

　完全に、慢心していた。

　そんなことで犯人の動きを封じたつもりになって。いい気になって。調子に乗って。高をくくっていたのだ。

　昨晩の赤音さんの言葉が、次々に思い出される。

　彼女がぼくにかけてくれた言葉が。

「…………」

　許せるのか？　これが……。

「戯言だよな、実際……」

　ぼくは踵を返し、現場に背を向けた。

　そのとき、視界の端に弥生さんが入った。彼女はひどく青ざめていた。昨日よりも、更に。勿論首斬り死体など、二日連続で見せられたら顔色が悪くなっても当然だろう。豚肉や鶏肉とは話が違うのだから。

　しかし、それにしても——と、そこでぼくの視線に気付いたのか、弥生さんはさっと、ぼくから逃げるように、ダイニングに向けて足を進め始めた。

「……？」

一体何なのだろうと考えていると、玖渚がぼくの腕を引いた。

「いーちゃん、早く行こうよ。イリアちゃんが待ちくたびれていると思うよ。もう、みんな行っちゃったしここにいてもしょうがないよ」

「ああ……、ああ、そうだな」

ぼくは頷いた。

考え直すこと、新たに考えること。

ともあれ、五日目の朝は最悪だった。

3

「夜中の二時ごろです」と、ひかりさんは言った。

ダイニング。

円卓。

ほんの二日前よりも、二人の人間が欠けている。

《天才画家》伊吹かなみ、《七愚人》園山赤音。

一昨日の夕食会のとき、いがみあっていたあの二人はもういない。もう生きていない。

「わたしの部屋の電話に、園山さんから……。その、読みたい本を部屋に忘れていたので持ってきて欲しいって」

「それで？」と、イリアさん。「あなたは勿論、言われた通りに本を持っていったわけね？」

「はい」頷くひかりさん。「持っていった本は武者小路実篤の《馬鹿一》という、ちょっと古めの文庫本です」

「それは別にどうでもいいでしょうね。そのときは、じゃあ、赤音さんはまだ生きていたということね？　ちゃんと、首から上はありましたか？」

「はい。そのときは、生きていました」

ひかりさんははっきりと言った。

ということは、赤音さんが殺されたのは夜中の二時以降ということになるわけだ。てっきり、赤音さんに会った最後の人間はぼくだと思っていたので、それは少し意外だった。いや、正確にいえばぼくは赤音さんとドア越しに話をしただけで、実際に会ったわけではないのだけど。

赤音さんの死体が発見されたのは朝の九時半頃らしい。赤音さんはいつも朝はきちんと起きて、決められた時間に朝食をとっていたのに、何の連絡もないのを不審に思ったひかりさんが、第一発見者になったのだという。

最初は今までと違う環境だから寝過ごしただけかと思ったそうだけれど……。事実は違ったというわけだ。ともかく、ひかりさんの言うことが本当だとすれば、犯行時間は七時間半の間に限られる。赤音さんの死体は殺されてすぐという風には見えなかったから、犯行は夜の内だったと考えるのが正答のようだった。

「さて」と、イリアさんは一同を見た。「それでは、昨日と同じように、まずはアリバイ調査と行きましょうか」

まるでゲームでも楽しんでいるような口調だった。イリアさんの心中まではぼくに推し量ることはできないけれど、少なくとも悲しみとか落ち込みとかとまどいとか、そういう感情とは、イリアさんは無縁のようだった。

オーケイ。誰だって何だって、他人事であることには違いない。それだけのことなのだった。

「今回は、ぼくにアリバイはありません」誰も口を開かないので、とりあえずぼくから口火を切った。

「ひかりさんが訪ねてきて、夜の十時か十一時ごろですか。ぼくも玖渚も、ベッドに入って眠りました」

「一緒のベッドで？」

にやにやしながら、イリアさんの質問。

「まさか。ベッドに入ってってのは言葉のアヤです。ぼくはソファで寝ましたよ」

「そうなの。……寝ていたっていうなら、どちらかがこっそり部屋を出たところで分かりませんよね」

「うにうに。僕様ちゃんには無理だよ」玖渚は手をすぅっと、首の前で横に引いた。「現場の倉庫は一階でしょ？　僕様ちゃん、一人じゃ階段降りられないもん」

「え？」

これにはイリアさんだけでなく、全員が意外そうに、驚いたように玖渚を見た。いや、一人だけ、真姫さんだけは《前から知っていた》みたいな、つまらなそうな視線を向けただけだったが、しかし真姫さんは例外だろう。

「だからいーちゃんについてきてもらってるんだよ、僕様ちゃん」

そう。ぼくだって、ただの退屈で、ただの興味でこの島についてきたわけじゃない。れっきとした理由があって、玖渚友に必要とされて、ここにいるのだった。

玖渚には日常生活を送る上で障害となる様々な性質・特徴があるが、その中でも最たるものが三つある。その内の一つが、一人では極端な上下移動ができないということだった。

それは、ルール。

性格や性質、特徴と表するよりも、玖渚の脳の中にある一つの、厳格たる、超然たる、強迫的なルールなのだった。下手に強要すると暴れ出して、泣き喚いて、手がつけられなくなる。五年前からそうだった。ひょっとすると治っているかと思っていたのだけれど、そうそう簡単なものではないらしい。

「そうなの……？」イリアさんはまだ驚いた表情を

崩さない。「でも、わたくし、そんなの初めて聞きましたけれど……」

「わざわざ言うようなことでもないからね。でも、よく観察してれば気付いててもおかしくないことだよ？　僕様ちゃん、一人で上下移動してたこと、ないでしょ？　この島にきてからさ」

食事のときは常にぼくが一緒にいて。そうでもない限り、ずっと部屋に引きこもっていた。

玖渚友。

「そう言えばいつも、その人が部屋にまで迎えに行ってたわね……。ふうん……、でも、それは、わたくし達には確認の手段がありませんね」

「医者の診断書がありますよ」と、ぼく。「心因的なもので、いわば精神病の一種なんですけれどね。それで一応とはいえ、玖渚のアリバイは保証できると思います」

ぼくのアリバイは無理だけれど。

「…………」イリアさんは少し考えていたようだが、やがて思考を切り替えたようで、「じゃあ、姫菜さんは？」と、真姫さんに向けて、訊いた。

「あたしはあたしの部屋で、一晩お酒を呑《の》み明かしたよ」と、深夜さんを見る。「そちらの素敵な紳士と一緒にね」

「そうですか？　逆木さん」

「紳士かどうかはともかく、その通りです」深夜さんは真姫さんの言葉に、こくりと頷いた。「ちょっとお邪魔するだけのつもりだったんですけれど……結局夜通し呑んでしまいました」

二日連続、徹夜で呑み明かしたわけだ。大した体力だった。いや、深夜さんの方は体力の問題ではないのかもしれない。ただ、かなみさんのことがあって、呑まずにはいられなかったと、それだけだったのだろう。

深夜さんにとって、かなみさんがどれだけ大事な存在だったのか、今となっては想像はつく。自分が絵を教え、そして、自分以上に育った。大切な人。

大切な存在。

「別に俺も姫菜さんも酩酊はしてなかったから、お互いにアリバイは保証できると思います」と、深夜さん。「そうですね……、夜中の一時ごろです。なんだか寝付けなくて……あんなことがあったんですからね。リビングに行ったら、姫菜さんがいたんです。それで姫菜さんに誘われて、姫菜さんの部屋で、朝まで……」

「…………」

そういうことらしかった。たとえそういうことでないにしろ、とにかく、真姫さんの部屋にいたことは本当なのだろう。つまり、何にせよ、真姫さんと深夜さんには確実なアリバイがあるということになるようだ。

「わたしは部屋でずっと寝ていました」訊かれる前に、まるで順番を割り込むようにして、弥生さんが言った。「アリバイは全くありません。朝の六時に起きて、朝食を作り始めてからなら、手伝ってくれたひかりさんがある程度、保証してくれると思いますけれど……」

弥生さんは妙に歯切れの悪い感じで、イリアさんの表情を窺うようにしながら、そう言った。どことなく違和感がある様子で、そんな変な感じの態度が妙に気になった。うまくいえないけれど、ひっかかる感じ。しかしその違和感が何に起因するものなのかは、ぼくには分からなかった。

「ふうん」と、イリアさんは口を尖らせた。「じゃあ、ひかり。あなたは?」

「わたしは、だから、二時に、園山さんに本を届けて……、それからまた、眠りました。朝起きるまで、アリバイっていうのは、ありません」

「そう……ああ、わたくしもきちんと言わなくてはなりませんね。わたくしは一晩、わたくしの部屋で、玲と二人で話し合っていました。あかり達が呼びに行った哀川さんのことも含めて、今後のことについて。そうよね? 玲」

イリアさんの問いを、玲さんは黙って首肯する。

「昨日は昼に寝ちゃいましたからね、夜は眠れなかったんです。話が終わる頃にはもう朝だったから、今から寝るのも中途半端だと思いまして、それから色々と……そして、朝食を。これはアリバイになると思いますけれど、いかがかしら？」

そう言ってイリアさんは、なぜかぼくを見た。それはとても、挑戦的な眼差しだった。ぼくは肩をすくめて、「そうですね、その通りです」と応じた。

「あかりさんとてる子さんは、一体いつ戻ったんですか？」

「九時頃に戻りました」

答えたのは、さっき、玖渚の部屋でぼくにつかみかかってきた、あかりさんの方だった。今はもう完全に平静を取り戻しているようだったけれど、だけれど、ぼくと目を合わそうとはしなかった。

「九時、ですか……」

そう言えばあのとき、あかりさんは妙なことを言っていた。こんなこともうんざりなのに……、とか、何とか。しかし一体、何に《うんざり》だと言うのだろう？　あかりさんのあの様子は、どう考えても尋常じゃなかったけれど……。

かなみさんのことを言っているわけじゃあ、なさそうだったしな……。

「じゃあ、あかりとてる子にはアリバイがあると考えて、いいようですね。となると……」イリアさんは言う。「アリバイがあるのは、逆木さんと姫菜さんと、わたくしと玲。あかりとてる子。それと、一応玖渚さんにもあるとしましょうか。七人ですね」

逆に言うなら、ぼく、佐代野弥生、千賀ひかり。この三人にはアリバイがないってわけだ。しかし、アリバイのことも確かに問題にするべきではあるけれど、それより、より問題であることが、この場合、一つ、ある。

「あの、ひかりさん」

「はい？」と、ひかりさんはぼくを見る。

「細かいことを訊くようになりますけれど、二時に本を届けたとき、倉庫の窓は開いていましたか？　それとも、閉じていましたか？」

宙を見るようにして、少し考えるような仕草をしてから、「閉まっていたように思います」と、ひかりさんは答えた。

「そうですか。……あの窓は、自由に開けられるんですよね？」

「はい。元々は換気用の窓ですから……、レバー操作さえすれば、……こんな感じにレバーを回せばですね、開閉は自在です。でもそれは内側からの話で、外側からでは開けることはできません。完全に固定されています」

「そうですか……」

となると問題は更に厄介になってくるわけだ。しかも、その厄介になっていく方向が非常にまずい。三メートル以上の高さにある、窓。梯子でもない限りはあそこから出ることはできないだろうし、そもそも侵入するのはもっと厄介なのだった。

つまり、《密室》ということ。

「……。あの、ひかりさん、ではあの部屋の鍵の管理はどのように？　ひょっとして合鍵とかが他にあるということはないんですか？」

「鍵はわたしがずっと持っていました。合鍵もマスターキーもありません」

ひかりさんはちょっと困ったように言った。そりゃそうだろう。それは犯行が可能だったのは彼女一人だと、そういう意味にも取れてしまう発言なのだから。いや、極めて客観的に見る限りにおいて、現時点ではその可能性が一番高い。

だけれど、ぼくはそれを指摘するようなことはしなかった。赤音さんのとき、ぼく達はそれで大失敗をしているのだから。

「鍵のタイプは？」

「普通のです。こう、くるりと回してカンヌキがかかる仕掛け錠……。正式な名前は知りませんけれど、何て言うんでしょうね？」

「二時に、確実に鍵をかけたんですね？」

「……かけました。間違いなく、かけました。何度も確認しましたから……」ひかりさんは、少しつらそうにしながら、答えた。「それは、確実です」

「……そうですか」

正直な人だった。

生きにくいくらいに、正直な人だった。

どうもこの様子だとひかりさんは犯人じゃなさそうだと、ぼくはそう判断した。仮にひかりさんを犯人だとするなら、鍵をかけたこと、それだけでなく、夜中に呼び出されたことも、わざわざ一同に向けて報告する必要はないのだから。どんな人間だって、その程度の知恵は回るはずである。

しかし勿論、そう思わせるための策略である可能性も捨てきれない。その辺は考えればキリのないことだった。

ぼくは質問を続ける。

「二時に部屋を訪れたとき部屋の中に別の人はいませんでしたか？　部屋は暗かったわけだし、誰か隠れていたとか……」

「人の気配はありませんでしたけれど」ぼくの質問の意図が分からないのか、小首を傾げながらひかりさんは答えた。「でも、それははっきりとは言えません。わたし、部屋の中に入ったわけじゃありませんから。入り口のところで、手渡したんです」

「怖くなかったんですか……？」

突然、弥生さんが、消え入るような声で質問した。弥生さんは、不安げな顔つきで、ひかりさんを窺うようにしながら、言葉を続ける。

「園山さんは、ひょっとすると犯人かもしれない人だったんですよ……？　それに、一人で夜中に会うなんて……怖くなかったんですか？」

「……いえ、そんなことはありませんでした」ひかりさんは少し迷うようにしてから、弥生さんの問いに答える。「わたし、園山さんが犯人だとは、思ってませんでしたから……」

「どうして？」

　何故か、弥生さんはひかりさんに対して、変に突っ込んでいく。

「どうして、そんなことがいえるんですか？」

「それは……」

　ひかりさんは困ったように、ぼくを見る。なるほど、昨日、玖渚から話を聞いていたからか。確かにあの話を聞いていれば、赤音さん一人を疑う理由は消失する。

「…………」

　二人のやり取りを聞きつつ、ぼくは考えた。考えたが、しかし、全然考えは煮詰まってこない。何かあったのだとすればひかりさんが本を届けたという《一時》ではないだろうかと思ったのだけれど、しかしひかりさんの話を聞くと、それもなさそうだ。

　ならばどうするか……。

　どう考えを進めるべきなのか。

「でも、厳密には密室といえないんじゃないかしら？　窓が開いているわけなんですから」イリアさんがぼくに言った。「その時点で密室の定義からは外れてますよ」

「でも、その窓から出入りはできないんですよ」

「椅子があったでしょう？　その上に立てば届くんじゃないかしら？」

「届かないでしょうね。手を伸ばしてジャンプして、それでもまだ届きません。この中で一番背が高いのは深夜さんですけれど、それでもやっぱり無理だと思いますよ」

「……そうですか。つまり伊吹さんのときはペンキの川で密室……そして今回は高さの密室というわけですね……」イリアさんはやれやれ、と伸びをするように腕を伸ばした。「そして両方が両方、首斬り殺人……ですか」

　そう、その問題もあるのだった。

　どうして、犯人はかなみさんと赤音さんの首を斬ったのか？　それがまるで分からない。首斬り死体定番の、人物入れ替わりを疑う余地はないのだし、しかし、それ以外の理由で首を斬る必要など、どこにある？　ただの猟奇だと、ただの異常だと、そう考えればいいのだろうか……？

　更に言えば、その斬った首を持ち去ってしまったという神経も分からない。持ち去るために斬ったのだという考え方も成り立つが、しかし、人間の首なんて、一体何に使えるというのだろう？

　それを言い出すと、どこに殺す必要があったのだと、そういう話になってくるのだけれど……。分からない。分からないことだらけだった。とにもかくにも要するに、どうしようもないくらいに意味不明だった。

　くそ……。

　いつからぼくはここまで頭が悪くなった？

「うーん。ごく客観的に見て、一番怪しいのはひかりよね」

と。

　唐突ともいえるタイミングでイリアさんが言った。ひかりさんの顔が一瞬にしてひきつる。

「え……？　あ、あの……、わたし……」

「鍵を持っていたのがひかりで、アリバイがない三人の中の一人もひかり。開いている窓からの出入りが不可能だっていうのなら、ドアから出入りしたとしか考えられないでしょう？　アリバイがないのは三人だけれど鍵を持っていたのはあなた一人——」

「ちょっと待ってください」ぼくは無理矢理にイリアさんの台詞を遮った。「それはよくない。そういう決めつけ方はよくありません、イリアさん」

「決めつけ？　こういうのこそを、推理というんじゃなくて？」

　ひかりさんは不安げに、ぼくとイリアさんとを、交互に見つめる。どうしたらいいのか、何を言うべきなのか、全く分からないようだった。

「昨日赤音さんが言っていたじゃないですか。消去法や選択的思考で犯人を断ずるなんてばかばかしいことだって。さすがにぼくはばかばかしいとまでは言いませんけれど、少なくともそれが唯一冴えたやり方であるとは思えません。決めつける方はともかく、決めつけられる方は、たまったものじゃない」

「そうかしらね。そういうものなのでしょうか。わたくしはそうは思いませんけれど」

「そう考えて、ぼくらは赤音さんを最有力の容疑者として、倉庫に閉じ込めたんでしょう？　そしてその結果がこれだ。その結果がこれなんですよ、イリアさん。済んでしまった失敗をどうこう言うつもりはぼくにはありませんけれど、失敗を繰り返すことだけは避けなければなりません。分かるでしょう？一人になることは危険だったんですよ」

「今更そんなこと——」と、イリアさんは一種、甘い笑顔をぼくに向けた。場合さえ違えば魅力的とも映っただろう、綺麗な笑み。「大体、園山さんを監禁——保護だったかしら？　とにかく、そうしようって言い出したのはあなたでしょう？」

「その通りです。そこについて釈明するつもりはない。赤音さんを監禁しようと言い出したのは他でもないこのぼくだ。だからこそぼくにはここで反論しなければならない義務がある。そのことに関してぼくに責任があるっていうのなら、同じ失敗を繰り返さないことが、その責任の取り方だと思いますよ。少なくとも今の段階で犯人を決めつけるのは時期尚早としか言えません。まだ考えるべきことを考えるべき風に全然考えていないんですから」

真姫さんが大きくあくびをした。一晩眠っていないから眠いのかもしれないし、話が退屈なのかもしれない。多分、その両方なのだろう。

傍観者が。

「ふうん。それでもひかりが一番怪しいことには変わりないと思いますけれど」

イリアさんの口調には、長年一つ屋根の下で暮らしてきた、自分に尽くしてきたメイドさんに対する思いやりとか、そういったものは一切感じられなかった。そんなセンチメンタルなものが一片も含まれていなかった。ただ、事実をただの事実として、語っているだけのような、何の感情も感じられない冷たくすらない口調だった。

ぼくには分かった気がした。

昨日の、玖渚友の質問に対する答が。

この人が、赤神家から勘当された理由が。

彼女がこの島にいる理由が。

赤神イリア。この人にとって世界はあまねく平等で、平等に価値がないのだろう。だから価値のあるものを探しているし、だけど見つけられなくて、そして何でも、迷いなく切り捨てることができる。

何をしたのだろうと思っていた。

何かをしたのだろうと思っていた。

だけどそれはとんでもない勘違いだったかもしれない。何もしなくとも、イリアさんは赤神家にいることが、できなかったのではないだろうか。もっと言ってしまえば、イリアさんは赤神家から切り捨てられたのか、それとも、その逆なのか。そういう話になってきかねない。

なんてことだろう。

ひかりさんをかばうのは、イリアさんの役目だとばかり思っていたのに。

「……じゃあ、こうしましょう」ぼくはイリアさんの方を見ずに提案した。「とにかく、これからは一人になることは危険です。だからチームで行動しましょう。それなら文句はないでしょう？　イリアさん。チームを組む意味をわざわざ説明する必要はありませんよね。一人で行動するよりも安全だから。そして、お互いをお互いとして、見張るため。勿論、今ぼくはひかりさんをかばった以上、ひかりさんとチームを組みます。ぼくと玖渚と、ひかりさんの三人がチームA。そういうのはどうですか？」

「ふうん。なるほどね」イリアさんはぼくに対して少し感心したようだった。「見かけによらず意外と宣言した。

「ぼくと玖渚は、これから動かなくちゃなりませんからね」

「頭いいんじゃない、あなた……。そうですね……。じゃあわたしは当然、玲と、それからあかりとてる子と、四人でチームを組むわ。そして、真姫さんと深夜さん、弥生さんの三人がチームC。深夜さんと真姫さんは、二日連続でお互いが犯人でないことを知っているわけですしね、弥生さんも安心して組めるでしょう。もしも弥生さんが犯人だったとしても二対一だから、真姫さん達も安心ですし。それでいいかしら？」

「そんなことしなくても、皆でずっと同じ部屋で――たとえばこのダイニングでいたらいいんじゃないですか？　哀川さんが来るまで」ひかりさんがぼくに不安げな眼差しを向けつつ、言った。「それならそれで、誰も一人きりにならないままで、拮抗状態になるでしょうし――」

「それはできません。じっとしている？　じっとしているなんて、冗談じゃない」

ぼくはひかりさん一人にではなく、全員に向けて

4

とりあえず、ぼくらがまずやろうとしたことは、赤音さんの埋葬だった。昨日のかなみさん同様、そのまま放置しておくというのも埒外《らちがい》な話だろう。イリアさんは相変わらず警察を呼ぶつもりはないらしかったし、それなら好きにさせてもらおうという判断だった。

昨日と同じように、まず玖渚がデジカメで現場を記録して、それから裏の山林に埋めようということになり、一緒にチームで行動することになったひかりさんとともに、とりあえずぼくらはデジカメを取りに玖渚の部屋に戻った。しかしその予定は少しばかり狂わされることとなる。

「うにっ！」

部屋に入った途端に、玖渚の悲鳴が響いた。

何事かと思ったけれど、部屋を覗いてその理由はすぐにしれた。

「こりゃあ、まあ……」

「ああ……うわぁ……」珍しくひかりさんも声を漏らした。「ひどい……」

破壊。

破壊だった。

中にあったのは破壊だった。玖渚のコンピュータ三台、パソコン二台にワークステーション一台。それらが完膚なきまでに破壊されていたのだった。

「わー！　何でこんなことになってんだよ！」玖渚は半狂乱で、ほとんど原形をとどめていない、内部が完全に露出している機械類にかけよる。「ひどいひどいひどいひどいひどすぎる！　いじめだ！　悪魔だ！　この島には悪魔がいるよ！　ディアボロスだよ、いーちゃん！　悲劇だ！　うわー！　これって人間で言えば内臓破裂全身複雑骨折だよ！　ディスプレイまで壊してるー！　意味ねー！　あー、このキーボード作るの大変だったのにー！　ホログラフィックメモリがー！　てゆーかマザーボード！　どうなってるってゆーか、割られてるー！　何だよこりゃあ！」

玖渚が切れた。スイッチが入ってしまったか。このお気楽娘にしてみれば、こういう事態は割合珍しいことだった。少なくとも、日本に帰ってきてから見るのは初めてだ。

「普通こんなことするかな……？　あーあ……、ひってぇ……、いーちゃん。いーちゃんいーちゃんいーちゃん。これ、どう思う？」

「悲惨だな」たとえこのパソコンが親の仇だったとしても、ここまで破壊はしないだろう。そこまで思うほどに、玖渚のコンピュータは叩き壊されていた。「鉄の棒で殴ったのかな……あまりスマートな壊れ方じゃないし……いや、鉈《なた》か何かで……」

「どうしてこんなこと……？　誰がやったんでしょうか。やっぱり、犯人でしょうか？」

ひかりさんが呟くようにそう言った。

犯人が？　かなみさんと赤音さんを殺したその犯人が、この惨状を作り出したというのか？　しかし、そんなの、何の意味がある？　玖渚のコンピュータを破壊したところで、犯人に一体どんな得があるというのだろうか。

「うにー。可哀想な僕様ちゃん。泣きたいよ」本当に泣きそうな声を漏らしながら、玖渚はパソコンから離れた。「はぁー……。ま、……いっか。バックアップはもう、自宅の方に送ってるからね。でもなー。折角作ったのにな……、こんな事態は想定外だよ。今度から壊れないような素材で作ろうかな、マザーボード」

「そっか……バックアップがあるのは救いだな。せっかく作ったソフトが無駄にならずに済んだ」

しかし、実際のところ、それはあまり大した救いにはならないだろう。玖渚が使っているコンピュータは普通の熟練者のものとは違って、完全自作製であるため、中身よりも外身の方が値が張るのである。

「うに。これでデジカメの記録を見ることはできなくなったけどね。デジカメもモバイルも、全部やられてるみたいだし……。ひどいなあ。お金を何だと思ってるんだろう」

「それをお前が言うのかよ」と、突っ込みを入れたところで、ぼくは、はたと気付く。「ん。……ああ、それだな」

　ぼくは指を鳴らした。そして確認してみると、やっぱりデジカメは特に念入りに壊されているようだ。となると、この破壊魔の目的はどうやら明白そうだった。

「なるほどね……、なるほど。非常に分かりやすい」ぼくは一人、呟く。「うん……、これは分かりやすくていい。これ以上ややこしくなったらどうしようかと思っていた」

「あの、どういうことなんですか？」ひかりさんの質問。「一体、どうしてこんなことをされたのか、分かったんですか？」

「ええ。とりあえずは。ひかりさんも昨日見たでしょう？　玖渚はかなみさんのアトリエの様相を、デジカメで記録して、USB経由でハードディスクに移してたんですよ。犯人がそこまで知っていたかどうかはともかく、どうやらその画像が邪魔だったみたいですね」

　ワークステーションやモバイルなども壊されているのは、多分、念を入れたのだろう。

　かなみさんの部屋。

　その映像。

「多分、目的はそれだと思いますよ」

　ちぃくんからの情報、メールについては誰にも話していないのだから、犯人が知っているはずもないけれど、デジカメの映像の方は誰もが知っている。

　そういうことか、と玖渚は肩を落とした。

「あーあ。だったらいらんプロテクトなんかかけるんじゃなかったよ……。まさかこんな力技使われるなんて、思ってもなかったからね」

「この部屋には鍵がかかりませんからね……」と、ひかりさん。「運が悪かったんですね」

ぼくは玖渚の頭をくしゃくしゃと撫でた。

「やれやれ……これで、名探偵さんの到着を呑気して待ってるってわけにも、いかなくなってきましたね」ぼくは玖渚の肩に手を回す。そして少しだけ、抱き締めるようにした。「本当……呑気してるわけには行かなくなってきた」

犯人が誰だか知らないし、犯人が誰だか分からないし、その目的も不明だった。だけれど一つだけ、これで一つだけ確かなことができた。

野郎は玖渚友の大事なものを、てめえ勝手な理由で破壊した。

オーケイ。

これでこっちも容赦なくやれるってものだった。

「え？　あれ。ちょっと、ちょっと待ってくださいよ」と、ひかりさんが突然、何か思いついたように言った。「これ、誰がやったんですか？」

「……だから、犯人でしょう？　誰かまでは今のところ、分かりませんけれど」

「でも、わたし達、ずっとダイニングにいて、そこから直接ここに来たんですよ？　ここまで執拗に破壊する時間が誰にあったっていうんですか？」

はっとした。

ぼくらはあかりさんが来るまでこの部屋にいた。そして現場である倉庫についたのは、ぼくらが一番最後だった。ぼくらが倉庫についたときには、みんなそこに揃っていたのだ。そしてそれから、全員が直接ダイニングへ。

だとしたら——いや、だとしたらも何も、へったくれもない。理屈上、誰にも、誰にもこんな破壊を行えるはずがないのだった。

「……？　でも、どう見ても人為的な破壊だよな……これは。だけどそれを、誰にも為す時間がなかったんだって？　じゃあ、一体……？」

分からなかった。やはり、これも分からないことだった。かなみさんの密室や赤音さんの首斬り死体と同様に……、いや。

それは違う。今回の、この《分からない》は、今までのものとは種類が違う。アリバイや動機などとは、全く趣を異にするタイプの意味不明だ。トリックやギミック云々でなく、《不可能そのもの》なのである。

だとしたら。

「だとしたら、これが鍵なのか……？」

玖渚を見る。ひかりさんを見る。

そして考える。

「…………」

これが鍵だとして。

だとしたら扉は、一体どこにあるのだろうか。

5

壊されたコンピュータはもうどうしようもないと判断し、ぼく達はとりあえず予定通りに行動することにした。つまり、赤音さんの埋葬である。

倉庫へ行って、大きめの担架の上に赤音さんの身体を載せ、ぼくらは裏の山林へと向かった。この担架は非常事態が起きたときのために屋敷に用意されていたものらしかったが、しかし、いくらなんでもこんな非常事態を想定してのものではないだろう。

いや……

想定していたのかも、しれないが。

今回は寝袋に包んでではなく、直接埋めることになるようだった。ひかりさんが担架の前を持って、ぼくが後ろ側を持つ。ひかりさん、さすがはメイド歴が長いだけあって、小柄な割に意外と体力も腕力もあるようだった。玖渚はシャベルを持って、ぼくの後ろを歩いてきていた。

ぼくは担架の後ろを持っているので、嫌でも赤音さんの身体を、その首斬り死体を凝視《ぎょうし》することになってしまう。慣れているとは言っても、やはり、あまり見ていて気持ちのいいものではなかった。

途中、ふと思いついて、ぼくはひかりさんに向けて質問した。

「ひかりさん。赤音さんの服装は、これ、夜に本を持っていったときと同じですか？」

「はい、同じです」と返事をするひかりさん。「勿論、そのときには頭がありましたけれどね」

笑えない冗句《じょうく》だった。

そういうのをして、洒落になってないという。

デジカメは回復不能なまでに破壊されていたので、当然赤音さんが殺された現場である倉庫を記録することはできなかった。恐らくこれは、犯人の思う壺なのだろう。

しかし、犯人はきっと、なめている。

玖渚友の記憶力をなめている。

「うに。うにうに。でもなー、犯人が壊したかったのがかなみちゃんの現場の画像だったとしてさ、一体何が不都合だったのかなー。決定的な証拠とか写ってたのかな？　僕様ちゃんの記憶にはそんなのないけど……」

玖渚の頭の中には、昨日の現場だけでなく、さっき見た倉庫の様相だって、それこそデジカメ並の精度で記録されていることだろう。玖渚友は伊達でサヴァンの子供と呼ばれていたわけでは、ない。

「何か気にかかることとかは？」

「うん。何だろうね、気にかかることはいっぱいあるよ。今、それを絞り込んでるところ。えっと……そうだね……」

ぶつぶつと呟く玖渚だった。こういう状態になったら邪魔はしない方がいいだろう。ぼくはひかりさんへと向き直った。

「どの辺りに埋めてあげましょうか、ひかりさん」

「伊吹さんの傍でない方が、いいでしょうね……」

それは全くの同感だった。

しばらく山林を歩いて、ぼくらは人一人埋めるのに適当な位置を見つけて、そこに穴を掘ることにした。昨日、かなみさんのときには男手が二つあったけれど、今回はぼく一人だったので、割と大変な作業だった。本当を言えば深夜さんにも手伝って欲しかったのだけれど、残念ながら深夜さんは別チームだった。それだけでなく、二日連続で顔見知りの死体を埋めるなんて作業、普通の神経をしていればぞっとしないものでしかないだろう。

ぼくみたいな人間でもない限り。

むしろそれは劣っているということだろうが。

「……こんなものでいいだろ」

ぼくは前髪をかきあげる。これが夏だったら、汗だくになっていたところだろう。穴から出て、赤音さんの身体をそこにおろす。そしてちょっと、黙禱。その行動に意味があるかどうかは分からなかったけれど、そうした方がいいように思えた。

《私は、園山赤音は、いつ、どこで、誰に、どんな風に、どのような理由で殺されようとも、文句を言うつもりは一切、ない》。

ぼくが聞いた、それは赤音さんの最後の言葉だ。だけれど、本当にそうだっただろうか？　赤音さんはこうして殺されて尚、聖人のように、聖者のように、何の不満もなく、あちら側の世界に行ったのだろうか？

それは……、ぼくには無理だ。

「頭も一緒に埋めてあげたいですよね、やっぱり」と、ひかりさん。「伊吹さんもそうですけれど、犯人は一体、どうして首を斬ったんでしょうね？」

「散々繰り返された疑問ですよね。勿論、答の方も繰り返すしかないでしょう」

つまり、《分からない》。

ぼくはシャベルで土をすくい、赤音さんの身体を埋め始めた。明日は間違いなく筋肉痛だろうと思う。いや、それは、痛みを感じるような脳神経がそのときにまだ残っていたらの話だ。このぼくだって、次の被害者にならないとは限らないのだから。確率は高くないけれど、それがありえないというほどに、低くはない。

連続殺人。

ひょっとしたらこれで、かなみさんと赤音さんが殺されて、それで終わりなのかもしれない。玖渚の昔の友達、ちぃくんからの情報によれば、二人には何らかの、それが何かは分からないけれど、何らかのかかわりがあったわけなのだし、事件は既に終わっている可能性もなくはない。しかし、それが御都合主義な考え方であることは、否めないだろう。

やがて赤音さんを完全に埋め終わった。

「ひかりさん。外に出たついでです。あの倉庫にあった窓、あの窓が外から見えるところに連れて行ってもらえますか？」

「はい、分かりました」

ひかりさんは歩き始めた。

玖渚がその後ろをついていく。青い髪が揺れる。そう言えば、今日はまだ一度も髪をくってやってなかった。部屋に戻ったらちゃんとしてやろうと思った。

途中でひかりさんがぼくを見て、ちょっと真剣そうな顔をして、「ありがとうございます」と、いきなり礼を言う。一体何に対してそう言われたのか分からず、ぼくは驚いた。

「朝食のとき、わたしなんかをかばってくださったでしょう？　それについてのお礼です」

「ああ……、別にひかりさんだからかばったわけじゃないですよ。同じ失敗を繰り返すのが嫌いなだけです。失敗でなくても、その、ぼくは反復っていう行為が嫌いなんです」

だからぼくは記憶力が悪いのだろう。

「特にこういう場合では、そうですね」

「にゃはは、いーちゃんらしー」玖渚が無邪気に笑う。「でもさー、ホントはひかりちゃんだからかばったんでしょ？　ひかりちゃんってサイレントにいーちゃんのストライクゾーン、ど真ん中だもんね」

「何だよ、ぼくのストライクゾーンって」

「年上でー、女の子でー、背が低くてー、髪の毛がロングで、スレンダーでー、指輪とかしてなくてー、そんでもってエプロンドレス着てるの」

「最後のはない」

「あるいは上半身裸でジーンズはいてたりー、図書館の司書さんみたいな白衣着ててめがねかけてたりー、自分より背の高い茶髪でジャージのヤンキー風の女の子とかー」

「マニアックな方の好みをばらすな」

全く。本当に口の軽い奴だった。

ただし、ひかりさんがぼくの好みだというのは本当だろう。速度的にはあかりさんみたいな性格、ちょっと気性の激しい方が好みなのだが、優しげなひかりさん、そんな打ちごろのスローボールだって勿論嫌いってわけじゃない。てる子さんはさしずめ消える魔球ってところか。

いや、意味がわからない。

「はあ……」ひかりさんは照れたような困ったような、そんな曖昧な種類の笑みを浮かべる。「とにかくお礼を言いたかったんです。その……お嬢様はそういうところ、シビアな人ですから……。それに今回は、昨日の園山さんの場合とは違って、犯行はわたしにしかできないようにしか思えないんですから。わたし本人でもそう思いましたよ。園山さんの場合は、それでも《密室だから誰にもできない》っていう前提があったじゃないですか。でも、今回は……」

「そんなこと、もういいじゃないですか、ひかりさん」ぼくは少々面倒臭くなったので、ひかりさんの台詞を途中で遮った。「ひかりさんはぼくに対しても礼儀を払ってくれた。不正直でもなかったし、誠意も見せてくれた。だから、いちいちお礼なんて言わなくていいんです」

「でも……」

「もしも立場が逆だったとしてもひかりさんは別にぼくを見捨てたりはしないでしょう？　そのときひかりさんはちゃんとぼくを助けてくれるはずだ」

「でもそのとき、あなたはちゃんとお礼を言ってくれると思います」

うーん、そう来たか。

ひかりさんはなかなか強硬だった。

「てゆーか、ひかりちゃん、友達じゃない」と、玖渚。「僕様ちゃん達はね、友達を疑ったりはしないんだ。だから僕様ちゃんの中ではいーちゃんとひかりちゃんは、犯人じゃありえないの」

「友達ですか」ひかりさんは感慨ぶかそうに頷く。

「わたし、今まで友達なんていませんでした。物心ついてから、ずっとお嬢様のそばにいるだけでしたからね……」

「友達がいないのは僕様ちゃんも同じだよ。いーちゃんもね。だから僕様ちゃん、ひかりちゃんが友達になってくれると嬉しいな」

玖渚は言って、ひかりさんの手を取る。

それは多分、見る者が見さえすれば、微笑ましい光景だった。しかし現実問題として、ひかりさんと玖渚が友達であり続けることは難しいだろう、とぼくは思った。ひかりさんはこれからもずっとこの島で、イリアさんの傍で暮らさなければならないし、玖渚はあちら側に帰る立場の人間だ。そしてあちら側に戻ったところで、玖渚は自宅にこもるだけ。

玖渚友は孤独なのだった。

天才は一人で完成しているとは言い古された言葉だけれど、そういう意味では玖渚友にはその資格が、十分にある。それもまた、十分条件でしかないのだろうけれど。

そして多分、
この情景をそんな風にしか理解できないぼくが、一番孤独なのだろう。

「あ、そこです。その窓です」

ひかりさんにそう言われて、ぼくは一瞬戸惑った。それらしき窓が、ぼくの視界に映らなかったからである。

「……ひょっとして、これですか?」

ぼくは、ぼくの胸の高さくらいにある一つの窓――ここから見える窓は、それしかない――を指して、そう言った。

「そうです」

「でも、こんな低い位置に――」

「内側から見たら高い位置なんですけれど、この辺りは山に半分埋まっている形になってますから」

ひかりさんの声を聞きつつ、ぼくはその窓から内側を覗く。ちょっとした血だまりと木製の椅子、そして開き戸の内側が見えた。間違いなく、ぼくが寝起きし、赤音さんが殺されていた、あの倉庫だ。

なるほど。屋敷の一部が山に食い込むような形で建っていて、そしてこの倉庫はその一部だと、そういうことらしかった。

「これだったら外から侵入すること自体はそう難しくなさそうですね」

「でも、外側からじゃこの窓は開けられないんですよ。錠で閉まっているわけでもないので、窓を揺らしているうちに開くってこともありませんし」

「じゃあさ、可能性としては、赤音ちゃんが自分で窓を開けて、犯人を招きいれたってことかな?」と、玖渚。「ノックして、開けてもらうわけ。入ってますかー、みたいな具合にさ」

「自ら犯人を招き入れるような真似、あの人がするとは思えないけどな……。あの赤音さんだぜ? それにこれ、やっぱ結構な高さだよ。こうして上から見たら、更にリアルに感じられるな。少なくともぼくはここから飛び降りようって気にはなれないよ」

窓は斜め向きに開閉するタイプのものなので、体勢を整えつつ跳躍《ちょうやく》、ということはできそうもない。下手な着地をしたら骨折くらいの負傷はしそうだったし、頭を打てば十分に死ねる高さだ。

「仮に赤音さんに招き入れてもらったんだとして、それで赤音さんを殺そうとしたところで、赤音さんは簡単に助けが呼べたはずだ。すぐそばに内線電話があるんだから」

「寝込みを襲われたのかも——って、ああ、あいた、これ僕様ちゃん大失敗。寝てたら犯人を招き入れられるわけないもんね」

「その辺を都合よく無視して考えたとしても、今度は部屋から出ることができないだろうな。たとえロッククライミングのプロでも、この平坦な壁を這い上がることはできないよ」

「ヤモリだったりして。にはは」玖渚は窓に首を入れて、中を確認する。「うーん。やっぱり危険だな。いーちゃん、じゃあロープを使ったらどうかな？」

「ロープね。しかし、この辺にはロープを引っ掛けるような木はないぜ」

ぼくは辺りを見渡す。伐採したのか、それとも元々そういう場所なのか、この辺りは野原のような様相になっていて、近くにロープを縛るのに適当な樹木は存在しない。無論、それに類するものも見つからなかった。

「それにさ、ラペリングってそんな簡単なものじゃないよ。ぼくには経験があるから分かるけどさ、あれって結構難しいんだ。手の皮がすりむけるからすぐに分かるし」

「それは手袋してればいいじゃん」

「そうだけどね。でもやっぱり確率としては薄いと思うよ。それなら梯子《はしご》でも持ってきて、この窓から差し込んだって可能性の方が高いように思える」

「でもこの隙間じゃ、梯子は入らないよ。途中で引っ掛かっちゃうし、引っ掛かっちゃったら自分は入れなくなるしね」

「うーん。どうかな……、ひかりさん、この島に梯子はありますか？」

「ありませんけれど……」

「誰かが持ち込んだ可能性は？」

「それもないと思います。そんな大きな荷物があれば気付きますし」

「じゃあ縄梯子だ。それなら小さくまとめて島に持ち込むことだってできるし、窓枠にも引っ掛からない」

「いーちゃん、自分で言ったこと記憶喪失かな？　縄の場合は引っ掛ける場所がないんだよ。鉤状の金属とかを壁に引っ掛けたらできそうだけど、それだと壁に痕跡が残るはずだしね。見る限り壁は綺麗なもんだよ」

その通り。勿論こんなことは、別に口に出すまでもなく、考えれば分かることだった。しかし事実確認という意味では、こうして口に出した方が、やっぱりよい。これも一種の予定調和なのだろう。

ぼくはひかりさんを向いて、「何か考えはありますか？」と訊いた。

「何か気付いたことでもいいんですけれど」

「いいえ、特には……」ひかりさんは窓に近付きながら言う。「でも、ドアから入っていないと仮定するなら、犯人はこの窓から侵入したとしか思えないんですけれど……」

「侵入か……。いや、侵入なんかしなければいいのかもしれない」ぼくは本当にただの思いつきで話してみた。「椅子があそこだってことは、赤音さんはあそこに座って本を読んでいたってことになる。カウボーイの投げ縄みたいなものをロープで作って、それを窓から入れて……赤音さんの首に引っ掛けて、そして引き上げる。首が絞まって彼女は死ぬ。窓まで引き上げる。そこで首を斬る。こういうのはどうだろう？」

ありえないだろうか。いや、少なくとも矛盾点《むじゅん》はないように思える。これなら自分は窓から侵入することなく、部屋に入ることすらなく、あの状況を作り出すことができる。

矛盾点は——「いや……、無理だな」

「……どうしてですか？　そんなに悪くない考えのように思えましたけれど」ひかりさんが不思議そうに言う。「それなら、誰にでもできそうな感じですけれど……」

「人間の身体っていうのはそんなに軽いものじゃないからですよ」

赤音さんは女性としては決して小柄な方じゃなかった。身長は割合高かったし、体重はざっと見て五十キロ強だろう。六十キロはないにせよ、少なくとも四十キロ台ではないと思う。それをこの位置から引き上げようとするならかなりの強度のロープが必要だし、それだけでなく、結構な腕力も必要になる。少なくともぼくには無理だ。二本の腕だけで一人の身体をこの高さまで引っ張りあげるなんてことは。

「一番力がありそうなのは、やっぱり深夜さんですけれど……。彼にはアリバイがあるんですよね。それに、一番体力がありそうといっても、それは相対的な問題で、やっぱり深夜さんでも人間一人をここまで引き上げるのは無理だと思いますよ。赤音さんだって抵抗するでしょうしね」

そして抵抗された場合は、内線電話がすぐそばにあるのだ。それをちょいと蹴飛ばしでもしたら、他の誰かに犯行を知られることになる。少なくともそれは、あまり賢明なやり方とは言えそうもない。

「それにさ、それだとやっぱり、窓が開いてなくちゃいけないよね。赤音ちゃんは窓を開けて、その上その窓に背中を向けていたってことになるけど、そんなことありえるかな？　赤音ちゃんだってばかじゃないんだから、ていうか賢い人なんだから、ある程度の用心はしたと思うよ」

その通りだった。

くそ。折角《せっかく》真相に少しだけとはいえ近付いたかと思ったのに、結局は駄目だったか。どこかで次元がねじれているような、そんな不愉快な気持ちだった。円の内角の和を求めているような気分だ。何かが絶対的に間違っている。どこかで絶望的に間違えている。一体ぼくはどこで何を間違えているのだろう？

なんだか、ひどく、踊らされている気分だ。

「……とりあえず部屋に戻りましょう。ここではもう、何も得るものはなさそうです」

部屋に戻ったところで何か得るものがあるわけでは、ないけれど。

玖渚はなんだか名残惜しそうに窓の内を覗いていたが、やがて、ぼくの後ろをついてきた。

「……何かあったのか？」

「んーん。別に。それよりいーちゃん、僕様ちゃんはお腹がすいたよ」

「そっか……」

だったら昼食にしましょうか、とひかりさんが言った。

そうですね、とぼくは頷いた。

千賀てる子
CHIGA TERUKO
三つ子メイド・三女。

五日目（2）——嘘

0

あんた、他にすることはないのか？

1

　ひかりさんはイリアさんから一切の仕事を免除されているという。「代わりに玖渚さん達を手伝ってあげて」とかなんとか、そういうことを言われたとか。言い方は柔らかいけれど、それは《最有力の容疑者には仕事は任せられない》と、そういう意味に取れないことはなかったし、それが全てではないにせよ、それも含まれていることは確かだった。

　そういうわけで、昼食を終えても、ぼく達は三人で行動することになる。

「ちょっと先に部屋に戻っておいてくれますか？」

　玖渚の部屋へ向かう途中で、ぼくは玖渚とひかりさんに言った。

「ぼくはちょっとイリアさんところに寄ってきます。おい友、これ、持ってろ」

　ぼくはポケットから小型のナイフを取りだして、玖渚に手渡した。ひかりさんがびっくりしたように、「そんな危ないもの、持ち歩いてるんですか？」と言う。

「少年はいつも心にナイフを持ってるものですよ」

「そして少女がピストルを持っている」

　玖渚が悪戯っぽく言って、ナイフを受け取った。

「さあ、行こう、ひかりちゃん」

「でも――」

「大丈夫大丈夫。いーちゃんに任せとけばさ」

　半ば無理矢理に、玖渚はひかりさんを引っ張っていった。どんな形であれ、ひかりさんが一緒ならば、玖渚も問題なく階段を昇ることができる。三人でチームを組んだ意味はこういうところにもあるのだった。

「……じゃ、行きますか」

ぼくは方向転換し、イリアさんの部屋に向かう。

二度目の謁見。

まずは覚悟を決める。

それから、ゆっくりと深呼吸。

分厚い扉をノックして、返事を待って中に入る。

部屋の中には、チーム行動しているのだから当然なのだけれど、イリアさんと玲さん、あかりさんとてる子さんがいて、全員がソファで優雅っぽく紅茶を飲んでいた。

あかりさんが気まずそうに、ぼくから逃げるように目を逸らす。朝、玖渚の部屋で取り乱したことを失態だと思っているようだった。そりゃ当たり前だろうけれども、そうも露骨な態度を取られると、ぼくの方がどうしたらいいのか分からない。

イリアさんがぼくを見て、ゆったりと微笑んだ。

「——どうかなさったんですか？　えっと……何だったかしら。あなた、自分からチームで行動しようって言っておいて、いきなり単独行動ですか？　困りますね、あなたのチームにはひかりもいるっていうのに……」

「イリアさん」

イリアさんの台詞を遮って、ぼくは言う。

「あの……、イリアさん。あなたはまだ、警察に連絡するつもりはないんですか？」

「全く」

即答。

取り付く島も何もない、木で鼻をくくったような素っ気ない物言いだった。

全くもって素敵だ。

あなたは本当に素晴らしい、赤神イリアさん。

「よくないと思うんですけれどね、そういうの」

「あなたも紅茶、いかがですか？」

玲さんだった。返事を待たずに玲さんは立ち上がって、ポットの方へと歩く。イリアさんは意味ありげにその玲さんを見たけれど、それからまた、ぼくの方を向く。

「今警察がきたら、あなたも困るんじゃないんですか？　赤音さんが殺された原因は、あなたの案にもあるんですから」

「ぼくが困るかどうかなんてのは、この際どうでもいいんですけれどね……。ぼくは困るために生きてるようなものですから。そんなことよりも。あなたは、イリアさん、赤神イリアさん。自分が殺されるかもしれないというこの状況を、どう考えているんですか？」

　玲さんの勧めで、ぼくはソファの空いている席、てる子さんの隣りに座った。てる子さんはこちらを見ようともしない。黒ぶちのめがねの向こうに、一体何を見ているのか、うつろな瞳が覗いている。ピントのずれた、焦点の合っていない瞳。いや……焦点が合っていないわけじゃない。ぼくに焦点を合わせていないだけなのだろう。

「………」

　紅茶は、おいしかった。

　イリアさんはたっぷり間を置いて、ぼくを焦らすようにしてから、質問に答えてくれた。

「どう考えているか、ですって？　この状況を？　大変ですよ、それは。大変なイベントです。勿論それだけではありませんけれど……。逆に問い返しましょう。あなたは、どう思っているんですか？」

「危険な状況です。ぼくは人殺しと同じ場所にいるなんてごめんです」

　人殺しと同じ場所に、玖渚をおいておくなんて、そんなのは御免だ。あいつがこの状況をどう考えているのか、それは知らない。それはわからない。だけど、少なくともぼくは——

「ふうん。あなたは人殺しがいけないことだと思っているのですか？」

「思っていますね」ぼくは即座に答える。「そりゃもう思ってますよ。断然思っています。どんな理由があろうとも、人を殺すような人間は最低です」

「ふうん……。じゃあ、あなたは、殺されそうになったとき、どうするの？　相手を殺さないと自分が殺されるってとき、あなたはどうするんです？　黙って殺されるのかしら」

「多分、殺すでしょうね。ぼくは聖人君子じゃありません。だけれど、そのとき、ぼくは自分を最低だと思うでしょう。相手がたとえ……相手がたとえ、どんな人間であったとしても」

「既に経験があるって顔ですね」

イリアさんは嫌な感じに微笑んだ。

絶対的に優位に立っている者特有の、圧倒的に優位に立っている者特有の、悪意たっぷりの笑み。

誰かに似ている、と思った。

そう、かなみさんだ。「こんなことも知らないの？」という、そういう種類の微笑み。しかし、天才にあらざるはずのイリアさんが、どうして伊吹かなみと同じ種類の笑みを浮かべることができるのだろう……？

「人殺しには罰が必要だと思う？　だけれどあなた、こんな話を知りませんか？　ネズミの前に餌をおいて、ネズミがエサを食べようとすると電流が流れる仕掛けを作る。ネズミはどうすると思いますか？」

「ネズミには学習能力がありますからね。餌を食べるのをやめるでしょう」

「いいえ。学習能力があるから、電流の流れないところで餌を食べるんです」

「人間はネズミじゃありません」

「ネズミも人間じゃありませんね」

イリアさんは両手を打った。

「……ねえ、あなた、そこまで言うなら答えてくださる？　どうして、人を殺しちゃいけないの？」

まるで中学生みたいな素朴な質問を、イリアさんはした。

冗談で言っているようではなさそうだ。

「法律でそう決まっているから、社会で生活する上でその方が都合がいいから、自分が殺されたくない以上相手を殺すべきではないから」

「どれも説得力に欠けますね」

「ぼくもそう思います。だからぼくはその質問にはこう答えることにしている……そんなことに理由はないって。人を殺すのには理由が必要。むかついたとか、殺したかったからとか、何とかでも、理由なき殺人はありえない。だけど選ぶことじゃないでしょう？　殺すか殺さないかなんてそんなのは選ぶようなことじゃない。ハムレット気取りでいい気になりたい奴が、言ってるだけだ。そんな疑問を抱く時点で、そいつは人間失格なんですよ」

悩んでるワタシは素敵ですか？

ふざけるな。

ぼくは言った。

「人を殺してはならない。絶対に殺してはならない。そんなことに理由はいらない」

「ふうん、そうですか」と。イリアさんは、適当に頷いているのが見え見えの相槌を打った。「あなたの考えはそれなりに分かる。だけどそれは、犯人が分かればそれで終わる問題でしょう？　もうすぐ、哀川さんがくれれば、犯人は分かります」

「ぼくは哀川なんて人、知らない」

「わたくしは知っている。それで十分なんじゃありませんか？　……あかり、哀川さんがいつ来るのか、この人に教えてあげて」

「三日後です」あかりさんは答えたけれど、やはり、ぼくと目を合わそうとはしない。「予定を早めていただきました。だから……」

「聞いての通り。犯人が分かれば、勿論、あなたは帰ってもいい。あなたがこの島にいる理由は《容疑者だから》なんですからね。何の才能もない何の魅力もないあなたがこの島にいる理由は、それだけです。……そう言えばあなた、伊吹さんのときも園山さんのときも、アリバイはないわけですよね……」

　ことん。ぼくは、まだ半分以上残っているティーカップを、皿へと戻した。そして故意に深くため息をついてから、ゆっくりと立ち上がる。

「失礼することにします。あなたとは、どうも使う言語が丸っきり違うみたいだ」

「そうでしょうね」にっこりと、イリアさん。「お帰りは、あちらになります」

「てる子、この人を部屋まで送ってあげて」玲さんがぼくの隣のてる子さんに向けて、そう言った。

「一人にならない方がいいですからね……、あなたなら安心でしょう？　てる子」

　こくりと頷いて、てる子さんはソファから腰を浮かした。ぼくは玲さんの言った「安心」という言葉の意味が分からずに、咄嗟には反応できなかったけれど、そんなぼくに構わずてる子さんは、一人、先に歩いて行く。ぼくは慌てて、その背中を追って、イリアさんの部屋をあとにした。


　ぼくが廊下に出たとき、てる子さんは結構先にまで足を進めていた。全く、送る側が先に部屋を出て行ってどうするのだろう。相変わらずてる子さんの思考は読めない。ああいうのはマイペースとも違う気がするのだが。ぼくはちょっと早足で歩いて、てる子さんに追いついた。

　それにしても。

　全く……本当に、本当に話にならなかった。元元、駄目で当然という気持ちでの談判だったけれど、それでも予想以上に話にならなかった。どうやらイリアさんは、本気でその《哀川さん》を信用しているようだ。だけれど、そんな名探偵みたいな人が、本当に現実にいるのだろうか？

　いたらいいけれど。

　それは切に思う。

　否、願う。

　祈る。

「それも戯言かな……」

ぼくはもう一度ため息をついた。とにかく、また出直すことにしよう。この屋敷の持ち主であるイリアさんの協力なくして事態の進展はありえないのだから。自慢できるほどではないが、ぼくはそれなりに粘着質だ。往生際も引き際も悪い。最悪だ。そう簡単に諦めたりはしない。

「　　　　　　　　　　」

ん？

今、誰か、何か言っただろうか？　どこかから声がしたような気がしたけれど。廊下を見渡しても、ぼくとてる子さん以外には誰もいない。とすると、やはり気のせいなのか。空耳か……、そんなものが聞こえるとは、ぼくも結構精神にきているのかもしれない。

ん……。

いや。

声は、前から聞こえてきた。

だとすると。

可能性はもう一つだけ、ものすごく低いけれど、もう一つだけ残っているじゃないか。そんなことがあり得ないことは理屈の上では十分に理解しているのだけれど、もしかすると、もしかしなくとも、もしかするかもしれない。

「てる子さん、何か言いましたか？」

果たして。

てる子さんは、ぼくの言葉に足を止めた。

「あなたは一度死んだ方がいいと言ったのです」

絶句した。

てる子さんがぼくの前で喋ったのはこれが初めてだったけれど、初めて聞いた台詞が「死んだ方がいい」だとは。いくらなんでも大概だ。こんなことってあるのだろうか。

そしててる子さんはこちらを向いて、じっと、眼鏡の奥から覗く瞳で、ぼくを見つめた。まるで責めているかのようなその視線に、ぼくはたじろがざるをえない。しばらくそのまま、てる子さんから一方的に睨まれるという姿勢が続いたが、ぼくが根気でてる子さんに勝てるわけがないと判断し、ぼくはてる子さんを無視して勝手に足を進めることにした。すると、てる子さんはぼくの腕をつかんで、ぐ、と握り締める。

　びしり、と。

　肘のあたりに電流が走ったようになる。

　てる子さんはそのままぼくの腕を離さず、すぐ近くの部屋に連れ込んで、後ろ手で扉を閉めた。そしてぼくをソファに強引に座らせる。それからてる子さんはぼくの正面にそっと座って、黒ぶちの眼鏡を取った。

「……伊達《だて》なんですか？」

「区別しやすいようにです」

　そして顔をあげるてる子さん。

　その声は、あかりさんやひかりさんと全く同じ。澄んだ、綺麗な感じの声。

「……そうなんですか」

「嘘です。あなたの顔を見たくないだけです」

「…………」

「嘘です。そういう顔が見たかっただけです」

「……何か、ぼくに用ですか？」

　ぼくはてる子さんの意図が全く完全に汲み取れず、それでもこのまま妙なペースに巻き込まれるのがまずいことだけは分かったので、こうして質問をすることで何とか主導権を取ろうとした。しかし、てる子さんは返事をするでもなく、ただきょろきょろと、辺りを見渡しているばかりだった。

「一つ、忠告しましょう」ぼくの問いかけを無視し、いきなり喋り出すてる子さん。まるでぼくの背後霊相手にでも話し掛けているかのような口調だった。「あなたは一人で生きていく方がいい。あなたがそばにいたらみんなが困るから」

「…………」

　何が嫌かって、眼鏡を外したてる子さんは、ひかりさんやあかりさんと全く区別がつかないことだった。真姫さん辺りにならまだしも、そんな人にこんなことを言われるのは、正直、きつい。

裏切られたような気持ちになるから。

「他人に迷惑をかけることしかできない人間は人間をやめた方がいい。それができないのなら一人で生きていかなくちゃいけない。そう思います」

「どうして、そんなことを言うんですか?」

「私がそうだからです」

明瞭な答だった。

てる子さんの表情に変化はない。

全く、微塵も、変化はない。

「でも、あなたは、ここで他の人達と一緒に……」

「だから私達は人間をやめました」

私達。

それは。

その言葉は誰のことまでを含んでいるのだろうか。

「……朝はあかりが失礼をしたそうで。謝ります」

てる子さんが前触れなく話題を変えた。しかしその淡々とした表情と語り口は少しも変わらない。

「……どうして、あなたが謝るんです?」

「あれは私です」

「……? え……?」

てる子さんはぼくの困惑に構わず、続ける。

「私ではありませんけれど私の身体でした。私達は三人で三つの身体を共有しているんです。三人が三人とも三重人格で、その人格と記憶が一致している。だから、朝あなたを罵ったのは確かにあかりだけれど、身体は私だったんです」

「嘘でしょう?」

「嘘です」

平然と言うてる子さん。何なんだ、この人。これじゃあ本当に消える魔球だ。ミートポイントが全然読めない。

「さて、雑談はこれくらいにします」

しかも雑談だったらしい。

「本題に入りますけれど、お嬢様にあまり、警察警察と言わない方がよいです。お嬢様は相当に我慢のきく人格ですけれど、別にキャパシティが無限と言うわけではありませんから」

「……どうして、イリアさんはああも、こだわるんですか？　島の平穏が乱れるというだけじゃ、説明がつかないように思います」

それに、平穏なら既に、乱れているじゃないか。むしろあの人は、平穏なんてこれっぽっちも望んじゃいないはずだ。

「聞きたいですか？」

「聞きたいですね」

てる子さんは立ち上がった。

そしてぼくの隣りへと移動してくる。

す、とぼくにもたれかかるように。

密着してくる。

その身体を寄せてくる。

「警察の好きな犯罪者はいないから――」てる子さんは抑揚《よくよう》が全く皆無の口調で言った。「――ですよ」

一瞬、てる子さんが言った台詞のその意味が分からず、ぼくは言葉に詰まる。

「お嬢様がどうしてこんな島で一人住んでいるのか、あなただって不思議に思わないわけではないでしょう。どうしてだと思う？」

「あの性格じゃあ……」

「失敗したんです」

てる子さんはほとんど脈絡なく話すので、筋が全然見えてこなかった。どうして三つ子で、姉妹で、似たような環境で育って尚、ここまで性格が違うのか。これじゃあ、本当に三重人格だ。

「はあ。失敗した……と言うのは？」

「玖渚さんは一人では極端な上下移動ができない。だから、あなたがそばにいる。そうですね？」

「……はい、そうです」相手に合わせるということを、この人はしないのだろうか。「それがどうか、しましたか？」

「お嬢様はそれの逆」

朴訥《ぼくとつ》と、よどみなく、てる子さん。

まるでそれは、台本でも読んでいるかのように。

しかもかなりの棒読みだった。

「だからそばに誰もいないこの島にいる」

「……？」

間髪を置かずにてる子さんは続ける。

「あなた、お嬢様の左腕を見たことはありますか？　手首に走った縦横無尽の傷を見ればあなたも理解できると思います」

「………」

手首の……傷？

てる子さんは、やはり棒読みではあったものの、真面目な口調で続けた。

「殺傷症候群……と言います。あなたなら知っているんじゃないですか？」

殺傷症候群……D．L．L．Rシンドロームか。

確かに、それならば知っている。自分や他人を傷つけずにはいられない、自動症の一種。いや、自動症の最高峰《ハイエンド》と言った方が正確かもしれない。とにかく、埒外に最悪で、問題外に性質の悪い、とびっきりに凶悪な種類の精神病……。

プログラム中に、資料で読んだことがあるだけで、実例には、ぼくはお目にかかったことがない。しかし、会ったことがあるという人は知っている。その彼いわく、《罪悪感を持たずに人を殺せる人間は、本当に怖いね》。

本当に怖いもの。

イリアさんが、それだと言うのだろうか？

しかしD．L．L．Rは存在そのものが疑わしいほどに稀な精神病だ。それもかなり強迫的な心因性のものだから、発症の可能性は相当に低いはずである。日本ではいまだ発症例がないはずだし、ステイツでも今まで、数えるほどのサンプルしかないと聞くけれど……いや、それも、それすらも大数の法則の一例なのか？

「てる子さん……それは」

「私達が三つ子であるようにお嬢様には双子の妹がおられます。オデットという名前の、お嬢様……」

イリアスとオデュッセイアか。

なるほどね……。

「そうですか。その妹さんはどこで何をなさっているんですか？」

「死にました」

「……本当ですよね？」

「本当です」と、てる子さん。「そしてオデットお嬢様を殺したのが他でもないイリアお嬢様です。分かりますか？　この意味が。分かりますか？　この理屈が。あなたはそのお嬢様を、口汚く罵《ののし》ったのです。人を殺すような人間はどのような理由があっても最低だ、とね」

「……別にそんなつもりはありませんでしたよ」

「あなたがどんなつもりだったかなんてことはこの場合何の意味もありません。とにかくこれで警察を呼ばない理由も分かったでしょう？　分かったら部屋に戻ってください。……あんまり波風立てないでくださいね」

言うが早いか、てる子さんはソファから立ち上がる。話すことはもう全て話したので、もう用はないと言わんばかりの態度だった。

だけど。だけれど、てる子さん。

波風立てないでくださいね。

それは……

それはぼくの台詞だ。

「……てる子さん！」

ぼくは、思わず。

思わずてる子さんの後ろ姿に声をかけた。

ぼくは全く、これっぽっちも期待していたわけではなかったけれど、扉付近にまで歩いていたてる子さんは、その足を止めてくれた。

「……何ですか？」

「……たとえば……」

たとえば。

たとえば――

「……生まれてから十年間、誰とも、実の親とさえもコミュニケーションを取らずに……地下に閉じ込められて育った子供が、どんな人間になるか、想像がつきますか？」

てる子さんは答えなかった。

勿論ぼくはてる子さんからの返答を、返答自体を望んでいたわけではない。

ただ、てる子さんには訊いてみたかっただけだ。

この人は。

朴訥と淡々と、物静かに生きているこの人は。

この人は、多分、ぼくにとっての――

「わたしとあなたは全く違う人間ですよ」

てる子さんはややきつい口調でそう言った。

ぼくの心中を見透かしたかのように。

振り向きもせずにそう言った。

「勝手に同族意識を持たないでください。気持ち悪いし吐き気がするし、すごく迷惑だから」

「――そいつは、どうも、すいませんね」

「あなたの同類なんてこの世界にはいません。ここだけじゃなく、どの世界にだっていません。端的に言わせていただければ、あなたは常軌を逸しているんですから」

「……さすがにそこまで言われたくはありませんね。特に、あなたには」

「わたしだからこそ言うんです。わたし以外には言わないでしょうから」てる子さんは振り向かない。

振り向かないままで、続ける。「……姫菜さんがどうしてあなたにそこまで突っ掛かるのか分からない、と思っているようですけど――そんな理由は明白です。姫菜さんにはあなたの心の中が見えるんです。……誰だって汚れたものは嫌いですよ」

「…………」

「あなたは汚いって言ってるんです」

「繰り返さなくてもいいですよ、そんなこと……。

自分で分かってますよ、自分の腹の内くらい」

「分かっているんですか。そいでいてのうのうと生きているんですか。見上げた図太さ、大した精神力ですね。尊敬に値《あたい》します。それともあなたは、自分の腹の内を全てさらけ出して、そいでいてあなたのことを好いてくれる存在があると思っているのですか？　そいでいてあなたを選んでくれる存在を信仰しているのですか？　それこそ正に常軌を逸している」

言葉もない。

響く。

その言葉はぼくには重過ぎる。

壊れてしまいそうだ。

もろく。

粉々に。

「そんな恐るべき化物を身体の中に飼っていて他人と関わろうだなんて——虫がよ過ぎます。図々しいにもほどがある。世界はそこまであなたを許してなんてくれません。思い上がりも甚だしい……。だからこそあなたは——」

てる子さんは扉を開けた。

そして刹那《せつな》、ぼくを振り向く。

それは。

心の底から嫌悪する存在を見るような。

冷たい眼差しだった。

「——死んだ方がいいんです」

ばたん。

無機質の音。

扉が閉められた。

「…………」

がくり、と力が抜ける。

束縛が解かれたときのような気持ち。

しかし解放感は全くない。

「……ったく……」

なんたる、道化。

叩き潰された気分だった。

完膚なきまでに、叩き潰された気分だった。

「……戯言中の戯言だよな、本当……」

取り残されて、ぼくは考える。

なんだったんだろう……。てる子さん……の言葉の一つ一つが思い出される。昨日の赤音さんとの問答とは違い、そこに何の論理もなかったけれど……それでも、だからこそ、何の理屈もなく、何の説明もなく、淡々と真実だけを突かれたからこそ。

「あー……さすがにダメージ、でかいな……」

ふるふる、と頭を振る。

考えるな。

今は別に考えるべきことがあるだろう。

ぼくはソファを立って、部屋を出た。廊下をどう見回してみても、てる子さんの姿は影となかった。フットワークの軽い人だ。その辺も、ぼくに似ていると思うのだが……。

とにかく、今重大なのはてる子さんから仕入れた情報だった。


手首の傷。

イリアさんの背景《バックグラウンド》。

妹を、殺した……。

それを受けての島流し。

殺傷症候群。

自動症。

それを考えれば、それらを考えれば、確かに警察を呼ばない理由も納得が——

「……と。待ちたまえ、ぼく」

はた、と気付く。ぼくは昨日、イリアさんの着替えを真直で見たじゃないか。一度目の謁見のときだ。だけど手首に傷なんて、一つたりともなかった。そりゃあぼくだってイリアさんの肢体をずっと注視していたわけではないけれど、そんなものものしい傷があったなら絶対に気付いているはずだ。

「……おいおいおいおい……」ぼくは足を停めて、頭を掻く。「全く……本当になんだったんだ……」

要するに。

てる子さんは大嘘つきだった。

このぼくと、おんなじに。

2

玖渚の部屋に戻る途中で、真姫さん、深夜さん、弥生さんの三人チームに会った。三人はどうやらこれから食事らしい。弥生さんのチームだったらいつもおいしいご飯が食べられるので、少し羨ましい。勿論、別にひかりさんの料理に文句があるわけではないけれど。

「あはは、少年。あはははははは。あーははははは」

会うなりいきなり真姫さんは、ぼくに向かって大爆笑した。今更もう、それを失礼だとは思わない。季節の変わり目の一風景みたいなものだ。

「なんですか、もう……真姫さん。いつもいつもテンション高いですね……」

「あはは。少年。散々、てる子さんにやり込められたみたいだねぇ。あー、もう。おかしい。やーい。

やーい。ざまーみろ」

「……どうして知っているんですか」

「今更それをあたしに訊くのかい？　中々面白い番組だったよ、優柔不断くん。退屈しない人生だね、きみは。羨ましいよ」

そりゃあ、真姫さんは退屈な人生だろう。これまでに起こったことも今起きていることもこれから起こることも、全部分かっているのだ。筋を知っている映画をエンドレスで見ているようなもので、人生における楽しみも実りもへったくれも何も、あったものじゃない。

「そうでもないんだけれどね」

真姫さんはにやにやしながら茶化すように肩をすくめる。アルコールでも入っているのだろうか、妙にハイだ。頭の中が明太子になっているんじゃないだろうか。

あ、睨《にら》まれた。

「きみ、……こんなときにこんなところで一人でいていいのかい？」

深夜さんは、まだ少し疲弊している様子はあったけれど、それなりには落ち着いたようだった、顔色はいい。いささかの残酷さを含むといっても、やはり時間は誰にでも優しいものだ。

「玖渚ちゃんとひかりさん、いくら何でもあんな小柄な女性が二人じゃ不安だろう。特に、ひかりさんは今最有力の容疑者なのだろう？　きみの大事な玖渚ちゃんが、危ないかもしれないよ？」

冗談交じりだったけれど、一応、深夜さんはぼくのことを真面目に心配してくれているようだ。ぼくはご忠告感謝します、と頭を下げた。

「うふふ。それじゃああたし達は失礼するよ、中途半端くん。精々頑張って考えるんだね」

意地悪そうにいって真姫さんはぼくに背中を向ける。深夜さんはそんな真姫さんにちょっと目をやってから、

「もしも園山さんのことで責任を感じているなら、

きみ、それは気にする必要のないことだと思うよ。きみは自分にできる限りのことをやったんだ。だから、あれ以上のことも、あれ以外のことも、できなかったんだ。きみは最善を尽くしたんだよ」

と、ぼくに言ってくれた。

「……ありがとうございます」

ぼくは頭を下げて、お礼を言う。

「それじゃ……またあとで」

深夜さんもぼくに背を向けた。

弥生さんは意味ありげに何度かぼくを見ていたけれど、頭を少し下げただけで、そのまま、二人と一緒にダイニングの方向へと去っていった。

「……なんなんだろうな……」

不審と言うほどではないけれど。

なんだか不思議だ。

「ま、本当に本当は気にするほどのことじゃないのかもしれないな……」

部屋に戻ると、玖渚は粉々に粉砕されているコンピュータの部品に向かっていて、ひかりさんは部屋の掃除をしていた。聞いたところによるとひかりさんは汚れているものを見ると掃除しないではいられない性癖を持っているらしい。そう言えばひかりさん、いつみても掃除ばっかりしていたような。一種の職業病なのだろうけれど、うーん、この島にまともな人はいないのだろうか。

「おー、いーちゃん、丁度いいところに」

「何だ？」

「髪、くくって」

分かったよ、とぼくは玖渚の後ろに近付く。小さな三つ編みをたくさん作ってやろうと、青髪を少しだけ手に取って、細かく編んでいく。その間、玖渚は放心したように「あうー」と恍惚《こうこつ》の表情を浮かべていた。

「友さん。そのガラクタ類、片付けちゃってもいいですか？」

「ガラクタって言わないでよ。まだ使える部品があるからさ、回収してるとこ。再利用しないとねー。地球のためにリサイクルリサイクル。リサイクルは大事だよ。うーん。でもどうしよっかなー。犯人倒すための秘密兵器でも作ろっかなー」

めげない奴である。自分がそうなりたいとは思わないけれど、玖渚友のポジティブ・シンキングには、やっぱり感心してしまうものがある。たとえそれが、ただ、ネガティブな感情を知らないことから生じているだけのものだとしても。

ため息。

「……そうだ。ひかりさん、メモ帳みたいなものってありますか？　あと、書くものと」

「そのキャビネットの中にありますけれど。どうかするんですか？」

「今のところの概要をまとめてみようって腹です」

昨日もアリバイ表を作っていたのだけれど、そのデータはパソコンごと粉砕されてしまった。だからもう一度、今度は新たに得たデータも組み込んで作り直そうと思ったのだ。

分かりました、とひかりさんはキャビネットに向かう。

「ああ、そうだ。友、言い忘れてたけど、例の絵。何がおかしかったか分かったよ」

「うん？　ああ、そう言えばそんなこと言ってたね、いーちゃん。それで、何がおかしかったの？」

うん、とぼくは頷く。

「時計だよ、時計」

「時計？」

そう、時計である。ぼくはかなみさんのアトリエにモデルとして描いてもらいに行ったとき、腕時計をはめていなかった。壊れていたので、玖渚に修理してもらっていたのだ。だからぼくはあのとき、腕に時計なんて巻いていなかった。

にもかかわらず。

あのカンバスの中のぼくの腕には、時計が描かれていた。

「ふうん。描き間違えたんじゃないの？」玖渚は一瞬だけ不思議そうな顔をしてから真顔に戻り、極めて常識的な意見を吐いた。「僕様ちゃん的には、それって大した問題には思えないけど」

「うん、そうかもしれないけどさ……」

「どっちだったの？」

「……主語と目的語を明確にしてくれ」

「腕時計の表示。何も映ってなかったの？　それとも、僕様ちゃんが直した後の、鏡文字が表示されてたの？」

「ああ……。いや、ほら、ぼくって、こうやって盤を内側に向けてるから。それは分からない」

ふうん、と玖渚は頷いた。それからしばらく考えていたようだけれど、「やっぱりそれは、ただの描き間違えだと思うよ」と言った。

「それよりもね、いーちゃん、僕様ちゃんには僕様ちゃんで別に気にかかることができたんだよ。その、赤音ちゃんの殺された事件って言うか、赤音ちゃんの首斬り死体って言うのか……何て言うか」

「何て言うか、何だ？」

「手、なんだよね」

玖渚は首を傾げながら、腕を組んで言う。

「手、て言うか、指かな……。なんだか、不自然なことが、すっごく不自然なことがあったような気がするんだけどな……。うーん、僕様ちゃんの記憶力も、どーもピークを過ぎたみたいだね。頭の中にモザイクがかかったような感じだよ。ねえひかりちゃん、手か指で、何か気付いたことはない？」

「さあ……」

いつの間にか戻ってきていたひかりさんが、玖渚の隣りでぼくの正面、絨毯の上に座る。

「お待たせしました。紙とペンです」

「どうも」

ぼくはひかりさんからメモ帳を受け取って、昨日作成したものを思い出しながら、伊吹かなみ、園山赤音両殺人事件についての、島に住む全員のアリバイ一覧表を作成した。

伊吹かなみ　殺された
　　　　　―

園山赤音　地震前×
　　　　　地震後×
　　　　　殺された

玖渚友　地震前○（いーちゃん・ひかり・
　　　　　真姫・深夜）
　　　　地震後×
　　　　　　○（一人では階段を降りられ
　　　　　　ない）

佐代野弥生　地震前○（イリア・玲）
　　　　　　地震後×
　　　　　　　×（睡眠）

千賀あかり　地震前△（てる子）
　　　　　　地震後×
　　　　　　　○（本土にいた）

千賀ひかり　地震前○（いーちゃん・友・真姫・
　　　　　　　深夜）
　　　　　　地震後×
　　　　　　　×

千賀てる子　地震前△（あかり）

地震後×
　○（本土にいた）

逆木深夜　地震前○（いーちゃん・友・真姫・
　　　　　ひかり）
　　　　　地震後○（真姫）
　　　　　　　　○（真姫）

班田玲　地震前○（イリア・弥生）
　　　　地震後△（イリア）
　　　　　　　△（イリア）

姫菜真姫　地震前○（いーちゃん・友・
　　　　　ひかり・深夜）
　　　　　地震後○（深夜）
　　　　　　　　○（深夜）

赤神イリア　地震前○（玲・弥生）
　　　　　　地震後△（玲）
　　　　　　　　　△（玲）

ふむ。

大体こんなものだろう。

ぼくは表を眺め、しかし、嘆息した。

「……アリバイかぁ……でも、こんなのあんまり意味がないって言えば、意味がないよな。今まで棚上げにしてきた問題だけれど、共犯の線を考えたらこんなの、ほとんど意味がないだろう？　特に二人や三人でのアリバイ証言じゃあな」

犯人でなくとも、疑われるのが嫌で嘘をついているという可能性もあるわけだし、そういうところを考慮すると、単純にこの情報を鵜呑みにするわけにはいかない。

不毛だとは思いつつも、事件についての概要も同じようにまとめてみることにした。

第一の事件

被害者　伊吹かなみ
状況　密室。
ペンキの川。
（解決済み）
犯行時間　夜。
地震の後と予測。
その他　首斬り死体。
犯人不明。

第二の事件

被害者　園山赤音
状況　密室。
高い位置に開いた窓。
（未解決）
犯行時間　午前二時から午前九時半まで。
その他　首斬り死体。

「そして犯人、不明……と」

書き終えて、ぼくはペンを置いた。

「第三の事件を忘れてるよ、いーちゃん」すかさず玖渚が抗議の声をあげる。「ほら、僕様ちゃん可哀《かわい》想《そう》事件」

「ああ、そうだな。目立たないけど、あれも謎っちゃ謎なわけだ」

「目立たないとか言っちゃ駄目だよ！　僕様ちゃんにとっちゃ首斬られるより悲劇だよ！　あんなことするくらいならいっそ僕様ちゃんの首を斬ってくれたらよかったのに！」

「分かった分かった」と、ぼくはペンを取る。

第三の事件

被害者　玖渚友（のコンピュータ類）

状況　非密室。

鍵はなく、誰にでも侵入可能。

犯行時間　朝の十時から朝食終了まで。

しかしその時間は、屋敷内の人間は全員揃っていた。時間的に密室？

その他　破壊魔の目的は、伊吹かなみ殺害現場を撮った画像だと推測される。

「時間的密室か……」

第一の密室は、ペンキの川という、面による密室。第二の密室は、届かない位置に開いている窓という、高さによる密室。第三の密室は、そして、時間ってわけか……。

「二次元、三次元、四次元だね」

「それだけ聞くとすごい大規模な事件みたいだけどな……。ねえ、ひかりさん。今更こういうこと訊くのって、なにか前提を全部引っ繰り返すようになるんですけれど……、この島には、ぼくら以外に誰か人間がいる可能性ってないんですか？」

「ありません」断言するひかりさん。「着岸できる場所は一箇所しかありませんし。わたし達はずっとこの島に住んでいるんですから、それに関しては絶対だということができます」

「そうですか……」

しかしそうとでも考えないと、玖渚のパソコンを壊すことなんて絶対に不可能なのだが。面や高さなら知恵や叡智でなんとかなるとしても、時間だけは人間にとって不可侵の領域だろう。

「だからそこにも何かトリックがあるんじゃないのかな？　遠隔操作型トリックとか。うーん、でも、これって明らかに人間による破壊なんだけれどね」

「……ひかりさん。あのとき、どさくさにまぎれて一人や二人いなくなったりしてませんでしたかね？　何せ首斬り死体が目前にあるんだから、一人くらいいなくなっても分からないかもしれない。そういう盲点を突かれた、とか……」

「そんなことは……ないと思いますけれど……」

ひかりさんは納得いかないようだった。ぼくも自分で言ったものの、やはりこの考え方には首をひねらざるを得なかった。誰かいなくなっていたら、やっぱり気付いていただろう。

「第一の事件。これは誰にでもできる。共犯を考えに入れてしまえばですけれど、方法だけは分かっていて、もう既に密室とは言えませんからね。さて、第二の事件。この密室については方法が全く分からない」

「でも、わたしにだけはできる」と、ひかりさん。

ぼくは頷いた。「そして第三の事件。これは誰にもできない。その上、可能な方法は存在しない」

どんどんと。事件そのものの難易度が高くなっていく。この分では、次に起こる事件が思いやられるってものだった。

「全く……どういうサイクルなんだよ、これ……」

「うーん。その辺は意図的とは思えないけどね……。偶然で片付けるのもあんまりだけどさ」

「とりあえず、じゃあ、こういう鬱陶しいことは考えないことにしてみようか」と、ぼく。「アリバイ。密室。トリックにギミック、仕掛けにフェイク。何でもいい。ぼくらには想像もつかないようなイカサマを誰かがやっているとして、それを分かっているつもりになりましょう」

「仮想マシンだね」

「そう、それ」

よく分からないけれど。

パズルは解くよりも作る方がずっと難しい、などと、それは古い推理小説で使い古されている言葉があるが、ぼくにはそうは思えない。トリックやパズルなんてものは作る方がずっと簡単なのだ。パズルを作る方は、好きな角度で、自分に都合のよい角度で、事象を示すことができる。そして示された方は、その方向からしか、パズルを解くことができないのだから。

だから問題はとりあえず棚上げだ。

「でもやっぱり、せめてアリバイくらいは考慮した方がいいんじゃないですか？　数少ない情報なわけですし」ひかりさんは言う。「感情論で言い始めたら、誰だって怪しいように思えますよ……、結局伊吹さんが殺されたとき園山さんを疑ったのって、彼女達の仲が悪かったからでしょう？　でも、それでこの結果ですよ」

「でもなあ……。でも、確かに、かなみさんが殺されて赤音さんが犯人って言う構図は、分かりやすいものでしたよね……」

そしてその赤音さんも殺された。

「伊吹さんを殺した犯人は園山さんで、園山さんはその復讐に殺されたっていう考え方はどうでしょう？」

「だとすると、赤音さんを殺しそうなのは……、まず深夜さんですか。介護人で、かなみさんと一番親しい人だったんですからね」

「でも、深夜ちゃんにはアリバイがあるよ。それは棚上げにするにしてもさ、どうして深夜ちゃんには赤音ちゃんが犯人だって分かるわけ？」

「分からなくても、ただの思い込みでもいいさ。勘違いして復讐なんて、よくあるとは言わないまでも、全くないわけでもないだろう。……それを言うなら、思わないか？　深夜さんと真姫さん。二日連続で、アリバイがあるなんてさ。夜中だぜ？　アリバイがあるのは、逆に不自然だよ」

「不自然……姫菜さんが口裏を合わせてるってことは、あるかもしれませんね。でも、その、姫菜さんってそういうタイプには見えないんですけれど」

姫菜真姫。言語を絶する占い師にして、超能力者。人間の脳の裏側までも覗き、森羅万象全てを聞くことのできる絶対としての絶対者。どこか玖渚に似ている、不思議な……

真姫ちゃんに惚《ほ》れたの？　いーちゃん」

「惚れたって言うな。に正しい常識を求めるのは、少しばかし無理がありますよね……」

本当に不毛だった。考えられることを全て考え尽くしたような気にすらなっている。まさしく進退窮《きわ》まったという感じ。これ以上、一体何について思考しろというのだろう？

「……赤音さんは、自分が殺されることを予測していたような節があるんですよね……」

「え？」ちょっと驚いたように身を乗り出すひかりさん。「それって、どういうことですか？」

「そんな感じだったんですよ。その、昨日の夜、ドア越しに話をしたんですけれど、そのときに……、

なんだか、悟りきっているような。らしくもなく良寛なんて引用して」

「うーん。ひょっとしたら赤音ちゃんには犯人が分かっていたのかもしれないね」

玖渚は神妙そうにそう言った。

確かに、それは考えられない話ではない。ER3システム、七愚人の一人、園山赤音。捜査や調査など一切しなくとも赤音さんには犯人の予想がついていたのだとして、疑問を挟むような余地はない。

「……そう言えば、ひかりさん。さっきてる子さんと話したんですけれど」

「ええぇ⁉」ひかりさんは、まるでそれがとんでもないことかのように、身を乗り出して驚いた。いや、それは驚いているというより、《どうしてそんな嘘をつくのか分からない》というような口ぶりだった。「てる子が、てる子が喋ったって、そういうんですか？」

「……はあ。それはぼくも驚きましたけれど……、

問題はですね、その内容なんですよ」

ぼくは、てる子さんから訊いた話の内容を玖渚とひかりさんに話す。勿論後半はオールカット。ぼくに露悪趣味は、それほどない。

「……ということなんですけれど、ひかりさん。これって、どこまで本当なんですか？」

ひかりさんを見ると、ひかりさんは困惑したような顔で、「えっと……」とお茶を濁す。「えっと……、えっとですね。えっと」

「あかりさんも今朝、妙なことを口走っていました。《もううんざりなのに》とか、何とか。ひかりさん、これは、どういうことなんですか？」

尚も口籠もるひかりさん。しかし、やがて意を決したように顔をあげた。それでも、まだしばらくの間、迷うように視線を揺らしていたが、最終的には口を開いた。

「……全部本当です」

それは。

それはさすがに想定外の答だった。

今度はぼくの方が言葉に詰まってしまい、咄嗟《とっさ》には何も言えなかった。全部……？　何が……？　今この人、なんて言った……？

「……こういうことになってしまった以上……、あなたを信頼してお話しします。あなたは、恩人ですから……」ひかりさんは、もう一度俯いて言葉を切り、それから、更に迷うようにしてから、やっと続けた。「確かに、お嬢様は、法的には犯罪者です。わたし達はそれを承知で、お嬢様に仕えています」

「……だから、警察を呼ばないんですか？」

「わたし達はお仕えしているだけです。それ以外のことは、一切致しません。……この島に来てからも、色々あったんです。話の哀川さんとも、そのときに知り合って……」

色々？　色々って……、何だ？

島であった事件。

そう言えば。

そう言えば、確か、一昨日の夜中に——

「おい、友」

「何？　いーちゃん」

「お前そう言えばあの夜、《この島で昔あった事件に興味がある》とか何とか言ってた気がするんだけど、それはぼく得意の記憶違いか？」

「違うよ」

「じゃあ、知ってたのか？」

うん、と玖渚はやんわり笑って頷いた。「割と有名な情報だけどね。知ってる人は多いけど、誰も口にしないよ。赤神財閥を敵に回そうなんて人、そういないからね」

なるほどね。玖渚のそういう趣味は、今も昔も変わっていないってわけだ。前言撤回するほどではないけれども、しかし、五年の月日ごときでは、玖渚の内面下を変質させることはできなかったのかもしれない。

「ちぃくんからの情報には、実はそういうのも混じってたんだけどね、いーちゃんには秘密にしといた方がいいと思って」

「何でだよ」

「そういう顔するからだよ」

それも、なるほど、だ。

やれやれ……。

脱力だった。

ひかりさんは淡々と、いやむしろ訥々と、苦しそうに続ける。

「この、サロン計画を始めてからはお嬢様も落ち着かれたんですけれど……、あかりがうんざりだっていう気持ちも、分かります。でも、わたし達は、これが仕事ですから……」

仕事——か。それが本当だとしたら大したものだ。ぼくは素直に感心した。それがどんなものであろうとも、自分の役割を果たすためだけに生きている人間を、ぼくは尊敬する。それはぼくにはできないことだから。

ひかりさんもきっちり、底の底のどん底の底辺では、割り切っていたということか。

「そっか……そういうことか……」

しかし、そうだとして……じゃあ、どうなるんだ？　もし、犯人がそれを知っていたのだとしたら……、イリアさんには警察が呼べない事情があって、犯人がそれを知っていたら……、
だとすると。

犯人の、大胆とも不敵とも傲岸《ごうがん》とも不遜《ふそん》ともいえる行動に、説明がつく。

「……じゃあ、ひかりさん……」

その、昔あった事件のこと、イリアさんのことを詳しく聞こうと口を開いた矢先に、ドアがノックされた。

そこにいたのは弥生さんだった。

3

トイレに行ってくる。そう言って、弥生さんは真姫さんと深夜さんのチームから、昼食の最中に抜け出てきたらしい。凡庸で陳腐でありがちな嘘だし、人の心を読める真姫さんは勿論、調子の悪い深夜さんでもそれを見抜いたに違いないが、こんな青ざめた顔色でなら、たとえこれから亀に乗って鬼が島に行くと言われても、嘘をつけとは言えないだろう。

弥生さんはソファに腰掛けて、黙っている。

何だか、妙にひかりさんの方を気にしているようだった。弥生さんもやっぱり、ひかりさんが犯人かもしれないと疑っているのだろうか。そうだとしても無理はないが。

「……ここに来たっていうことは、弥生さん、何かぼくらに言いたいことがあると、そう判断していいんですよね？」

らちがあきそうにないので、ぼくは訊いた。

はい、と弥生さんは力なく頷く。

「あの……この事件について、推理なさっているんですよね。あなた達二人は」

「一応そのつもりです。個人的な恨みもできましたしね」と、ぼくは部屋の隅のコンピュータを見る。いや、かつてコンピュータだったものを、だ。「それが何か?」

「……やっぱり推理する以上、情報は正確でなければいけないと、そういうことになりますよね」

「はあ、そりゃもう。当然ですね」

「正確でない情報に踊らされて二の足を踏んでいたら、第三の事件が起きないとも限らないですよね」

「第四だよ」という玖渚の抗議は無視された。

「そうですね。弥生さん、それはその通りです。……あの、弥生さん、言いたいことがよく分かりません。ぼく達を手伝いに来てくれたのだと思いましたけど、違うんですか? 深夜さんと真姫さんのチームが嫌だったから、ここに来たんですか?」

「そういうんじゃ、ありません」と、歯切れ悪く言う弥生さん。やはり、何故かひかりさんの方を気にしているようだ。「……ただ、わたし……。取り返しがつかないかもしれない嘘を一つついていて……それを……」

「嘘? ……嘘って、偽りの嘘ですか?」

「——はい。あの晩……、わたし、確かにイリアさんと話していたんです。地震が起きるまでですけれど、それは嘘偽りのない事実です」

弥生さんは言った。

「だけれどその場に……その場に、班田さんはいな、い、い、い、い、かったんです」

ひかりさんの表情がこわばった。

玲さん——班田玲。

ぼくは何故、弥生さんがひかりさんを気にしていたのか、そしてあの日から、弥生さんの態度が不自然なまでに浮ついていたのか、部屋に引きこもったりしていたのか、その全てに思い当たった。

氷解……。

そういうことだったのか。

あの朝食でのアリバイ調査のとき、イリアさんは自分から、玲さんと弥生さんと一緒にいた、と語った。他の人には一人ずつに質問していたのに、弥生さんのときだけは、自分からそう言ったのである。それは自分が一緒にいたからという理由だと思ったけれど、そうではなかったのだ。

イリアさんは——

赤神イリアは班田玲をかばったのだ。

弥生さんは俯いていて、肩はだらんと垂れ下がっている。背に負ってた荷物を降ろしたように、呪縛から解き放たれたかのように、ぐったりと。

「……どうして——」

どうしてそんな大事なことを今まで黙っていたのか——とは、ぼくの立場からは言えないだろう。この島はイリアさんのもので、この屋敷はイリアさんのもので、ここの主人はイリアさんであって、そしてイリアさんを招いたのもイリアさんなのだった。そのイリアさんがさらりと、《自分は弥生さんと玲さんと一緒にいた》と言ってのけたのである。それをどうして否定できるだろう？　嘘をつけ、などと言えるだろうか？

言えるわけがない。

そんなこと、言えるもんか。

「そのときは、大したことじゃないと思いました」

やがて、弥生さんは言った。

「イリアさんは、自分の身内だから玲さんをかばった、ただそれだけだと。だけど……そのせいで赤音さんは一人、アリバイがないことになって、監禁されて、……それで殺されました」

堰を切ったように弥生さんは語りはじめた。ぼくはそれに対し、黙って耳を傾ける。玖渚も、ひかりさんも、同じようにしていた。

「……そして昨晩のことについても、イリアさんは玲さんにはアリバイがあると言いました。一晩自分と一緒だったって。でも、それがどうして信じられますか？　これからのことを話し合ったって言っていましたけれど、どうしてそんなことを話すだけに一晩もかかるんです？」

「……さあ。かかるかもしれませんよ」

「わたしはそうは思いません。一度目に不正直だった人間が、二回目には正直でもいいかもしれないけれど、でも二回目も嘘をつく可能性の方がずっと高いでしょう？　それに、ひかりさん」弥生さんはひかりさんを、睨むように見た。「ひかりさんはイリアさんの身内なのに、イリアさんはまるでかばおうとしなかったでしょう？　それはどういうことなんです？　玲さんをかばって、でもひかりさんをかばわない理由って、なんですか？　ひかりさんの方はかばう必要がないって、そう思っているからじゃないんですか？　逆に言えば、真犯人を知っているからこそ――」

「玲さんが犯人だと、そう言うんですか？」

ぼくは、これには驚いた。そういう方向に話が行くとは思ってもいなかったのだ。しかし、弥生さんは真剣そのものだった。

「……確かに、アリバイは怪しくなってきますけれど。勿論、あなたの話を信じればの話ですが」

「本当です。信じてもらえないかもしれないけれど、本当です」

きっぱりと弥生さんは言った。ひかりさんは何か言いたそうな態度だったが、しかし、思い当たることでもあるのか、何も言わなかった。唇を噛み締めて、痛みに耐えるような表情を浮かべている。

「……ちょっと待ってくださいよ……」

仮にあの晩に玲さんがアリバイを持っていなかったとして、話はどう変わるだろうか。それはそれほどは変わらないけれど、しかし、イリアさんが嘘をついていたという事実は、とんでもなく重要であるように思えた。

あの夜玲さんはイリアさんの部屋にいなかった。地震の後イリアさんと一緒にいたというのも、ならば、嘘になるのだろう。

と、なると――

「うにー。ねえ、弥生ちゃん」

「……何ですか？　玖渚さん」

「どうして玲ちゃんが犯人だと思うの？　だって、玲ちゃんはメイド長だよ、懐刀なんだよ、偉いんだよ。ひかりちゃん達よりイリアちゃんに近い位置にいるじゃない。だから、ちょっとした親切感でかばっただけかもしんないじゃない。それに一回嘘をついたからっていっても第二の事件のときにも嘘をついたとは、やっぱり限らないよ。それにもし玲ちゃんが犯人だっていうなら、イリアちゃんはそれを知ってることになるよね？　どうしてイリアちゃんが玲ちゃんを――」

「殺人を、イリアさんが命令したのだとしたら、どうですか？」

ごくり、と誰かがつばを呑む音が聞こえた。誰のものだったかは分からないし、それはぼくのものだったのかもしれない。

「……それはないと思うよ。だってさ、かなみちゃんも赤音ちゃんも、お客様としてここに呼ばれたんだよ。自分で呼んでおいて、そのくせに殺すだなんて、全然意味が分からないよ」

「殺すために呼んだ、とは発想できませんか？」弥生さんは玖渚に対して、畳み掛けるように言った。「イリアさんはここに人を呼んだ。そして呼ばれた人は殺された。だったら、そう考えることだってできるでしょう？」

イリアさんが玲さんを使って、二人を、そしてこれから三人を、四人を、五人を、殺そうとしているというのだろうか。それはあまりにも現実離れした発想のように思えたが、しかし、否定するだけの根拠は持ち合わせがなかった。

そう。それどころか、肯定の根拠となるような話を、さっきてる子さんから、今ひかりさんから、ぼくは聞いたところじゃないのか？

班田玲。

メイド長。

ひかりさん、あかりさん、てる子さんの上司にして、イリアさんの一番近い位置にいる女性——。どうなんだ？　それが答なのか？　それが行き着く先なのか？

赤神イリア。

その名の由来はホメロス作、ギリシア最大最古の古典叙事詩、イリアス。ヘレネを巡る、トロイア軍とギリシャ軍の戦争を描いた作品。その叙事詩の登場人物は皆、自分が神に操られていると考えていた。それが。それこそが答だというのならば——

ぼくが考えていると、弥生さんは更に続けた。

「——どうしてわたしがここに呼ばれたのか分かりますか？」

「それは……天才だからでしょう？」

は、と苦笑する弥生さん。

「ねえ。伊吹さんは画家。立派な芸術家ですよ。園山さんは学者。いいでしょう。姫菜さんは占い師。構わないわ。玖渚さんは技術師でしょう？　とっても素敵です。でもわたしは料理人なんですよ。美食マニアでもないのにそんなものを呼んでどうしようっていうんですか？　わたしは、料理なんかにそこまでの価値があるとは思っていません」

ぼくは無言だった。こと本人である弥生さんがそういう以上、ぼくの方から言える言葉なんてあるわけがなかった。

「——そして、どうして伊吹さんと園山さんが、首を斬られていたのか分かりますか？」

「……話が飛びますね」

「飛んでいません」真剣な表情と口調で、弥生さんは続けた。「同種同食。中華料理にはそういう思想があるんです。肝臓が悪ければレバーを食べればいい。胃が悪いときは胃を食べればいい。とにかく、調子が悪い内臓を改善したければ、それと同じものを食すればいいっていうものです。それくらいはご存知でしょう?」

「……ちょっと——弥生さん、それは——」

それは。その発想は。

「誰が! 一体誰がこの島に伊吹さんや園山さんを、招聘《しょうへい》したんですか!」

弥生さんは悲鳴のように怒鳴った。部屋の中にその声が思い切り響いた。残響音が耳に残る。しかし、そんなことが全然気にならないくらい、今のぼくは混乱していた。

ちょっと……ちょっと待ってくれ。それは、つまり、そういうことなのか? ちょっと待て。ちょっと待て。お願いだから少しだけぼくに時間をくれ。

「もう一度言います。いえ、何度だって言います。どうして犯人は伊吹さんや園山さんの首を斬ったんですか? どうして犯人は伊吹さんと園山さんの頭を持ち去ったんですか? それはどこに行ったんです? そして、ここに彼女達を呼んだのは誰なんですか? 天才と呼ばれる彼女達を呼んだのは誰ですか? 彼女達の持ち去られた頭部の中には、一体何があるんですか?」

殺人現場から宝石が盗まれていたら、犯人は宝石が欲しかったのだろう。現金だったら、現金が欲しかったに違いない。そう考えるのが普通であり常識であり、当然ってものだった。

そして今回、なくなっているのは被害者の頭部。

弥生さんは続ける。

「どうしてわたしはここに呼ばれたんですか? どうして、料理人であるわたしが、芸術家でも学者でも占い師でも技術師でもないわたしが、この島に招かれているんですか? 特別扱いされて、いつまでも滞在していられるんですか?」

それは搾《しぼ》り出すような声だった。

救いを求めるような声だった。

考えていたのだろう。あのダイニングで偽証して以来、ずっと考えていたのだろう。園山さんが殺される前から、そして殺されてからも半日、ずっと考え詰めていたのだろう。

弥生さんはひかりさんを向いて、またも、どうしようもないくらい悲鳴のように言った。

「わたしは一体――何をさせられるんですか？」

ごくり、とつばを呑む音。

今度は間違いなく、ぼくのものだった。

ありえるのか？　そんな話が。そんな発想が……そんな発想を抱くことそれ自体、許されないことじゃないのか？

それならどうして《今》なんだ？　このサロン計画は別に今に始まったものじゃない。そういう腹なら、始めた直後にやればよかったんじゃ……。

いや。

《今》は、この《今》、鴉の濡れ羽島にいた五人の才人は、誰をとってもその世界のトップクラスに位置する、究極のスペシャリスト達。このタイミングを、イリアさんは待っていたというのか……？

「そんなことありえません！」

強い語調でいったのは、ひかりさんだった。今まで我慢していたものが爆発した、そんな感じだった。

「お嬢様が今更そんな、そんな残酷なこと、そんな残酷なことを、考えてるなんて……」

今更。

もう、うんざりで。

昔。

色々と。うんざりで。今更。今更どうして。こんなことはもううんざりなのに。波風立てないでください。うんざりで。うんざりでうんざりで。こんなことはもううんざりなのに。

しかし、弥生さんは引かなかった。

「わたしは昨日の朝からずっと班田さんを見ていました。ねえ、人間が人間を見るときって、最初はそうでなくとも、見てる時間が長いほど、自分との共通点っていうんですか、相手から人間らしさ、人間臭さを感じてくるものでしょう？　親近感です。《ああ、この人はわたしと同じ人間なんだ》って、そう思えるものでしょう？　イリアさんに対しては、わたしはそう感じました。彼女は同じ人間だと、嘘はついたけど、同じ人間だと思いました。だけど班田さんは——わたしはあの人が怖い。あの、演技をして生きているようなあの人に、わたしは恐怖を感じずにはいられません」

「そんなこと……」言いさしたまま、ひかりさんは俯く。「そんなこと、そんなこと、そんなこと——」

しかし、その台詞に続きはないようだった。ひかりさんはそれでも、必死で弁護しようとする。自らの主人を、自らの職務に従って。あまりにも悲痛だった。それは、笑ってしまうくらいに悲痛だった。

「——なるほど。弥生さん、あなたのおっしゃらんとするところは大体分かりました。つまりあなたはこうおっしゃりたいわけですね……」

ぼくは無理矢理、二人の間に割って入ろうとしたが、無駄だった。弥生さんはひかりさんに向けて、容赦のない詰問を続ける。

「あかりさんとてる子さんは本土に名探偵を呼びに行った？　でも誰がそれを証明できるんですか？　警察に連絡させてくれないのは一体誰？　島から帰してくれないのは一体誰？　ひかりさん。あなたは一人かやの外にいるかもしれないって、そうじゃない保証がどこにあるんですか？　あなたはイリアさんに容疑者と言われましたね。あなたは事態を混乱させるためだけのスケープゴートじゃないとそういえるだけの根拠は何処に？　いいえ、そうじゃなく、あなただってイリアさんとグルになって、玖渚さん達を混乱させようとしているだけなのかも——」

「やめてください。弥生さん、そこまでです」ぼくは静かに言った。「ぼくらの友人を侮辱《ぶじょく》することだけはやめてください。ぼくも玖渚も、怒ることが苦手なんです。だけれど苦手だからってやるべきことをなあなあにするほど、腑抜《ふぬ》けでもない」

多分相当に冷たいものだっただろうぼくの視線に、弥生さんは一瞬身体を震わせて、それからまた、体を縮こまらせた。部屋にきた当初と同じように、不安げな態度へと戻った。

「——怖いんです。怖いんです。怖いんです。わたし、ただ、怖いだけなんです」

「ええ……、それは分かりますよ」

「……ここは絶海の孤島。逃げ場はありません。わたしの考えてる通りだとしたら、わたしが殺されることはないかもしれません。あなただって、才人として招かれたわけじゃないんですから、殺されることはないかもしれません。でも、あなたの大事な友人である玖渚さんは危ないんですよ。玖渚さんの肩のところが平らになってしまわないなんて、保証してくれる人は神様だっていません。もう、のんびり推理ごっこなんかしてる場合じゃ……早くこの事態をなんとかしなくちゃ駄目だとわたしは思います。わたしがここに来たのは何もひかりさんを詰《なじ》るためじゃないんです。玖渚さんが技術者だから。ひょっとしたら船の運転くらいできるんじゃないんですか？　もしそうなら、あのクルーザーで脱出……」

「……ちょっと待って」

ぼくは右手を出して、弥生さんを止めた。不思議そうに顔をあげる弥生さん。ひかりさんも疑問そうにぼくを見ている。玖渚だけはぼくの方を見ずにあさっての方向を見て、ちょっと呆けたような顔つきだった。多分今のぼくも、玖渚と同じような表情をしていることだろう。

えっと……なんだっけ。どうして今、ぼくは弥生さんの台詞を遮ったのだっけ。

そう、確か——

「もう一度言って下さい」

「……はい？」

「さっきの台詞ですよ。もう一度言って下さい」

弥生さんはちょっと首を傾げた。

「もしそうなら、あのクルーザーで脱出……」

「それじゃなくて」

「ひょっとしたら船の運転くらい——」

「いや、それでもない」

「……えっと。わたしがここに来たのは……、でしたっけ?」

「違う。それじゃない。何か引っ掛かったんだけれど、それじゃあない。それより前です」

「もう憶えてません」

「じゃあ思い出してください。その前、弥生さん、何て言いました?」

「……早くこの事態を何とかしないと……。のんびり推理ごっこなんかしてる場合じゃ……」

「違う。そんなのは分かりきってることだ。早くこの事態を何とかしないと? そんなのキャッチフレーズじゃないか。分かりきっていることなんかどうでもいいです。弥生さん、多分その前辺りです」

「……もう駄目。ここまでしか思い出せない」

「友!」ぼくは玖渚を見る。「お前なら憶えてるだろう?」

「うん」と、短く頷く玖渚。

そして、す、と、手を首の前で引いた。

「僕様ちゃんの肩のところが平らになる——だよ」

「——大当たり」

そう——、それだ。それが引っ掛かった。それが引っ掛かった理由は、想像したくない未来を暗示した台詞だからか? それは違う。そんな陳腐な理由とは全然違う。全く極《きわ》まって違う。

これこそが。これこそが本物の鍵だ。

ロゼッタ・ストーン。

「あの——」

「ちょっと静かに。考えます。多分、この道であってる。間違いない。ここまでくれば京都の地形よりも札幌の地形よりも分かりやすい。仮定と答が出たんだから、あとはただ証明するだけだ」

ぼくは思考した。

玖渚も思考していた。

全ての材料は、多分揃った。そんな感覚はあった。いや、材料自体は既に、揃い終わっていたのだ。玖渚のコンピュータ類が壊されていたと、その段階でぼくは真実に到達していてもおかしくない、それだけの材料を目の前に並べられていたのだ。第三の事件は鍵ではなく、やはり、あれも材料の一つだったのだ。

そして今、鍵を手に入れた。

今度こそ、手に入れた。

そしてすぐに、鍵さえあれば扉がすぐに開いてしまうように、ぼくは解答に辿り着くだろう。ゼロ・サム・ゲームのようなもの。必勝法のある、単純な迷路のように――

多分玖渚もそうだ。

砂山は、もうすぐ完成する。

「――本当に、これこそが戯言だ――」


そして。

しばらくして。

ぼくは呟く。

「――これか……？」

しかし、これは……。

「――違うだろ……？　こうじゃないだろ……？」

こんなはずがない。

こんなわけがない。

こんな理屈があるもんか。

矛盾はないし整合性はあるし筋は通っているし理にも適《かな》っているし、完全だ。可能性はもうこれしか残されていないのだが……これ以上に砂を積み上げることは、できそうにないのだけれど……。

何か不安だ。どこか不安定だ。何回確認しても気がすまない、試験の最後の問題。そんな感じ。間違えていないことは確実だがそれでも不安はなくならない。そんな感じ。そんな感じがぬぐいきれない。

なんなんだ……この、漠然とした気持ちの悪さは。

「友……、どう思う？」

うにー、と玖渚は唸る。

「どう思うもこう思うもへったくれもあったもんじゃないよ。これはさすがに一つしか思いつけないよ。指が気になったのは、そういうことだったんだね……。だけど、これじゃあ……」

玖渚もぼくと同じ、茫洋とした不安定を感じているようだった。ひかりさんと弥生さんは、そんなぼくらを、火星人でも見るような目で見ている。いや、金星人かもしれない。そんなのはどちらにしたところで、些細な問題だった。

「……でも、それしかないよね」玖渚は、ぼくよりも早く、現実に対して膝を折ったようだった。「そうとしか考えられないんだから、これしかないよ」

「……そうだな。可能性が一つしかなかったら、それがどんなにありえそうにないものであっても、それが真実には違いない」

結局選択的思考に頼らざるをえないってわけだ。赤音さんが聞いたら気を悪くしそうな話だったが、しかし、それはもう気にする必要のないことだった。少なくともこれが同一犯人による連続殺人事件だと理解する限りにおいて、可能性は一つしかない。可能性が一つとは、それは確率が百パーセントであるということに他ならない。

オーケイ。

認めよう。

ぼくは全然気に入らないけれど、こいつが現実であり、こいつが真実って奴なのだろう。

どうせそれは、ぼくの戯言めいた感傷に過ぎないのだろうから。

「折り合いがついたみたいだね、いーちゃん」と、玖渚。「それで、これからどうする？」

「どうするもこうするも……ちょっとここは広過ぎるからな。そうだな……」ぼくは、更に考えた。こういうことを考えるのは玖渚よりもぼくの方が向いている。将棋自体は弱いけれど、これでも詰め将棋なら得意なのだ。「じゃあ……、弥生さん、ひかりさん、ちょっとばかし協力してもらえますか？」

「え……？」

二人は綺麗なデュオで疑問符を発した。

ぼくは立ち上がる。

「……これでやっと一回の表が終わったんだ。大分点は取られちまったけれど、まだコールドゲームってほどじゃない。今、ようやく三つ目のアウトをとって、さて、ようやく一回の裏、ぼくらの攻撃だ」

「一番ファースト弥生ちゃん。二番センターひかりちゃん。三番キャッチャー僕様ちゃんで、四番ピッチャーいーちゃんね」

ぴょん、と玖渚がベッドから飛び降りて、青空のようにはじける笑顔を見せた。

「反撃開始だね」

五日目（3）——鴉の濡れ羽

佐代野弥生
SASHIRONO YAYOI
天才・料理人。

0

終われ。

1

ところで。

鴉の濡れ羽にはロシア語で《絶望の果て》という意味があるらしい。となると、いささかロマンチックっぽく表現するならば、この島は絶望した人間の行き着く果てなのかもしれない。愛情の対義語が憎悪ではなく無関心であるように、希望の対義語もまた、絶望ではない。全てがどうでもいいと放棄できる無気力こそが、希望の対義語。全てのことを許すことができる、全てのことを《それでよし》と肯定できるだけの絶対的な説得力を持った無気力こそが、希望の反対だ。

全てがあるから何もいらない。

平均化されたそのラインのはるか向こう側。

それはありとあらゆる感情の行き着いた結果とでも比喩できる場所。誰もが一度はその存在を憧憬の混じった羨望《せんぼう》の瞳で眺めることになる、非干渉の湖の向こう側。禁忌《きんき》の裏側に位置する、現実と等記号で結ばれる広大さを誇り、しかし刹那と等しい密度を保っているその領域。

そこに到達するために多大なる犠牲が必要とされる。そしてその上、それは何の保証もない片道切符でしかないのだった。

だけれど。

それでも。

そこに辿り着いてしまう人間は存在する。

何かのミスで。

あるいは、何かの成功で。

伊吹かなみ、園山赤音、佐代野弥生、姫菜真姫。赤神イリアに千賀あかり、千賀ひかり、千賀てる子、班田玲。

そして玖渚友――

多分これは、実にくだらない感傷だ。つまらなくて価値のない、ただの戯言でしかないのだ。そして性質の悪いことに、この戯言には続きがあるのだった。

本当に……どこまで道化なのだろうか。

このぼくは。

「何か、分かりましたか？」

五日目の夕食会。

個人的な仕事があるとかないとかで、てる子さんの席が空席になっていたけれど、他の九人は、全員揃っていた。九人。おとといまでは、ほんのおとといまでは、十二人の人間がこの円卓を囲んでいたというのに。

「もう一度訊かなくちゃ駄目かしら？　玖渚さん、あなた達、まだ色々調べているんでしょう？　ねえ、何か分かりましたか？」

イリアさんが同じ台詞を繰り返した。

すごく楽しそうに見える。

多分、すごく楽しいのだろう。

楽しいに決まっている。

この人も多分、自分の中に一個世界を形成しているのだろうから。この島は、鴉の濡れ羽という名のこの島は、彼女にとって世界そのものなのだから。

「もう一度訊こうかしら？」

「全然全く皆無に微塵とちっとも分かりません」ぼくは答えた。「それが何か？　何か不都合でも？」

「いいえ――やっぱり、そういうのは専門家じゃないと、駄目なんだな、と思って」イリアさんはうっとりとそう言った。「じゃあ、やっぱり三日後まで、こうやってチームで行動するのがベストなんでしょうね」

「三日後なんですか？」と、深夜さん。「――それにしても、イリアさん、随分とその方に期待を寄せているんですね……。一体、どんな人なんですか？ どういうきっかけで知り合ったんです？」

「それはプライベートなことですから……」苦笑のようなものを浮かべるイリアさん。「でも、どんな人なのかは説明できます。何て言うのか、そうですね、すごく怖い人です。なにせ、人類最強の請負人ですから。でも、すごく頭はいいですよ？ きっとあっという間に事件を解決してくれます。うふふ、わたくし、本当に楽しみです」

「………」

――名探偵、か。

名探偵が来る以前に事件を解決してしまうなんて脇役失格なのだろう、多分。ぼくはいささか自虐的に、そんなことを考えた。しかしこっちだって命を張ってるんだし、いろいろと込み入った事情もある。呑気かまして主役の登場をただ待っているだけとはいかない。そもそもこんなこと、遅刻してくる方が悪いに決まっているじゃないか。

くっくっく、と真姫さんが、僕の隣りで笑った。

この人もこの人で、すごく楽しそうだ。ぼくの思考を読んだのか、それともこれから行われる茶番劇を見て、笑っているのか。それらも含まれるだろうが、真姫さんが笑っている理由は恐らくそれだけではない。本当に……真実に世界の全てを呑み込んで尚笑っていられるこの人は、一体何者なのだろう。

それは敬意に値するのかもしれない。

ぼくは真姫さんから目を逸らした。

「哀川さんは三日後の昼か、少なくともそれよりは早くに、この島に来てくださるそうです。そうなったら、きっとすぐ――」

イリアさんが得意そうに名探偵について語っていたそのとき、突如、「もう嫌！」という大声と共に、食器類がひっくり返る、陶器が派手に擦れ合う音がした。

弥生さんだった。

がたん、と席を立って、右腕でテーブルの上の、弥生さん自身が作った料理を薙ぎ払う。更に、料理で汚れたテーブルクロスを引っ張り、それによって食器類が次々とテーブルから落ち、割れていく。耳障りな音が連続してダイニングに響いた。

「もう嫌よ！」

弥生さんはばん、とテーブルを叩いた。

「佐代野さん――」

ひかりさんが席を立ち、なだめようと弥生さんの傍らによっていったが、弥生さんはひかりさんを乱暴に突き飛ばした。

「何なのよ！　もういい加減にしてよ！　付き合ってられないわ、こんな茶番！　何が名探偵よ何が密室よ！　何が首斬り死体よ！　推理小説じゃないのよ？　人が殺されてるのよ!?　何でみんな、そんなこと話しながら食事してるの!?　首が斬られてるのよ！　そんな話しながらわたしの料理を食べないで！　そんな冷静でいられるなんて、あなた達、みんな、頭がどうかしてるわよ！　何で人が殺されて平気なのよ！　気持ち悪いのよあんた達！　いつからここは人が殺されても平気な国になったの!?」

「佐代野さ――」ひかりさんは倒れたままで言う。「落ち着いてください。あの――」

「あなたが犯人なのよ！」弥生さんは更に怒鳴る。「そんなの決まってるじゃない！　分かりきってることじゃない！　あの倉庫の鍵はあなたしか持ってなくて、夜中に園山さんの部屋を訪ねたんでしょう？　そのときに殺したのよ！　伊吹さんだって、あなたが殺したのに違いないんだわ！」

「そんなの、何の証拠もありませんよ。証拠もなくそんなことを言うべきじゃありません、弥生さん」

ぼくはなるだけ冷静な声で弥生さんを窘《たしな》めるようなことを言う。「ひかりさんが犯人だなんて証拠はどこにも――」

「証拠？　そんなの、そんなことはわたしの知ったことじゃないわ！」

「でも、ひかりさんにはそんなことを、あんなことをする理由がない」

「人間の首斬るような異常殺人犯の気持ちなんか、分かるはずがないでしょう！　どうせ何かの儀式にでも使うんでしょう⁉︎　神様でも呼ぶんじゃなくて⁉︎　もう嫌、もう嫌、もう嫌よ！　何？　そうやって近付いてきて、今度はわたしの首でも刈り取るつもり？　そうはいかないわよ」

「弥生さん、落ち着いてください」

「わたしは十分落ち着いてるし、まともだわ！　狂ってるのはあなた達です！　みんな、頭おかしいよ、気持ち悪いよ、いい加減にしてよ、付き合ってられない！　いい大人が頭よりあわせて、何なのよ！　あなた達とは話にならないわ。それ何語？　何語で喋ってるの？　名探偵？　密室？　首斬り？　どこの言葉よそれ！　ここに地球人はわたしししかいないってこと？　だったらもう、わたし、帰ります。こんな狂った島にはもういたくない。あなた達と話なんかしたくない！」

ばん！　と、もう一度テーブルを叩く弥生さん。

「わたし、誰も信用できないわ。一人で部屋にこもらせてもらうから。バリケード作って、籠城《ろうじょう》させてもらう。わたしを本土まで送ってくれるんなら、いつでも呼びに来て！　それ以外なら、もうほっといて！　これ以上わたしに構わないで！」

そう言い捨てて、弥生さんは憤然と、ダイニングの出口へと向かった。

佐代野さん、とひかりさんがもう一度だけ呼んだけれど、もう弥生さんは振り返らなかった。やがてその姿は見えなくなる。

「…………」

しばらくの間、気まずい沈黙。

やがて「やれやれ」と、イリアさんが肩をすくめて苦笑した。

「丁寧な人だったのに、意外と追い詰められていたんですね。気が短いったら……」それから続けて「困ったものね」と、イリアさんはため息のようなものを吐いた。「折角哀川さんも来てくださるというのに、容疑者の一人を帰すわけにはいかないわ。——ひかり、あなたの責任なんだから、何とか説得しなさいよ」

「……はい」ひかりさんは俯いたままで、イリアさんに頷いた。「分かりました、お嬢様」

「あーあ。食事が台無しね。あかり、すぐに何か作ってくれる？　本当に、こんなときにてる子はどこに行ったのかしら……」

イリアさんの言う通り、確かに食事は台無しだったけれど、この程度の演出は必要経費ってものだろう。どうせぼくのお金じゃないし、食べ物を粗末にするべきじゃないだろうが、粗末にしたのはぼくじゃない。作った本人の弥生さんだ。

隣りで玖渚が、名残惜しそうに、床に落ちて粉々になった食器を見詰めていた。食事ではなく、食器を。色も同じ白だし、案外壊された自分のパソコンのことでも思い出しているのかもしれない。

「ヘイ、三番キャッチャー」

「うに？」こっちを向く玖渚。「何？　いーちゃん」

「ぼくはそろそろ行くから、ここ、まかせた」

分かった、と頷く玖渚。

そしてぼくは席を立ち、扉へと向かう。

後ろで悶着《もんちゃく》が起きる音が聞こえた。見ると、玖渚がテーブルを乗り越えて、深夜さんに、ボディ・アタックをかましたらしい。ぼくとしては少し妬《ねた》ましい光景ではあるけれど、とりあえず、今のところは、我慢。

それに……

玖渚を連れて行くわけにはいかないのだし。

片目をつむったままで廊下を走り、階段を昇り、弥生さんの部屋が近付いてきたところでようやく、弥生さんの姿が見えてくる。廊下の壁にもたれて、弥生さんは所在なさそうにしていた。

ぼくを振り向いて、「ああ」と、安心したように嘆息する弥生さん。

「どうでしたか？」

「名演技でしたよ」

「演技っていうか、半ば以上本音なんですけれどね……」弥生さんはぼくと一緒に歩みを進めながら、首を傾げて言う。「……でも、本当にそんなことがあるんですか？　あの人が犯人だなんて……」

「あなただって、確認したでしょう？」

「確かに、匂いはそうでしたけれど……でもわたし、嗅覚の方は、あんまり自信がないんです。犬じゃありませんから」

「似たようなものでしょう」

「それ、誉め言葉じゃないですよ」

「ええ。かなみさんにも似たようなこと言われましたね、それ……。《何々みたい》っていうのは誉め言葉じゃないって」

　ま、弥生さんじゃなくとも、犬と並べられて気分を害さない女性はいないだろうけど。ぼくは素直に謝った。

　そして、弥生さんの部屋の扉に到達する。

「……これから、どうするんですか？」

「弥生さんはもうダイニングに戻っていてください。危険ですから」

「……。……それで、どうしてあなたはわざわざそんな危険なことをするんです？」弥生さんは、ただの疑問っぽくそう訊いてきた。「他に方法があるような気がします。……これはただの当て推量ですけれど、あなたは故意に思いついた中で一番危険な方法を選んだような気がするんですが」

「……」

「世の中には食べ過ぎで死ぬ人間と飢えて死ぬ人間がいて、前者の方が圧倒的に多い……ということですが。あなたはどうやら、後者のタイプのようですね」

「買い被《かぶ》りですよ」

「これ、誉め言葉じゃないですよ」

それでは、と頷いて、弥生さんは来た道をゆっくりと戻って行った。

「危険、ね……」

ぼくは一人で呟いた。勿論、そんなことは承知の上だった。それを十分に理解した上でこんなことをしようとしているのだから、確かにぼくは飢え死にするタイプなのだろう。

それこそ戯言だけれど。

ぼくはそのまま、弥生さんの部屋の扉をそっと、一応の用心と共に、ゆっくりと開ける。

薄暗い中——中もよく見えないままに、一歩、踏み込む。

と、間髪おかずに。

ひゅん。

風を切る音。

ぼくは前転するようにして、部屋の中へと滑り込む。そして、片膝立ちになり、つむっていた片目を開けた。これで、暗い中でも部屋の様子を、ある程度つかむことができる。

その人物は、後ろ手に、ドアを閉めた。その顔がはっきりと見えて、ぼくは、自分の推測が正しかったことを知った。相手は、少し驚いたような表情を浮かべる。しかし、それも一瞬のことで、右手で握っていた鉈——鉈！　——をこちらに向ける。

無言だった。

相手は、何も、言わない。

ふうぅ。ぼくは呼吸を整えながら立ち上がる。

こんな罠を張っておきながら何だけれど、アクロバットは本当に久し振りだ。決して成績は悪くはなかったけれど、日本に帰ってきてからの数ヵ月、かなりだらけていたわけだし。

速急に決着をつけるべきだと判断したのか、相手が先に動いた。ぼくの方へ向かって、すり足で移動してくる。玖渚が深夜さんを抑えた以上、時間さえ稼げば、その内に助けが来てくれるはずである。こっちから積極的に攻撃する必要はない。むしろ逃げ出したいくらいだけれど、相手が扉を背にしている以上、それは難しいだろう。

とりあえず、相手の攻撃を避けること——ぼくとすればそれに集中すればいい。しかし、このぼくらしい、あまりにもぼくらし過ぎる消極的な思考がよくなかった。あまりに相手の鉈へ視線が集中するあまり、ぼくは全く足元に注意を払っていなかった。

相手は鉈をフェイクに、足払いを仕掛けてきた。そしてそれは見事に成功する。受身も取れずにぼくは背中から絨毯に叩きつけられた。更に上から肩を押さえつけられ、相手はぼくに馬乗りになる。あっという間にマウントポジションを取られてしまった。

「…………」

ほとんどこれは、決着に等しい。朝にしておくべきは散歩ではなくマラソンだったのだろうか。それとも、日本に戻ってからも道場に通いつづけるべきだったのだろうか。

「……あーあ……」

まあ、いいだろう。ここでぼくが殺されたところで、実のところは意味がない。今ごろは玖渚が一同に真相を説明しているだろうし、弥生さんがダイニングに戻っている頃合だ。どうせ、相手は逃げることができないのである。ぼく自身は試合に負けて、勝負にも負けたけれど、完全試合を食らったわけじゃない。

だからこれでいい。

さあ、その鉈で——

その鉈で。

相手の冷たい、聞き覚えのある、例の声。

「死ね——」

あっさりと諦《あきら》めている自分に気付く。

この感覚なのだろうか？

どうしてだろう。どうしてぼくはこうもあっさりと、自分の命を諦めているのだろう？

生きていたくないのだろうか。

死にたいわけじゃないけれど、生きていたいわけじゃない。生きているのは面倒だけれどわざわざ死ぬのも億劫《おっくう》だ。

大事なものも欲しいものも守りたいものも、このぼくにはないのだろうか？　だから、こうもあっさりと諦めているのか？

「——いや」

違うな。

ここでぼくが死んでも、誰の迷惑にもならないからだ。玖渚の迷惑には、ならないからだ。

真姫さん。

あなたにはこの展開が見えていたんですか？　それなら、何一つとしてぼくに教えてくれなかったことに、感謝しよう。真姫さんが全てを知りながら一言も語らなかった理由が、今、分かった気がした。

死ぬるべき時節には死ぬがよく候。

まだ、その境地には辿り着けないけれど。

確かに。

てる子さんの言った通り、ぼくは一度死んだ方がいいのだろう。本当に、全く。

ねえ——

しかし、中々、鉈は振り下ろされなかった。高く掲げられたところで止まっていて、そのままだ。不審に思ってぼくは相手を凝視する。それは、ぼくをなぶるつもりでからかっている者の浮かべる表情ではなく、必死に鉈を振り下ろそうと苦悶している、しかめられた表情だった。

「目を、閉じないんですね、あなたは——」

もう一人いる！

ぼくに乗っかっている相手とは違う声。ぼくの位置からは見えないけれど、第三の人物は、振り上げたところの鉈を手でとらえ、がっちりと固定しているらしい。

誰だ？　弥生さんが助けに来てくれたのか？　それとも、玖渚が追いついてきたのか？　しかし、そのどちらも可能性としては考えにくい。

第三の人物はついに、相手の鉈を取り上げてしまい、そしてその瞬間、完全にがら空きになっている相手のわき腹に、見事な、実に綺麗な、ロー・キックを入れた。たまらず相手は転がり、その先にあるソファにぶつかる。しかしすぐに起き上がり、第三の人物に向かって対峙する。

ぼくの役割は、一気に傍観者へと格下げだった。

第三の人物は、ここで何故か、鉈を捨てた。相手を攻撃する上で、それは絶好の武器となるはずなのに。まさかとは思うけれど、スポーツマンシップって奴か？　こんな状況で？

相手は、さすがにぼくを敵としていたときとは違い、迂闊に飛び掛るような真似はしない。だが、あちらさんには時間的制約もあるのだ。早く始末をつけないと、皆に説明を済ませた玖渚が一同を連れてここに来ないとも限らない。

しかし、第三の人物はぼくと同じ失敗をしようとはしなかった。とん、と足を鳴らして、そして相手に向かって二メートルほどの距離を一歩で突進する。そして日本拳法さながらの一挙動の動きで、移動の勢いも利用した正拳を突き出す。普通なら後ろか横に逃げるところを、相手は身体を斜めにすることだけでそれをかわし、同時に懐に入る。そして第三の人物の首元につかみかかった。しかしその腕を、第三の人物はよけようともせずに、更に正拳を繰り出した。攻撃の動作に出ようとしているところだったので、相手にそれを避ける術はない。それはまともに、心臓の位置にヒットした。

「ぐぅ……」

相手が嗚咽を漏らす。が、喉をつかんだ手は離さない。力任せにするのではなく流れるようにして、相手は第三の人物の脇を抜け、ふくらはぎの辺りへ後ろ蹴りをヒットさせる。

身体が浮く。

そのまま、今度は力技で地面に叩きつけるつもりだったのだろう。かたわらで見ているぼくですらも、これで決着がついてしまった、と思ったけれど、しかし、そうはならなかった。相手の腕を軸に、第三の人物は逆上がりをするように、空中で姿勢をかえてしまい、二人の身体が地面に倒れる頃には、腕ひしぎの姿勢になっていた。それはさながら柔道の攻防戦のようだった。

一瞬。

骨の折れる、意外と軽い、拍子抜けするようなあの音が、薄暗い部屋に響く。

腕を離し、立ち上がる第三の人物。続いて相手も起き上がったが、完全に起き上がるその前に、骨折したと思われるその腕に、容赦ない蹴りが入った。相手の身体は宙を浮き、ソファを越えて、その向こう側に落ちる。がしゃり、と、テーブルの上のグラスが砕け、崩れる音。そして相手の身体は、向こう側のソファの上へと転がった。

ひゅうう、と、息一つ乱していない第三の人物が、構えを直す。

勝負あり、だった。

「………」

ぼくは完全に絶句していた。

やがて、第三の人物はぼくの方を見る。そしてにこりともせずに、「死ぬときは目を瞑《つむ》るべきだと思う」と言った。ぼくは脱力して、独り言を呟くように、「……ぼくみたいな奴は死んだ方がよかったんじゃ、ないんですか?」と言う。

「ああ、あれは——、」

首を傾げ、

「嘘です」

と。

てる子さんは、言った。

ぼくはゆっくりと頭を振って、てる子さんに向かって手を伸ばした。確率は半々くらいだと思っていたけれど、てる子さんはその手を握ってくれ、ぼくを引き起こしてくれた。

「——どうして、あなたがここに？」

「理由なんかありません。ただの必然ですから」

「何を言っているんですか？」

「気にしないでください。ほんの戯言です」

それも——

それも、ぼくの台詞だ。

やれやれ……。

「……ありがとうございます」

ぼくを引き起こすとてる子さんはさっと手を離す。そして、相変わらずの焦点が合わない瞳で、ぼくを見た。

「お礼は結構です。それよりも——」

一瞬の間。

「……気になっていることがあるのですが」

「はい……？」

てる子さんは意味深な台詞を言う。こんなときに一体、何を言い出すつもりだろうか。全く予想がつかない。

薄暗い。

目は完全に暗闇に慣れていたけれど、それでもてる子さんの表情は読み取れない。

まるで自分の心のようだ。

まるで他人の心のようだ。

「……昼間の質問です」てる子さんは眼鏡の向こうの冷たい瞳で、淡々とした口調でぼくに問いかける。「……あれが比喩だということは分かりますが……あれは玖渚さんのことなのでしょうか？　それともあなたのことなのでしょうか？」

地下室に閉じ込められた子供。

十年間、誰ともコミュニケーションを取らずに。

「……あー」

ぼくは。

ぼくはもう一度、何の意味もなく、てる子さんの手に触れようとした。

そして問いに答えようとした。

一瞬、指と指とが、触れた。

と。

その、指が離れた刹那だった。

鼓膜の破れるような音。

身体中に衝撃の波が走るような。

てる子さんの身体が、ぼくの方へとしなだれかかってくる。

どさり、と。

　ぼくはてる子さんを抱えるような形になった。ぐったりと、てる子さんはぼくにその身体を任せている。見た目通りに軽いその柔らかで温かい身体の感触を、しかし、堪能《たんのう》するような余裕はなかった。ぼくの視線はソファの方向へと釘付けにされていた。

　より正確に言うなら。

　そこに佇《たたず》む、拳銃を構えた彼女に。

　超然とそこに佇む彼女に。

　釘付けにされていた。

「…………」

　黒の、比較的ポピュラーなその形。ぼくも向こうで何度か見たことがある。まさかこの国でお目にかかろうとは、思ってもみなかったけれど。

　グロックなんて持ってたのか……。

　しかし彼女ならば、それを持っていることに疑問を挟む余地はない。だけど、じゃあどうしてそれを今まで使わなかったのだろう？　……そんなことは考えるまでもない。いくらこの屋敷が広過ぎると言っても、銃声の波が隅々にまで響かないほどには広くない。つまり、これこそまさに、彼女最後の切り札だったのだろう。禁じ手とでも形容すべき、絶対に使ってはならない手段。

　だったら。

　だったらそれを使わせたことが、ぼくの勝利だ。こっちにはまだ……切り札が残っている。それはただ出すタイミングを逃しただけなのかもしれないけれど、それでも今度こそ決着だった。

「……　　。　　……」　——

だからこれは、決着の続き。

ラストシーンの埋め合わせだ。

「——　……。　、　——

　」

声。

淡々とした、声が。

そして。

銃口が、ぼくの顔面に向く。

「　　——」

彼女は言う。

「　　　」

彼女は何かを言う。

何と、言ったのだろう。

さっきの銃声で鼓膜が壊れてしまったのか、彼女の声がぼくまで届かない。いや、多分鼓膜自体は無事だ。一時的に麻痺しているだけに過ぎない。だけどそれは、この状況では同じことだ。聴力が回復するまで、彼女が待ってくれるとは思えない。

何と言ったのだろう。

少し気になる。

これでチェック・メイトだ。

さようなら。

ばかだね。

きみは全体何がしたかったんだい？

こんなところで死ぬなんて。

一体何のために生きていた？

——彼女がぼくに言いそうな言葉は、多分そんなところだろう。いや、案外何も喋っていないのかもしれない。そんなところだろう。

どっちにしても聞こえない台詞に意味はない。

言葉にしない想いに意味がないように。

「——……」

ぼくは——

ぼくは無気力に彼女を見ていた。

てる子さんの肩越しに、
銃の照星の向こう側に、

彼女を見ていた。

「……あー……」

やっぱり。

やっぱりぼくはここまでか。

自分の危機に都合よく助けにきてくれる存在なんて、勿論信じていたわけじゃない……どうせこういうことになるだろうと思っていた。てる子さんを巻き込んでしまったのは不本意だけれど、これはこれで、まあそれなりに、予定通り。

ぼくにとっての予定はただ一つ、
玖渚を巻き添えにしないことだけなのだから。

他のことなんかどうでもいいんだよ。

本当にどうでもいい。

無気力で無関心だ。

先がない。

後もない。

生まれたことなんかとっくの昔に忘れてる。

生きてる実感なんて知ったことかよ。


ぼくにとっての現実は幻想の類義語でしかないし、それは決して夢の対義語ではないのだから。

既に。

もたれ／かかって／いるてる子さ／んの身体。ずきりず／きり痛／む足首。麻痺／する思考。壊れて／いく価値／観。溶けて／いく倫理。崩／れてい／く道徳。かな／みさんの／首。赤音さ／んの／首。事／件の真／相。犯人／。／殺人／犯。殺／人鬼。

分断されていく彼女。

そんなものはもう全てどうでもいい。

全て許す。

だから。

その引き金を引いて——

終わらせてください。

がきり。

撃鉄が起きる音。

それは向こうで散々聞いた。

だから——やっと——

ここで。

「いーちゃん！」

乱暴にドアが開かれる音。

光がぱぁああ、と獰猛《どうもう》な勢いで差し込んできて、一瞬、目が機能しなくなる。だけどその姿をわざわざ視覚器で確認するまでもなく、そこにいるのが誰か分かる。麻痺してしまった鼓膜でも、あいつの声だけはぼくには届く。

だけれど、それは、にわかには信じられないことだった。

玖渚友は、一人で、そこに立っていた。

ばかな。そんなはずがない。そんなことができないように、ぼくは玖渚を一階に置いてきたというのに。玖渚は一人では階段を昇ることができないからこそ、一人、一階に置いてきたというのに——玖渚一人では、ここに来れるはずがないのに。

しかし玖渚は確かに一人だった。

その瞳に涙を浮かべて。

ひどく憔悴《しょうすい》し切ったような表情で。

とても苦しそうに息をつきながら。

胸を抑えるようにして。

無理矢理、今にも倒れそうな身体を支えながら。

そこに、一人で、いた。

「……そんな……」

ちょっと……待てよ。そんなわけがないだろう。

誰かがそばにいるはずだ。誰かが一緒でないと、あの螺旋《らせん》階段を昇ってくることは不可能だ。一段や二段ならともかく、そんなわけが……。

ありえないんだ。

それでも、

ありえないにもかかわらず、

真実一人で、ここまで来たって言うのか……？

ここまで。

それは――確かに物理的に不可能ってわけじゃない。だけど強迫症ってのはそんな生易しいものじゃない。意志の力でどうにかなってしまうほどにぬるま湯いものじゃないのだ。自分で自分の潜在意識に逆らうことが、そんな甘っちょろいものではないことを、ぼくはよく知っている。

それでも。

それでも玖渚は。

銃声を聞いて。

死ぬほど苦しくてたまらないのに、下手すれば本当に死んでしまってもおかしくないくらいに苦しくてたまらないはずなのに、それでも無理矢理に階段を昇って。

誰かに付き添ってもらうことすら忘却して。

吐き気を抑えながら。心臓を押さえつけて。

竦む足を奮い立たせて。怯える精神に鞭打って。

その生きていくには脆《もろ》過ぎる心で。

無間地獄の苦痛を乗り越えてまで。

ぼくのところに来てくれたって言うのか……？

なりふり構わず、全てを投げ打ってまで――

玖渚友が。

ぼくのために。

「……何で」

締め付けられる。

それは残酷なまでに、悲痛だった。

ぼくは果たしてどこまで道化なのか。

この感情には。

この痛々しい感情には。

果たしてどんな名前があっただろう……。

「何でお前は――」

何でお前は、いつもいつもそうやって……

ぼくを揺さぶるのか。

お前って奴は。

本当に。昔から。

何も変わらない。

「——ふッ……」

と。

彼女はその銃口をす、と。

ぼくからずらして、玖渚へと向けた。

「ちょっ……！」

何をしている？　あなたが撃つのは——このぼくのはずだ。どうして銃をそちらに向ける必要がある？　そんな必然性は、どこにも存在しないじゃないか——それともそんなもの、そんなくだらないものはいらないのか？　必然性なんてものは、リアリティなんてものは、所詮ご都合主義な現実世界には存在しないっていうのか？

光に。

徐々に目が慣れつつある。それは彼女も同様だろう。だが、ぼくや彼女のように明順応でなく、暗順応をしなくてはならない玖渚には、まだ彼女の姿はつかめていない。暗順応は明順応よりも時間がかかってしまう。だから今撃たれたら、その弾丸を避けることなど玖渚には不可能である。

ぼくは腰を浮かす。

だけど今から、今更立ち上がったところでもう遅い。何の意味もない。今からじゃ、とても玖渚のところにまで間に合わない。弾丸より速く動くことなどぼくにはできない。できたとしても、それは無意味だ。玖渚の目の前で、ぼくが死ぬわけにはいかない。手遅れなのだ。また、五年前のように、手遅れなのだ。いつものように手遅れなのだ。

だったら。

もうぼくにできることなんて——

「あ」

玖渚が、ぼくの姿を捉えたらしかった。拳銃なんかには目もくれず、彼女なんか眼中にも入れず、玖渚はぼくを指さして、にっこりと微笑んだ。

「よかった。無事だったんだね、いーちゃん」

その微笑に。

自らを全くかえりみないその微笑に。

ぼろぼろの笑顔に。

状況をちっとも理解していない玖渚友に。

ぼくは。

ほんとうに。


「——そいつのことが好きなんですよ」

そう。

それはいつだって分かりきっていることだった。

ぼくにとって明白過ぎて言葉にする必要もなかった。ぼくと玖渚との間に言葉などいらないから。

それは当たり前のこと。

そんなことはとっくに自覚していた。

ぼくは初めて会ったときから、
玖渚友を選んでいた。

他のこと全てに無関心になるくらいに。


ぼくは。

好かれなくても選ばれなくてもいいから。

「だから、やめてください」

彼女に、懇願した。

彼女はしばらく動かなかったが、やがて、

「——ふふ。ふふふ……」

拳銃をくるりと回し、銃口を地面に向けた。

そしてしばらく笑い続ける。

「ふふふふふ……ふっふふふ……」

本当に楽しいことでもあったかのように。

歌うように笑う。

ぼくは足を引きずりながら玖渚に寄って行き、その肩を抱いた。玖渚の体温はすっかり熱くなってしまっていた。ここにくるまでどれだけの無理をしたのか、その事実からだけでも十分に測れる。玖渚をかばうように抱えながら、ぼくは彼女に目を遣った。

彼女はぼくらを見ていた。

まるで抱き合うような格好のぼくらを見ていた。

「色々と不満は残るが——」

そして。

口を開く。

「——ま、きみのような男からそんな素直な台詞が聞けただけで——今回はよしとするか」

と。

「それは昨日の夜には聞けなかった言葉だからね」

彼女は。

園山赤音さんはシニカルっぽくそう言って、拳銃を投げ捨てた。

2

「うわー、すっごい痣《あざ》になってるよ、いーちゃん」

玖渚はぼくのズボンをまくって、その足首の辺りをべたべたとさする。痣をさすられるとこっちは痛いっていうことが、この青髪には分からないのだろうか。ひかりさんがどこかから湿布を持ってきてくれたので、それを張る。体温がすぅっと奪われていく感覚。

これが、心地いい。

「赤音ちゃんってすっごく強かったんだねー。まぁ貧相そうではなかったけどさ」しみじみと、玖渚。

「でもいーちゃん、知らなかったの？」

「知るわけないだろ……ER3の七愚人があそこまで強いって、誰が思うよ……ゲームかなんかじゃねえんだからさ」

完全にあなどっていた。いくらなんでもあそこまで圧倒的に強いとは思っていなかったし、拳銃を用意していたとも思っていなかった。死にかけたことは何度かあるが、今回のはその中でも群を抜いての危機だった。

「てる子さんが助けに来てくれなきゃ、やばいところだったよ」

「気をつけてよね。いーちゃん一人の身体じゃないんだから」

「それはどうなのかな……」

あれから。

まずは怪我《けが》をした人の治療が第一だという、至極常識的な展開になった。ぼくは、そのときは大したことはないと思っていたのだけれど、時間が経つにつれて最初に食らった足払い、そのダメージが如実に現れてきたわけで、現在、玖渚の部屋で治療中。

「背中も打ってますね……痛かったでしょう？」

と、ひかりさん。「気をつけてくださいよ。赤音さんって高校生のとき、空手部だったんですよ？」

「それは、いつか聞いたことがあるような気がしますけれど……」

「全国大会の出場経験があります」

教えろよ。

「はあ。でも五回勝っただけだそうですし」

「全国大会で五回勝ったら大抵優勝です」

ちなみに赤音さんの怪我は、まず、右腕の骨折。それから、最初の蹴りを喰らった段階で、既にあばらが四本折れていたらしい。それは十分に重傷と呼んで差し支えのないだけのダメージである。それであれだけ立ち回ったのだから本当に大したものだ。

現在、あかりさんとてる子さんとで、治療中。

そして、そのてる子さん。喉をつかまれたときに赤音さんの爪が皮膚に食い込んで、いくらか出血したらしいが、それ以外には怪我らしい怪我はしていないということ。あの銃声のとき、てっきりてる子さんは背中から撃たれたのだと考えていたのだが、しかし、実際には弾丸は当たっていなかったらしい。撃たれた衝撃でぼくの方へ倒れかかってきたのかと思っていたが、そうではなく、あれは弾丸を避けた結果なのだと言う。撃鉄が起きる音を聞いての反応だったとか。

チャーリーズエンジェルか、あの人は。

しかもその後、死んだ振りをしてやがった。

「あ、それは少し違いますよ」妹をかばうひかりさんだった。「きっとてる子は、あなたの盾《たて》になったんですね」

「盾……？」確かに見ようによっては、そうと見えないこともない姿勢ではあったけれど。「じゃあ捨て身でぼくをかばったっていうんですか？」

「いえ、別に捨て身ってわけじゃありませんよ。てる子のエプロンドレスは防弾加工されてますから」

「防弾加工って――」

天使ではなく戦闘メイドだったらしい。

リアリティはどこへ行った。

「ええ。服の裏地にスペクトラが縫いこんであるんです。ケブラーと違ってスペクトラは何発撃たれても防弾効果が薄れませんからね。軽いから蒸れませんし。てる子はショートレンジでは無敵ですから、対ロングレンジ用の防御には気を遣っているんです。このエプロンドレスって、ほら、スカート長いでしょう？　合気道の袴《はかま》みたいな役割をしてくれて便利なんですって」

「…………」冗談だろうと思ったけれど、ひかりさんの表情からはどうなのか判断しかねた。これも流しておいた方がいいのだろうか。「……それにしても、何でてる子さん、あんなに強いんですか？　ひょっとして、ひかりさんも、あれくらい強いんですか？」

ちょっと後ろに引きながら、訊いてみる。

「いえ……、てる子は基本的に、お嬢様のSPですから。根本でわたし達とは役割が違うんですよ。ほら、てる子がわたし達と同じような仕事してるところって、あなたも、見たことないでしょう？」

そう言えば働いているのはいつも、ひかりさんとあかりさんだけだった。それに気付かなかったのは、ERプログラムの経験者としては迂闊だったかもしれない。確かに、言われてみれば……。

「でも、よく助けてもらえましたね……見たら分かると思いますけれど、あの子、すっごく冷たいんですよ。助けるくらいならまだしも、身を挺《てい》してかばうなんて……常識では考えられない現象です」

「それですよ。何でなんですか？」

「さあ。気まぐれですから、あの子」

気まぐれな人間ばっかりだ。

だけど、分からないでもないような気がする。てる子さんが一体どういう感情の持ち主なのかぼくは未だ理解しきれていないけれど、ぼくにとって彼女が何者かであるなら、彼女にとってのぼくも、また何者かであるのだろうから。

きっとてる子さんは、

ただ単純に、

問い掛けたかったのだろう。

「戯言だけどな……」

……そう言えば、今日の昼、てる子さんに腕をつかまれたとき、異様な力を感じたけれど、まさかあれは伏線だったのか。

「背中は大丈夫そうですね……、腰も。頭は打ってないんですよね？　では、はい、これでおしまいです」

そう言って、身体を密着させてぼくの肩を揉み始めるひかりさん。これはなかなかに天国だ。

「では、そろそろダイニングへ向かいましょうか」

地獄だった。

そうだった。ダイニングでは、怪我人以外の全員が、今か今かと、ぼくと玖渚の登場を待ちかねているのだった。

信じられないことに。

恐るべきことに。

「友、一人で行ってきてよ。ぼくの怪我は思ったよりずっと重い。歩けそうにない」

「別にいいけどさ。でも、いーちゃん、これはあかりちゃんにいいところ見せるチャンスだよ。うまくやればものにできるかも」

「…………」

「あら、あかりのことが気になるんですか？　あの子、頭のいい人が好きらしいですよ」

玖渚もひかりさんも、すごく嬉しそうに提案してくる。女子中学生なのか、この二人は。

「……知ってると思うけど、友、ぼくはそういうの、苦手なんだよな。わざわざ説明なんかされなくても、そんなの、自分で考えたらいいじゃないか」

「いーちゃん、向こうでやらなかったの？　講演とかさ。プレゼンテーションって奴」

「やったけど、やるたびに地獄だったよ。挙句に《お前の言うことは回りくどすぎる》とか《観念的過ぎる》とか《お前の悩みごとに興味はない》とか何とか、文句言われるし。……ああ、分かってるよ。やればいいんだろ、やれば」

投げやりだに、と曖昧に笑う玖渚。

「駄目だよー、怒られるよー。そういうの。こういうことはもっと嬉々としてやらなくちゃ。いーちゃんには無理だろうけど。じゃ、行こう、いーちゃん。その前に髪くくって」

「うん？　それ、気に入らないのか？」

「頭が引っ張られるような感じなんだよ。一つか、二つの方が、やっぱりいいな」

「ふうん。可愛いのにな……」

「友さん、わたしがやりましょうか？」

ううん、と首を振る玖渚。

「僕様ちゃんの髪をくくるのはいーちゃんの役目なんだよ」

はいはい、とぼくは玖渚の髪をほどきにかかった。そして。

そして、準備は整った。

「じゃあ……行こうか」

地獄の扉が、ゆっくりと、開く。ぼくの足取りは、怪我のせいだけではなく、かなり重かった。

「戯言だよなぁ……」

呟きながら、ダイニングに到着する。重傷である園山赤音さんを抜いた全員が、揃っていた。

勿論、深夜さんも含めて。

深夜さんはいっそ諦めているかのような、肩の荷が降りたといったような、落ち着いた雰囲気で、入場してきたぼく達を見ていた。

真姫さんはぼくを見てにやりと笑う。何かからかわれるのかと思ったけれど、真姫さんは何も言わなかった。

テーブルに並んでいるのは、ぼくが治療を受けている間に作り直された、弥生さんの料理。一安心したからか、さっきよりも一際豪勢なものとなっていた。

あかりさんは、まだ、気まずそうに、ぼくから目を逸らす。てる子さんの首には包帯が巻かれていた。

玲さんは物静かに、場を見守っている。

そして《主人》、赤神イリアさん。

挑戦的な瞳で、ぼくを見ている。

「それじゃあ、始めてもらいましょうか」席に着いたぼくに向かって、イリアさんが言う。「一体、どういうことなんですか？」

「説明しましょう。ＥＲ３が七愚人、園山赤音さんが犯人で、伊吹かなみさんの介護人、そこにいる逆木深夜さんが共犯です」

沈黙。

「……それで？」

「終わりですけれど」

「三十分は持たせてください」

無茶を言うイリアさんだった。

「まず、説明して欲しいのは、どうして園山さんが、あそこにいたのかということなんですけれど」

「それは簡単ですよ。弥生さんがダイニングを飛び出したでしょう？　だから次、弥生さんが一人になると踏んだ赤音さんは、それを機とばかりに弥生さんを殺そうと、部屋で待ち構えていたんです」

そこをぼくが返り討ちにするはずだったのだけれど、逆に返り討ちにされて、てる子さんに助けてもらったわけだ。その上最終的には赤音さんの温情に頼った形になるのだが。

赤音さんがぼくに向かって振るった、あの鉈。あの鉈できっと、首を斬ったのだろう。

「てる子さんに感謝します」

「いや、そういうんじゃなくて……あなた、分かっているでしょう？　園山さんは、殺されたんじゃなかったんですか？　あの、倉庫の密室で」

「さっき見た通りに、生きてます」ぼくは肩をすくめる。「双子でない限りは、彼女を赤音さんだと断じていいと思いますけれど」

「じゃあ、あの倉庫にあった首斬り死体は？」

「赤音さんが生きている以上、あれは赤音さんの死体じゃなかった。それが――論理的思考ですよ」

「別人の死体だった？」

「首斬り死体があれば入れ替わりを疑え。それが推理小説の鉄則でしょう？　イリアさんお気に入りの名探偵さんだってきっと同じことを言いましたよ」

イリアさんは理解不能といいたげに首を傾げる。

「えっと、ちょっと待ってください。考えます」一応、自分で考えようという気持ちはあるらしい。その心意気には少し感心した。「うーんと……」

「じゃあ、その間に俺から一つ訊いても、いいかな？」と、深夜さんが挙手した。「ちょっときみに、質問があるんだけれど」

構いませんよ、とぼくは頷く。いつ事件の真相に気付いたのか、どうして犯人に思い当たったのか、そういうことを訊かれると思ったけれど、深夜さんが口にしたのは全く予想外の質問だった。

「足の怪我は大丈夫かい？」

「……はい。痣になってますけれど」

「そっか。折らなかったんだな、あいつ……」自嘲《じちょう》気味に笑って、深夜さんは下を向いた。「それとも、折れなかったのか……らしくないな……、いや、らしいって言うべきなのかな……」

深夜さんのその呟きの意味は、ぼくには分からなかった。

やがて、「駄目ですね」と、諦めたようにイリアさんが言う。

「やっぱり全然分かりません。本当に入れ替わりなんですか？」

「そう、入れ替わりです。玖渚のパソコンが壊されたでしょう？ 第三の事件です。あれは、誰にもできなかった。文字通り、正しく誰にも、です。全員が全員の証人で、アリバイも共犯もへったくれも何もあったものじゃない。ずっと全員で全員を見張っていた。誰にもできない。あの場にいた誰にもできない。じゃあ、あの場にいなかった誰かにしかできない。それが論理的思考ですね」

「そこまでは分かります」と、イリアさん。「そんなに《論理的》を強調しなくてもいいでしょう。嫌味な人ですね。……でも、じゃあ、あの倉庫にあった首斬り死体は誰だったって言うんです？ この場には全員いるじゃありませんか。園山さんと入れ替わるべき、入れ替わりうる人間が一人もいないんですよ？ おかしいじゃないですか」

「ま、おかしいといえばそうなんですけれどね……」イリアさんの問いに、ぼくは分かりやすい比喩を持ち出すことにした。「こんなクイズを知ってますか？ クイズというより、トリックかペテンって感じなんですけど——」

例のアリバイ表をポケットから取り出し、裏を向ける。そこにペンで、まず大きな長方形を書き、それに九本の線を入れた。つまり、十個の小さな長方形がひっついている図を書いたのである。

「何ですか？ それ」イリアさんが訊く。「何か関係あるんですか？」

「電話ボックスだと思ってください。十個の電話ボックスです。この中に十一人の人間を入れてみましょう」

「電話ボックスって何ですか？」

「……あ、いや。ただの箱。部屋でいいです」

「十個の部屋、なんですね？」

そうです、と頷くぼく。

ちなみにこの手品は、小学生のときに本屋で立ち読みして仕入れたものだ。

「さて、A君が一つ目のボックスに入ろうとする。それより先に、二人目がそこに入ってしまった」一つ目のボックスに×印をつける。「そして三人目」と、隣りのボックスに×印。「四人目」と、更にその隣りに×印。「五人、六人、七人、八人目。九人。十人目。これで十人ボックスに入った。けれど、ボックスは一つ余っている。だからここに最初に入り損ねたA君を入れましょう」

と、最後のボックスに×印。

「これで、十個のボックスに十一人が入ったことになる。分かりますか？」

「ばかばかしい」と、イリアさん。「最初の一人は、ボックスに入っていないじゃない。それで一つずつ、ずれてるんだわ」

「そう。その通り。ちょっと考えたら分かる、初歩のトリックですよ。さくさくとリズムよくやられると、案外気付かないものなんですけれどね……」

「気付きますよ」

「気付きませんよ。実際ぼくらは気付かなかった」

「……何を言っているのか分かりません。それに、話題もずれてきてる。わたしが訊いているのは、あの倉庫にあった死体は誰のものかってことなんですよ。ここには全員揃っている。どう考えても、人間が一人足りません。それとも、この島には第十三人目の人間がいたってことなのかしら？」

「ありえない。この島にいたのは十二人。それは絶対の前提として、崩れない」

「じゃあ、あれは誰？」

「今、この屋敷の中には生きている人間が十一人いる。赤神イリアさん、千賀あかりさん、千賀ひかりさん、千賀てる子さん、班田玲さん、姫菜真姫さん、佐代野弥生さん、玖渚友。逆木深夜さんと園山赤音さん。そしてこのぼく。じゃあ、もう答は決まってるでしょう」

ちょっと間をあけた。

「伊吹かなみさんですよ」

3

「寝袋に入れた死体は、土に埋められても汚れない。深夜さんはあれから、ぼくらが屋敷に帰っていってから、かなみさんを地面の中から掘り出した。そしてそれをかついで、例の、倉庫の窓へと向かう。外側からね。窓をノックする。内側から赤音さんが窓を開ける。そこに放り込む。そして入れ替わる。要はそういうこと、それだけのことだったんですよ」

ぼくはさりげなく一同の反応を窺いつつ——特に深夜さんだ——続ける。

「不思議だったんです。かなみさんを埋葬しようというとき、深夜さんは当然のように寝袋を持ってきた。棺桶だ。でもちょっと待った。どうして寝袋なんてあるんだ？　キャンプだって言うならまだしも、屋敷に招かれたときにそんなものを持ってくる人がいるわけがない。じゃあ、元々屋敷にあったのか？　そうだとぼくは思った。埋葬するために、イリアさんが提供してくれたんだと。こんな立派なお屋敷に寝袋があるなんて、客人にさえ天蓋つきベッドを提供できるような屋敷に寝袋があるだなんて、そりゃ不自然もいいところだけれど、だけれどありえないってほどじゃない。だからそう思った。だけど二人目、赤音さんの死体——実際はかなみさんだけれど——が出たとき、ひかりさんが持ってきたのは担架だった。一人目には寝袋を提供して、二人目には提供しない理由があるか？　あるわけがない。少なくともあったなら、ひかりさんはぼくにそう言ったはずだ。じゃあ前提が崩れる。この屋敷には寝袋なんて、やっぱりないんだ。だったらあれは、深夜さんが自分で持ってきたということになる。キャンプでもないのに。まるで、最初から棺桶が必要だと、死体を汚すわけにはいかないと、そういう目的があったとしか思えない」

「首斬り死体を……再利用したってこと？」

「そうですよ。その通り。赤音さんと深夜さんは、殺したかなみさんから、新たな死体を、幻の死体を作り出した。そういう、それだけのことです」

「でも、倉庫には血痕がありました」とイリアさん。「もしもあれが一日前の死体だっていうなら、血なんて……」

「あの血液が赤音さんのものだと、ぼくらに判断できるわけがない。警察ならまだしもね。そう、警察がいたなら、こんな変な事件は成り立たないんです。だけれど、イリアさんが警察を呼ぶことを好まなかった。警察を呼ばなかった。それは想像できることなんです。イリアさんには警察を呼べない、呼ばない事情があった。それを知っていたなら、赤音さん達には、事件を起こしても警察は来ないだろうと、そうあたりをつけることができる。あの血痕は、輸血用の血液でも使ったのかもしれないし、動物の血かもしれない。それは赤音さんか深夜さんに訊かないとわかりませんが」

　しかし、深夜さんはぼくの問いには、沈黙するだけで、答えなかった。ぼくは構わずに続ける。「同様に、警察がいたら、死後一日経った死体の区別くらいはつくでしょう。だけどぼくらは専門家じゃない。分かるのは生きてるのか死んでるのかくらいだ。そりゃ、十日くらい経ってたら区別がつくし、真夏なら腐敗の進行が速いから分かるかもしれないけれど、今はその季節じゃない。桜の花咲く季節です」

「……死体の服を着替えさせたってことですか？」

「そう。ひかりさんを夜中に呼び出したのは、殺される前に、赤音さんがどんな服を着ていたのか示すためです。ひかりさんが倉庫に行ったときには、もう既に、倉庫の中にかなみさんの死体はあった。あのドアは開き戸で、内開きだから、それは単純にドアの陰に隠せばいい。自分で取りに出れば、ひかりさんは部屋の中にまでは入ってきませんからね。多分、ここが一番際どかった。赤音さんが《危険を冒した》と認識してるシーンがあるとするなら、この場面だけでしょう。でも、危険を冒す必要があった。さっきも言った通り、服装で、かなみさんの死体を赤音さんのものだと思わせるために。そして、犯行時刻を絞り、共犯である深夜さんに確固たるアリバイを作っておくために」

　あの晩、深夜さんは真姫さんと一晩呑んでいた。真姫さんから誘ったということだったが、もしそうでなければ深夜さんの方から誘っただけのことだろう。ひょっとすると、その相手は真姫さんではなく、ぼくらだったかもしれない。その辺りはもう済んだことだから、言っても詮のないことだけれど。

「玖渚のパソコンを壊したのも、それが理由です。玖渚のパソコン、デジカメには画像が入っていた。かなみさんの死体の画像が。その画像、そして倉庫にあった赤音さんの死体をよく比べれば、それが同じものだと気付かれる恐れがあったからです」

「実際、そうだったんだよね」と、玖渚。「一応気になっていたんだよ。手、て言うか、指って言うか。そうなんだよね。かなみちゃんと赤音ちゃんの、指紋が同じわけないもんね」

そして嘆息する玖渚だった。その事実に即座に気づけなかったことがショックらしい。みなは玖渚が冗談を言ったのだと思ったかもしれないけれど、そうではないことをぼくは知っている。全く。

「でも、何のために、そんなことを……」

「それは可能性があり過ぎます。だけどぼくは、自分の存在を消すためだろうと判断しました。赤音さんは一人の死体を二回使うことによって、幻の《十三人目》を作り出すことによって、自身の存在を消すことに成功した。隠れる場所はいくらでもありますよ。この屋敷は広くて、鍵のかかっていない部屋がたくさんあるんですからね。それに、屋敷の外にいたって、別に構わない」

「どうして自分の存在を消す必要があるんです？」

「考えるまでもないことですよ。考えるまでもありません。自分が被害者になってしまえば、自分が殺されてしまえば、もう警戒されない。まるで透明人間のように、思考や推理の範疇外に逃げられる。そうすれば……たとえば、玖渚のコンピュータを壊すことだって簡単だし、そう、第四の事件、誰かを殺すことだってやりやすい。その辺りはやっぱり、深夜さんか赤音さん——」

「全員殺そうとしたんだよ」

今度は深夜さんは答えてくれた。全てを諦めているような、冷めた口ぶりだった。無気力な口ぶりだった。

「この場にいる全員をね。だけれど、そのためには輪から出ている必要があった。いずれ、チームを組んだり全員一箇所に集まろうということになって、身動きがとれなくなることは目に見えていたからね。そのためには、輪の外に出る必要があった」

そして輪の外から、狙いやすい獲物から順に、殺していこうとしたわけか。深夜さんはくはは、と力なく苦笑する。「赤音の奴、輪の外には上手く出たのにね。まさか一人も殺せないとは思わなかった。半分くらいは、最低でもうまくいくと思ってたんだけれどね……」

「残り、深夜さんから説明しますか？」

「いや……」深夜さんは力なく首を振る。「全部任せるよ。それはきみの役目だ。きみの仕事だよ」

ぼくは無言で頷いた。「では。第一の密室については、もう説明の必要はありませんよね。あれは言わば、目くらましだった。とりあえず、第二の事件を起こすまで時間を稼げればよかった。あれは計画的犯行というより、大数の法則による偶発的なものだったのかもしれません。地震が起きて、その場で思いついたのかもしれない。殺そうとは思っていたけれど、その計画ははっきり決めていなくて、地震があったときに思いついた。そうだとしたら、これはものすごい発想の速さですね。感嘆せざるをえない。とにかく地震があった。そして深夜さんは電話した。でもその相手はかなみさんじゃなく、赤音さんだったんです。そして赤音さんは、かなみさんを殺した。深夜さんは、かなみさんが《ペンキがこぼれた》と言ったと言いましたが、それもトリックだった。トリックがばれたときにも言い訳がきくようにに、曖昧な言い方にしてね。ここにはぼくもごまかされた」

くく、と深夜さんは笑う。

「そりゃ単なる偶然だ」

「さてね。それにしては有意差が大きいように思えますけれど……。ぼくには何とも言えませんよ。とにかく、赤音さんは、かなみさんを殺した。それから密室を構成した。意図的にペンキをこぼすことによってね」

「では少なくともあの事件の犯人を園山さんだって最初に指摘したのは、間違いじゃなかったわけね」

「その通りです、イリアさん。可能性が高いってことは、それはやっぱり可能性が高いって意味なんですよ。だけれど、それにしたってそれだけのことでしかない。赤音さんが密室を作った所為で、それを断定できなかった。勿論、そのための密室です。自分自身を丁度いいランクの容疑者にするため、《疑われはするものの、そうであると断定はできない》という位置の容疑者になるために、赤音さんは密室を作った。そして倉庫に監禁された……」

監禁したらいい、と提案したのは確かにぼくだ。しかしぼくが言わなくても、それは深夜さんが言えばいいだけの話だった。鍵のかかる部屋は限られているのだから、拘束される場所の想定は容易だし、屋敷の間取りを知りうる時間は十分にあった。その辺りは推測するしかないし、推測したところで、深夜さん達に話す気がなければ、結局正解は分からないけれど。

そう言えば、赤音さんの、夕食会でのあのかなみさんとの大立ち回りに代表される不仲も、それを見越してのことだったのだとぼくは思う。赤音さんは、自ら望んで、あんな危うい立場に立ったのだ。

のちのちのために。

アリバイがなかったのが赤音さん一人（実際は玲さんもだが）だったのがただのラッキィなのか、それともそこまで計算ずく計略内だったのかは、ぼくには分からない。しかし、さすがにそれは多分偶然だろう。

そう思う。

「そしてそこで、伊吹さんの死体と入れ替わったんですね？」と、イリアさんが言った。「そして夜中に、ひかりに顔を見せてから、自分の着ていた服を伊吹さんに着せて、脱出して……それからは屋敷のどこかに潜んでいたわけですね。さっきの夕食のときはダイニングのそばに控えていて、佐代野さんがヒステリーを起こすのを聞いていた。そして部屋に、一人でこもると言っているのを聞いた。だから、先回りして佐代野さんの部屋で控えていた。鍵はありませんからね。そして返り討ち……。ふうん。佐代野さんがヒステリーを起こしたり、ひかりをなじったりしたのは、あなたが仕掛けた罠だったってことで、いいのね」

「はい」ぼくは頷く。「屋敷中隈《くま》なく捜せばそれで見つかったんでしょうけれど、幾分屋敷は広過ぎますからね。ちょっと面倒臭かった。だから罠を張った。危ういところでしたけれど……」

「それを危ういところで済ませられるのが、きみのすごいところだよ」

一瞬誰が言ったのか分からなかったが、それはどうやら真姫さんらしかった。真姫さんに何の皮肉もなく誉めてもらえたのは、これが初めてだろう。ほんの少しだけだけど、やっぱり、嬉しかった。

「……でも、ちょっと待って」

イリアさんは頭に手を当てた。しばらくそうしてから、「どこか納得いかないわ」と言う。

「どこなのかしら……どこか、おかしいと思うんですけれど」

「それは多分、あの倉庫から赤音さんがどうやって脱出したか、でしょう？」

「そう、それ！」とイリアさんは手を打つ。「それです。そこが説明されていません。深夜さんが引き上げたってことですか？　死体を入れたのと入れ替わりに」

「いえ。深夜さんが屋敷の外にいたのは、かなみさんの死体を山に埋めたときだけです。そのときに死体を倉庫に放り込みはしたでしょうが、そこで引き上げることはしなかった。夜の二時にひかりさんが赤音さんを見てますからね。そして夜中、深夜さんにはアリバイがある。だから深夜さんには赤音さんを引き上げることはできない。それは確かですよ」

「じゃあ、そのときに深夜さんが縄梯子でも差し入れたってことですか？」

「それもない。それだと痕跡が残るし、精一杯長いロープを使ったとしたらありえなくもないですが、二時のとき、ひかりさんは窓が閉じているのを見てます。倉庫の中にいる赤音さんはロープを外にくくりつけることができませんからね。共犯者が必要になりますが、さっきも言ったように、共犯者の深夜さんはその頃、真姫さんとアリバイ作りに忙しい」

「じゃあ、やっぱり無理じゃない」イリアさんは拗《す》ねるように言う。「もう……、頭の中ぐるぐるしてきたわ。チアノーゼになりそう」

「多分それはノイローゼですね」

「そういうことだけは説明してくれるのね」と、苦笑するイリアさん。「それで？　勿論、それも分かってるんでしょう？」

はい、とぼくは頷いた。

「閉じ込められていて、ドアは外側からしかかからない鍵がかかっていて、高い位置に窓があって、その窓は自由に開けられて、そこから脱出したい。イリアさんならこの状況で、どうしますか？」

「そんな状況想定できません」

お嬢様らしい返答だった。

「じゃあ、あかりさん。どうです？」

ひかりさんと弥生さんには既に説明し終えていることだったので、ぼくはあかりさんに話題を振った。てる子さんでも玲さんでも真姫さんでもよかったのだけれど、やっぱり一番好みのタイプだし、それに今朝以来の気まずい雰囲気を払拭《ふっしょく》しておきたいところだった。

「わたしなら……そうですね。手を伸ばしてジャンプします」

「そうでしょう。でも、ジャンプしても届かない」

「あの倉庫で考えたらいいんでしょう？　あそこにわたしが閉じ込められたと想定して……。ジャンプしてだめなら、次は椅子に載ります。そして手を伸ばして、ジャンプします」

「それでも届かない」

「だったら簡単ですよ」と、無理矢理おどけるような表情を作るあかりさん。「諦めます」

「それだと話が続かない」

「だから、終わりなんでしょう」

うーむ、素っ気無い。気まずいというより、ただただ本当に嫌われているのかもしれなかった。まあいいや。ぼくはチャンネルを切り替える。

「今あかりさんは、椅子を利用するといいました。誰だって、大抵そうするでしょう。バナナを高いところに吊るされたサルが、そうやってバナナを取るように」

「わたしがサルだって言うの！」あかりさんが顔を真っ赤にして怒鳴った。「失礼ですね！デリカシーってものがないの、あなたは！　わたしを怒らせてあなた、どうしようっていうのよ！」

失言だった。

チャンネルを切り替える方向を間違えてしまったらしい。

「いいえ、そういうわけでは。それにいくらなんでもそんなに怒らなくても。サルって可愛いじゃないですか」

「わたし、そんな侮辱を受けたのは生まれて初めてです」ぷい、と、あかりさんはそっぽを向いてしまった。「もうあなたのことなんか知りません」

「………」

確定的に嫌われたらしい。ちょっとショックだった。玖渚の奴、何が《ものにできるかも》だ。ものすごいレヴェルで逆効果だったじゃないか。

「えっと……困ったな。とにかく、椅子に立つ。誰だってそうする。でも届かない。ジャンプする、手を伸ばす。届かない。さあ、どうする？　簡単です。ただ単に、より高い椅子に載ればいい」

「あの部屋には椅子は一脚しかありませんよ」

「椅子っていうのは比喩ですよ。椅子に準ずるもので構いません。さあ、あの部屋には、他に何がありました？」

「何もないわ。本かしら？　それとも、布団？　電気スタンドとか……」

「それ以外にあったでしょう？　ぼくらはちゃんとそれを見ている。それしか見ていないといってもいいくらいにね」

一同がしん、となる。思い当たらないのかもしれないし、思い当たったのかもしれない。どちらにしたって、こういう反応になってしまうだろう。

解答を言ったのは、イリアさんだった。

「……伊吹さんの死体、ですね」

そうです、とぼくは首肯した。

他にどんな言葉が必要だったというのだろう？

「……死後硬直は二十四時間でピークとなる。まあ諸説ありますけどね。夜の二時以降。多少のプラマイはあるにせよ。かなみさんが殺されてからざっとそれくらいの時間が経過しています。死体は恐らく、がちがちに固まっていたことでしょう。服を着せるのには苦労したでしょうが、その分、硬い身体には利用価値がある。一長一短って奴ですね」

「苦労するって……スーツでしたよ。あんなの、固まった死体に着せられますか？　関節くらいは稼動するでしょうけれど――」

「じゃあ、同じものを二着用意していればいい。それで、昼間の死後硬直が比較的ゆるい内に、着せればいい。脱がしたドレスは、やっぱりドアの陰に隠してね」ぼくは間をおかずに続けた。「ぼくがこの考えに至ったのは、首を斬った理由からなんですよ。勿論それは、かなみさんの死体に一人二役させるためでしょう。そのためには顔が邪魔ですからね。でも、ぼくはもう一つ理由があったと確信する。多分そんな理由で人間の首斬った奴なんて、他にいないんじゃないですかね？　そう、肩のところを平らにするためですよ」

「……そうじゃないと、平らじゃないと、踏み台にならないから……？　踏み台として安定しないから……？」恐る恐る、といったように、むしろ否定の答を望んでいるかのような弱々しい口調で、あかりさんはぼくに訊いた。「そういうことだって、いうんですか……？」

「そうです」ぼくは短く肯定した。「踏み台というよりは階段と言った方がいいかもしれない。まず椅子を置いて、その隣りにかなみさんの身体を立てかける。壁に少しもたれかけるくらいの角度でいいでしょう。そして、椅子を一段目、かなみさんの肩のところを二段目として、そして跳躍。ホップ、ステップ、ジャンプですね。そうして手を伸ばせば、あの窓には届きます」

かなみさんはずっと車椅子に座っていたから、身長のその正確なところは分からない。だけれど、その死体をリサイクルして二度使おうと発想する以上、赤音さんと同じくらいと思ってよいだろう。決して小柄でない赤音さん。頭一つ低くしても、ざっと一メートル半はある。それに赤音さん本人の身長を足して、三メートルちょっと。そして手を伸ばす。そしてジャンプする。窓に手をかけることができれば、あとはよじ登ればいい。かなみさんの死体はジャンプしたときの衝撃で倒れてしまうだろうが、そっちの方がむしろ都合がいい。踏み台にされたのだと気付かれにくくなるだろうから。

首が根元から切断されていた理由は、ずばり、それだった。

「そんなにうまくいくものなのですか？　そんなことが……」

「別に失敗してもいいんです。だって、何度でもやり直せるんですからね。実際、一度や二度では成功しないでしょう。でも、最終的に成功した。倒れたかなみさんの死体。欲を言えば窓も閉めていきたいところだったでしょうが、それは室内からしかできないので、諦めたんでしょう。翌日ぼくらが赤音さんの死体——と思い込んでいるかなみさんの死体を見るときには、死後硬直はピークを過ぎて、ある程度ゆるくなっている。やっぱり専門家ではありませんからね、その辺は判断はできないと思いますよ」

「そんな——」あかりさんが青ざめていた。それは今朝の、あの取り乱してたときのあかりさんだった。怒っているような、いやしかし、絶望しているような。「酷すぎますよ。酷すぎます。そんなこと、許されない。人間を殺して、その上で首を斬って、埋めた後で掘り起こして、その上別人の死体と見せかけて、それだけでも酷いのに——それを椅子代わりに、階段代わりに、踏み台代わりにしたっていうんですか？ そんなこと、許されるわけが——」

「《生きている人間に腰掛けることは難しい。しかも三十分も腰掛けていることは不可能に近いだろう。しかし死体に腰をかけることは難しいとは言えない》——」朗読する口調でそう言ったのは、深夜さんだった。「——大江健三郎の言葉だよ。知らないかな？ あかりさん」

青ざめたままで、嫌悪するように首を振るあかりさん。小動物のように怯えている。現実世界を否定せんばかりに、怯えていた。

ぼくはため息をつかずにはいられなかった。

死体は抜け殻であって、もうそこには意思も人格も魂すらもあるはずがなく、意志も品格もあるはずがなく、そう、ただの《もの》に成り下がる。そしてそれをどうしようと、持ち主は文句を言わないし、言いたかったとしても、彼はもう文句の言える場所にはいないのだった。

首斬り死体がある。

それを自分の死体として再利用した。

首斬り死体がある。

それを階段代わりにした。

だからどうだっていうんだろう？

死んだら終わり。生きていたって始まらない。それはつまり、そういうことに過ぎないだけだった。どう思うかは人それぞれだし、どう思ったところでそれは人の勝手だし、だけど勝手というならば、他人がそれについてどういう観念をもっていようと、やはり文句を言うことはできないのだった。

ぼくはもう一度、ため息をついた。

「——以上です、イリアさん。細部はもう説明が面倒臭いので、自分で考えてください。あとは多分どうとでも説明がつけられることばかりです。そんなことまで説明するほどに、残念ながらぼくは親切じゃありません。適当に自分で理屈づけてください」

「細部ね……」と、イリアさん。「でも、動機は？それはさすがに細部とか些細なこととかは言えないんじゃないかしら」

「それは本人に訊いてもらわないと」

さっきから何度目になるかも分からない台詞を繰り返して、ぼくは深夜さんを見る。みんなそうした。深夜さんがやれやれと、仕方なさそうに何かを答えようとしたとき、「きみが答える必要はないよ、深夜」と、ぼくの背後から声がする。

振り向くと、
ダイニングの入り口のところに、
赤音さんが立っていた。

部屋で休養していたはずなのに。

一体いつからそこにいたのだろう。

ぼくの戯言を、どこから聞いていたのだろう。

腕に添え木を当てている赤音さんは、それでも不敵な表情を浮かべ、まるで見下すように、軽蔑するように、円卓についている人間達を見ていた。

「赤音さん……」

ER3システム、七愚人、園山赤音。

いつどこで誰にどんな風にどんな理由で殺されようとも、文句は言わないと、そう言い切った赤音さん。しかしそれは、いつでもどこでも誰でもどんな風にでもどんな理由によってでも、私は自身に殺人を許すと、そういう意味でしかなかったのだろうか……。

赤音さんは「はっ……」と、笑った。

「動機？　動機だって？　実にくだらないな。そんなこと、この広大な世界の中でどれほどの意味も持たない、ごく平凡なものだというのに。どうしてそんな些事にこだわるのか理解に苦しむね。全然わからない。ちょっとした、ほんの《ずれ》のようなものだというのに——」

「…………」

赤音さんはせせら笑いながら、続けた。

「——きみ達全員の脳を、ちょっと喰《た》べてやろうとしただけだよ」

赤神イリア
AKAGAMI IRIA
鴉の濡れ羽島の主人。

一週間後――――分岐

班田玲
HANDA REI
屋敷のメイド長。

であるはずだ。なのに帰ってしまっていいのだろうかと思ってそう訊いたら、

「大体の調査は終わってるよ」

とのこと。

ぼくの知らないところで、それこそ《色々》と暗躍していたらしい。一体何をしていたのか気にならないわけではないけれど、それならばとりあえずのところ、問題はない。さっさと帰ることにしよう。

来たときにも乗ったクルーザー、その一室で、ぼくはソファに座っていた。玖渚は、正面のソファに横になって、眠っている。

本土に戻るにあたって、ひかりさんやあかりさんから何かあるかと少しばかり期待していたけれど、二人がぼくにくれたのは業務的な挨拶だけだった。ありがとうございました。またの機会があれば。それではお気をつけて。てる子さんに至っては言うまでもない。既にあなたとは一生分話したと言わんばかりに、一言も口を利いてくれなかった。

0

そこはどこ？

あなたはだあれ？

1

結局。

ぼくと玖渚は当初の予定通りに、島に来てから一週間後の昼頃に、本土へと戻れることになった。玖渚は一度立てた予定を崩すのを嫌う傾向があるので（勿論それは上下移動ほどに強迫的なものではないが）、これには少しぼくは安心した。

しかし、考えてみれば玖渚がこの島に来た理由は、昔、ここであった《色々》に興味があったから

しかし、まあいい。

ぼくの人生なんてそんなものだ。

「…………」

園山赤音さん、逆木深夜さん。

今回の事件の犯人であるこの二人は、さすがにこれ以上島に滞在することが許されるわけもなく、今は、この隣りの部屋で、二人、大人しくしている。どんな会話をしているのか、ぼくは知らない。

ぼくらは予定通りに本土に戻り、彼らは追放されて本土に戻る。島流しとは逆だけれど、考えてみればどちらが本土かなんて主観的で主観的な問題でしかない。

弥生さんと真姫さんは、島に残った。

弥生さんがイリアさんや玲さんに持ちかけた疑いは払拭されたようだけれど、それでよかったのかどうかも、やはりぼくが知りうる範囲外のことだった。無論、弥生さんの人生はやっぱり弥生さんが決めるべきで、ぼくが口を挟むようなことじゃない。

そして真姫さん……。

あの人は、最後まで、陰険だった。

「結局のところ……、あなたはどこまで分かっていたんですか？」

島を出る前。

ぼくの問いに、真姫さんは曖昧な笑みを返した。

「さあね。あたしには実は何も分かっちゃいないのかもしんないよ。本当は全部演技だったりして」

「——ぼくには、あなたが深夜さんと赤音さんの計画を全て知っていて、その上でアリバイ工作に協力していたような印象があるんですけれどね」

「だったら？」平然としたままの真姫さん。「だったらなんだって言うのかな？」

「だったら共犯ですよ。それだけです」

「でも、あたしは深夜さんから何かを聞いていたわけじゃないよ。深夜さんも、あたしに何かを喋ったりはしていない」

「だったら、殺人幇助《ほうじょ》ですよ。……あなたは二日連続、あなたの方から深夜さんに接触して、深夜さんのアリバイ作りに協力している。だからぼくは、それがアリバイ工作であると気付きにくかったわけです。実際のところ、どうなんですか？　もしあなたが深夜さんに協力していたんだとすると——」

「すると？」

「……いえ。別にやっぱり、どうということにもならないんでしょうね」ぼくは肩をすくめた。「どういうことにも、ならない」

それを見て真姫さんはきゃらきゃらと笑った。

本当は言おうとしたことがあったのだが、そんなことは意味を持たないのだろう。もし真姫さんにそういう力があるんだったら言うまでもないことだったし、ないとしても言うまでもないことだった。どちらにしても、それだけのことなのだから。

ただぼくは疑問なのだ。深夜さんと赤音さんの連続殺人計画は、至極周到な計画であるように見えて、かなり偶然に頼っているところがある。イリアさんの前で推理過程を披露するとき、その辺りのことを誤魔化すのにひどく苦労した。杜撰《ずさん》な計画だった、というのではない。そうではなく、ぶっつけ本番的でありながら、事前に準備は完成していたような感慨。と言うより、かなり運が味方についていたようにも思えるのだ。……そう、偶然を計算して利用している、運を味方につけている、というのか。まるであの島の間取りから調度からの全てが、彼らの味方だったかのように。

「……戯言だ」

勿論それこそが偶然なのだろうし、ただの大数の法則の一例に過ぎないのだろうし、単純に言えば、彼らはただ、賭けに勝った、それだけなのだろう。選択的思考による観点から結果だけ見れば何でも、どこかがご都合主義なものだ。

「オッカムの剃刀《かみそり》、か……」

だけれど。

あの島には全てを、嘘偽りなく全てを、未来さえを知るという人がいた。

それすらも偶然なのだろうか？

「…………」

やれやれ。

恐らくはそれすらも、ただの偶然なのだろう。それ以外の結論はぼくには出しようがない。偶然でなかったにせよ、それはもう終わったことだし、そっちは立証の仕様がないし、できたところで深夜さん達が黙っている以上する意味もないし、たとえ意味があったとしてもぼくには関係ないし、たとえ関係あったとしても、興味がない。

そういうことだった。

代わりにぼくは質問した。

「てる子さんに、ぼくが危ないって教えたのは、真姫さん、あなたなんですか？」

弥生さんの部屋でぼくが赤音さんに殺されそうになっていることなど、誰にも分かるはずがない。だからてる子さんがあの場に、都合よく、まるで映画のヒロインのごとく颯爽と、ああもタイミングよく、現れられる理由がない。

未来を予測できる人でも、いない限り。

「あたしがそんなことすると思う？」

「思いません」

「じゃ、違うんだろうね」

真姫さんは嫌らしく微笑んだ。これ以上の追及は、意味をなさないだろうとぼくは思った。だからお礼も言わなかった。言う理由がなかった。

「……これからどうなるんでしょうね？　この島と……イリアさんと」

「さあね」と、やはり真姫さんの答は短かった。

ぼくはもう一度肩をすくめる。

「じゃあ、ぼくと玖渚がこれからどうなるのか、占ってくれませんか？　あの晩の相性占いの続きですよ。これからもずっとこんな感じなんですかね、ぼくらは？」

「あたしの占いは高いんだよ」

「だったら遠慮しておきましょう」そう言ったのだが、真姫さんは「しばらくはずっとそんな感じだよ」と、そう教えてくれた。教えて欲しいと言っているうちは教えてくれないのに、ひょっとするとこの人はただの天邪鬼《あまのじやく》なのかもしれなかった。

「しばらく、ですか」

「そ、しばらく」

「どれくらいですか?」

「あと二年ちょい」

ぼくは首を傾げる。

「二年後以降には何かあるってことですか? それとも何もなくなるってことですか?」

「さあね。分かんない」真姫さんは少しシニックに笑った。「あたしにはね、二年後以上の未来は見えないんだよ」

初耳だった。

ぼくは驚いた表情を隠せなかっただろう。

「秘密なんだけどね」と、真姫さんは続ける。「だからきみと玖渚ちゃんが二年後以降どうなってるのか、あたしには分からないんだよ」

「それは能力の限界という意味ですか?」

「あたしが死ぬって意味」あっさりと真姫さんは言った。「あたしにとって時間は相対的なものなの。あたしにとって全ての時間はそこで終わるの。二年後の三月二十一日、午後三時二十三分。それがあたしの命日と死亡時刻ってわけだね」

「………」沈黙するしかなかった。

「内臓ぶちまけて脳漿撒き散らして、外道な生き方してきたあたしには相応しい死に方、ね」

「避けられないんですか?」

くすり、と薄く微笑むことで、真姫さんはぼくの問いに答えた。

「――もしそのときが来たら、きみが、あたしを殺した相手を告発してね。今回みたいにさ。今からお願いしておくよ」

「お願いもなにも、そこから先はあなたには見えないんでしょう？　じゃあ、引き受けても断っても何も意味がない」

そうかもね、と真姫さんはぼくに右手を差し出した。見えない未来が自分にもあるのだと言うことを誇らしく思って、真姫さんは胸を張っているように、ぼくには見えた。

「握手しよっか」

「……いいですね。最後の最後の最後くらい、仲がいい振りをするのも、悪くはない」

そう言ったものの、ぼくは結局差し出された手を握ることはなかった。

結局……

どうしてあの人が、ああもぼくにからんできたのか、その理由は分からずじまいだった。多分、それでいいのだろうし、その方がいいのだろう。

しかし……

やっぱり……

色々、疑問が残るよなぁ……。

「失礼します」船室の扉が開いて、玲さんが部屋に入ってきた。「もうすぐ着岸します。そろそろ準備をして下さい」

「分かりました」と、ぼくは返事をする。

では、玖渚をそろそろ起こさなくてはならない。気持ちよさそうに眠っているので気が引けるけれど、まさか放っておくわけにもいかないし。いや、それはそれで、少し面白そうではあるけれど。

「あの——今回は色々とありがとうございました」と、すぐ立ち去るかと思った玲さんは、しかし、続けた。

「特に、あなた。玖渚さんにも感謝していますけれど、あなたが、その、あの場を——」

「……すごく楽しくしてくれた、ですか？　赤神イリアさん」

ぼくの問いに、玲さんは、特に驚いた風もなく「ええ」と頷いた。そして、

「その通りです。わたし、とっても楽しかったで

す」

と。

赤神イリアさんは本当に嬉しそうに笑んだ。

玲さんを演じていた頃には一度も浮かべなかった笑み。それは演技ではない、人間らしい微笑だった。

「どうして分かりましたか？　いつから分かってました？　わたしと玲が入れ替わっているって」

「今さっき、思いつきました。思いつきですよ、単なる。別に間違っていてもあなたが少しばかり気を悪くする程度で、人権侵害にはなりませんしね」と、ぼくはイリアさんに向けて言う。「この部屋からあなたがすぐに出て行っていたら、ぼくも気づかなかったでしょうし、少なくともそんなこと口にはしませんでしたけれどね」

「そうですか」と、神妙に頷くイリアさん。「わたし、いつも詰めが甘いんですよね……。お爺様にもよく言われました。でも、思いつくにはきっかけがあったでしょう？　それを教えて下さい」

「訊いてどうするんです？」

「これからの参考にします」

まだ続ける気なのか、この人は。

「それはそうですよ。だって、まだ弥生さんは気付いてないんですから……。姫菜さんは、まあ、分かりませんけれどね」

そしてころころと笑う。そういう無邪気げな態度を見ていると、本物のイリアさんは、島にいるイリアさん——班田玲さんにくらべて、高貴さに欠けているように思えた。それは偽物の方が本物よりも本物ぶれる分だけ本物らしいということだろう。

ただ、イリアさんは、すごく自由な人に見えた。

「そうですね……。あんまり喋らなかったでしょう？　イリアさん。それはいくらなんでも不自然すぎました。喋ったらボロが出ると思ったんでしょうけれど、喋らな過ぎるのもやっぱり問題ですよ。てる子さんに同じように無口に振舞わせることで普遍性を作り出し、存在感のない人間の存在感ってものを顕在化することで、それをカヴァーしようとしたんでしょうけれど——」

「いえ、あの子はあれが素なんです」と、イリアさん。「わたしもあの三つ子の中で、たとえ眼鏡がなくても、てる子だけは区別できるんですよ。だって、喋らないんですもの」

　あれで素らしかった。

　まあ、考えてみれば、てる子さんのあれが演技だとは思えない。

「そうですか。なら、それはそれでいいんですけれどね……。まあ、あのイリアさんが替え玉だとしたら、入れ換われる人間は一人しかいない。だって、あかりさんとひかりさんと、その、てる子さんは三つ子なんですからね。三つ子であるがゆえに入れ替われないなんて、ちょっとアンチ的でいいですね」

「その通りです」と微笑むイリアさん。

　それは対等な人間に向ける笑顔だった。

　少なくともぼくはそう思った。

「それに——そうですね、あとは、雰囲気ですよね。てる子さんは仕事をあんまりしていなかった。それは、あなたのSPという仕事が、彼女にあったから。だけれど、ぼく、玲さんが仕事しているところも、あんまり見てないんですよ。何でなのかな、とか思うと、そりゃあ……」

「紅茶入れてあげたじゃないですか」

「おいしかったです」ぼくはあのとき言い忘れていた、お礼を言った。「それに……そうですね。ぼくがイリアさんの部屋を訪ねた一回目、あなたがソファに座っていて、イリアさんが立っていた。それって普通は逆じゃないのかなってそう思ったんです」

「ふんふん」

　嬉しそうなイリアさん。玲さんも、本物のイリアさんにできるだけ似せて言動していたのだろうと思うけれど、何というのか、やっぱり本物の方がよっぽどらしかった。

「続けて」

「ええ、あとは、そうですね……」

考えてみればあかりさんやひかりさんも、勿論その事実を知っていたわけで、そう思うと、彼女達も結構な役者だった。特に、ひかりさん。ああも爽やかにああも悲痛そうに、嘘をつき続けていたとは。

文字通りに大した役者だった、と言おう。

「決定的だったのは、偽イリアさんがあなたをかばったときのことです。あの晩イリアさんと弥生さんが一晩話していた。そうですね、多分玲さん、弥生さんから料理のことを聞いていたんでしょうね。本当はメイドさんなんだから、料理に興味があってもおかしくはないでしょうから」

「そうなんです。弥生さんは、あちらがわたしだと信じていますから、あんまりわたしを相手にしてくれなくて。それは誤算でした」イリアさんは拗ねたように言う。「それに、ほら……玲ったら。あれでわたしを演じてるつもりだったのかしら？　わたし殿方の前で服を着替えたりしませんし、それに、わたし、あんなに性格悪くありません」

悪くないらしい。

うーん、それはどうも嘘っぽいな……。

「ちなみに、あなたは本当はあの晩、何をしてたんですか？」

「秘密ですよ」

「秘密ですか」

「乙女の夜は秘密なのです」

イリアさんは意味ありげに言った。

突っ込むと嫌な予感がするので、流すことにする。これ以上の厄介《やっかい》ごとはごめんだった。ほら、ぼくって波風立てるの嫌いだし。

「とにかくですね。ひかりさんをかばわなかったのに、どころか犯人扱いまでしたのに、玲さんのときには嘘をついてまで、彼女にアリバイを作った。何故でしょう？　ひかりさんより玲さんの方が自分に近いから？　そうかもしれない。だけれどその答は少し気に入らない。あそこまで隔絶された島に住んでいて、そこに近いも遠いもあったものじゃないと思う。ぼくは人間がそこまで冷たい生き物だとは思えません」

「そうですね」と、イリアさん。「彼女達は、わたしにとって家族みたいなものですから。わたしが勘当されても、それでもわたしについてきてくれた、大事な家族」

　勘当。

　勘当された、理由――。

「――なのにイリアさんは玲さんをかばって、ひかりさんをかばわなかった。なぜでしょう？　それは、イリアさんにとって玲さんは、自分以上の存在だったから、忠誠を誓うべき相手だったからではないか――？」ぼくはぱん、と手を打った。「まあ、そんなところでそんな感じです」

「お見事です。抱きつきたいくらい」

「構いませんよ」

「遠慮します」

　無邪気に笑うイリアさんだった。

「ぼくからも質問です。どうして玲さんと入れ替わって、メイドの振りなんかしてたんですか？　あれですか、やっぱり、勘当されたとはいえ赤神家の孫娘としては、島を訪れる人たちに対して無警戒に人前に顔を出すわけにはいかないってことですか」

　呼び集めている天才達の中に、あくどい人間が混じってないとは限らない。事前に調査したところで、それが必ず意味をなすとは限らないだろう。実際、今回のような事件が起きている。

　だから替え玉を――影武者を用意した。

　そういうことなのだろうか。

　しかし、イリアさんは上品に首を振り、「いいえ」と言った。

「誰が一番最初に気付くか試したかったの。ちょっとした悪戯。理由なんかないわ」

　悪戯。

脱力するような言葉だったが、しかし、多分それは嘘じゃないだろう。そしてとうとう、今まで、誰も、天才と呼ばれている人間が誰一人として、その悪戯に気が付かなかったってわけだ。

何年もの間。

誰にも、気付かれずに。

天才なんて大したことないのね。

イリアさんはそう思っているのかもしれない。

そしてこれからも、そう思い続けるのだろう。

「でも、あなたが気付いたわ」

「最後に余計なことをしなければ、気付いてなかったでしょう。気付いたとしても、どうせ黙っていたのに。船に同乗したりせずに、屋敷で大人しくしてればよかったんですよ」

「だって、無駄にせかしちゃった哀川さんに謝らなくちゃいけないし……。今から来るそうなんです。あなた達を送ったその足で、そのまま迎えに行くんですけれど……、あの人怒るだろうな……怒ったら怖いんですよ。それなのにいつも怒ってるし……、それに……、そうね、こうしてあなたとお話したかったですし。なにせ、あんなにもわたしを楽しませてくれたんですから」

「光栄ですよ」

「ねえ」と、イリアさんは甘く微笑む。「今からでも屋敷に戻りません？　玖渚さんと、真姫さんと、弥生さん、それから、あなた。あなた達なら、素敵な家族になれると思うんだけど。あなた、あかりとひかりが気に入ったみたいですから、何ならあの二人をあなたの好きなようにしても構わないわ」

「……それは家族に言う台詞じゃないですよ」

「そうですね。でも、本気よ。わたしはいつもいつでも本気なの。どう？　この提案」

ぺろりと無邪気げに舌を出すイリアさん。

ぼくはもう、呆れる他なかった。奔放とか、爛漫とか、無縫とかいうには、やっぱり、これは……。

「ぼくは人殺しが嫌いです」

うふふ、とイリアさんが笑う。

なんで笑ったのか、ぼくには分からない。

「どんな理由があろうともかしら？」

「どんな理由があろうとも、です」

そう、と頷くイリアさん。

「ひかりやてる子から何を聞いたのか知りませんけれど——あなた、彼女達が本当のことしか言わなかったとは、まさか思ってないですよね。あの三つ子は、基本的に嘘つきですよ。わたし達が入れ替わっていることをあなたに教えなかったことが、いい証拠でしょう？」

「さてね……」

「わたしが警察を呼ばなかった理由は、単純に、それじゃあ全然面白くないからですよ。権力なんて無粋ですからね」

そう言って、左腕の袖をまくるイリアさん。それは、傷一つない、綺麗な肌だった。そしてにっこりと笑って、「それじゃあ失礼します」と、イリアさんは部屋を後にした。

「…………おいおい……」

やれやれ……

まさかそうオトして来るとは思っていなかった。

何が本当で、何が嘘なのやら……。

誰が本当で、誰が嘘なのやら……。

曖々然として昧々な世の中、すべてのことが分かるなんて、誰もが正直だなんて、全部が明解だなんて、そりゃあ思っていないけれど。

何だかな……。

本当。

「ったく……道化だよなぁ……」

もうすぐだぜ、と玖渚を起こそうと思っ
「うにゃー」と猫のように唸る、幸
寝顔を見ると、そんな気は
も、起こすのは遅
少しでも長
そ

家族か……。

「断るには、惜しい提案だったのかな」

誰にともなくそう言ったが、返事が返ってくるはずもない。それに、どうしたところでその問いかけに対する答は明確だった。ぼくにとって家族と呼べるような存在はたった一人しかいない。ぼくはいつもの調子で「戯言なんだよ」と呟くのだった。

後日談——まっかなおとぎばなし

哀川潤
AIKAWA JYUN
人類最強の請負人。

エピローグ。

本土に戻って、一週間ほどして。

ようやく大学に通い始めたぼくだったけれど、最初に思い切り出遅れてしまったためにまるで馴染めず、クラスの授業に出る気になれなかったので、ぼくはその日、午前で学校を切り上げて、西大路通りを歩いていた。つまりいわゆる自主休講。露骨に言うならサボリだった。

「日本に戻ってきてまで一体なにやってんだろうな、ぼくは……」

呟いた独り言は割合本音だったが、あまり意味はないように思えた。ＥＲ３にいようと京都にいようと鴉の濡れ羽島にいようと、結局ぼくそのものには何の変質もないのだから。五年のブランクをおいたところで玖渚友にさほどの変質がなかったように。

「それもまた戯言か……」

更に呟いて、ぼくは歩みを進める。このまま中立売のアパートに戻って読書でもしようかと通りを南向きに歩いていたのだが、途中、そう言えば今日は玖渚の購読している雑誌の発売日だったことを思い出したので、ついでに買っておいてやろうと本屋に寄ることにした。

「………玖渚友、か……」

玖渚はあれからずっと家にこもっている。赤音さんに叩き壊されてしまったパソコンとワークステーション、その他もろもろの修理に、忙しいのである。今度は鋼鉄仕様の恐ろしく丈夫な奴を作るんだと意気込んでいたけれど、常識的にはそんなことは不可能だろうと思う。勿論本人が意気込む分には勝手なので、ぼくからは何も言わないけれど。

ちなみに園山赤音さんと逆木深夜さんのその後を、玖渚がネットで調べていた。恐らくは昔の仲間、ちぃくんとやらの力を借りたのだろうけれど。

　赤音さんはER3の七愚人を引退し、今は半ば隠《いん》遁《とん》生活を送りつつも、やはり学者として、その筋で名を馳《は》せているとのこと。深夜さんも、そのそばに一緒にいるとのことだった。警察に通報していない以上、それが妥当なところなのだろう。

　本屋に入って目的の雑誌を図書券で買い、少しだけ立ち読みをして、外に出る。すると、本屋の正面に、とんでもなく派手な、もとい、高級そうなオープンカーが停まっていた。それはたとえ京都の街でなくともそぐわない、何て言うか、エキセントリックと言うか、アクロバティックと言うかな、そんな車だった。

　雑誌や何かでよく見かける高級車。アナコンダだかマムシだかアオダイショウだか、そんな名前だったような。アオダイショウでないことだけは確かだが、とにかくそんな蛇類系の名前だったように思う。しかしこんな車、日本の道路で乗ってどうしようと言うのだろう。いや、それ以前に、一体どんな種類の人間がこんなとんでもないマシンに乗っているのだろうかと横目で見ていると、車の運転席から人が降りてくる。それはマシンに負けず劣らず派手な服装をした女性だった。

　嫌でも人目を引くワインレッドのスーツの奥に、胸の大きく開いた白いカッターが覗く。そしてその上に、袖を通さずにスプリングコートを羽織っていた。肩まで届く長さの髪は、高価な整髪料でも使っているのだろう、異様といっていいほどに艶《つや》がある。完全に瞳を隠している真紅のサングラス。モデルか何かと思うくらいにプロポーションがよく、背も高い。間違いなくそれは美人と表せる風貌だったけれど、しかし、なにやら近付きがたい雰囲気のある美人だった。ひどく癖がありそうで、万人に好かれるタイプではないだろう。

　アンチ癒し系、リバースなごみ系、みたいな。

「へぇ……」

不覚にも感嘆の声を漏らしてしまった。なるほど、格好いい車にはやっぱり格好いい人が乗るものなのか。そんな風にいい加減な感想を持って眺めていると、その人物はこっちへ向かってずんずんと足を進めてくる。本屋に寄るつもりなのかと道をあけたが、それはぼくの勘違いだった。

彼女はぼくの正面で立ち止まったのである。そしてサングラス越しにぼくへと視線を向けた。その圧倒的で暴力的な雰囲気に威圧され、ぼくは身動きが取れなくなってしまった。さながら蛇に睨まれた蛙。だから――だから、避けることもできなかった。

彼女は何の前触れもなくその長い脚を垂直に上げ、そのパンプスのつま先をぼくの内臓にヒットさせた。たまらずにぼくは正面に、うつ伏せに倒れた。

「うぐうっ……」

胃の中のものを残らず吐いてしまいそうな感覚。

しかし、悲鳴をあげる暇もない。彼女は倒れたぼくに対し、更に容赦なく、尚も遠慮なく、背中をがしがしと踏みつけ始めた。パンプスの踵《かかと》部分だったので、これはかなり痛い。

こんなときに限って間が悪く、辺りには一人として人影が見当たらなかった。近くにバス停があったが、今さっきバスが出たところらしく、誰一人待っていない。畜生、なんてついてない。かといって悲鳴をあげて人を呼ぶようなみっともない真似はしたくなかった。何とか逃れようと転がって移動しようとしたが、それは相手に胸倉を摑まれることで失敗に終わった。

彼女はそのまま、ぼくを引き起こす。

「ふうん……。本当に目を閉じないんだ」彼女はちょっと感心したようにそう言う。「いやぁすんげぇすんげぇ……。はは。格好いいな。はい、ま、そういうわけで。よっす、こんにちは」

「……こんにちは」

「馴れ馴れしく挨拶するな」

無茶なことを言ったかと思うと、彼女は更にぼくを絞め上げる。そしてそのままぼくを引きずるようにに移動して、オープンカーの助手席へと、荷物のようにぼくを放り込んだ。そして彼女自身は運転席に座る。彼女はサングラスを取って、一気にアクセルを踏み込む。アイドリングストップはしていなかったらしい。環境の敵だった。

「…………」

ぼくは腹と背中をさすりながら考える。

えっと……。何ですか？　何なのですか？　これ。これって、誘拐？　何でぼくが？　展開が早過ぎてついていけない。いくらぼくが状況に流されやすい十九歳だといっても、こんな急流を相手にしたことはそうそうなかった。何なんだ？　この女の人。

「……あなた、誰なんですか？」

「うん？　名前か？　お兄ちゃん、あたしの名前を訊いたのか？」

彼女はこっちを向く。サングラスを外した時の方が怖いってくらいに、目つきの悪い人だった。《心臓を射抜くような》とでも比喩すべき、恐ろしい視線だった。どんな人生を送ってきたら、人間がこんな眼差しを所有できるっていうのだろう。

「――名前は哀川潤《じゅん》だ」

「…………」

哀川？

哀川、哀川……

それはどこかで、聞いたような名前だけれど。

「……哀川さん、ですか」

「潤でいい」

妙にぶっきらぼうな、ぞんざいな口の利き方だった。折角の美人なのに勿体ないと思ったけれど、しかし、その方が彼女に相応しいのかもしれないと、何となく、思った。

「……えっと、潤さん。その、ぼくと潤さんって、どこかでお会いしましたっけ？　その、ぼくは対人物用記憶力が弱いので……、でも、ちょっと知り合いである自信がないいんですけど」

「初対面だよ」

「……でしょうね」

いくらなんでもこんなインパクトの強い人、一度でも会えば忘れ得るはずがない。

「なんだ？　あれ？　イリアから聞いてないのか？」

「イリアさん……？」それもどこかで聞いた名前だ。「えっと、イリアさん、イリアさん……」

あ。

ぼくの頭の中でようやくサーキットが繋がった。

そうだ……思い出した。

「じゃあ、あなたが《名探偵》だっていう……《哀川さん》ですか？」

「正確には請負人と言う」哀川さんはシニカルに言う。「どうやら思い出してもらえたみたいだな」

「……女性だとは思いませんでした」

「ありがとう。最高の誉め言葉だ」

ぱしん、とぼくの肩を叩く哀川さん。男だとばかり考えていた《哀川さん》がジョセイで、しかもこんな美人だったという事実に、ぼくは少なからず驚いていた。しかし考えてみればイリアさんがあの島に呼んでいたのは、深夜さんやぼくのような付き添い人を除いて、比較的年齢の若い女性ばかりだった。それを考えれば哀川さんが女性だと、ぼくは気付いておくべきだったのかもしれない。

イリアさんが《ヒーロー》だとかまぎらわしいこと言うからな……。

「大学まで行こうと思ってたんだけれどな……」哀川さんは薄笑いを浮かべながら、言う。「ふと見りゃあ、お前さん、本屋で立ち読みなんかしてるじゃねえか。こりゃ大した偶然だと、声をかけたってわけさ」

「……つまり、ぼくを探していたんですか？」

「おう。このあたしの仕事を横から奪っていった野郎ってのがどんなのか、この目で確認しておこうと思ってな。てめえのお陰で出番が、このあたしの出番がなかった。それはどう始末つけてくれるんだ？」

ぎろりとぼくを睨みつける哀川さん。心臓を直接つかまれているような気分だった。ぼくの中では、あの島であった事件は既に終わったことになっていたので、この展開は全くの予想外だった。

「お前のせいで仕事がフイだぜ。命の危険もない、ちょっと頭を使えばいいだけの、ちょろい木っ端仕事だったってのによ」

「はあ、その……」と、わけが分からないながらも、とりあえずぼくは謝ることにする。「どうも、そりゃ、すいませんでした。ごめんなさい」

すると哀川さんは「ははっ！」笑った。

「謝ることなんかないさ。あたしは楽ができて感謝してるくらいだ」

どっちなんだ。ぼくは段々冷静になってきて、それに比例して徐々に不安になってきた。一体、これは、どういう状況なのだろうか？　全然理解できない。この、哀川潤という請負人が一体何をやろうとしているのか、何を目的としているのか、まるで分からなかった。

「あの……どこへ向かってるんですか？　クルマ」

「天国。いや、地獄だったかな。忘れちまった」

「……全然違いますよ、それ……」

「ああ、全然違うな。全くもって全然違う。だからどっちかには着くだろうが」

適当だった。

そして軽快に車を運転し続ける哀川さん。本当は全体どこへ行こうと言うのだろうか。……本当に地獄だったりして。ありえそうな話だ。割と意外なことに、ぼくの人生はここで終わってしまうのかもしれない。何にしたって終わりはいつも唐突なものだ。

「……さてと。お前の顔を見たところで、用事は一つ済んだわけだ。残るはあと一つの用事だな」

全く無遠慮に、その魅惑的な顔をぼくに近づけてくる哀川さん。そんな気安げな行動に、自然に身体がこわばってしまう。ぼくは玖渚以外の他人との接触に、それほど慣れてはいない。

「えっと……、もう一つって……一体、なんでしょうね？」

「いやぁ。ここは一つ、お前の悩みを解決してやろうと思ってな」哀川さんは言う。「あたしは請負人。人が抱えてる面倒な問題を代わりに解決してやるのがお仕事さ。てめえじゃどうしようもない悩みを抱えてる困ったたちゃんに救いの手を伸べてやるのがあたしの仕事」

「……つまりそれが請負人……ですか」

名探偵という「仕事」も請け負っているものの中の一つだと、そういうことなのだろう。「でも、ぼくの悩みって……なんですか？」

「たーまにボランティアで動いてやるんだ。なんといってもこのあたしは気まぐれだからな。あたしに代わって立派に事件を解決してくれたお前に対するご褒美さ」

「ご褒美……」

「そう固く構えることはねーって。こう見えてもあたし、結構イイヒト属性だからよ」

いい人は初対面の人間をパンプスでボコったりはしない。

「さて困ったたちゃん。あたしの手につかまるかい？」そう言って哀川さんはぼくの方に手のひらを晒した。「どうする？　決めるのはお前だぜ」

「…………」

変な人だ。とんでもなく変な人だ。群を抜いて変な人だ。例の孤島に集っていたエキセントリック集団を平均値に置いて尚、図抜けたレヴェルの変人だ。だけれどぼくは、珍しくほとんど迷うことなく、哀川さんの手を取った。

こんな奇矯《ききよう》な人。

見逃すのはあまりに惜し過ぎる。

「オッケイお兄ちゃん」

哀川さんは邪悪そうに笑った。

早まったかもしれない、と思った。

「あの……、それ以前に、ですけど。まず、ぼくの悩みって何ですか？」

「それだけはお前の方がよーく分かってるんじゃねえのか？　よーくな。想像はつくだろ？　あたしが会いに来たんだぜ？　このあたしがだ。だったら勿論、鴉の濡れ羽島でのことに決まってるだろう？」

「……事件のことですか」

ぼくは言った。

「ああ」哀川さんは小さく頷いた。「あたしは結局、あの後、島を訪ねたんだよ。元々ちょっと休暇のつもりだったから、行く前に事件が解決してたのは助かったと思ったんだ。これは本音……。とにかくよ、イリアと、あとひかりとか、あかりとか玲とかから、話は聞いた。てる子はちなみに何も語らなかった。相変わらず無口だよな。あたしもあいつの声は一回しか聞いたことがない。……そう言えばそこ、そこの腕前の料理人と、なんだか不気味な占い師がいたけど……、ああ、思い出したくねえ。なんなんだあの女は！」

いきなり激昂して、ハンドルを折らんばかりに殴りつける哀川さん。どうやらあの島で、真姫さんと色々あったらしい。……あの人は一体、何をやらかしたんだ……？　確かに哀川さんと真姫さんと、見た感じからして相性悪そうだもんな……。

ふん、と哀川さんは舌を打って、それから話を続ける。

「とにかく、事件のことはあいつらから聞いたよ。あますところなく、な」

「何か不満があるってことですか？」と、ぼくは言った。「哀川さんとしては」

「潤だ」突然、哀川さんはすごみをきかせた低い声でいう。「あたしのことを名字で呼ぶな。あたしを名字で呼ぶのは敵だけだ」

「……潤さんの方としては何か不満があるってことでしょうか？」

ぼくは訂正して質問し直す。それでいい、と哀川さんは笑んだ。機嫌がころころと変わる人だった。天気屋と比喩すべきなのかもしれないが、しかし、山の天気だってこうも露骨には変わるまい。

「いやいや……、お兄ちゃん。あたしは不満なんかないさ。あたしはな。お兄ちゃん、不満があるのはあたしじゃなくてお前だろう？　お前は事件を解決した。見事に解決した。誰も反論できないほど、見事に解決したさ。だけれどお前自身は引っ掛かってるんじゃないのか？　自分の推理に不満があるんじゃねえのか？」

ぼくは言葉を失う。構わずに哀川さんは続けた。

「そうだろう？　あの事件を三日やそこらで解決できるお前が、それだけの脳髄持ったお前が、引っ掛かりを感じないはずがねーんだよ。違うか？」

哀川さんの言葉に、ぼくは、何も言えない。勿論それは、哀川さんの言っていることが的外れだから、ではない。それが哀川さんの言う通りだったからこそ、ぼくは何も言えなかった。

その通り。

ぼくは――ぼくと玖渚は、事件の早期解決を第一の基準において、自分達の引っ掛かりを隅の方においやっていた。心の底の方では気に入ってなかった推理を、そのまま提出した。

にやり、と哀川さん。

「その不満の正体引っ掛かりの正体、てめえが気に入らないものの正体。それが分かるかい？」

「それは――その」

「深夜がどうして伊吹を殺すのか？　深夜と園山が、一体どうして共犯関係を組んだのか？」哀川さんは真っ赤な舌を艶かしくべろりと出して、ぼくを挑発するような表情をする。「それだろ？」

「——……そうです」ぼくは不承不承、頷いた。「でもそれは、本人達の問題であって、結局本人達の問題でしかないでしょう？　動機に関わってくる問題ですから——そういう前後関係は、ぼくの手に負えるところでは……」

「似ている」と、哀川さん。「そう思ったんだろう？　深夜本人からもそう言われたんだろう？　お前と逆木深夜は《似ている》ってよ。その同類が、かけがえのない存在であるところの伊吹かなみを、お前で言えば《青い髪の女の子》にあたるところの伊吹かなみを、どうして殺すのか？」

「……ただの勘違いだったんでしょう。そうじゃなければ……そうですね、深夜さんにとっての《かけがえのない》は赤音さんだったと、そういうことなんでしょう」

「それで納得してんのかい？」皮肉な口調で哀川さん。「してねえなあ。お前は全然納得してねえなあ。ひしひしと理解できるよ。あたしにはお前の気持ちがよぉく分かる」

「回りくどいですね……。そうです、確かにぼくはそこんところが気に食わない。だけれどですね、哀川さん」

「潤だ。あたしのことを名字で呼ぶなっての」

またも睨まれてしまった。すごく怖い。

「……潤さん。確かにぼくはそこんところが気に食わないけれど、だけど他に可能性がないんじゃあ、仕方ないじゃないですか。絶対に不可能な可能性を全て消去して最後に残った可能性は、それがどんな不可能に思えたところで、真実なんですから」

「それは迷信だ。……じゃあお前はよ、犯行の動機は脳味噌を食うためだったたっつう、あの妄言も本気にしてんのか？」

う、とぼくは言葉に詰まる。

哀川さんはにやにやと、ぼくの反応を楽しんでいるようだった。

「おいおいおいおい、しっかりしろよ。しっかりし

「あなたが有能だって言うんですか？」
「あたしは万能なんだよ」
そうでもないと請負人なんてやってられないから
な、と哀川さんは嘯いた。恐ろしいまでのナルシス
ト具合だった。
「……じゃあ、潤さんはその辺についてどう思って
るんですか？　潤さんには全部分かってるって、そ
ういうんでしょう？　だったら教えてくださいよ」
「最初から素直にそう訊いてくれりゃ、あたしも御
託並べなくてよかったんだよ」哀川さんは笑った。
「なあ、お兄ちゃん。お前の頭脳なら、不自然を感
じたんじゃないのか？　ひかりから聞いたぜ。お
前、ちゃんと気付いてたんだろう？　お前をモデル
としたあの絵。どうして腕時計が描いてあったん
だ？　ってな」
…………。
ぼくは呆然となった。
腕時計……？
ようぜ、お兄ちゃん。天才の脳を食ったら天才にな
れるなんて、そんなことでより賢くなれるなんて、
そんなばかげたアイディア盲信してるばかが、この
世界に一人でもいると思うのか？　そりゃいても悪
くねえさ。何考えようと自由だからな。人は誰しも
低能である権利がある。全然悪くない。思想は自由
だし、ばかであるのも自由だ。だけどよ、死体踏み
台にするようなこと考える、人間に対してなんの敬
意も抱いてねえ有象無象が、果たしてそんなこと考
えるもんかね？　なあ、お兄ちゃん」
それは。
確かにそれは、その通りだけれど。
「だったら……、だったらどうだって言うんです
か。ぼくも自分の回りくどさには自信がある方だけ
れど、それでもあなたほどじゃない」
「そりゃあお前があたし以下ってこったよ。そう、
お前に分かってないことがこのあたしには分かって
る。何、別にお前が無能ってわけじゃねえ」

そんなこと、すっかりと、その……忘れていた。

「まさか忘れてたわけじゃないよな」すごんでくる哀川さん。「そんな大事なことを忘れてたなんて、まさかそんなことは言わないよな、お兄ちゃん」

「そんなことはありませんよ。忘れるわけがないでしょう？　でも、それはあの……描き間違えかと。かなみさんは記憶に頼って絵を描く人だったから、ただ、記憶違いをして、その……」

「ありえねえなあ。記憶と認識が一緒だなんてとんでもねえこと断言するような人間に、そんなミスは技術的にありえねえな。ありえてもいいかもしれないけど、しかしお兄ちゃん、もっと別の理由があったとは、思わないのかい？」

「じゃあ、あい――潤さんは、どう思うんです？」

「誰がどう判断するかは知らないけれど、このあたし、人類最強の請負人、この哀川潤はこう判断するね――あの絵は伊吹かなみが描いたんじゃないってね」

「………………」

「だろう？　そうとしか思えない。背理法で考えてみろよ。もしあの絵を伊吹が描いたとする。すると絵には時計が描かれていたらおかしい。だろう？　お前が伊吹の前で座っているときは時計をつけていなかった。じゃあ、あの絵を描いたのは伊吹じゃないんだろ」

「……どうしてですか？」

「どうしてってお前、お前も別に伊吹が絵を描くところみたわけじゃないんだろ？　人前で絵を描かない画家。そういうのも確かにいるだろうけど、伊吹がそれだったとはあたしには思えない。あたしはこう結論する――伊吹は絵が描けなかったってな」

「絵が描けなかった……？　……かなみさんは、絵描きですよ。有名です。絵が描けないわけがないじゃないですか」

「何でだ？　ゴーストペインター利用したインチキ画家なんていくらでもいるさ」哀川さんは当然のこ

とのようにいう。「五万といる。五万だぜ？　その中の一人が伊吹だったとしても、何もおかしくはない。全然おかしくないさ」

「じゃあ……じゃあ、かなみさんはそういうインチキ画家だったと？」

考えてもみろよ、と哀川さん。

「お前、絵は描かないのか？」

「芸術方面はちょっと……苦手ですから」

「ふうん。お前のことだからよ、どうせ伊吹かなみをして《この人は骨の髄まで芸術家だ》とか何とか、そんな感じの間抜けたことを考えてたんじゃねえのか？」

「…………」

何でこの人は他人の思っていることがそうも正確にそうも的確に分かるのだろう。それじゃあまるで真姫さんだと思ったけれど、それを言うと哀川さんの機嫌がまた悪くなりそうなので、黙っておく。

「あんな怪しい浮かれ女と一緒にするな」

「…………」

おいおい。

哀川さんはニヒルな笑みを浮かべて、「沈黙するなよ」と、ぼくを見た。

「こんなの初歩の読心術だろ。ただのテクニック。訓練すりゃ誰でもできるさ。それはさておいて……、大体お前さ、何で伊吹が芸術家だなんて思ったんだ？」

「何でって……そりゃ、まあ」

ぼくは答えかけて、言葉に詰まる。

「実際に絵を描いているところを見たわけじゃないんだろ？　お前は、お兄ちゃん、伊吹の口上を聞いただけだ。あいつの話を聞いて……それで、それだけであいつを芸術家だって、そう判断したわけだ」

「……絵も見ましたよ。桜の絵とか」

「描いてるところを見たわけじゃないだろ？　お兄ちゃん、お前は人を全然信用していない割に素直だな。他人を信じないくせに疑いもしないいっつーのか、結論を保留し続けるっつうのか……。伊吹のはったりをそのまま信じちまうんだからさ」

はったり……？

はったりだって？　かなみさんのあの口上が、全てはったりだったって、そう言うのか？　そんなこと。そんなこと分からないじゃ——

「そんなこと分からないじゃないかって？」哀川さんがぼくの台詞を先回りする。「そうかな。本当にそうかな、お兄ちゃん」

「……言いたいことがあったら、どうぞ」

「頼み方がなってないな」

「教えてください」

よし、と、微笑んで頷く哀川さん。

思ったよりも子供っぽい人なのかもしれない。

「たとえばドレスの話。そう、お前さ……モデルになるってとき、ドレスのままでいた伊吹を見て、何て言った？　そりゃ、《その格好でいいのか？》って言ったよな」

誰から聞いたのか知らないけれど（と言って、それを知りうるのは多分、真姫さんだけだ）、その通りだ。

「うまい絵師は絵の具で服を汚さない……」

哀川さんは静かにそう呟く。そして一転、

「そんな奴がいるわけねえだろ！」

と、怒鳴った。「できるかそんなこと！　たとえ服が汚れなくても匂いがドレスに染み付くだろうが！　できるできない以前じゃなくて、誰もしねえだろうが！　気付いとけばか！」

演出でなく、哀川さんは本気で怒っているようだった。ぼくの方も本気で萎縮《いしゅく》してしまう。今にも殴りかかってこないばかりの勢いだった。なるほど——ひかりさんの言っていた言葉の意味が、分かった。

《激しい人》ですか……。

「……とにかく、カンバスに絵の具を使って絵を描く以上、せめてエプロンでもするのが、当然ってもんなんだよ。たとえ美術が苦手だっても、そんなことくらい常識で判断しろ」

「はあ。でも、だったら……」

だったら、どうなるんだ？　かなみさんは、僕に対して嘘をついたってことか？　いや、それは、嘘と言うより、ただの、絵画に関する……

無知？

絵の天才、伊吹かなみが……そんな程度のことも知らないわけがない。なぜなら、それは、経験さえあれば誰でも気付く事実であるはずで……。

だったら……

「そう、無知」哀川さんは皮肉げに言った。「絵の描けない絵の天才、伊吹かなみ……この矛盾をお前なら、一体どういう風に解決する？」

「じゃあ、その……かなみさんは、その、インチキ画家だったと、潤さんはそう言うんですか？」

「そうじゃない。思考しろよ。そして気付けよ、お兄ちゃん。だからあの絵は伊吹が描いたものじゃない。だけど伊吹は画家だ。だったら、単純な三段論法——あの伊吹は偽物だよ。だーかーら、勿論、絵も描けない」

「……偽物？　でも、偽物って……。どうして？　えっと……すいません、混乱しています」ぼくは頭をかかえて考える。「じゃあ……、つまり……、偽物のかなみさんが殺されたのであって、本物のかなみさんは殺されていないってことですか？」

「そう。そして本物の園山赤音が殺された」

ぽん、とまたぼくの肩を叩く哀川さん。

一瞬思考が止まった。

しかしすぐに、驚愕が頭を襲う。

「……なんですって？　赤音さん？」

「そう、園山赤音。そう考えりゃ最初の疑問にも納得がいくだろ？　どうして深夜は伊吹を殺したのか？　簡単だ。殺してねえんだよ。どうして深夜と園山が共犯関係を組んだのか？　簡単だ。組んでねえんだよ。組んでたのは伊吹かなみとだ。かけがえのない存在のな」

「……かなみさんと赤音さんが入れ替わっていたと？　一体いつ？　ちょっと待ってくださいよ。ぼくは三日間、かなみさんとも赤音さんとも同じ島で過ごした。いくら記憶力が悪くても、二人が入れ替わればぼくだって分かる」

「だからその前から、二人は入れ替わっていたんだろうな。島に入る前。伊吹かなみと園山赤音、その二人がいつからあの島にいたのかは知らないけれど、その前からだ」

「……金髪で碧眼。片や黒髪のインテリタイプ。その差異はどうやって……」

「髪は染められる。目はカラーコンタクトを入れることができる。他人を真似ることなんてその気になれば簡単だよ。それだけ分かりやすい特徴があれば、尚更な。そうだろう？」

「でも、じゃあ、あの絵が……」

「だからそれは園山が描いたものなんじゃねえか？　その日、園山の前に出たときのお前は常に腕時計をつけてただろう？　だったら絵を描いたのは園山なんだろ。園山……もとい、伊吹だな」

　園山赤音……もとい、伊吹かなみ。そう言えばあの日、赤音さんは午前中、どこにいたんだ？　アトリエで桜の絵を描いていたって、そう言うのか？　あの日の夜、赤音さんは、ぼくの絵を描いていたと、そう言うのか？

「どうして、そんなこと……」

「伊吹を演じている園山を、《伊吹だ》と確信させるためにそうしたんだろ。そんな絵を描ける奴が伊吹かなみじゃないなんて、お前はまさか、思わないだろうし」もっとも、と哀川さんは続ける。「腕時計のことについては、あいつらしくないミスだと言わざるを得ないな」

「でも……でも、イリアさん……招待したイリアさんからみればすぐにそんなのはそれと分かるはずでしょう？」

「どうして、……どうしてそんなことを？」

「悪戯だよ。悪戯で入れ替わった。イリアと玲が入れ替わってたんだろ？　どうしてそんなことをしたって聞いたら、あいつは悪戯だって答えたはずだ。同じだ。誰か気付くかな？　天才と呼ばれる皆さんは誰か気付くかな？　恐れ多くも天才様を呼びつけた、サロン気取ってるらしいお嬢様には、自分達の区別がつくのかな？」

「…………」

「——と、少なくとも園山の方は、そう信じてただろうぜ。ああ、こりゃ、本物の方な。深夜と伊吹は園山と接触を持って、それを計画した。園山は乗った。面白そうだって思ったんだろうな。学者ってのは存外、そういう快楽主義的なとこがあんだよ。ER3システムの連中は特にな。それはお前にも分かるだろう？　そこにつけこんだってわけ」

《ちぃくん》からの情報。

シカゴで会っていた、伊吹かなみと、園山赤音「どうしてだい？」

「だって……さすがに事前に写真くらいは仕入れているでしょうし……」

「写真？　おいおい。おーいおいおいおいおいおいおい。笑わすなよお兄ちゃん。あたしを笑い死にさせようって魂胆か？　勘弁してくれよ。お前さ、写真で撮った人の顔と、実際に見るのと、同じだって思うのかい？　写真で見た印象と実際に会った印象じゃあまるで違うだろ。だから指名手配犯が見つからないんだよ。写真は静止画で、現実は動いている。そうして人間の目は実に恣意的にものを見る。そういうこったよ。そしてその二つを比べりゃあ、現実の方を優先させるに決まってるじゃねえか」

その通りだった。それはかなみさん自身、言っていたことでもある。ぼくは、まるでぼく本人こそが事件の真犯人で、名探偵たる哀川さんによって自分が追い詰められているような、そんな奇妙な、実に奇妙な気分になってくる。

……。二人は、顔見知りだった……、そんなことを企んで、不自然じゃないほどに。喧嘩を繰り返していたかなみさんと、赤音さん。あの喧嘩は、じゃあ、入れ替わりが露見しないようにするための、予定調和だったと……？

「それで……じゃあ、どうなるんですか？」

「こうなるのさ。伊吹と園山が入れ替わった。伊吹が園山、園山が伊吹。そしてこの内一人が殺された。残ったのは園山。入れ替わった園山」

「…………」

「なあ。一度死んだと思われて、それで殺人犯として告発までされた人間が、実は別人だったなんて、誰が思うよ？」

「……かなみさんは赤音さんに成り代わったっていうんですか」

赤音さんはER3の七愚人を引退し、今は半ば隠遁生活を送りつつも、やはり学者として、その筋で名を馳せているとのこと。深夜さんも、そのそばに一緒にいるとのことだった。

「警察に通報していない以上、それが妥当なところなんだろうな」

シニカルに哀川さんは言った。

「動機は……それだったっていうんですか。でも、それ、一体なんのためにそんなこと……」

「はっ！」哀川さんは嘲笑たっぷりに目を細め、身体を揺する。「それは実に、筆舌につくしがたいほどつまらない質問だぜお兄ちゃん。ヘイお兄ちゃん、お前、たとえば何のために生きてるって訊かれたとき、なんて答える？」

「…………」

「お兄ちゃん。確かにお前みたいなタイプは思ったことがないかもしれねえな。お前、何かになりたいって思ったことはないだろう？　何者かになりたいって思ったことがないだろう？　だったらいくら説明しても、伊吹かなみの気持ちは分からねえ。てめえでてめえのスタイル確立しちまってる人間には、伊吹かなみの気持ちは三千世界に行っても理解できねえよ」

仮想マシンだ、と、ぼくは気付く。

フェイク……。

ソフトをだまして、走らせるために。

「……潤さんには分かるみたいな物言いですね」

「分からねえさ。他人の気持ちなんか分かるもんか。だけど考える頭があれば想像することくらいはできる。そう。密室なんて子供の玩具、あいつらにとっちゃほんのお遊びさ。本当の目的を悟られないための目くらまし。お前らだって、密室とか首斬り死体とかに目をとられて、まさか最初っから人間が入れ替わってるなんて、思いもしなかったろう?」

哀川さんの言う通りだ。

だけど。だけどそれはあまりにも。

「ちょっと……その、にわかには、信じられない感じですね……」

「そう。確かにな。信じられないくらい回りくどい。あたしの喋りなんて話にならないほどに、お前の性格なんて問題にならないくらいに、回りくどい。だけどそれだけの意味はある。あいつは、自分の古い抜け殻である《伊吹》を抹殺して、新しく《園山》として生まれ変わることに成功したのさ。園山赤音としての経歴をまるまま乗っ取ってな」

「でも……そんなの、ばれませんか?」

「ばれねえよ。ずぅっと前から着々と準備してたんだろうからな。そもそも顔つきとかが似てるからこそ、入れ替わろう成り代わろうなんてとんでもねえ発想がでてきたんじゃねえのか?」

「成り代わろうなんて……。つまり、そのために殺したと? 確かに本当に入れ替わろうとすれば、オリジナルの方にはいなくなってもらわないといけないんでしょうけれど……」

いなくなってもらうためには、殺すのが確かにてっとりばやいけれど。殺す場所としては、警察権力の届かない絶海の孤島が相応しいだろうけれど。

「……それなら伊吹さんを殺した段階で、もう終わってもよかったはずです。わざわざ自分が被害者になって殺されたフリをする必要なんて」

「しっかりしてくれよお兄ちゃん。どうにも頼りねえな。それだとさ、どうして伊吹だけが殺されたのか、そこに理由があったのかって話になってくるだろう？　だから連続殺人に見せかける必要があった。殺すことで真の目的を隠せるんだよ。全員を狙った快楽殺人者ぶる必要があった。脳みそ食らうとか云々は、お前らの話を盗み聞いての後付けだろうけどな。そうだな。でも、殺すっつっても、まさか無関係な人を殺すのは忍びないだろう？　だから自分が被害者のフリをした。明快だろう？　呆れるくらいに明快な演算だろう？」

「……殺人犯がそんな殊勝なことを考えるものでしょうか？」

「殺人犯は別に全員が快楽殺人者であるわけじゃねえ。狼が全部一匹狼じゃあないようにな。目的達成のためには、できるだけ危険を避けるのが当然だ。事件を起こせば起こすほど、相手に与える材料は増えちまうんだからな。そうじゃねえか？」

　深夜さんは全員殺すつもりだった、と言った。そしてぼくはそれを信じた。二人殺し、弥生さんも殺そうとし、そしてこのぼくも殺そうとしたあの二人に、容赦なんてものが存在するとは思えなかったからだ。

　しかし……。

「でも、弥生さんを殺そうとした」

「殺してない」哀川さんはぼくの抵抗を一刀両断する。「お前は勝手に思い込んだんだろ。死体を再利用《リサイクル》してまで自分の身を隠した《園山赤音》は、これからも誰かを殺すつもりだったたって、勝手に決めつけただろう？　だから佐代野を利用した罠を考えたんだよな。あれはそこで終わりってことを考えてれば成立しない罠なんだから。でも、それは違う。それは偏見ってもんだ」

「…………」

「思考しろ。そして気付けよ、お兄ちゃん。お前は伊吹と深夜の手のひらの上で愉快にダンスしてたんだよ。どうして深夜はお前に寝袋を見せたんだ？　どうして伊吹は、誰もがアリバイがあるってことが確実の朝食時に、パソコンを壊したんだ？」

「……そこまで……」

そこまで全てが、計算の上だったというのだろうか。偶然でなく、そこまで、ぼくらの行動さえも読み切って、いや、操っていたというのだろうか。弥生さんの部屋での攻防も、玖渚友の苦しみも、全てが全て、手のひらの上だったというのだろうか。予知する余地すらないくらいの計略の下、ぼくらは全員が全員チェスの駒だったというのだろうか。自分で詰めているつもりでいて、本当はただ、操作されていただけだと。

いくらなんでもそんなわけがない――と思うだけの根拠はない。だけどそれは、あまりに突飛過ぎるのではないか――？

だけれど。

ぼくが漠然と感じていたあの不安定感が、今は微塵となくなっている。

哀川さんは右手をぼくの眼前に伸ばし、白くて長くて細い人差指、その指先でぼくの唇を撫でた。さすがにそんな経験はないけれど、なんだか犯されているような気分だった。

「それこそ相手の描いた絵に、ぴったり嵌《はま》ったのさ。腕時計も何も、ほんのわずかのずれもなく、伊吹かなみの描いた絵にぴったりとな。さすがは絵描き……とか言っちまったりして。はは、あいつら、ひょっとすると最初は、《一週間後に来る》ってことになってた、このあたしを嵌める気だったのかもしんねーな。とにかく誰でもいいさ。誰かに密室の謎を解いてもらえればそれでよかった。《園山赤音》は死んでないと推理して真相を暴いてくれりゃあ、犯人を指摘《してき》することで《自分》を生き返らせてくれりゃあ、それでよかったんだ」

そして彼女は見事別人に。

大統合全一学者として今も名を馳せて——

「……そうだ。いくら経歴ごと入れ替わっても、うまく他人に成り代わっても、才能と言うものがあります。彼女は、赤音さんは今でも、七愚人を退いたとは言え、学者のまま、立派な大統合全一学者として通しているんですよ？　もしも二人が入れ替わっていたんだとしたら——」

「だとしたら、ね」哀川さんはおかしそうに笑う。「まーだそんなこと言ってるんだ、お兄ちゃん。さすが往生際が悪いねえ」

「——潤さんの推理だと、今の赤音さんは本当はかなみさんだってことになる。だけど玖渚が調べた限り、あの人はちゃんと《学者》している」

「できるんだろ。絵を描けてお勉強もできて、勿論人殺しもできて、他人に成り代わることもできる。それを人は——天才と呼ぶんじゃねえのか？」

「……天才」

伊吹さんがあそこに呼ばれた理由は——何だった？　それは彼女が、特殊な才能の持ち主だったからじゃないのか？　異端中の異端。究極中の究極。領域を超えた向こう側。そうだ、それだ、正にそれこそが——

「お兄ちゃんは天才をどう定義した？《遠い人》だってな。イリアから聞いた。だけれどそりゃ間違いだ。ベクトルなんだよ、要するにな……。人生における時間を、一つの方向に向けて全部発揮できる人間。人間にはいろんなことができる。だけどいろんなことをやらずに、たった一つだけにそれが集中したとき、それはとんでもねえ力を発揮できる。それこそ、遠くの人だと思えるくらいにな」

突出した機能。

ベクトルの方向。

限られたバイアス。

色んな方向に分散させるのでなく、

その矢印を、一つの方向だけに向けたなら……。

集中力。

サヴァン症候群。

あくなき、欲望。

「………」

ぽんぽん、と哀川さんはまたぼくの肩を叩いた。

「よくやったよお兄ちゃん。だけどまだまだアマチュアだ。野球でいうならリトルリーグってとこだな、四番ピッチャー君。相手も同じリトルリーグかと思ったら、あにはからんや、相手は童夢くんだったって、たとえるならそんな感じだろ。知ってるか？　童夢くん。世代が違うかな」

馴れ馴れしくぼくの肩に手を回して、哀川さんは言った。「名探偵登場以前にお話を終わらせるには、お兄ちゃん、まだまだ役者不足ってところだぜ。まだまだ修行が足りないよ」

「でも……、ちょっと待ってくださいよ。かなみさんは車椅子だったんですよ？」

「足の丈夫な人間だって車椅子には乗れるだろ」哀川さんはシニカルに言う。「それだけのこった。伊吹かなみも言ってただろ？　足なんざ飾りだよ。お前を蹴るのにはちょっと役に立ったけれど、所詮その程度のもんさ」

「赤音さんはそれでもいいですよ。車椅子乗ってればいいんですから。でもかなみさんは生まれつき足が悪いんですよ？　あんな風に立ち回ることができるわけ――」

「園山赤音に成り代わることを望む伊吹かなみに成り代わろうとした伊吹かなみ。その伊吹かなみが、それ以前に誰かに成り代わられていたのだとしても、あたしは別に驚かねえよ」

深夜さんは一体いつから伊吹さんに仕えていたのだろう？

長い付き合いだと言っていた。

一体、いつから――

そして今もまた、赤音さんのすぐそばに。

一体、いつまで……？

仮想マシン。

いくつものマシンがあるかのように設定し……。

一切のスタイルを持たずに。

一切のスタイルを放棄して。

「そんな――ことが」

真姫さんは。

姫菜真姫という名の超越者は、このことすら、この事実すらも、《知って》いたのだろうか？　知っていて、にやにやと、にやにやとして、状況を、ただ、ただただ、見守っていたと……いや、見放していたと、そう言うのだろうか？

何が本当で、
何が嘘なのか。

誰が本当で……

誰が嘘なんだ？

「質問しては、いけません」

くくく、と哀川さんは笑いをこぼす。

そして、ようやく車を路肩に停車させた。

「ダスト・ザ・ダスト……つまりはそういうこったよ。よくやったよ、お兄ちゃん。本当によくやった。誉めてやろう。だけどもう少し、もっともっと頑張りな。不満があったら誤魔化すな。不安定なもんはちゃんと安定させろ。不条理は条理の中へと押し込んじまえ。てめえの考えをくだらない感傷だなんて思うな。オッケイ？」

「……オーケイ」

いい返事だ、と哀川さんは真っ赤な舌を出す。

「そんじゃ、そういうわけでお邪魔様。世界はお前らみたいなのがいるから生きてるだけの価値がある。そう思うよ。だけどお兄ちゃん、お前は少しばかりサボり過ぎだ。人間っつうのはもっとスゲエ生き物なんだからよ、ちゃんとしろ、ちゃんと」

そして少し首を傾げるようにする。

「――それじゃあ今日はここまで。あばよ。おら、邪魔だ、とっとと降りろ」

勝手に乗せておいて邪魔だとは、とんでもない言い草だった。とは言え勿論逆らう気にもなれず、ぼくはドアを開けて、車から降りる。

全体ここはどこだろうと辺りを見ると、

そこは、玖渚のマンションの真ん前だった。

世界一京都に相応《ふさわ》しくない街、高級住宅街、城咲。ここでならさすがに、哀川さんのこの真っ赤な車も、浮くことはない。

「なるほど……」ぼくはマンションの屋上の方を見上げ、頷く。「確かにここは、天国ですね」

「あるいは地獄ってな。はは。どうせここに来るつもりだったんだろ？」

「……なんで分かるんですか？」

哀川さんは、ぼくの持っている本屋の袋を指さす。この中身は、そう言えば、玖渚に渡すための雑誌が入っているのだった。しかし、これだけでそう推理したというのだろうか？　それじゃあまるで

——まるで、あの有名過ぎる古い小説に出てくるような、まるで——

まるで、名探偵だ。

は、と哀川さんは笑った。

「じゃ、縁があったらまた会おうぜ。もっとも……お前みてえなヘンな野郎とこの哀川潤、縁がねえわけ、ないけどな」

哀川さんはシニカルでない普通の笑顔をぼくに向け、最後にぽん、とぼくの頭と肩とを一回ずつ叩いた。それからマンションの最上階を指さして、

「玖渚ちゃんにもよろしく言っといてくれ」

と、哀川さんは言った。

そこで疑問。別に今回の事件の功労者はぼく一人ではなく、玖渚だってその名誉の半分以上を所有する権利がある。にもかかわらず、どうして哀川さんは、ぼくだけに会いに来たのだろう？　玖渚には後で会いに行くつもりなのだろうか。

そう思って、「玖渚には会わないんですか？」と、訊いてみた。

「折角だし、会っていったらどうです？」

「別にいいよ。昨日会ったし」

「…………………」

ぼくが後回しだった。

肩の力ががくりと抜ける。

はぁ……、とため息をついて、

「……潤さん」

ぼくは最後に訊いた。

「だったら……だったら、潤さんは何のために生きてるんですか？」

「言わずとしれてら。お前と一緒だよ、いーたん」

そう言ってアクセルを踏み込み、赤い請負人はあっという間にぼくの視界から消え去った。しばらくぼくは、その場に突っ立って、何も考えられなかった。何も考える気になれなかった。

やれやれ……。

「……なんか、まるで追いはぎにあったような気分だな……」

それは決して間違えた比喩ではないだろう。肩に載せていた荷物を、全部横取りされてしまったかのような虚無感を、ぼくは感じていた。

結局……あの人、何だったんだ。大体、最初にぼくをしこたま蹴りまくったのには、どういう意味があったのだろう。てる子さんから聞いた話を試してみたかったのだろうか。それとも、ただの腹いせだったのだろうか。

わざわざぼくに会いに来たことからして、そうだ。それも腹いせか？　自分の出番を奪われた、その腹いせ……？　そうかもしれないし、そうじゃなく、ただの気まぐれなのかもしれないし、あるいは本人の弁の通りに、ぼくに対するご褒美なのかもしれなかった。

しかしそれもどうでもいいことなのかもしれない。少なくともあまり性格がいい人には見えなかったし、たとえそうでなかったにしろ、どんな風に思ったところで、それは訂正が不可能なほどにひどい間違いではないだろう。

本当に……、
全く。

何なんだよ……

どいつも、こいつも。

本当に。

「本当っに……、どうしようもねえ戯言だよ」

たとえば赤神イリア。

彼女は天才を集め、天才をあざむき、天才を偽り、自身の愉悦のためだけに自身の世界のためだけにのみ動く。今までも、そしてこれからも。

たとえば千賀姉妹。

三人が三人ともずれていた彼女達は同じでありながら全く違い、しかしそれはシルビンスキーのギャスケットのように、全体と部分が一致した自己相似性を持っていて、違いながらも全く同じ、その無限性の底を覗くことは誰にも不可能だった。

たとえば姫菜真姫。

二年後に終わりを迎えることを自ら決定している彼女は、全ての真相を知って尚、あらゆる真実を知って尚にやにやと、猫のようにあくびをして、ただ眠るだけ。

たとえば哀川潤。

人類最強の請負人を名乗る名探偵の赤色は、事件が終わった後で、更に事件を、何の意味もなく完膚なきまで草一本残さずに解決して、その上でシニカルに去っていった。

たとえば名前すら分からない誰でもない彼女。

彼女は……、間違いなく天才なのだろう。

「……そして」

そして。

そしてたとえば、玖渚友。

「…………」

ぼくには全てがどうでもいい。

どうせ世の中はなるようにしかならないんだし、たとえなるようにならなかったとしても、そんなことはぼくには関係ないし、たとえあったとしても、ぼくはそんなことに興味がない。

ぼくは何者かになりたいなんて、そんなこと思ったこともないし、何かをやらなければと思ったこともない。そんなことでいいのかって思うけれど、やっぱりそれすら、ぼくにとってはどうでもいいのだった。

ぼくはどこか冷めている。

いや、そうじゃなくて。

ぼくは多分、どこか乾いている。

無気力で無関心だ。

玖渚友は、ぼくにとって、
だから潤いなのだろう。

「潤いねえ……」

……深夜さんも、そうだったのだろうか？　彼女に対して、影のように尽くしている、逆木深夜という彼は。もしそうだとすれば、やはり、彼とぼくとは同類過ぎるくらいに同類なのだろう。

「はん——」

やれやれ。

ぼくらの世界が誰を中心に回っているのかは知らないけれど、所詮地球は太陽を中心に回っている。つまりは、そういうことに過ぎないのだろうし、決してそれ以上ではないのだろう。それは誰であろうと同じことだ。

真実はいつも、ぼくの手の届かない場所にある。

しかもそんなもの、別に欲しくない。

つまりはそれが問題なのかもしれなかった。哀川さんの言うところの怠惰って奴なのだろう、これが。

「……どうでもいいんだけれどな、そんなことは。普段からそんなこと考えて生きてるわけでもないんだし、別にぼくは世界を思い通りにしたいわけでもないいし、世界の謎を解明したいわけでもないんだからさ。目の前にパズルがあっても面倒なだけだ。明日もこうして生きてられりゃ、それでいいや」

独り言を終えて、ぼくはようやく足を進めた。

これ以上考えるのは、もう、面倒臭い。あとは考えたい奴が勝手に考えればいい。哀川さんには悪いけれど、ぼくは別に、世界に価値を与えるために生きているわけじゃない。

たとえばきみは何のために生きているのかと訊かれたら、ぼくは念のためだと答えるだろう。人が生きている理由なんてその程度のものだし、ぼくが生きている理由もその程度のものだし、大抵の人はその程度のものなのだ。

だけど。

だけども、玖渚は違う。

言葉にするなら、そんな感じ。

「——どうでもいいんだよ」

ぼくは結局玖渚のマンションを目の前にしておきながら、今日はもう、このまま帰ろうと思った。理由は、あの高飛車な請負人の予想を外してやりたかったからという、それだけだ。


別に今日会わなくても明日も会える。

会おうと思えば、いつでも会える。

それだけのことだろう。

なんだろうけど……。

ぼくの足は、また、止まる。

そして思考する。

五年前。

玖渚友に出会う前、ぼくには何もなかったように思う。だけれど、こうして再会しても、ずっと一緒にいるようになっても、まだ、ぼくには、何もない。

空っぽだ。

それはまるで……、
意味のないルーチンワークのように。

動いているだけで、生きているだけ。

「……あー……畜生」

請負人の皮肉な笑みが脳裏をよぎる。

予言者の台詞を思い出す。

嘘つきな三つ子の言葉も。

そして、

誰だか分からない何者でもない彼女の忠告が。

「……行けばいいんだろ、行けば……」

癪だけれど、どうせ流れるままに流されるのが、ぼくの人生だ。思い通りに望み通りに好きなように、お気に召すまま操られてやろうじゃないか。

まるで人形のように。

心を持たない機械のように。

それにしては随分と中途半端かもしれないが。

こうして。

適当に曖昧で機械的な有耶無耶《うやむや》が、凡庸なくらいに何事もなく、不自然なほど空疎な確実さを伴って、さながらあやふやで真っ赤なおとぎ話のように終わっていく。

玖渚の隣りに行こうと、ぼくが思った。

〈Alred marchen〉 is the END !!

アトガキ――

たとえばあなたのお手元に途方もなく面白い、究極の極上小説があったとしましょう。ご存知の通り実際にはそんなもんありませんが、とにかくあったとするのです。そしてあなたはその小説を読了し、瞬間こう叫びます――「この作者は天才だ！」。実際あなたがそんなことを叫ぶかどうかはともかく、本書の作者は割かし頻繁に「天才だ！」という類の台詞を口にします。しかしこの表現、凡人の言い訳というか、「あの人は天才だから、つまり私達とは全然違う優良種なのですから、私達にはできないことができても当たり前なんですよ」みたいな、ある種みっともねえ釈明に聞こえなくもないです。「見下されているのではない、見上げているのだ」。言ってることは正しいけどそれってどうなのー？　みたいな感が否めません。やっぱり安易に天才という言葉に頼るのはよくないと思います。それに才能があるからといって必ずしも評価されるとは限りません。つうか大抵の才能は埋もれます。結果として結果を出した人だけが天才だとかなんだとか適当に評価されるだけで、その辺は決して努力する才能とか環境の問題とか、そんな簡単な言葉で片付けちゃダメな難しい問題なのだと思います。難しい問題なのでそれについては考えませんが、ま、もしも何かをしたいってんなら、天才とか潜在とか能力とか努力とか、まして運とか運命とか、そんな甘っちょろいこと言ってちゃダメなんでしょうね、きっと。

と言いつつ本書では天才という言葉が頻出しているので驚きです。伊吹かなみ、佐代野弥生、園山赤音、姫菜真姫、玖渚友に哀川潤。語り部は彼女達についてことあるごとに「天才だから」「さすが天才」みたいなことを口にします。が、しかし実際、彼女達が真実天才なのかと言えばそれはかなり怪しいもので、彼女達にしてみれば「あれ。ただ適当《なんとなく》に生きてたら天才とか呼ばれてるよ」みたいな感じなのです。いや全然違い、彼女達には彼女達でもっと真面目な感想があると思いますけど、しかしそれこそ伊吹かなみにでも言わせれば「天才？　きみ達がバカなだけでしょ」とかなるのでしょう。クビキリサイクルは天才が集まる島での戯言ですが、ただし、天才は一人もいません。

　本書を出版して頂くにあたって、作者は誰にお礼を言ったらいいのか分からなくなるくらい大多数の人達からお世話になりました。もしも本書がよいものになっているとすれば、それは彼らと本屋さんの力によるものです。つまり悪いものになっていたらそのときは自分一人の責任ってことになるわけで手に汗握る心境の作者なのですが、中でも誠意溢れるご指導を頂きました編集担当太田克史さん、イラスト担当の竹さん、そして過分な推薦文で本書を飾ってくださった清涼院流水御大に最大級の感謝を捧げます。

西尾維新

クビキリサイクル　青色《あおいろ》サヴァンと戯言遣《ざれごとづか》い

二〇〇二年二月五日　第一刷発行　二〇〇二年十一月五日　第六刷発行

定価はカバーに表示してあります

KODANSHA NOVELS

著者—西尾維新《にしおいしん》

発行者—野間佐和子

発行所—株式会社講談社

東京都文京区音羽二-一二-二一

郵便番号一一二-八〇〇一

編集部〇三-五三九五-三五〇六

販売部〇三-五三九五-五八一七

業務部〇三-五三九五-三六一五

印刷所—豊国印刷株式会社　製本所—株式会社国宝社

N.D.C.913　382p　18cm

ISBN4-06-182233-0